Richard Grosse

Tod im Aufbruch

Kommissar Birchers vierter Fall

Kriminalroman

Jaron Verlag

Originalausgabe
1. Auflage 2023

www.jaron-verlag.de
Umschlaggestaltung: Bauer+Möhring, Berlin
Umschlagfoto: Sandra Geisler
Satz und Layout: Prill Partners|producing, Barcelona
Lithografie: Bild1Druck GmbH, Berlin
Druck und Bindung: Print Group Sp. z o.o., Szczecin

ISBN 978-3-89773-148-6

EINS

»Mach's gut, Herr Kriminalhauptkommissar«, flüsterte Karola ihrem Mann ins Ohr und schob ihn mit einem verschmitzten Lächeln zur Tür hinaus.

»Ebenso, Frau Restauratorin«, parierte Karl Bircher. Karola, Mitte fünfzig, war immer noch gertenschlank, sie hatte ein offenes, intelligentes Gesicht mit einem heiteren Zug um den kleinen Mund und schwachen Falten, die sich auf den Wangen verliefen. Zwischen den Augenbrauen deutete eine kleine Kerbe auf ihr Aktenstudium, ihre Stirn war wie glattgezogen. Karolas muntere Augen verrieten, dass sie blitzgescheit und neugierig war. Und so sah sie ihm auch hinterher, als er sich behäbigen Schrittes zum Fahrstuhl bewegte.

»Und lass dich nicht anquatschen«, rief sie ihm mit der Andeutung eines Hüftschwungs und klappernden Augenlidern hinterher. Er musste kurz auflachen, erkannte er doch sofort, worauf seine Frau anspielte.

Karl Birchers Arbeitsplatz, seit 1992 die zweite Berliner Mordkommission, befand sich in der Keithstraße in Schöneberg und die kreuzte die Kurfürstenstraße, die nichts Kurfürstliches an sich hatte. Hier befand sich der beliebteste Straßenstrich der Stadt. Als Bircher zu Beginn seiner Dienstzeit einmal beschlossen hatte, zur U-Bahnstation Kurfürstenstraße zu schlendern, war er auf Frauen einer Zunft getroffen, denen er in seinem ersten Ermittlerleben nie begegnet war. Diebstahl, Betrug, Tötungsverbrechen und Mord gab's auch in der DDR, vereinzelte Prostitution auch – die Frauen wurden »Bordsteinschwalben« genannt –, aber hier und heute standen sie am helllichten Tage aneinandergereiht, als würden sie auf den nächsten Bus warten, da blies selbst Bircher die Backen auf. »Grenzenlose Freiheit«, hatte sein Vorgesetzter, Kriminaloberrat Pfeil, nur mit einem leichten Seufzer dazu bemerkt. Und auf Birchers ironische Nachfrage, ob sich die jungen Frauen in der Nähe der Mordkommission sicherer fühlen würden, hatte Pfeil noch entgegnet: »Die sind seit den 60er-Jahren hier«, als handelte es sich um ein Wohnrecht. Bircher entschied sich später für eine Flaniermeile anderer Art: Zwischen Bahnhof Zoo und Büro konnte er die Gedächtniskirche, Luxusboutiquen, das Aquarium und berühmte Warenhäuser sehen, und nichts ließ erahnen, dass sich einen Katzensprung entfernt das älteste Gewerbe der Welt niedergelassen hatte.

Karl Bircher, in der DDR fast 30 Jahre bei der Kriminalpolizei beschäftigt, zuletzt als Major der Morduntersuchungskommission im Präsidium am Alexanderplatz, hatte im Unterschied zur Mehrzahl seiner Kollegen die Überprüfungen des Berliner Senats glimpflich überstanden. Die Ostberliner Polizei war zum 1. Oktober 1990 dem Berliner Magistrat unterstellt worden – faktisch bedeutete das die Zusammenlegung der Behörden Ost- und Westberlins und das Ende des Präsidiums am Alexanderplatz. Für ihn hatten damit quälende Wochen der Ungewissheit begonnen. Er war bereits Mitte fünfzig, ein Alter, das neben seiner Herkunft und seinem Dienstgrad ein weiteres Hindernis dargestellt hatte, denn man verpflichtete nur ungern »Altgediente«, also DDR-Polizisten. Das mit dem Dienstgrad konnte er aus Sicht der neuen Direktion sogar nachvollziehen, allerdings hatte er sich ja nicht für den Bundesnachrichtendienst, sondern für die Mordkommission beworben.

Letzten Endes war er in den Dienst übernommen worden. Statt Major Bircher war er jetzt Kriminalhauptkommissar Bircher, das entsprach in etwa der Herabstufung um einen

Dienstgrad, was ihn nicht sonderlich störte. Das wurde bei allen Polizisten aus der DDR so gehandhabt, eine Art Überholverbot für ostdeutsche Verkehrsteilnehmer. Leutnant Schmidter war ihm geblieben, wahrscheinlich war seine Akte unverfänglich genug. Vielleicht hatte sich aber auch jemand gedacht: »Die sind in Sachen Mord und Totschlag ein eingespieltes Team, besonders was den Osten betrifft, also lassen wir sie mal zusammen.« Manuela Riescher, »mein Sprachrohr«, wie Bircher seine Sekretärin immer scherzhaft genannt hatte, war ebenfalls übernommen worden. Sein Stellvertreter im Polizeipräsidium, Oberleutnant Angler, hatte gehen müssen und war von einem privaten Wachdienst angeheuert worden – er bewachte nun »Malls«, früher als Warenhäuser bezeichnet. Es hatte Bircher besonders gefreut, dass ihm mit Schmidter und Manuela Riescher zwei seiner engsten Mitarbeiter aus alten Zeiten direkt zugeordnet worden waren. Nie zuvor hatte Manuela ihren Chef so strahlen sehen wie an dem Tag, als sie sich bei ihm gemeldet hatte mit dem Satz: »Bin wieder hier, Karl, du behältst deine Sekretärin.« Das stimmte zwar nicht ganz, denn Manuela war in der zweiten Mordkommission als Sachbearbeiterin angestellt worden, aber das betrachtete sie als eine Art Formfehler. Für sie stand fest, dass ihre Erfahrungen als Sekretärin für Birchers Arbeit unersetzlich waren. Tatsächlich gehörte sie seit Jahren zu Birchers engsten Vertrauten im Präsidium. An einem der ersten Tage in der neuen Dienststelle hatte er grinsend bemerkt: »Du sorgst dafür, dass wir uns nicht zu sehr verändern.«

Es gab mit Angler also nur einen Abgang – nicht so schlecht, wenn man die politische Gefechtslage in Betracht zieht, resümierte Bircher. Mit Pfeil hatte er Glück, erinnerte er ihn doch in mancherlei Hinsicht an seinen ehemaligen Chef, General Meier, der sich nach der Reorganisation der Berliner Polizei im Ruhestand wiederfand. Pfeil war ein besonnener, der Sache zugewandter Beamter, der allein den

Erfolg im Auge hatte und nicht zu erkennen gab, ob ihn der Lebenslauf eines neuen Mitarbeiters aus dem Osten interessierte. »Im Amt wird nicht zwischen Ost und West unterschieden, schließlich gilt unser Augenmerk den Ganoven, nicht unseren Biografien«, hatte er einmal ganz zu Anfang bemerkt. Er hatte es dabei belassen, Bircher zu einer Tasse Kaffee einzuladen und schmunzelnd zu fragen, ob er damit einverstanden sei, wenn sie von nun an Kollegen wären. Bircher hatte stumm genickt und ihn interessiert gemustert, wie bei einer Zeugenbefragung.

Im Allgemeinen geizte Pfeil mit Lob, die Anstrengungen auf dem Weg zum Erfolg seien mit dem Gehalt vergolten, schien er seinen Kollegen zu verstehen zu geben. Auch eine Eigenart, die Bircher nicht fremd war. Und wie General Meier neigte auch der Kriminaloberrat bei Beratungen zu Halbsätzen, als betrachtete er es als die Aufgabe seiner Mitarbeiter, die andere Hälfte zu formulieren. Bircher, dem Taktieren so fremd wie Tango war, hegte den Verdacht, dass sie dadurch späteren Korrekturen ihrer Ansagen – und damit einem Autoritätsverlust – vorbeugen wollten.

Zu Hause kommentierte Karl die Lage stets trocken: »Mir geht's gut, denn wenn die alte Theorie stimmt, dass die kapitalistische Lebensweise nicht nur mehr Wohlstand, sondern auch mehr Kriminalität hervorbringt, dann habe ich mehr Arbeit als vorher, und davon träumen die meisten meiner Landsleute.« Seine Frau lächelte dann schwach und erinnerte ihn daran, dass er im Grunde seines Herzens ein Biologielehrer sei, der ein paar Jahre in der thüringischen Natur herumgeschweift war. Dort war sie ihm das erste Mal beim Pilzsammeln begegnet, doch dann war die Volkspolizei auf der Suche nach Verstärkung zufällig auf seine analytischen Fähigkeiten gestoßen und hatte ihn umgeschult. »Jetzt fange ich Verbrecher statt Schmetterlinge«, hatte er damals grinsend zu Karola gesagt. »Eigentlich merkwürdig«, hatte sie mal bemerkt und weise den Zeigefinger gehoben. »Damals in der DDR brauchte es mehr Biologielehrer als Kriminalpolizisten, jetzt ist es wahrscheinlich umgekehrt.«

Den Verlust seines Dienstwagens hatte er achselzuckend zur Kenntnis genommen, die Fahrbereitschaft reichte ihm. Meinem Gewicht tut der Verlust gut, sagte er sich. Seine Neigung, den Oberkörper beim Gehen leicht nach vorne zu beugen und die Stirn dabei zu runzeln, hatte sich mit den Jahren verstärkt. Hinter starken Brillengläsern musterten hellwache graugrüne Augen die Umgebung, wobei er oft den Hals reckte und so den Eindruck eines Spaziergängers erweckte, der auf der Suche nach etwas Verlorenem war. Aber auch in dieser ihm eigenen leicht geneigten Körperhaltung entging Bircher nichts. Mit stiller Belustigung verfolgte er insbesondere die Umbenennung aller möglichen Läden, gastronomischer Einrichtungen und Dienstleister. Friseure hatten sich über Nacht in Barbershops, Hair Cutters, Coiffeurs und einer gar in einen *Cutman* umbenannt, an jeder Ecke lud eine Trattoria, ein Ristorante, eine Bottega oder Osteria zu Spaghetti Bolognese ein. Wer Udo-Jürgens-Schlager im Ohr hatte, den zog es in die *Akropolis Taverne* oder ins *Mythos*, während der Asienliebhaber zwischen *Hello Sushi*, *Secret Garden* oder *Sushi for You* wählen konnte. Man hatte zu tun, sich die Namen zu merken. Bircher witzelte zu Hause, dass er jetzt neben dem Stadtplan auch ein Wörterbuch brauche, um sich in seiner Stadt zurechtzufinden.

Er dachte an Karola und lächelte in sich hinein, als er zur Straßenbahnhaltestelle in der Landsberger Allee ging, um in die Linie 15 zu steigen. Am Hackeschen Markt wechselte er in die S9, die ihn zum Bahnhof Zoo brachte, dann ging er den restlichen Weg zu Fuß in die Keithstraße. Unter den Lindenbäumen verringerte er sein Tempo auf das eines Spaziergängers im Urlaub und erreichte nach etwa zehn Minuten den Eingang zu seiner Dienstelle. Als er zum ersten Mal die imposante Fassade mit ihren Jugendstilelementen erblickte, hatte er staunend vor der Vorderfront aus mächtigen Sandsteinen gestanden, wie vor einer Festungsmauer, hinter der man Schutz sucht.

Mit einem angedeuteten »Morgen« zeigte Bircher dem Wachmann seinen Ausweis und stieg die Treppen hoch in die zweite Etage. So wie er früher im Präsidium den Paternoster gemieden hatte, ignorierte er jetzt den Fahrstuhl. Er mochte es nicht, während eines kurzen Aufenthaltes in einem engen Raum angesprochen zu werden.

In seinem spartanisch eingerichteten Büro – ein Schreibtisch und ein runder Birkenholztisch mit vier passenden Stühlen – stellte er sich wie üblich erst einmal ans Fenster, schob die Gardine zur Seite und betrachtete die Baumreihen zu beiden Seiten der Straße. Er ließ seine Gedanken schweifen und erinnerte sich ohne Wehmut an sein ehemaliges Dienstzimmer, den nahen Friedrichshain, an seine Spaziergänge im Herbst, wenn das Laub unter den Schuhsohlen raschelte, die Singvögel auf den Wiesen hüpften und er in Gedanken einen Fall durchging. Bircher war nicht der Typ Mensch, der sich mit der Vergangenheit aufhielt. Er verbrachte den größten Teil seiner Zeit mit der Aufklärung von Delikten, egal, ob sie einen Tag oder ein Jahr zurücklagen, ihn trieb das Gegenwärtige. Es kam allerdings vor, wenngleich sehr selten, dass er sich fragte, ob Kriminalhauptkommissar Bircher nicht doch nur eine Kopie von Major Karl Bircher sei, ob das Original ihn wie ein Schatten begleitete.

Er kontrollierte die Uhrzeit, gleich würde sein alter Freund Wolfgang Tetsche kommen, der nach wie vor in der Gerichtsmedizin angestellt war. In dieser Hinsicht hatte sich wenig geändert, wenngleich Tetsche mitunter mit verdrießlicher Miene darüber klagte, dass er jetzt ein Dienstleister sei, den das Gericht oder die Staatsanwaltschaft herbeizitierte, und dass er seine Untersuchungen in Leistungsziffern darstellen musste wie ein Buchhalter. »Was waren das für schöne Zeiten, als mich nur der Tod beschäftigte«, hatte er einmal gesagt.

Er hatte Bircher vor zwei Tagen angerufen und ihn »in einer bestimmten Sache« um ein Treffen gebeten. Wie immer hatte er genuschelt, als klemmte eine Zigarette zwischen seinen Lippen. Nach einem leichten Infarkt hatte er das Rauchen eingestellt, nicht jedoch seine Art, sehr leise zu sprechen.

Ein sachtes Klopfen an der Tür riss Bircher aus seinen Gedanken. Er drehte sich halb zur Tür und rief »Bitte!«. Die Tür öffnete sich einen Spaltbreit, und Tetsche schob sich ins Zimmer.

»Passt es jetzt?«, fragte er, als hätte er eine Weile im Korridor gestanden.

»Na klar, komm rein, Wolfgang.«

Tetsche legte seinen Mantel über den Stuhl und nahm am Tisch Platz. Bircher löste sich vom Fenster und setzte sich mit einem freundschaftlichen Klaps auf Tetsches Schulter zu ihm.

»Soll ich uns einen Kaffee besorgen?«

»Nee, nicht nötig. Ich halte dich nicht lange auf.«

Bircher musterte ihn mit geneigtem Kopf.

»Du bist das erste Mal hier, oder?«

»Stimmt. Der Wachhabende wollte mich nicht reinlassen. Ich habe ihm gesagt, er solle dich oder Manuela anrufen.«

»Verstehe.«

»Kannst du dich an Frau Wohlfahrt erinnern?«, kam Tetsche ohne Umschweife zur Sache.

»Na hör mal, Frau Wohlfahrt und ihre Männer, wie kann man die vergessen«, sagte Bircher und dachte an Herrn Wohlfahrt und die manipulierten Herzschrittmacher, die vor einigen Jahren mehrere Patienten das Leben gekostet hatten.

»War ein interessanter Fall. Wie hieß der gleich, der die Schrittmacher aus dem Tritt gebracht hat?«

»Der hieß Frank Schuster. Wir haben jetzt das Jahr 1992, Schuster wird vielleicht um das Jahr 2010 als freier Bürger in die Bundesrepublik entlassen.«

»Hm. Mir geht's um einen Hund.«

Tetsche nestelte an seinem Krawattenknoten, als wollte er sich Luft zum Atmen verschaffen.

»Mich hat ein Freund, ein Tierarzt, konsultiert, dem wurde ein Hund zur Untersuchung gebracht. Die Besitzer glauben, irgendjemand aus der Nachbarschaft hätte ihrem Dackel was angetan. Der Hund ist gestorben.«

Bircher sah seinen Freund etwas entgeistert an.

»Wolfgang, seit wann interessieren wir zwei uns für Tiere? Unsere Leidenschaft gilt doch dem Menschen.«

»Ja, teile ich bekanntlich. Aber die Tierhalter bestanden darauf, dass ihr Hund obduziert wird, und mein Freund hat um Unterstützung gebeten, so ist das Tier bei mir gelandet. Einige Tage später ruft mich ein Internist an und berichtet über eine Patientin mit blutigem Durchfall, Koliken und Krämpfen, eine Frau Wagner, die ganz in der Nähe von dem Hund wohnt. Die Symptomatik war ganz ähnlich. Mein Kollege tippte erst auf Organversagen, aber na ja, dann wäre sie wohl jetzt tot. Ich dachte an eine Vergiftung und habe eine Reihe von Laboruntersuchungen veranlasst, für den Hund und die Frau. Ergebnislos.«

»Als Außenstehender könnte man vermuten, dass die beiden aus demselben Napf gefuttert haben«, sagte Bircher trocken und warf Tetsche einen mitleidigen Blick zu.

»Beide könnten an den Folgen derselben Intervention gelitten haben, aber der Hund hat es nicht überlebt«, antwortete Tetsche ungerührt.

»Intervention?«

»Na ja, etwas zu verzehren, das sie nicht vertragen haben.«

»Vielleicht haben sie denselben Fleischer.«

Tetsche seufzte mit nachsichtiger Miene.

»Karl, du denkst doch nicht etwa, dass mich der Dackel interessiert. Willst du jetzt mehr über Frau Wagner wissen?«

»Ist sie eine Berühmtheit?«

»Nee, sie ist die Gattin eines Herrn Wagner, der die Berlin Beauty berät, vormals Berliner Duft, wenn ich richtigliege.«

Birchers Gesichtsausdruck verriet erstmals ein gewisses Interesse. Auch der Kosmetikbetrieb Berliner Duft hatte mit dem Schrittmacher-Mordfall in Verbindung gestanden, genau wie Professor Sitte, mit dem er seither in herzlichem Kontakt stand. Der hatte ihm als Kardiologe mit Rat und Tat zur Seite gestanden, als es darum ging, die mysteriösen Abgänge mehrerer Patienten aufzuklären, die kurz nach der erfolgreichen Implantation eines Herzschrittmachers verstorben waren. Mit Sittes Hilfe war es gelungen herauszufinden, wie Schuster die Schrittmacher zur »Mordwaffe« umfunktioniert hatte.

»Frau Wagner jedenfalls plauderte gegenüber meinen Kollegen über den Betrieb und angebliche Querelen unter den Kollegen. Sie erwähnte Herrn Schulz, vormals bei der Berliner Duft, jetzt bei der Berlin Beauty Direktor, und deutete an, dass die Treuhandsubventionen nicht nur dem Betrieb guttun würden.«

»Geht's genauer?«

»Vielleicht Veruntreuung.«

»Ach herrjeh, Gerüchte, Kollegen, die sich nicht vertrauen, Neid und Zukunftsangst, mein Lieber, wie viele Herrchen oder Frauchen leiden da wohl gerade an Durchfall.«

»Die Treuhand könnte die Berlin Beauty im Visier haben, deutete die Wagner an.«

»Na, das ist ja wohl ihre Aufgabe, nachzusehen, ob ihr Geld gut angelegt wurde. Deshalb musste Frau Wagner nicht übel werden.«

»Nee, eigentlich nicht«, nuschelte Tetsche.

Beide verfielen in ein nachdenkliches Schweigen. Bircher sann über die Macht des Zufalls nach. Was wollte Wolfgang andeuten?

Plötzlich schlug er mit der flachen Hand auf den Tisch.

»Du nimmst an, dass jemand im Umfeld der Geschäftsführung Frau Wagner einen Denkzettel verpassen wollte, weil sie zu viel weiß?«, ließ er sich auf eine Spekulation ein.

»Vielleicht war der Denkzettel gar nicht für sie bestimmt«, vermutete Tetsche und hob dabei leicht die Schultern. »Kannst ja mal deine Fühler ausstrecken.«

Er stand auf und schlüpfte in seinen Mantel.

»Ja, wir hören uns mal um. Mach's gut, mein Lieber, und pass auf dich auf, besonders beim Essen.«

»Ja, werde schon nicht auf den Hund kommen.«

Sie grienten wie Verschwörer und klopften sich zum Abschied auf die Schultern.

Wolfgang Tetsche gehörte zu dem halben Dutzend Menschen, deren Urteil Bircher ernst nahm. Für Tetsche zählte nur, was er sehen, prüfen, bewerten und erklären konnte. Nie würde er zu einer Frage Stellung beziehen, ohne sich vorher ein genaues Bild gemacht zu haben. Bircher beschloss, Manuela zu beauftragen, ihre Fühler in Richtung Berlin Beauty auszustrecken. Irgendetwas könnte ja an der Sache dran sein.

Drei Tage später stand sie, stramm wie eine Soldatin, vor seinem Schreibtisch.

»Was gibt's Wichtiges?«

»Ich sollte ein paar Informationen zur ehemaligen Berliner Duft einholen.«

»Ach so«, murmelte Bircher, der seit geraumer Zeit auf einen spannenden Fall wartete, etwas enttäuscht. Die Sache mit dem Hund und der Frau war ihm bereits aus dem Blick geraten.

»Passt es jetzt nicht?«

»Schieß los, setz dich bitte«, winkte er sie heran.

Wie üblich machte sie keine Anstalten sich zu setzen. Sie befürchtete, ihre Füße könnten über dem Boden baumeln, deshalb stand sie lieber. Bircher linste über seinen Brillenrand zu ihr hinauf.

»Ich habe bei den Kollegen des Wirtschaftsdezernats um einige Informationen ...«

»Du darfst dich setzen«, unterbrach er sie mit einem listigen Grinsen. Sie zog eine Schnute und ließ sich vorsichtig auf den Stuhl vor seinem Schreibtisch sinken.

»Die Berlin Beauty ist bekanntlich aus der Berliner Duft hervorgegangen.«

»Ja, das weiß ich«, sagte Bircher.

»Die Treuhand und Herr Wagner von Wagner's Consulting sind im Gespräch mit einem Schweizer Unternehmen Swiss Scent, geschrieben S C E N T.«

»Und was heißt das?«

»Übersetzt heißt das Schweizer Duft. Ist schon komisch, Berliner Duft und Schweizer Duft«, kicherte sie.

»Neue Duftnote«, bemerkte Bircher trocken. »Ja und, was ist dabei?«

»Die bezahlen Wagner sehr gut, weil seine Gutachten den Laden attraktiv machen. Die Treuhand braucht die Gutachten für ihre Transaktionen. Der Geschäftsführer heißt Schulz, war schon zu DDR-Zeiten der Betriebsleiter. Ist alles irgendwie nicht unser Bier, wenn ich mir die Bemerkung erlauben darf.«

»Du darfst, und ich stimme dir zu. Kann nicht erkennen, was uns in Trab setzen sollte.«

Manuela faltete ihren Zettel zusammen und wartete, aber Bircher schien mit den Gedanken woanders zu sein. Er stellte sich gerade vor, dass Herr Schulz irgendein abgekartetes Spiel treiben könnte, um ein paar Mark für sich abzuzweigen, dass die Wagner davon Wind bekommen hatte, was Herrn Schulz zur Attacke verleitet hatte. Aber nee, wies er sich augenblicklich zurecht, das ist an den Haaren herbeigezogen. Ein Anschlag auf Frau Wagner macht überhaupt keinen Sinn, wenn überhaupt, dann hätte es Herrn Wagner oder jemand anderen aus seiner Firma treffen müssen.

Er räusperte sich, ein Zeichen für Manuela, flink aufzustehen und sich den Rock glatt zu ziehen.

»War das alles, Manuela?«

»Im Prinzip ja. In der Firma ist dann noch Frau Lehner beschäftigt, auch schon bei der Berliner Duft dabei gewesen. Ja, und die Wagners haben ein Sohn, Bernd, der studiert Jura und ist Praktikant bei der Treuhand.«

Sie warf Bircher einen forschenden Blick zu, wie um die Bedeutung dieser Information abzuschätzen. Er unterdrückte ein Gähnen und reichte ihr die Postmappe.

»Schick es ans Wirtschaftsdezernat. Lass deinen Zettel hier, wir unternehmen nichts weiter.«

»Klar. Na dann, tschüss, Chef«, flötete Manuela. Er hob warnend die Augenbrauen. Die Türklinke in der Hand drehte sie sich nochmal zu ihm um. Aber er beachtete sie nicht, denn ihm stellte sich gerade die Frage, wozu ein Kosmetikhersteller mit 40-jähriger Produktionserfahrung einen »Consultant« brauchte.

ZWEI

Wagner war auf den ersten Blick eine stattliche Erscheinung: breitschultrig, mit großem Bauch und einem rosigen Gesicht, aus dem die fleischige Nase hervorstach. Ohne ihn näher zu kennen war ersichtlich, dass er ein »Macher« war, ein vom Erfolg verwöhnter Unternehmer, der sich seinen Weg zu bahnen wusste. Egal wann man Wagner traf, es ging immer ums Geschäft, eines, das er gerade einfädelte, oder eines, das er gerade abschloss. Seine flinken Augen irrten rastlos durch den Raum, sie hatten etwas Flackerndes, als würden sie nach Orientierung suchen. Unterhielt man sich mit ihm, so fühlte es sich mitunter so an, als hörte er nicht seinem Gesprächspartner, sondern einem unsichtbaren Dritten zu. Aber weckte ein Thema doch einmal seine Aufmerksamkeit, riss er die Augen auf und nickte kurz und heftig, als hätte man ihm ganz aus dem Herzen gesprochen.

Neben den Geschäften war der Wein seine Leidenschaft, und auch die stand ihm ins Gesicht geschrieben. Es glänzte immer ein wenig wie mit einer feinen Patina überzogen, Augen und Lippen schimmerten feucht, wie bei einer Verkostung. Tatsächlich lagerten in seinem Haus Weine unterschiedlichster Sorten und Jahrgänge. Geschäfte machen und das Leben genießen, eines bedinge das andere, das war sein Credo.

Ungeachtet der Oberflächlichkeit im Umgang konnte er in bestimmten Situationen eine Herzlichkeit offenbaren, wie sie leutseligen Menschen aus dem Süden der Republik anhaftet. Dann kam es vor, dass er einem in Gesellschaft seine Pranke auf die Schulter legte, ein kumpelhaftes Lächeln aufsetzte und sich nach der Familie oder dem letzten Urlaub erkundigte. Seine Worte plätscherten dann plötzlich so sanft dahin wie Wasserperlen aus einer Brunnenfigur.

Nach seinen ersten Begegnungen mit den Mitarbeitern der Berlin Beauty hieß es: Der packt zu und ist nicht so belehrend wie andere Zugereiste. Und ein Siegertyp, wie wir ihn brauchen, nicht so ein Phlegmatiker wie unser Chef. Bei flüchtigem Hinsehen hätte Schulz zwar durchaus als sein leiblicher Bruder durchgehen können, beide waren von ähnlicher Statur, ihre Gesichtszüge spiegelten ihre Berufswege und Genüsse. Aber der erste Eindruck täuschte, im Unterschied zu Wagner war Schulz eher ein in sich gekehrter Mensch. Er war weder ein vor Lebenslust sprühender, noch ein von Trübsinn geplagter Zeitgenosse, sondern schlicht – ein langweiliger Zeitgenosse. Sein Gesicht ähnelte einem aufgehenden Teig, mit den leicht aufgedunsenen pockennarbigen Wangen, die schlaff unter den Augenlidern hingen. Aber wer sich mit Schulz unterhielt, fühlte sich verstanden, er galt als verständnisvoller Chef. Kein Draufgänger, eher ein hängender Mittelstürmer, der seiner Mannschaft mit geringem Aufwand zu dienen sucht.

Wagner hatte ihn vor zwei Monaten angerufen und sich als Geschäftsführer von Wagner's Consulting vorgestellt. Er würde sehr gerne, ganz zeitnah, mit ihm über die Privatisierung des Betriebs sprechen. »Es kann nicht schaden, wenn Sie auf dem Weg in die Marktwirtschaft externe Expertise nutzen«, tönte er, als zitierte er aus einem Firmenprospekt. Schulz hörte mit leerem Blick zu und ordnete den Mann in Gedanken als einen weiteren Trittbrettfahrer ein. Er hatte so manchen Bericht über zwielichtige Berater gelesen, die sich an Subventionen und Fördermitteln bereicherten.

»Sie müssen einen starken Käufer finden, wenn der Betrieb überleben soll, und ich könnte Ihnen bei der Suche helfen. Ich berate auch die Treuhandgesellschaft in Berlin. Dort wurde ich auf sie aufmerksam gemacht«, sagte er.

»Hatten Sie mit unserer Branche zu tun?«, fragte Schulz beiläufig, er wollte das Gespräch rasch beenden.

»Nein, aber mit anderen Betrieben der DDR. Auch mit einigen, die in den Osten, Russland, Estland, Ukraine, exportierten.«

»Kiew auch?«

»Auch. Sie kennen sich da aber sicher besser aus, Herr Schulz.«

Allerdings, dachte er und hatte sofort seinen ukrainischen Partner Surab Tschiladse vor Augen. Er blinzelte nervös.

»Vielleicht wollen Sie sich mal in den nächsten Tagen unseren Betrieb ansehen?«, schlug Schulz vor.

»Ich brauche noch ein paar Tage für einige Recherchen und würde dann zu Ihnen kommen. Sagen wir, am übernächsten Montag, gegen zehn Uhr«, ließ sich Wagner nicht lange bitten.

»Ja, geht in Ordnung, also bis dahin«, willigte Schulz leicht überrumpelt ein.

An dem besagten Montag saß Wagner lässig vor Schulz, der ihn hinter seinem Schreibtisch wortlos musterte.

»Sie haben von der Treuhand, unter deren Kuratel Sie stehen, einen Kredit in Höhe von drei Millionen Mark erhalten. Bevor der in einem Jahr ausläuft, sollten Sie mit einem Käufer handelseinig sein«, legte Wagner ohne Umschweife los.

»Na, Sie sind ja gut informiert.« Schulz sah ihn aufmerksam an. »Und was erwarten Sie von mir?«

»Die Treuhand verlangt ausführliche Bewertungen Ihres Betriebs, ich kann Sie dabei unterstützen. Für Verkaufsverhandlungen benötigt es ein in sich geschlossenes Konzept, einen Businessplan.«

»Bislang haben die nur betriebswirtschaftliche Unterlagen

angefordert«, sagte Schulz, dem es vor dem Businessplan graute.

»Ich habe hier ein Schreiben der Treuhand«, sagte Wagner und zog einen Umschlag aus seiner Aktentasche. Er reichte ihn Schulz, der ihn ungerührt öffnete und das Papier sorgfältig durchlas.

»Klar. Sie wollen uns also unterstützen.«

»So ist es. Die Treuhand verlangt eine Vorlage: Investitionsplanung, Abfindungen, Sozialpläne, Absatzanalysen, Marketing und so weiter. Dazu kommen Angaben ...«

Schulz antwortete nicht. Er hatte davon gehört, dass die »Berater« Stundenhonorare von bis zu 400 Mark in Rechnung stellten, und er überschlug blitzschnell, wie viel aus dem Treuhandkredit an Herrn Wagner fließen würde, stünde der ein Jahr lang jede Woche für zehn Stunden auf der Matte. Eine satte sechsstellige Summe. Im Rechnen war Schulz stärker als im Verhandeln, und ihm dämmerte allmählich, warum Wagner die Berlin Beauty unterstützen wollte. Er beugte sich etwas nach vorn und setzte ein unverbindliches Lächeln auf.

»Herr Wagner, meine Mitarbeiter werden gerne helfen, wenn es darum geht, unseren Betrieb am Leben zu erhalten. Selbstverständlich freuen wir uns über gute Beratung und kommen gerne auf Ihr Angebot zurück.«

Wagner räusperte sich und hob die Augenbrauen, als wollte er zu einer ausführlicheren Erklärung ansetzen. Schulz atmete einmal tief durch.

»Lieber Herr Schulz, ich möchte Ihre angesehene Firma am Leben erhalten, sie darf nicht verscherbelt werden. Das ist schließlich ein gestandenes Unternehmen mit großem Potenzial für die Ostmärkte.«

Schulz war hin- und hergerissen. Wimmle ich ihn ab oder lasse ich die Sache ein paar Tage in der Schwebe? Wenn ich ihn rausschmeiße, könnte ich es mir mit der Treuhand verderben. Also, lassen wir ihn mal weiterreden.

»Was schwebt Ihnen also vor? Kennen Sie etwa einen Interessenten, der uns retten will?«, fragte Schulz.

»Zunächst muss ich sagen – und Sie werden mir da zustimmen: Findet sich nicht bald eine Lösung, geht Ihr Laden den Bach runter.«

»So sehe ich das auch, deshalb sitzen wir hier zusammen«, sagte Schulz mit einem langsamen Nicken. Wagner stützte beide Arme auf seine Oberschenkel, als wollte er sich zum Abschied erheben, gleichzeitig versuchte er mit gesenktem Kopf Blickkontakt zu halten. Ein nervöses Zucken um die Mundwinkel verriet seine Anspannung.

»Ich kenne mich in der Kosmetikbranche aus, bin ausgebildeter Chemieingenieur. Und ich habe gute Kontakte zu einem Unternehmen, das sich für Sie interessieren könnte, in der Schweiz«, sagte Wagner betont langsam. Sein korpulenter Körper hatte Spannung aufgenommen, was seinen Worten zusätzlichen Nachdruck verlieh.

»Was für ein Unternehmen?«, fragte Schulz scheinbar beiläufig, dem das Spiel allmählich bekannt vorkam.

»Swiss Scent ist der Name der Firma.«

Wagner lehnte sich abwartend zurück und faltete die Arme vor der Brust. Schulz nahm die Information reglos zur Kenntnis. Deshalb also die »Beratung«, der hat einen Kaufinteressenten, für den er unterwegs ist. Und die Treuhand ist vielleicht eingeweiht, also Vorsicht, riet ihm sein Instinkt.

»Nun, und wie würde es konkret weitergehen?«, fragte Schulz.

»Wir würden einen Plan erstellen, der den Käufer sensibilisiert.«

»Und Sie liefern die Marktanalysen?«

»So ist es. Zusammen mit Ihnen.«

»Ihre Gutachten gibt's nicht für umsonst, und ich gehe davon aus, dass Sie keinen Vertrag mit den Schweizern haben«, tastete sich Schulz voran. »Sagen Sie mir konkret, wie unsere Chancen stehen, falls man Ihre Gutachten berücksichtigt.«

Wagner nickte, schlug die Beine übereinander und machte es sich auf seinem Stuhl bequem. Jetzt schien ihm das Gespräch zu gefallen.

»Ich bin an die Swiss Scent nicht vertraglich gebunden. Wie gesagt, ich arbeite mit der Treuhand zusammen. Meine Gutachten sind allerdings auf die Belange von Käufern zugeschnitten, die dem Unternehmen eine langfristige Perspektive zusichern.«

Schulz hob kurz die Augenbrauen. Eine langfristige Perspektive – schloss Wagner sich dabei selbst mit ein?

»Und der Schweizer Kaufinteressent ist seit Jahren erfolgreich?«

»Ja. In Europa, aber auch in der ehemaligen Sowjetunion.«

Schulz grinste. Er dachte an Surab Tschiladse in Kiew und die Fortsetzung ihrer Zusammenarbeit.

»Wie hieß dieses Unternehmen doch gleich?«

»Swiss Scent AG, mit Sitz in Walchwil, Kanton Zug. Die handeln unter anderem mit hochwertigen Grundchemikalien für die Kosmetikindustrie.«

»Hm, noch nie was von denen gehört«, murmelte Schulz, dem weder der Firmen- noch der Ortsname irgendetwas sagte, was ihm merkwürdig erschien. Wagner schien seine Bedenken zu spüren.

»Ganz seriöser Familienbetrieb, mit denen haben Sie einen direkten Ansprechpartner und nicht zig Ebenen vor sich wie in Konzernen. Herr Kohlin, der Eigentümer, hat angedeutet, dass er sich bereits in erfolgversprechenden Gesprächen mit der Treuhand befindet.«

»Und warum keine deutsche Firma?«, hakte Schulz nach.

»Vielleicht hat ja die Treuhand noch andere Interessenten. Ich habe die Swiss Scent empfohlen, weil sie perfekt in unser Profil passt.«

»Wenn Sie meinen«, sagte Schulz, den das Wort »unser« störte. Der redet ja, als wolle er mit mir zusammen den Betreib leiten.

Wagners Augen fixierten Schulz kühl, als bestimmte er seinen Wert. Er räusperte sich wie vor einer wichtigen Mitteilung, und Schulz hob interessiert die Augenbrauen. Nähern wir uns jetzt dem Spielende?, dachte er. Wagner beugte sich verschwörerisch nach vorn.

»Lieber Herr Schulz, ich denke, Sie sollten Ihren Betrieb nicht ohne Gegenleistung abgeben. Sie verdienen eine Wertschätzung für die Arbeit der letzten Jahre, in denen Sie unter schwierigsten Bedingungen die Firma über Wasser gehalten haben. Schließlich ist es maßgeblich Ihnen zu verdanken, dass die Verkaufsaussichten gut sind.«

Schulz' bleiche Wangen nahmen jetzt Farbe an, und in seinen Augen flackerte das Misstrauen, als hätte man ihm soeben ein zwielichtiges Angebot unterbreitet. Welche Wertschätzung? Will er mich für das Bundesverdienstkreuz vorschlagen? Oder mich am Verkaufspreis beteiligen? Er wusste nicht, worauf Wagner hinauswollte.

»Sie können mir das sicher genauer erläutern, was das bedeutet, diese Wertschätzung. Früher wurden wir Aktivisten«, entschloss er sich zu einem scherzhaften Vorstoß.

»Ganz einfach: Uns eint das Ziel – eine Ihnen bekannte Losung. Deshalb denke ich daran, Sie an meinem Beraterhonorar zu beteiligen. Wir können das vertraglich absichern, ganz sauber.«

Schulz pfiff leise durch die Zähne und hob den Kopf zur Zimmerdecke, als stünde er vor einer schwierigen Entscheidung. Na also, jetzt nähern wir uns dem Finale. Einer aus der neuen Bundesrepublik, der mich beteiligen will. Mal ein ganz neues Spiel.

»Ein Vertrag, zwischen uns?«, fragte er, als sei er überrascht.

»Ja. Denken Sie einen Moment darüber nach. Darf ich inzwischen Ihre Toilette benutzen?«

»Letzte Tür links auf dem Korridor.«

Wagner verließ das Zimmer, und Schulz begann den Kreislauf des Treuhandkredits nachzuverfolgen. Mein Betrieb erhält einen Überbrückungskredit von der Treuhand, bezahlt davon Wagner, der auch schon von der Treuhand bestellt wurde – der sahnt also ordentlich ab. Wagner spricht von »wir«, vielleicht weil er sich bei Berlin Beauty eine berufliche Zukunft vorstellt, aber das klappt wohl nur, wenn seine Schweizer zuschlagen. Und nun plant er, mich mit ins Boot zu holen, indem ein Teil seines Honorars in einen Seitenarm fließt, der direkt in mein Konto mündet. Na ja, dem Betrieb würde es nicht schaden, es ist letztendlich Wagners Geld. Eigentlich eine andere Form meiner Zusammenarbeit mit Surab, das ist auch nichts, was dem Betrieb schadet.

Wagners Rückkehr beendete seine Überlegungen.

»Nennen wir es eine Vereinbarung, die wir bei einem Notar hinterlegen können«, kam Wagner auf die letzte Frage zurück, noch bevor er sich wieder hingesetzt hatte.

»Verstehe«, sagte Schulz und nickte halbherzig. Er dachte für einen Moment an die Anwaltskanzleien und Steuerbüros, die in der Innenstadt wie Pilze aus dem Boden schossen. Man sollte Sprachschulen für Ostdeutsche eröffnen, zum Lesen von Schriftsätzen.

Schulz stemmte sich aus seinem Stuhl, Wagner erhob sich ebenso. Für einen Moment standen sie schweigend voreinander und schienen sich ihrer Glaubwürdigkeit vergewissern zu wollen. Schulz reichte ihm schließlich über dem Schreibtisch die Hand.

»Dann machen wir das so.«

»Sehr gut, ich vereinbare den Notartermin. Der sollte in der Schweiz stattfinden.«

Hinter Wagner schloss sich die Tür, und Schulz fiel erschöpft in seinen Bürosessel. Er stierte minutenlang geistesabwesend auf die Schreibtischplatte und gestand sich schließlich ein, dass Wagners Angebot schlicht zu verlockend war, um es auszuschlagen. Außerdem: Hätte er es abgelehnt, wer weiß, was dann in den Gutachten stehen würde. So bleibt man an Bord, reist zusammen in die Zukunft, die Fahrtkosten trägt Wagner. Ein breites Grinsen überzog sein käsiges Gesicht, als er an den Ausbau seines Wochenendhauses dachte.

DREI

Jutta Lehner hatte die vergangenen Wochen fast eine Million an Wagner's Consulting GmbH überwiesen. Ihr drehte sich der Magen um, wenn sie Wagner einmal die Woche durch den Betrieb schlendern sah, wie er mit gespieltem Interesse fachlichen Erläuterungen der Mitarbeiter folgte, sich im Plauderton nach ihrem Befinden erkundigte und dabei aufmerksam in alle Ecken linste. Schulz steuerte derweil mit stoischem Langmut seine »Osterfahrungen« bei und konzipierte mit seinem Betriebsleiter Mewis eine moderne Fertigungshalle für die Massenproduktion der Duschgels, Salben und Seifen. Er entwarf mit Lehner eine Investmentplanung mit fiktiven Umsätzen und Gewinnerwartungen, die Wagner ein gekünsteltes Hüsteln entlockten, studierte die Personalmanagements westdeutscher Kosmetikunternehmen, um sich mit Bezeichnungen wie Account Manager, Cashflow, Discount, Public Relations oder Corporate Identity vertraut zu machen, und fragte sich, ob man all die Anglizismen übernehmen müsse. Wagner blies die Backen auf und knurrte mit einer wegwerfenden Geste: »Mia schreibn deutsch.« Als Schulz das Personalbüro versehentlich als Kaderabteilung bezeichnete, feixte Wagner: »Mensch Paul, alte Corporate Identity!«

Sie hatten sich beim Notar in Basel auf eine Beteiligung von 30 Prozent verständigt. Auf dem Rückflug hatte ihm Wagner mit einem verschwörerischen Grinsen das Du angeboten. »Bin der Hannes«, hatte er gesagt, und Schulz hatte sich innerlich gewunden und knapp »Paul« gesagt.

Seitdem liebäugelte er mit einem mittleren sechsstelligen Betrag. Seine Frau ahnte von alldem nichts, und er wusste nicht, wie er ihr den unerwarteten Wohlstand erklären sollte. Aber er stellte sich schon vor, wie das Wochenendhäuschen mit einem neuen, schicken Schieferdach und großen Verbundfenstern aussehen würde, wie er unter der Dusche auf Terrakottafliesen stehen oder auf dem modernen Herd einer neuen Einbauküche ein feines Abendessen zaubern könnte.

Allerdings wartete er jetzt schon seit Wochen auf die Auszahlung seiner Prozente und musste neidvoll zusehen, wie sich Wagner in der Nachbarschaft einen kleinen, aber feinen Bungalow hinstellen ließ.

Wagner schwärmte von neuen Duftnoten, die verstörend wie Liebeskummer, anregend wie Meeresrauschen und betörend wie schwerer Rotwein sein sollten. »Paul, die werden wir kreieren«, rief er überzeugt. »Das lieben die im Osten, die Russen.«

Für ihn waren alle, die in der ehemaligen Sowjetunion gelebt hatten, Russen. Und sie hatten seiner festen Überzeugung nach alle den gleichen Geschmack und die gleichen Sehnsüchte. Schulz lächelte bei solchen Kommentaren säuerlich – als würden sich Ukrainer oder Kasachen nach Parfüms aus Ostberlin sehnen ... Wagner wollte sich ein Beispiel an dem legendären Parfüm Krasnaja Moskwa nehmen, das 1913, zum 300. Jubiläum der Romanow-Dynastie, von der Kiewer Firma Brocard auf den Markt gebracht worden war. Krasnaja Moskwa schaffte es zwar nicht zum Weltbestseller, aber zum beliebtesten Parfüm der östlichen Frauen, stellte Wagner einmal augenzwinkernd fest.

»Was ist aus der Firma Brocard geworden?«, erkundigte sich Schulz, als sie in Wagners Büro zusammensaßen.

»Die wurden verstaatlicht, aus Brocard wurde Neue Morgenröte.«

»Wir gehen den umgekehrten Weg. Na ja, und uns bleibt Berlin im Firmennamen.«

»Berlin Beauty klingt verführerisch«, sagte Wagner.

»Mag sein, aber auch ein bisschen nach Touristenwerbung«, erwiderte Schulz.

»Jedenfalls«, fuhr Wagner fort, »muss ich dringend etwas mit dir besprechen, Paul. Im letzten Gutachten hatten wir uns ja auf den ukrainischen Markt konzentriert, insbesondere auf Kiew. Wir sind uns darin einig, dass wir nicht versuchen sollten, mit Chanel, Cloé oder Lancôme in Konkurrenz zu treten. Die sollen ihre Parfüms verkaufen, aber bevor sich unsere ukrainische Kundin damit einnebelt, kommen wir zum Zuge. Und zwar«, er bückte sich zu seiner Aktentasche, zog ein Blatt hervor und schob es über den Tisch, »mit einem Duschgel: Super Sun Shine, klingt das nicht toll? Kursiv gesetzt, in einer halben Sonne, das assoziiert Morgentau, Sonnenaufgang, aber auch Dollarzeichen. Paul, da fängt doch jede Kiewerin an zu träumen, wenn sie unter der Dusche steht! Das müssen deine Leute hinkriegen, diesen Duft, der die Männer zum Taumeln bringt, Paul, die müssen das Weib riechen, bevor sie es sehen.«

Schulz starrte auf die halbe Sonne und versuchte sich vorzustellen, wie eine Ukrainerin unter der Dusche von Dollars träumte und wie Super Sun Shine mit einem harten Akzent ausgesprochen klingen würde.

»Du kennst doch die ehemaligen Sowjetbürger, was hältst du von der Strategie?«, fragte Wagner in sichtlich aufgeräumter Stimmung.

»Ja, glaube schon, dass wir mit Seifen und Duschgels besser punkten werden als mit einem Parfüm. Und sicher, der Duft muss denen irgendwie vertraut vorkommen«, murmelte Schulz.

Ein paar Tage später ließ er sich Krasnaja Moskwa kommen und prüfte den Duft. Anschließend roch es bei ihm wie nach einer östlichen Frauentagsfeier.

An einem klaren Spätherbsttag, zwei Monate nach dem Notartermin, stimmte Wagner einem Treffen nach Feierabend zu. Sie hatten sich im Konferenzraum verabredet. Wagner hatte seine Aktentasche vorsichtig neben sich gestellt. Schulz war das nicht entgangen, und für einen Augenblick hoffte er, sie würde sein Geld enthalten. Wie zwei Pokerspieler saßen sie sich gegenüber.

»Wie geht's zu Hause, seid ihr alle in Berlin?«, bemühte sich Schulz um einen neutralen Gesprächseinstieg.

»Ja, alle hier, gesund und munter. Erika hatte eine Magenverstimmung und musste zum Arzt. Na ja, irgendein Lebensmittel, es geht ihr wieder gut.«

Schulz knetete seine Hände und sah nicht so aus, als interessierte ihn Frau Wagners Magenverstimmung.

»Und bei euch, auch alle wohlauf?«

»Ja, ja«, beeilte sich Schulz, das Geplänkel zu beenden. In seinem Gesicht hoben sich die Pockennarben wie rosa Sprenkel ab. Er legte die Hände wie zu einer Ansprache demonstrativ auf den Tisch und leckte sich die trockenen Lippen.

»Also, Hannes, es geht um die Gutachten. Wir haben bis dato fast 1,1 Millionen Mark an Honoraren an deine Firma überwiesen. Das ist ein gehöriger Anteil des Treuhandkredits, ein Drittel, um genau zu sein. Ich würde gerne erfahren, wie es um unsere Vereinbarung bestellt ist.«

Schulz hatte betont sachlich gesprochen. Wagner lächelte nachsichtig und klatschte aufgekratzt in die Hände.

»Tut mir leid, Paul, ich hatte längst vor, mich mit dir auszutauschen. Dein Anteil liegt auf meinem Konto, den tastet niemand an. Diese Verzögerung ist schlicht der Vorsicht geschuldet. Es wirkt nicht so gut, wenn ich kurz nach Eingang meines Honorars einen größeren Teil weiterleite. Und vor allem: wohin? Auf das Privatkonto des Geschäftsführers des Betriebs, für den meine Firma Gutachten anfertigt? Das geht nicht, da sind wir sicher einer Meinung, Paul. Also, lass uns überlegen, wie du an dein Geld kommst, ohne dass die Steuer oder sonst wer Wind davon bekommt.«

Während sich Wagners Bariton an den Saalwänden brach, linste Schulz ab und an zur Tür, als fürchtete er, jemand könnte sie belauschen. Wagner wartete mit geneigtem Kopf auf eine Reaktion. Schulz sah sich unsicher um, schließlich wandte er sich Wagner zu und nickte verhalten.

»Und, was schlägst du vor?«, fragte er mit leiser Stimme.

Wagner wippte auf seinem Stuhl, ließ ihn etwas zappeln. Es hatte den Anschein, als machte es ihm Spaß, Schulz auf die Folter zu spannen. Plötzlich ließ er den Stuhl mit einem lauten Knall auf das Parkett fallen, Schulz zuckte wie unter einem Stromstoß zusammen. Wagner beugte sich über den Tisch und legte seine breite Hand auf die von Schulz.

Bisher hat er mir nur gesagt, was alles nicht geht, dachte Schulz, und strich sich mit der freien Hand nervös über die Wange. Er befreite sich von Wagners Pranke und verschränkte die Arme vor der Brust.

»Der sicherste Weg ist bar, klar«, sagte Wagner, amüsiert über sein Wortspiel. Schulz sah jetzt wie ein kurzatmiger Mann aus, der zu viele Treppen gestiegen war und nur noch schlecht Luft bekam.

»Und das geht so einfach?«, war alles, was er hervorbrachte.

»Klar, nächste Woche die ersten Fünfzigtausend. In drei Wochen die nächsten. In kleinen Scheinen, versteht sich.«

Schulz verstand. Die Steuer und die Finanzen. Ist nicht so wie bei uns damals, als es für den Werktätigen außer dem Gehalt, das zum Jahresende in den Sozialversicherungsausweis eingestempelt wurde, nichts groß zu versteuern gab. Niemand interessierte sich dafür, wie viel der Staat einbehielt. Das war jetzt alles anders.

»Einverstanden, machen wir es so, Hannes«, sagte Schulz und verspürte sogleich den dringenden Wunsch, so schnell wie möglich den Konferenzsaal zu verlassen. Aber Wagner schien es nicht eilig zu haben. Er hatte sich behaglich in seinem Stuhl zurückgelehnt und die Beine unter dem Tisch ausgestreckt, als wollte er den Ausgang des Gesprächs noch etwas genießen. Schulz zog die Mundwinkel zu einem gequälten Lächeln in die Breite. Wagner blickte über ihn hinweg in den Saal und zur Bühne des Konferenzraumes, als würde gleich der gemütliche Teil des Abends beginnen.

»Übrigens, Paul – sollte die Swiss Scent den Betrieb übernehmen, bleibst du Geschäftsführer, das habe ich schon im Vorfeld mit Kohlin abgeklärt. Ist doch in deinem Sinne, oder?«

Schulz sah ihn überrascht an.

»So, das kann Herr Kohlin entscheiden?«

»Er ist Mehrheitsgesellschafter und beruft den Geschäftsführer. So sind die Regeln, mein Lieber. Oder willst du den Job etwa nicht?«

»Natürlich würde ich mich freuen, wenn es so käme«, bedankte er sich stockend und schwieg wieder.

Wagner schien nun etwas einzufallen, er bückte sich zu seiner Aktentasche und kramte unter dem Tisch. Dann richtete er sich auf und streckte Schulz stolz zwei Weinflaschen entgegen.

»Für dich, mein Lieber, beste Sorten aus dem Süden Deutschlands. Darauf musstest du lange genug verzichten, jetzt heißt es Aufholen. Der Rote kommt aus dem Rheingau, ein Spätburgunder, und der Weiße stammt aus der Pfalz, ein Verwandter vom Pinot Noir und Chardonnay.«

Er hörte sich an wie ein Händler bei der Weinverkostung. Schulz hatte im ersten Augenblick auf einen Briefumschlag gehofft und musste sich Mühe geben, seine Enttäuschung zu verbergen. Er murmelte: »Hannes, ich habe doch nicht Geburtstag.«

»Na hör mal, würden wir uns nur an Geburtstagen einen Wein genehmigen, wären wir quasi schon tot. Also, den

Roten lässt du bei Zimmertemperatur ein, zwei Stunden atmen, den Weißen schön kalt servieren, nicht offenstehen lassen«, dozierte Wagner. Ja ja, die westdeutschen Freunde, selbst das Trinken müssen sie uns erklären, dachte Schulz, nickte aber beipflichtend. Als hätten wir 40 Jahre lang nur Bier und Klaren gekippt.

»Wir stoßen dann zu Hause auf deine Gesundheit an«, bedankte sich Schulz brav.

»Und auf unser neues Duschgel! Schick deine Leute in die Spur. Wäre prima, wenn wir der Treuhand bald ein Muster vorstellen könnten. Möglichst bevor wir den Antrag auf Anschubfinanzierung stellen.«

Schulz warf ihm einen forschenden Blick zu. Ging Wagner bereits von der Genehmigung für die Swiss Scent aus?

»Wie hoch könnte die denn sein, vorausgesetzt, alles geht wie geplant über die Bühne?«, fragte Schulz.

»Ich denke, zwischen einer und zwei Millionen sollten drin sein.«

Schulz hielt den Atem an. Mit dieser Größenordnung hatte er nicht gerechnet.

»Ist das nicht etwas viel angesichts des Kredits, den wir bereits erhalten haben? Und wir können ja weder ein Produkt vorweisen, noch sind wir in konkreten Verkaufsverhandlungen.«

»Deshalb ja die Anschubfinanzierung. Aber sicher hast du recht, dass wir der Treuhand mehr als nur Ideen präsentieren müssen. Deshalb ja der Businessplan.«

»Ja, hast du erwähnt. Auf Englisch.«

»Sicher nicht auf Ukrainisch«, sagte Wagner trocken. »Mein Sohn wird helfen.«

»Wie das?«

»Ja. Ich habe einen Sohn. Er studiert Jura und absolviert ein halbjähriges Praktikum bei der Treuhand. Versteht sich, dass ich ihm von uns erzählt habe.«

»Hm, verstehe.«

»Er soll einen für unser Geschäft kompatiblen Plan besorgen, in der Treuhand lagern sicher Hunderte davon, den passen wir an, mit unseren Technologien, Produkten, Marketingstrategien, Financing und so weiter. Und mit Meilensteinen, die müssen sitzen«, sagte Wagner mit einem schelmischen Gesichtsausdruck.

Schulz schwirrten all die neuen Begriffe durch den Kopf, ihm schwindelte, als stünde er auf einer Felsklippe.

»Meilensteine, was ist das denn wieder?«, fragte er ungläubig.

»Das sind nichts anderes als Planziele, die zu erreichen sind, damit das Geld rüberkommt«, sagte Wagner mit einem Zwinkern.

»Aber wir haben doch noch keine Ahnung, ob wir mit dem Duschgel punkten werden«, bemerkte Schulz leise.

Wagner lächelte nachsichtig.

»Stell dir vor, du müsstest einen Fünfjahresplan schreiben. Hast du damals gewusst, was im zweiten oder dritten Jahr wirklich abgesetzt wird? Nee, natürlich nicht, deshalb ist's ja auch ein Plan. Der muss nur plausibel sein und gute Stimmung erzeugen. Die bei der Treuhand müssen davon überzeugt werden, dass wir mit unserem Super S im Osten punkten. Punkt, aus.«

Sie sahen sich in die Augen, Wagner nickte aufmunternd, Schulz standen die Zweifel ins Gesicht geschrieben. Er atmete, als hätte er eine schwere Last auf der Brust.

»Kommt einiges auf uns zu«, brummte er.

Plötzlich schien Wagner eine spontane Idee zu kommen. Mit einem Ruck beugte er sich zu Schulz vor.

»Was hältst du davon, wenn ich als Prokurist bei dir einsteige? Dein Fachwissen und meine Erfahrung im Finanzsektor, das würde doch passen.«

Schulz musterte ihn lange.

»Paul? Hat dich mein Vorschlag verstummen lassen?«, holte ihn Wagner zurück in die Wirklichkeit.

»Äh, nee, kein schlechter Gedanke. Ich habe nur gerade an Frau Lehner gedacht.«

»Für Frau Lehner ist immer Platz in der Leitung«, sagte Wagner trocken. »Und jetzt lass uns gehen. Und vergiss den Wein nicht.«

Schulz sank erschöpft in seinen Sessel und stellte die Weinflaschen auf den Schreibtisch. Hinter halb geschlossenen Lidern ließ er die Ereignisse der letzten Monate Revue passieren. Seit einem Jahr stand ihre Produktion so gut wie still. Niemand wollte ihre Cremes aus den 50er-Jahren, Perlonta, Syxi oder Placenta, kaufen, genauso wenig ihre Parfüms Schwarzer Samt oder Jerry, die noch bis vor Kurzem in die Sowjetunion geliefert worden waren. Nur die Gurkenreinigungsmilch lief noch gut. Er erinnerte sich mit Wehmut an ihren Verkaufsschlager, Trivi, eine Salbe, mit der sich Millionen Sowjetbürger jahrzehntelang ihre Füße eingecremt hatten, um sie vor dem klirrenden Frost zu schützen. Und die werden in Zukunft alle unser Duschgel kaufen? Aufbruch mit Super Sun Shine? Er blies die Wangen auf und betrachtete die Flaschen auf seinem Schreibtisch. Wenigstens ein guter Ausblick. Zwei Rote wären noch besser gewesen. Ein Klopfen an der Tür ließ ihn aufschrecken. Es war halb sieben, um diese Zeit war gewöhnlich niemand mehr im Haus.

»Herein«, rief er und kniff die Augen zusammen. Im Türrahmen erschien Jutta Lehner.

»Darf ich dich kurz stören?« Sie streifte die Weinflaschen mit einem flüchtigen Blick und setzte sich. Schulz ärgerte sich, Wagners Geschenke nicht in seiner Aktentasche versenkt zu haben.

»Was gibt's, Jutta?«, murmelte er.

»Ich habe gehört, dass sich eine Schweizer Firma für uns interessiert. Stimmt das?«

Wie gewöhnlich kam sie ohne Umschweife zur Sache, und ihre Haltung ließ keinen Zweifel aufkommen, dass sie eine klare Antwort erwartete.

»Woher weißt du das denn schon wieder?«, wich er aus.

»Wagner ist mir begegnet und hat sich nach meinem Befinden erkundigt. Wir haben über die Zukunft geplaudert, und er bemerkte beiläufig, dass eine Firma, irgendwas mit Cent, bei uns einsteigen wird. Wüsste er von der Treuhand. Ist an der Sache was dran?«, fragte sie und ihre Augen sandten klare Warnsignale.

»Die Firma, die sich noch in Verhandlungen mit der Treuhand befindet, heißt Swiss Scent«, korrigierte er sie leise, als vertraute er ihr ein Geheimnis an.

»Aha. Und Herr Wagner erfährt das so eben mal von jemandem aus der Treuhand.«

»Der Jemand ist Wagners Sohn, angehender Jurist, ist gerade im Praktikum bei der Treuhand«, erläuterte Schulz.

»Scent klingt wie Cent«, sagte sie und rümpfte die Nase. »Was heißt das auf Deutsch?«

»Duft«, sagte er trocken, ohne die Miene zu verziehen.

»Da denke ich an Schweizer Käse«, sagte sie ebenso trocken. »Die Berlin Beauty wird also vom Schweizer Duft gerettet?«

»Jutta, wir heben ab, wie die Swissair«, wechselte Schulz den Ton, erleichtert darüber, dass sie nicht weiter nach Wagners Plänen fragte. Hoffentlich mit mir an Bord, sagte sich Lehmer und nickte geistesabwesend. Sie dachte gerade an die horrenden Beträge, die sie in den vergangenen Wochen an Wagner's Consulting überwiesen hatte. Die Tagessätze lagen bei 3.000 Mark, fast ihr Monatsgehalt.

»Bist du unter die Weintrinker gegangen?«, wechselte sie abrupt das Thema und musterte mit geneigtem Kopf die Flaschen.

»Die hat mit Wagner geschenkt, als Gruß ins Wochenende«, sagte er schnell.

»Oder zum Einstand«, bemerkte sie süffisant und hoffte, dass Schulz noch etwas zu den Verhandlungen preisgeben würde. Aber er ging nicht weiter darauf ein und wechselte das Thema.

»Jutta, der Weiße ist für dich. Du magst doch Weißwein.« Sie blinzelte überrascht. Schulz war nicht gerade für seine Großzügigkeit bekannt.

»Oh, da kann ich nicht widerstehen«, sagte sie und wand sich etwas auf dem Stuhl. Sie dachte ans bevorstehende Wochenende und Markus Roth, ihren Nachbarn. Lehners Freund hatte sich vor zwei Monaten verabschiedet, seitdem fühlte sie sich manchmal wie eine Kriegerwitwe. Bald werde ich fünfzig, dachte sie in letzter Zeit immer öfter, wenn sie sich im Spiegel betrachtete.

»Dann genieß den Wein und ab ins Wochenende.«

Sie nickte und hatte es plötzlich eilig.

»Vielen Dank, Paul. Und ich werde beim Trinken an dich denken«, schäkerte sie und deutete einen Knicks an. Er sah ihr grinsend nach und dachte bei sich: Tolles Weib, unsere Buchhalterin.

Ich werde Markus auf ein Gläschen einladen, hatte sie bei Schulz beschlossen. Der sitzt auch jeden Abend allein vor der Glotze. Früher, als er noch mit seiner Freundin Karin zusammengelebt hatte, hatten sie sich gelegentlich zu dritt getroffen. Markus war kein Kostverächter – und zwar in jeder Hinsicht. Das hatte sie einige Male gespürt, wenn Markus' Blick zu vorgerückter Stunde ihren Minirock gestreift hatte. Eines Tages hatte sie sich im Hausflur beiläufig nach Karin erkundigt und erfahren, dass die beiden sich getrennt hatten. Er war ihr etwas zerstreut vorgekommen, aber Jutta hatte nicht nachgehakt und beschlossen, zunächst abzuwarten, ob vielleicht eine Neue im Spiel war. Eine Neue war nicht aufgetaucht.

Heute werde ich bei ihm klingeln, beschloss sie. Er war als Wissenschaftler an der chemischen Fakultät der Universität angestellt. Soweit sie wusste, beschäftigte er sich mit irgendwelchen Kohlenwasserstoffsynthesen, gehörte dem sogenannten Mittelbau an und zitterte um seinen Job. »Ein Leben wie im Erdgeschoss einer edlen Villa – oben wohnt die Verwaltung«, so hatte er seine Lage einmal beschrieben und hinzugefügt: »Rate mal, wer auszieht, wenn das Geld knapp wird …«

Er war ein Jahr älter als sie, wirkte jedoch mit seiner sportlichen Figur und zupackenden Art ziemlich jung. Also, Jutta, beschloss sie, während sie sich die Lippen nachzog, heute Abend willst du es wissen.

Der Abend begann vielversprechend, denn der Wein rief bei Markus Begeisterungsstürme hervor. Er konnte kaum aufhören, mit der Zunge zu schnalzen.

»Wirklich Extraklasse«, murmelte er immer wieder mit glänzenden Augen, und sie hoffte, dieses Urteil würde sie miteinschließen.

»Ja, den hat mir mein Chef geschenkt, und der wiederum hat ihn von Herrn Wagner aus Bayern.«

»Ein Weinhändler?«

»Nee, ein Berater, der für die Treuhand Gutachten verfasst.«

»Aha, so einer«, sagte Markus mit einem bedauernden Blick auf sein leeres Glas.

»Er hat uns die Swiss Scent vermittelt, geschrieben S C E N T«, flötete sie leicht beschwipst. »Das heißt Schweizer Duft!«

»Wie muss ich mir das vorstellen, wenn ihr den Schweizern gehört? Wird dann auch das Personal übernommen? Behältst du deine Position?«, fragte er und unterdrückte einen

Schluckauf. Jutta verzog missmutig ihren zierlichen Mund und zog ihren Rock einen Zentimeter höher.

»Ich behalte wohl meine Position«, prostete sie ihm zu. Und nun bitte ein anderes Thema, dachte sie bei sich.

»Da gratuliere ich dir«, beglückwünschte er sie halbherzig.

»Du wirst es auch schaffen«, sagte sie, aber es klang wie eine pflichtgemäße Ermunterung. Etwas unerwartet für Jutta begann er von seiner Arbeit zu erzählen. Sie unterdrückte einen tiefen Seufzer und bemühte sich um Anteilnahme. Er berichtete von Evaluationen durch den deutschen Wissenschaftsrat, von Kollegen aus dem Westen, die sie wie beim Eiskunstlauf mit Noten bewerteten, von Professoren, die durch die Labore liefen, als würden sie in Gedanken ihren Leuten die Tische zuweisen und ... Sie lauschte und ihre Augenlider wurden immer schwerer, das lodernde Feuer erlosch allmählich, und eine Leere breitete sich aus, wie an jedem anderen Abend.

»Ich hatte eine schwere Woche«, murmelte sie schließlich in einer seiner Atempausen und schob sich vom Sofa herunter. Markus sprang geflissentlich auf. Das nächste Mal sehen wir besser zusammen fern, dachte sie, als sie ihm zum Abschied einen Kuss auf die Wange hauchte.

VIER

Der Montag begann für Lehner mit einer Überraschung. Sie war keine zwei Minuten in ihrem Büro, da klopfte es energisch.

»Entschuldigen Sie die Störung, darf ich eintreten?«, hörte sie in ihrem Rücken eine forsche Stimme. Sie drehte sich um und sah einen jungen Mann vor sich, in dunklem Anzug und weißem Hemd. Die schwarzen Haare hatte er glatt nach hinten gekämmt, sie schimmerten, als hätte er sie mit Schuhcreme behandelt. In den Gesichtszügen erkannte sie eine gewisse Ähnlichkeit mit Wagner, der neugierige, unstete Blick, wie Kameraaugen, die über einen gleiten.

»Ich bin der Bernd Wagner, mein Vater schickt mich. Er ist begeistert von Ihrem Betrieb. Ich wollte mich Ihnen vorstellen, ist mit Herrn Schulz vereinbart. Vielleicht hilft meine Expertise.«

Sie sah ihn kühl an. Expertise, wiederholte sie im Stillen, noch so ein Klugscheißer, der mit Fremdwörtern um sich schmeißt. Sie bemühte sich um ein freundliches Gesicht.

»Sehr erfreut, Herr Wagner, ich habe ja schon einiges über Sie gehört. Sie arbeiten also bei der Treuhand.«

»Na ja, als Praktikant, ich studiere noch. Im letzten Semester, Jura. Mir wurde gesagt, dass wir gleich eine Besprechung haben. Ist ja besser, man trifft sich persönlich, bevor es in die Runde geht.«

»Ich weiß nichts von einer Sitzung. Wer hat die anberaumt?«

»Herr Schulz hat meinen Vater, mich, Herrn Schäfer und Sie eingeladen. Das Team, das die Verhandlungen mit der Treuhand vorbereiten soll.«

Von einem Schäfer hatte sie bisher nichts gehört.

»Verstehe, und was kann ich im Team dazu beitragen? Es lief bislang alles über Ihren Vater und Herrn Schulz.«

Sie betonte das englische Wort wie im Schulunterricht. In Wagners unbekümmertes Gesicht mischte sich ein Ausdruck des Zweifels. Verarscht die mich?

»Der Businessplan bringt uns zusammen. Ich möchte helfen, ihn überzeugend hinzukriegen. Auf den Käufer zugeschnitten.«

Lehner verkniff sich die Frage, ob er auch Honorarrechnungen stellen würde.

»Die Berlin Beauty kann bekanntlich keine testierten Bilanzen vorweisen, die werden aber von den Banken und von der Treuhand verlangt«, erläuterte er. »Die Performance des Unternehmens muss dargestellt werden. Kurzum, alles steht und fällt mit dem Businessplan.«

»Verstehe«, sagte sie und verzog das Gesicht, als würde sie gleich auf einem Zahnarztstuhl Platz nehmen. Performance, ächzte es in ihr, klingt nach Laufsteg. Sie kontrollierte kurz den Sitz ihres Rocks.

»Wollen wir dann mal zu den anderen gehen?«, fragte er jovial.

»Ich komme gleich nach«, sagte sie, als hätte sie noch etwas zu erledigen. Sie sah zu, wie er schlaksig zur Tür schritt, eine Hand in der Hosentasche vergraben. Dann atmete sie tief durch, öffnete die Handtasche und nahm den Lippenstift heraus.

Im großen Konferenzraum standen Schulz, Wagner und Schäfer im Halbkreis und tauschten ihre Wochenenderlebnisse aus. Die Gruppe wirkte verloren in dem Saal, der Platz für etwa fünfzig Leute bot. An den Wänden sah man zwei helle Rechtecke von Bilderrahmen, in denen mal der Staatsratsvorsitzende und der Ministerpräsident gehangen hatten. An der Saalfront, wo früher das Präsidium gesessen hatte, stand jetzt der Besprechungstisch, im rechten Winkel zu einem roten Vorhang, der die gesamte rückwärtige Wand verdeckte. Ansonsten säumten einfache Tischreihen die Wände, der Raum erinnerte an den Speisesaal einer Schule.

Lehner hörte noch, wie sich Wagner über die Autobahn im Osten amüsierte, dass die Fugen zwischen den Betonplatten ein Klopfen erzeugen würden, das zum Einnicken verführe wie in einem Abteil der Deutschen Reichsbahn. Sie trat näher, und Wagner warf mit offenem Mund beide Hände in die Höhe, als hätte er sie sehnlichst erwartet.

»Liebe Frau Lehner, ich freue mich, Sie zu sehen. Hatten Sie ein schönes Wochenende?«, posaunte er. Ob der wohl ahnt, dass ich seinen Wein am Wochenende geschlürft habe?, fragte sie sich.

»Mir geht's gut, danke. Und Sie? Waren Sie zu Hause in Bayern?«

»Nein, bin in Berlin geblieben. Wird Zeit, dass ich die Stadt kennenlerne. Dieses Mal war die Museumsinsel dran. Sehr eindrucksvoll.«

Aha, jetzt zeigt er uns seine kulturelle Ader, gleich wird er uns den Pergamonaltar beschreiben, dachte sie. Aber Schulz winkte nun die anderen zu sich an den Tisch. Als alle saßen, räusperte er sich.

»Vielleicht stellst du, Hannes, die Kollegen vor, bevor wir uns der Sache zuwenden.«

Wagner reckte sich auf seinem Stuhl, als müsste er den ganzen Saal überblicken.

»Neben mir sitzt Franz Schäfer, der seit vielen Jahren mit mir zusammenarbeitet. 1991 ist er nach Berlin gekommen, um unsere Filiale aufzubauen. Franz ist gelernter Volkswirt, kennt die Schweizer Bewerber und könnte gegebenenfalls die Konditionen der Rohstofflieferungen aushandeln. Zur Linken mein Sohn Bernd, derzeit Praktikant bei der Treuhand – eine glückliche Fügung«, setzte er schmunzelnd hinzu.

Lehner hörte mit gesenkten Lidern zu, ab und an hob sie den Blick zu Schäfer und Bernd Wagner. Ein emotionsloser Geselle, dieser Schäfer, dachte sie, ein hagerer Typ mit fahlen, nichtssagenden Gesichtszügen. Er erinnerte sie an einen früheren Kollegen, der an Gastritis litt und schlecht aus dem Mund roch. Jede Wette, dass der Schäfer auch was mit dem Magen hat. Was für ein Unterschied zu Wagner, diesem bayerischen Energiebündel. Sie beobachtete aus dem Augenwinkel Wagner junior, der konzentriert den Ausführungen seines Vaters folgte, mit einem ehrgeizigen Leuchten in den Augen.

Wagner schloss mit den Worten, dass sein Sohn nun ein paar Worte zum Businessplan sagen werde. Lehner warf ihm ein reizendes Lächeln zu und hob erwartungsvoll die Augenbrauen. Mal hören, wie sich der Student die Eroberung des Weltmarkts vorstellt, dachte sie.

Bernd Wagner stand auf, zog das Sakko gerade und begann seinen Plan vorzutragen. Man solle es so angehen wie die Kollegen mit dem Rotkäppchen-Sekt, empfahl er, also dem Geschmack der Leute vertrauen, die man kennt.

Während er redete, verirrten sich Lehners Gedanken zu ihrem Sonnabend-Rendezvous. Hätte sich dieser junge Mann mit dem durchgedrückten Kreuz vor ihr auch so vergaloppiert wie ihr Hausnachbar? Hm, der hätte seinen Meilenstein wohl nicht aus dem Blick verloren. Sie blinzelte, als sie sich beim Träumen ertappte.

»Nach den orientierenden Gesprächen meines Vaters mit der Geschäftsleitung habe ich einen Finanzplanungsentwurf und ein Organigramm vorbereitet«, begann Bernd Wagner und tippte auf das Blatt vor sich.

»Ein Organigramm?«, fragte Lehner.

»Die Organisationsstruktur der Firma, das wird verlangt.«

»Aha«, sagte Lehner bloß.

»Erst mal ein paar Sätze zum Financing«, sagte Wagner und hielt ein Blatt in die Höhe.

Lehner rollte leicht mit den Augen. Sie konnte Zahlenreihen erkennen, die sie an Börsenberichte erinnerten, wie man sie neuerdings im Fernsehen sah. Bernd Wagner begann über Einnahmen und Ausgaben, Investitionen, Personal, Materialaufwand und andere Kennziffern zu referieren. Schulz hielt jetzt seine Augen starr auf ihn gerichtet, ohne erkennen zu geben, was er vom Inhalt hielt. Lehner schob die Unterlippe nach vorne und unterdrückte ihren Unmut. Das wird ja immer verrückter, jetzt erklärt uns ein Praktikant, wie man Seifen in die Sowjetunion verkauft. Nur mit Mühe konnte sie ein abfälliges Lächeln unterdrücken, als er zu den angestrebten Umsatzzahlen kam. Dagegen war ja selbst der kühnste Fünfjahresplan ein zahmes Unterfangen. Wagner sprang in die nächste Spalte und sprach vom Cashflow. Lehner erkannte in den Zahlenreihen sofort die Einnahmen aus dem letzten Quartal, und nun verstand sie, dass er schlicht Teile ihrer Bilanzbuchhaltung in ein neues Kleid verpackt hatte. Sie kniff die Augen zusammen, als sie in der Senkrechten die vertrauten Produktnamen las. Die »Shower Gels« sollten im Jahr 1998 120 Millionen Umsatz machen. Da werde ich Mitte fünfzig sein, stellte sie fest und rechnete aus, dass der Betrieb seine Umsätze im nächsten Jahr verdoppeln oder verdreifachen müsste, sollte dieses Ziel erreicht werden. Eine Traumnummer. Na ja, Wagners Sprössling wird wohl wissen, was die Treuhand lesen möchte. Sie musterte ihn kühl.

»Wollen Sie übernehmen, Herr Schulz?«, fragte Bernd Wagner, nachdem er die letzte Spalte seiner Umsatzerwartungen kommentiert hatte. Er schob ein neues Blatt Papier über den Tisch, aber Schulz machte keine Anstalten, es an sich zu nehmen.

»Nein, machen Sie nur weiter, Herr Wagner«, wehrte er ab.

Wagner junior nahm das Organigramm und hielt es vor seine Brust. Lehner sah rechteckige Kästchen, die mit Strichen verbunden waren. Sich selbst sah sie am Rand, im Kästchen »Verwaltung« und sofort begann es in ihr zu brodeln. Sie überflog die Kästchen »J. Wagner/Prokurist und Kaufmännische Leitung«, »J. Lehner/Leiterin allgemeine Verwaltung« und hörte wie aus der Ferne Wagners forsche Jugendstimme. Der redet wie ein Trainer, der seine Spielaufstellung bekannt gibt, dachte sie. Reiß dich zusammen, ermahnte sie sich, hörte den Namen Schulz, und las im Kästchen des Torwarts: »Paul Schulz/GF«.

Wagner legte sein Organigramm zur Seite und lehnte sich mit einem »Das war's von meiner Seite« zufrieden zurück. Sein Vater rutschte unruhig auf einem Stuhl herum, seine Augen trafen auf den kalten Blick Lehners und den verlegenen von Schulz.

»Entspricht doch alles unserer Vereinbarung, Paul, oder?«, fragte er und kratzte sich im Nacken.

»Ja, ja, stimmt schon«, sagte Schulz, irritiert, etwas von einer Vereinbarung zu hören. »Aber warum bleibt Frau Lehner nicht unsere Buchhalterin?«

Lehner sah ihn von der Seite an.

Wagner schüttelte erstaunt den Kopf. »Aber Paul, du selbst hast mich gefragt, ob ich einsteigen würde, sollten wir bei der Treuhand durchkommen. Du, Frau Lehner und ich, ein Team. Das hatten wir so besprochen.«

Schulz sah aus wässrigen Augen müde auf seine gefalteten Hände, er wollte sich nicht weiter dazu äußern. Wagner junior trommelte mit den Fingern auf seinen Unterlagen. Stille breitete sich im Saal aus. Lehner verstand, dass hier ein abgekartetes Spiel lief und setzte ihre Buchhaltermiene auf. Sie blickte zur Wand, wo einst Honecker gehangen hatte.

Vielleicht ganz gut, dass ich aus der Schusslinie verschwinde. Sie musterte den abgekämpften Schulz. Wer weiß, wie lange der durchhält. Wagner, unser neuer Prokurist, der muss die Subventionen verantworten. Schleudersitzposition. Und wenn die Treuhand rausgeht, sollte der auch gehen. Und dann könnte ich …

Wagner räusperte sich.

»Also, liebe Frau Lehner, lieber Paul, ich denke, wir sind uns in der Sache einig. Lasst uns einen feinen Businessplan entwerfen. Packen wir's an, am Ende zählt nur der Erfolg«, rief er, als würde er einen Marschbefehl erteilen.

Sie standen schon an der Tür, um sich zu verabschieden, da musste Lehner eine letzte Frage loswerden.

»Herr Schäfer, Sie waren so still. Habe ich Herrn Wagner richtig verstanden, dass Sie uns auch unterstützen werden?«, sagte sie beiläufig, ohne ihn anzusehen. Schäfer öffnete die Lippen, aber Wagner junior ließ ihn nicht zu Wort kommen.

»Herr Schäfer könnte einige Aufgaben im Marketing übernehmen. In diesem Bereich müssen wir unsere Performance deutlich verbessern.«

Aha, mit dem trägen Schäfer im Marketing, na sowas. Lehner lächelte nachsichtig und wandte sich zum Ausgang. »Da erwartet uns ja eine echte Challenge«, sagte sie und verabschiedete sich mit einem lässigen Winken.

Am nächsten Morgen sah Lehner wie gewohnt als Erstes bei ihrem Chef vorbei. Die Büros der Berlin Beauty befanden sich in einem ehemaligen Wohnhaus aus der Zeit der Jahrhundertwende, dem man nach dem Zweiten Weltkrieg den Stuck abgeschlagen hatte. Von der Straße aus fuhr man mit dem Auto durch eine große Einfahrt, die früher einmal den Pferdefuhrwerken als Zufahrt gedient hatte, und gelangte so in den ersten Hinterhof. Die eigentliche Fabrik lag dahinter, in einer typischen Berliner Gewerbehofanlage mit Backsteinfassaden und weiteren Gebäuden aus den 1920er-Jahren.

Lehner stieg die Steintreppe hinauf, öffnete eine Stahltür und stieß um ein Haar mit dem Werksleiter Mewis zusammen, der in blauem Kittel grinsend auf sie herabsah. Er wich nicht zurück. Man hätte annehmen können, er wollte sie in den Arm nehmen. Sie mochten sich, der gelassene Ingenieur mit der Statur eines Speerwerfers und die zarte Lehner. Manchmal, wenn sie mittags zusammen an der Essensausgabe gestanden hatten, hatte sie sich vorzustellen versucht, wie es wohl mit diesem Mann im Schlafzimmer wäre. Ein Kerl wie ein Baum, der bietet Schutz, hatte sie sinniert und ihren Blick verträumt über Königsberger Klopse, Tomatensuppen und Vanillepuddings gleiten lassen.

»Uwe, wie geht's so?«, begrüßte sie ihn mit einem charmanten Lächeln.

»Gut, was das Private angeht. Ansonsten, na ja, du weißt sicher besser Bescheid, wohin die Reise geht. Ich war gerade beim Chef. Der druckst herum.«

»Das kennen wir ja. Was wollte er von dir?«

»Ich soll eine Planung vorlegen für die Produktionserweiterung. Hörte sich so an, als wolle er ganz Europa mit Duschgel einseifen. Er will mir noch Unterlagen geben, wer uns welche Rohstoffe liefert für die neuen Produkte, die ich noch gar nicht kenne«, setzte er mürrisch hinzu.

Lehner war einige Schritte zurückgetreten, um sich nicht den Hals zu verrenken, und überlegte, was sie ihm sagen sollte. Sie entschied sich zur Vorsicht.

»Es gibt erste Signale – wir werden vielleicht von einem ausländischen Unternehmen übernommen. Deshalb auch der Auftrag vom Chef.«

Er sah sie eindringlich an und sie fühlte sich ertappt.

»Sieht gut aus, Uwe«, setzte sie aufmunternd hinzu.

»Auch für mich?«, fragte er misstrauisch.

»Ich denke schon. Wie soll es denn sonst funktionieren, das Hochfahren der Produktion?«

»Mit einem Westexperten, wie sonst.«

»Das glaube ich nicht. Paul weiß, was er an dir hat.«

Lehner sah ihn mitfühlend an.

»Ich sage dir nur eins, Jutta: Wenn ich merke, dass er mich verarscht, dass ich nur das Feld für meinen Nachfolger bestellen soll, dann …«

Er biss sich auf die Unterlippe, und sie warf ihm einen forschenden Blick zu. Diese aggressive Seite an ihm war ihr bisher nicht begegnet, unbewusst trat sie einen Schritt zurück.

»Ich habe da noch was«, sagte er. »Ich wollte dich fragen, ob du die Rechnungen kennst, die uns die Ukrainer wegen der Allergentestungen zustellen.«

»Keine Ahnung, wovon du redest. Das war immer Chefsache.«

»Hm, ich dachte du würdest alle Kontobewegungen überprüfen. Ich kriege ja seit zwei Jahren regelmäßig Unbedenklichkeitsbestätigungen, also gestempelte Zertifikate, von einer Firma namens UcraCosTrust. Die prüfen unsere Produkte auf hautschädliche Stoffe. Sage und schreibe 361 an der Zahl, hat der RGW 1976 beschlossen. Kannst dir ja denken, wie viel die daran verdienen. Ich sehe nur die Zertifikate, nie die entsprechenden Rechnungen oder Aufträge.«

»Entschuldige bitte, Uwe, aber ich hab's bisschen eilig, und was geht mich das an. Die Kiewer Firma führt ein alter Freund unseres Chefs, Surab Tschiladse, feiner Kerl. Du hast ihn auch schon getroffen. Wie gesagt, ist Sache von Schulz.«

»Darum geht's nicht. Wir bezahlen die Ukrainer für Zertifikate, die man hier in Berlin für einen Bruchteil des Geldes kriegen kann. Habe ich dem Chef schon vor Monaten gesagt. Er hat nicht darauf reagiert. Denk mal drüber nach.«

Sie sah ihn überrascht an. Denkt Mewis, dass Schulz Gefälligkeitsgutachten erstellen lässt, um die strengen deutschen Regeln zu umgehen? Um sich mithilfe der UcraCosTrust den Ostmarkt zu sichern? Oder steckt etwas anderes dahinter?

»Ich spreche mal mit unserem Chef«, versuchte sie das Gespräch zu beenden. Sie hatte plötzlich einen Verdacht, den sie besser für sich behalten wollte. »Also, Uwe, bleib stark und wachsam«, sagte sie und schob sich mit einem Augenzwinkern an ihm vorbei.

Er presste wütend die Lippen zusammen und sah ihr hinterher, wie sie den Flur entlangeilte. Lehner zuckte zusammen, als die schwere Metalltür hinter ihr ins Schloss krachte, als wäre ein voller Metalleimer in den Hof gefallen. Mann, was ist bloß in meinen heimlichen Schwarm gefahren?, dachte sie und blies die Backen auf.

Sie ging über den mit grünem Linoleum ausgelegten Flur zu Schulz, klopfte zweimal kurz an und trat ein, ohne abzuwarten. Sie wollte gerade ein trockenes »Morgen« rufen, aber ihr blieb der Gruß im Hals stecken.

Auf dem Chefsessel fläzte der junge Wagner, er trug wieder den dunklen Anzug und das weiße Hemd, dieses Mal ohne Krawatte. Sein zerstreuter Blick streifte sie wie eine Kollegin, der man zufällig auf dem Flur begegnet. »Hallo, Frau Lehner, eine Minute, bin gleich bei Ihnen.«

Es klang, als säße er dort jeden Tag. Lehner lächelte säuerlich. Kleiner Schnösel. Sie spürte einen leichten Anflug von Verachtung.

»Ist Herr Schulz nicht hier?«, fragte sie.

»Er hat auswärts etwas zu erledigen und mir für eine Stunde sein Büro überlassen«, erklärte Wagner. Sie fühlte eine kalte Wut in sich aufsteigen. Was denkt sich der Lümmel, mich hier wie irgendeine Sachbearbeiterin warten zu lassen, dachte sie und überlegte kehrtzumachen. Er schien ihren Unmut zu spüren und zuckte entschuldigend mit den Achseln.

»Sorry, wenn Sie Herr Schulz nicht informiert hat, Zeitdruck. Die Treuhand will den Plan sehen. Darf ich in einer Stunde mal bei Ihnen vorbeikommen?«

»Ich bin in meinem Büro«, erwiderte sie knapp. Er sah ihr nach, bis sie zur Tür verschwunden war, und wippte noch etwas im Sessel. Nicht schlecht, die Dame, alle Achtung. Schicke Pumps – ob die wohl aus der DDR sind?

Mit energischen Schritten lief sie den Korridor entlang. Das Klackern ihrer Absätze schallte hell von den Wänden. Der versucht, hier den großen Macker zu spielen, nur weil er bei der Treuhand Akten sortieren darf. Wenn das so weitergeht, such ich mir was bei einem Steuerbüro. Sie schnaubte wütend und stieß ihre Tür auf.

Das Telefon klingelte, sie atmete einmal tief durch. Am Apparat meldete sich ein Herr Nowack von der Treuhand.

»Frau Lehner, ich werde Sie nicht unnötig lange aufhalten. Wenn Sie einverstanden sind, komme ich gleich zur Sache«, begann er.

Hört das denn gar nicht mehr auf, dachte sie und seufzte innerlich.

»Herr Bernd Wagner aus unserer Behörde hat den Auftrag, mit Ihnen die finanztechnischen Aspekte des Businessplans durchzugehen. Sie sind als Buchhalterin mit allen Details bestens vertraut. Bekanntlich bewegen wir uns auf den Verkaufsabschluss zu. Ich weiß, dass sie neue Produkte in der Pipeline haben. Die avisierten Umsatzerlöse müssen jedoch die Investoren und die Treuhandverantwortlichen überzeugen ...«

»Ich verstehe«, sagte Lehner

»Frau Lehner, wären Sie einverstanden, wenn Herr Wagner jede Woche für ein, zwei Tage zu Ihnen in die Buchhaltung kommen würde, um an der Finanzplanung zu arbeiten?«

Lehner nickte teilnahmslos. Was sollte die Frage? Sie hatte doch sowieso keine Wahl.

»Er braucht Einsicht in die Ertragszahlen. Für eine Vorausplanung ist es hilfreich, wenn wir uns auf Ihre Erlöse aus den Exporten in die Ostblockstaaten konzentrieren. Die lassen sich skalieren, in die Zukunft.«

Lehner atmete tief durch und sagte: »Sie wissen aber, dass wir eigentlich pleite sind?«

»Na ja, wir reden von neuen Produkten und der D-Mark.«

D-Mark – dass ich nicht lache, dachte sie.

»Nur zum Verständnis. Unsere Produktionskosten für ein Flakon Schwarzer Samt beliefen sich auf etwa 30 Mark, was im internen Umrechnungskurs ungefähr sieben D-Mark entsprach. Verkauft wurden sie für zehn D-Mark, wir machten also drei D-Mark Gewinn. Nach der Währungsumstellung mit der Quote 1:1 kostete die Herstellung über Nacht 30 D-Mark. Verkauft wurde aber weiter für zehn D-Mark, weil niemand dafür mehr bezahlen würde. Jedes Flakon machte also 20 D-Mark Verlust.«

»Ich verstehe, aber wir werden mit moderner Technik die Herstellungskosten reduzieren und den Gewinn nach oben skalieren, über den Ostexport.«

Sie hatte das Gefühl, sich auf ein krummes Geschäft einzulassen. Skalieren – klingt wie eine Matheaufgabe.

»Selbstverständlich werde ich alles tun, um einen guten Businessplan zu erstellen«, sagte sie bemüht freundlich.

»Dann sind wir uns also über das Prozedere einig«, stellte er zufrieden fest.

»Ja, das Prozedere steht«, erwiderte sie. »Auf gute Zusammenarbeit, Kollege Nowack.«

Schulz griff nach seiner Adressrollkartei und drehte das Rädchen zum Buchstaben »T«. Nachdem Lehner gerade nervös in seinem Büro vorbeigekommen war, weil sie nichts von Nowacks Anruf gewusst hatte und Mewis ihr gegenüber anscheinend einen Kommentar zu den Zertifikaten hatte fallen lassen, musste er dringend mit Tschiladse sprechen. Er wählte die Nummer, und am anderen Ende meldete sich eine kräftige Frauenstimme mit einem »Dobrui Den«, dann verband ihn die Sekretärin mit Tschiladse.

»Tag, mein Lieber, schön dich hören. Bei dir alles gut?«, meldete sich Surab.

Schulz mochte diesen Georgier mit dem herrlichen, offenen Lächeln in den graublauen Augen, der daherkam wie ein Ringer. Untersetzt, breitschultrig, aber inzwischen mit einem ansehnlichen Bauch ausgestattet. Jedes Mal, wenn sie sich trafen, schien er dicker zu sein. »Ja«, pflegte er zu scherzen, »zu jedem Jahreswechsel wünsche ich mir das Gleiche: weniger als 100 Tage im Jahr auf Reisen und weniger als 100 Kilo auf der Waage.« In seiner tiefen Stimme schwang etwas mit, das Schulz wie der ferne Widerhall eines Blasinstruments erschien.

Schulz grinste zufrieden, ihm war, als stünde Surab vor ihm und legte ihm seine Hand auf die Schulter. Die Nervosität, die ihn gerade noch gequält hatte, war wie weggefegt.

»Bei uns ist die Treuhand im Haus, die stellen alles auf den Kopf. Es gibt einen seriösen Kaufinteressenten.«

»Woher?«

»Schweiz. Swiss Scent.«

»Nie gehört.«

»Lehner stört sich an unseren Rechnungen. Sie meint, die wären zu hoch. Die könnten wir uns auch in Deutschland erstellen lassen. Na ja, kann die Treuhand was finden? Was meinst du?«

»Die was finden? Ich nicht glaube. Und zu mir fahren, nach Kiew, auch nicht.«

Schulz drehte sich auf seinem Sessel, um sicherzugehen, dass niemand hinter ihm stand. Er schnaubte leise.

»Schon gut, Surab, aber lass uns die Preise absenken,

jedenfalls so lange, wie die Leute von der Treuhand hier sind. Für die letzten Analysen hast du noch keine Rechnungen gestellt. Am besten, du schickst zwei, datiert im Dezember.«

»Ich schicke für Herbstlieferung, Analyse, Position 221 bis 342, kritische Stoffe.«

»Einverstanden. Mach einen Rabatt, 20 Prozent. Altkunden aus der ehemaligen DDR.«

»Freundschaft!«, rief Surab, und Schulz sah ihn vor sich, wie er zufrieden die Arme über den Bauch faltete.

»Gut. Und dann sehen wir weiter. Also, bis bald. Vielleicht komme ich zur Vorstellung unseres Super Sun Shine nach Kiew.«

»Prima. Sag mir vorher, damit ich dir kann was mitgeben.«

»Tschüss.« Schulz hatte es plötzlich eilig, aufzulegen.

Er erinnerte sich an ihr erstes Treffen. 1990 war er ihm bei einer Veranstaltung der Sparkasse begegnet. Surab hatte sich als Bankier aus Kiew vorgestellt, was Schulz einigermaßen irritiert hatte. Er war ihm ziemlich jung für einen Bankinhaber vorgekommen, aber es schien ja alles möglich zu sein in dieser Zeit. Später, als sie bereits gute Freunde geworden waren, erzählte ihm Surab, wie er seine »erste Million« gemacht hatte. Er hatte in Jena Chemie studiert, das Ende des Studiums fiel mit dem der DDR zusammen. Dann war er auf eine Idee gekommen: Als Quantenchemiker war er mit den Rechnern von Robotron aus Dresden bestens vertraut. Die wollte nach der Wende niemand mehr haben, man lagerte sie aus. Aber bevor sie zu Schrott wurden, holte Surab sie für eine Mark aus dem Lager, zerlegte sie in seiner Wohnung und brachte die Einzelteile am Zoll vorbei nach Kiew, wo er sie wieder zusammensetzte. Die »deutschen Rechner aus Dresden« verkauften sich bestens. Mit dem Geld gründete er seine Bank. Der träge Schulz mit dem Traum vom Wohlstand und der energische Surab Tschiladse, der ihm zeigte, wie man es anstellte, wurden Freunde und Partner. Schulz vertraute ihm bedingungslos. »Ein georgischer Freund ist wie ein Bruder«, pflegte er zu sagen.

Wenige Tage nach ihrem Telefonat lagen »an Schulz persönlich« adressierte Einschreiben auf seinem Schreibtisch, mit Rechnungen für den »Ausschluss allergener Stoffe in Super Sun Shine-Chargen, Oktober 91 – Januar 92«.

Schulz nickte zufrieden, versah sie mit seinem Stempel und legte sie Lehner ins Postfach.

FÜNF

Der junge Wagner begann, den Betrieb mindestens zweimal die Woche zu besuchen. Schulz und Lehner fühlten sich mitunter wie seine Mitarbeiter. Schulz verbrachte die Zeit damit, ihm Betriebsabläufe zu erklären – er wollte alles erfahren, sogar woher die Duftstoffe und Verpackungsmaterialien kamen. Schulz wunderte sich. Wer aus der Riege der Entscheidungsträger wollte wohl wissen, warum in den 70er-Jahren die goldeloxierten Verschlüsse durch Plastik ersetzt worden waren? Oder ob sie damals die Cremes in 80g-Tuben oder in 200ml-Weißglasdosen abgefüllt hatten?

Schulz kam es vor, als würde er seinen Nachfolger schulen. Als Wagner einmal die Umsätze des Verkaufsschlagers Trivi-Fußcreme vorgelegt bekam, verschlug es ihm die Sprache. »Wie kommen Sie denn auf diese Zahlen?«, fragte er verblüfft. Schulz musste ihn an die Weite des Landes und einen Winter bei bis zu minus 30 Grad erinnern. »Da kommen viele kalte Füße und Kilometer zusammen, junger Mann.« Wagner junior starrte einen Moment lang auf die Zahlenkolonnen, als sähe er vor seinem inneren Auge Massen von Menschen durch Sibirien stiefeln.

Nach etwa drei Wochen zog sich Wagners Sohn aus dem Betrieb zurück. Mit einem leichten Schauer im Nacken hatte Schulz den Businessplan abgesegnet. Ihm blieb nichts weiter übrig, als den Exceltabellen zu vertrauen, die der Berlin Beauty eine große Performance voraussagten. Hoffen wir, dass die restliche Treuhand Bernd Wagners Optimismus teilt, seufzte er.

Endlich, an einem Freitagnachmittag im grauen November

1992, meldete sich Herr Nowack am Telefon, mit der Bitte um einen Besprechungstermin. Schulz stockte der Atem. Jeden Tag hatte er auf eine Nachricht gewartet. Die Wochen waren nicht spurlos an ihm vorbeigegangen, denn mit jedem Abend des Wartens erhöhte sich sein Alkoholkonsum ein wenig. Seine Frau musterte die Bierflaschen und schwieg besorgt, und wenn er morgens schweren Schrittes und mit hängenden Augenlidern den Betrieb betrat, verfolgten ihn die ängstlichen Blicke der Belegschaft.

Die quälende Ungewissheit schien ein Ende zu haben. Nowack würde wohl nicht ohne Grund zu ihnen kommen, hoffte Schulz. Einen negativen Bescheid hätte man schließlich auch mit der Post zustellen können.

Sie versammelten sich im großen Konferenzzimmer, neben Schulz, Lehner und Nowack waren die beiden Wagners und Schäfer anwesend. Wagners »verdeckter Ermittler«, höhnte Lehner still. Zur Sache trägt der weniger bei als unser Pförtner. Einzig die Sorge, dass durch Schäfer der Laden endgültig unter Wagners Kontrolle geraten könnte, brachte sie dazu, ihn im Auge zu behalten. Vorausgesetzt, es gab den Betrieb in ein paar Minuten überhaupt noch.

»Liebe Frau Lehner, lieber Herr Schulz«, begann Nowack wie ein Festredner. »Zunächst einmal möchte ich Ihnen nochmals meinen herzlichen Dank für die gute Zusammenarbeit aussprechen. Sie haben sich richtig reingekniet, und es hat sich letzten Endes gelohnt. Ich überbringe gute Nachrichten.«

Schulz ließ ein leises Räuspern vernehmen, sein Gesicht rötete sich und entspannte sich zu einem spitzbübischen Lächeln. In Lehners Blick saß noch der Zweifel, schließlich bedeutete dieser Auftakt nicht, dass es auch für sie persönlich gut ausgehen würde.

Nowack warf mit erhobenen Augenbrauen einen kurzen Blick in die Runde, zog ein einzelnes DIN-A5-Blatt aus seiner Sakkotasche, faltete es langsam auseinander und legte es auf den Tisch. Schulz und Lehner folgten erstaunt seinen Bewegungen. Sie konnten nicht glauben, dass er ihr Schicksal von einem so kleinen Zettel ablas. Seine Hände verdeckten den Text, zwischen den Fingern konnte man Linien und Zahlen erkennen, wie auf einem Formular.

Er hielt das Blatt hoch und sagte mit fester Stimme: »Die Treuhand hält die Berlin Beauty für sanierungsfähig und unterstützt das Management-Buy-In-Vorgehen, was bedeutet: Die Swiss Scent wird die Berlin Beauty übernehmen.«

Es klang, als hätte er soeben den Sieger eines Wettbewerbs gekrönt. Er nickte zweimal nachdrücklich in die Runde und legte den Beschluss mit dem Text nach unten auf den Tisch. Der junge Wagner hatte die Arme über der Brust gekreuzt und tat so, als hätte er das alles längst vorausgesehen. Eine senkrechte Falte zwischen den Augenbrauen ließ ihn ein wenig älter wirken. Sein Vater lümmelte mit der Mimik eines Siegers lässig auf seinem Stuhl und ließ keinen Zweifel aufkommen, dass er vorab informiert worden war. Schulz beugte sich schwerfällig zu Lehner, als wollte er ihre Reaktion erkennen, aber sie neigte den Kopf zur anderen Seite.

»Noch einige Worte zur Erläuterung«, sagte Nowack nach einem Moment andächtiger Freude und wendete das Blatt. Er tippte mit dem Zeigefinger auf eine Spalte.

»Unter der Rubrik Einstufung steht eine Drei, die Skala reicht von eins bis sechs. Stünde hier eine Sechs, wären wir aus dem Spiel. Sechs bedeutet: nicht sanierungsfähig, also Abwicklung. Ihr Betrieb wurde mit einer Drei benotet, was bedeutet: zu erhalten.«

»Das ist ja wie die Erteilung von Schulnoten«, platzte Lehner dazwischen. Nowack schenkte ihr ein gütiges Lächeln.

»Kann man so ausdrücken. Aber die Treuhand hat es mit tausenden Betrieben zu tun, und da hat man sich für eine pragmatische Zusammenfassung des Beschlusses entschieden. Nun, die Drei reicht uns. Und es wird eine Anschubfinanzierung in Aussicht gestellt, vorausgesetzt, der Kaufpreis ist hinterlegt.«

»Das hört sich doch gut an«, meldete sich zum ersten Mal Wagner zu Wort.

»Das ist für Sie. Bitte sehr«, sagte Nowack freundlich und legte das DIN-A-5-Blatt zwischen Schulz und Lehner. Sie beugten sich über die Zahlen. »Die Stammbelegschaft ist weiter zu reduzieren«, lasen sie. Und das bei geplanten Umsatzsteigerungen von 250 Prozent, erinnerte sie sich.

»Wie sehen die nächsten Schritte aus, Herr Wagner?«, fragte sie und sah ihn direkt an.

»Darf ich die Frage an den Direktor weitergeben?«, sagte er lässig.

Schulz räusperte sich verlegen, offensichtlich hatte er keine Lust, die gute Stimmung mit unangenehmen Nachrichten einzutrüben.

»Also, zu den Human Resources, früher Personalwesen genannt«, begann Schulz stockend. »Ich bleibe Geschäftsführer, Herr Wagner wird unser Prokurist, Jutta, äh, Frau Lehner wird als Leiterin Verwaltung für Personalwesen, Rechtsfragen, Akkreditierung und Postverkehr zuständig sein. Neu zu uns stößt Herr Schäfer, der die Abteilung Marketing, Ein- und Verkauf aufbauen wird«, beendete Schulz seinen kurzen Beitrag und lehnte sich zurück.

Er vermied es, sie anzublicken. Sie schob überrascht den Kopf in den Nacken. Wagner ist jetzt also die Nummer zwei, sozusagen der verdeckte operative Chef des Betriebs. Nervös schielte sie zu Schäfer hinüber. Der ist dann hinter Schulz und Wagner die Nummer drei in der Hierarchie, stellte sie fest. Ausgerechnet dieses Weichei, das immer so aussieht, als würde es sich im Halbschlaf befinden. Prima eingefädelt, sicherlich mit dem Schweizer abgestimmt.

»Und wann fangen Sie bei uns an, Kollege Schäfer?«, fragte sie betont beiläufig.

»Am ersten des kommenden Monats. Wir haben uns auf eine 30-Stunden-Woche verständigt.«

»Na, wenn das mal reicht für unsere Performance«, sagte sie mit einem herausfordernden Blick in die Runde.

»Wir werden sehen, man kann ja später nachjustieren«, sagte Schäfer emotionslos.

Lehner schwieg, Schulz atmete schwer. Mit einem nervösen Zucken um den Mund schob er Lehner unauffällig einen Briefumschlag zu.

»Dein Arbeitsvertrag«, murmelte er.

Beiden war ihre Aufgabe klar. Ihre ostdeutsche Vergangenheit sollte die Gewähr dafür sein, dass Super S in der Ukraine ein Erfolg und der Kaufpreis beglichen würde. Stellvertretend für Herrn Kohlin wachten die Herren Wagner und Schäfer über sie.

Als Lehner später in ihrem neuen Büro am Ende des Korridors der zweiten Etage mit spitzen Fingern ihren Arbeitsvertrag betrachtete, umwölkte sich ihr Gesicht wie beim Lesen einer Todesanzeige. Ab sofort bewege ich mich hinter der Gefechtslinie, ohne richtigen Einfluss und Verantwortung. Gleiches Gehalt für weniger Arbeit. Ich darf mich um den Fahrdienst, die Poststelle, Personal, Ordnung, Sicherheit und Arbeitsschutz kümmern, während Wagner die Subventionen verantwortet. Und Schäfer den Einkauf. Sie musste auflachen. Die können nun ihre Geschäfte mit der Swiss Scent und sonst wem abwickeln, und Schulz, der Waschlappen, hat meiner Entmachtung tatenlos zugesehen.

Ein vorsichtiges Klopfen an ihrer Tür riss sie aus ihren trüben Gedanken. Sie warf den Vertrag auf den Schreibtisch und sagte »Herein«. Mewis tauchte auf, hinter ihm Schade, der Forschungsdirektor der Berlin Beauty. Verwundert hob Lehner die Augenbrauen.

»Was führt euch denn zu mir?« Sie konnte sich nicht erinnern, dass die beiden jemals gemeinsam zu ihr gekommen wären. Schade kannte sie lediglich von Dienstbesprechungen, die er anscheinend widerwillig über sich ergehen ließ. Sein direkter Vorgesetzter war Schulz, nicht sie.

»Dürfen wir dich für einen Moment stören?«, fragte Mewis.

»Klar doch, setzt euch«, lud sie die beiden ein. »Man hat mir vier Stühle belassen und meinen Schreibtisch.«

»Dafür ist dein neues Büro schön ruhig«, tröstete sie Mewis mit einer Geste in Richtung Tür. Sie verzog den Mund und setzte sich. Die Männer taten es ihr gleich. Mewis grinste etwas verlegen, Schade sah fehl am Platz aus.

»Also, was verschafft mir die Ehre?«, fragte sie.

Mewis beugte sich verschwörerisch nach vorn.

»Wir machen uns mächtig Sorgen. Wir glauben, wie soll ich mich ausdrücken, also wir vermuten, dass die aus der Schweiz uns nur so lange brauchen, wie die Treuhand hinter uns steht. Kann sich doch jeder denken, dass die nur für ein paar Monate dabei sind, und sobald die Produktion läuft, verkaufen die uns mit Gewinn weiter.«

Er sah zu Schade hinüber, und der fuhr fort: »Wir bringen das neue Produkt raus, das sieht bislang recht gut aus, da werden wir gebraucht. Aber sobald die Fertigung wie geplant automatisiert ist, wird die Mannschaft halbiert. Die neuen Chefs stehen nicht so hinter der Belegschaft wie Sie, Frau Lehner. Aber Ihr Einfluss wurde ja wohl beschnitten.«

Lehner wunderte sich, denn so deutlich äußerte sich Schade für gewöhnlich nicht. Sie runzelte die Stirn und versuchte zu verstehen, warum dieses Gespräch, das ihr irgendwie konspirativ erschien, stattfand.

»Nun, Herr Schade, man kann es auch umgekehrt sehen: Mit den neuen Produkten sichern wir die Arbeitsplätze.«

»Das dachten wir auch«, meldete sich Mewis, »aber die ersten Rohstoffbestellungen an diese Schweizer Firma, die mir Herr Wagner zur Prüfung vorgelegt hat, die enthalten

Preise, da kommen einem Zweifel. Die sind sehr hoch – da müssen wir Tonnen verkaufen, um Gewinne zu erzielen. Und ohne diese Gewinne wird's ja wohl nichts mit der Arbeitsplatzgarantie.«

Er blickte Lehner an, die sich ebenfalls fragte, wie man mit hohen Einkaufspreisen marktübliche Produktpreise erzielen sollte.

»Was uns auch wundert, ist, warum wir die Waren von einer Firma namens Swiss Dorn beziehen«, setzte Mewis hinzu.

Es trat eine Pause ein. Lehner wunderte sich, eine Swiss Dorn war ihr nicht bekannt.

»Also. Was erwarten Sie von mir?«

Die Männer warfen sich einen kurzen Blick zu, und Mewis stemmte beide Hände auf die Knie.

»Herr Schade und ich denken, dass du die einzige Person bist, auf die der Chef hört, den allwissenden Wagner mal ausgenommen.«

Lehner hob beschwichtigend beide Hände.

»Ich bleibe in der Nähe unseres Direktors und bin in alle Entscheidungen eingebunden«, sagte sie.

»Warum ist eigentlich nicht Herr Wagner Direktor geworden?«, fragte Mewis und starrte Lehner mit verengten Augen an.

»Also, Uwe, woher soll ich das wissen, und warum sollte er? Prokurist ist doch naheliegend, er muss nun auch die Gelder der Treuhand ordentlich verwalten, für die er maßgeblich gesorgt hat.«

Es war nicht ersichtlich, ob das tatsächlich ihre Meinung war, oder ob sich hinter ihren Worten eine Anspielung verbarg.

»Letztendlich ist es aber doch der Geschäftsführer, der für die ordnungsgemäße Verwendung der Gelder verantwortlich ist und persönlich haftet, oder?«, fragte Schade.

»Ja, so ist es, Herr Schade«, antwortete Lehner, die jetzt zum Ende kommen wollte. »Ich werde die Augen offenhalten. Ich gehe davon aus, dass dies hier ein vertrauliches Gespräch war. Uwe, ich verlasse mich auf dich.«

»Klar doch, Jutta, du kannst dich auf uns verlassen.«

Schade deutete ein Nicken an. Er verließ eilig das Zimmer, während Mewis noch unentschlossen an der Tür stand. Lehner sah ihn fragend an.

»Jutta, ich sag dir jetzt mal was unter vier Augen. Wir kennen uns schließlich schon eine Ewigkeit.«

Er drehte sich um und schloss die Tür.

»Schulz traue ich nicht, der steckt mit denen unter einer Decke. Der denkt nur an sich. Schade sieht das auch so, wird's aber nie zugeben.«

»Nun mach mal halblang«, sagte sie und bewegte sich langsam hinter ihren Schreibtisch. Eine eisige Entschlossenheit legte sich über ihr Gesicht, aber das konnte Mewis nicht sehen.

»Ich wundere mich auch über die Zertifikate zu den Schadstoffanalysen von UcraCosTrust, die mir der Chef weiterleitet. Da steht immer dasselbe drin, wie aus einem Automaten. Ich habe ihn mal darauf angesprochen, da wurde er grantig, meinte, ich soll mich um die Produktion kümmern. Schade fragt sich auch, wozu Zertifikate gut sein sollen, die zu möglichen Verunreinigungen keine Mengenangaben machen.«

»Sondern?«, fragte Lehner.

»Da steht nur, dass in unseren Produkten nichts nachgewiesen wurde.«

Sie zog die Stirn kraus und winkte ab.

»Was soll das? Diese Zertifikate sind wichtig, die machen das für uns seit vielen Jahren und haben uns den Verkauf unserer Produkte in der SU gesichert.«

»Ich will es nur gesagt haben. Nicht dass uns da was auf die Füße fällt, wenn wir mit diesem Super S rauskommen wollen. Und schon gar nicht will ich, dass es mir als Produktionsleiter auf die Füße fällt. Schulz muss das allein ausbaden.«

»Nun mal langsam, noch heißt es Herr Schulz, und er ist unser Chef.«

»Jutta, bedenke bitte, unter den neuen Bedingungen könnten diese Analysen nicht anerkannt werden. Ich wiederhole – das ist dann nicht meine Schuld. Du bist näher an Herrn Schulz, pass gut auf. Bis dann, Jutta.«

Er stand in der Tür, als wartete er auf etwas.

»Du auch«, sagte sie kühl und nahm den erstbesten Ordner zur Hand. Mit einer abfälligen Armbewegung schloss er die Tür hinter sich.

An einem Sonnabend im November machte sich Schulz auf den Weg zu Wagners Grundstück, das sich nordöstlich von Berlin befand. Er nahm die Autobahn nach Prenzlau, die er kurz hinter Bernau verließ. Die Landstraße führte durch brandenburgische Wälder, vorbei an starr emporragenden Kiefern im Kleid graugrüner Nadeln, wuchtigen Eichen mit mächtigem Dach und Buchen, deren wie aus Kupfer gegossene Blätter im fahlen Licht leuchteten. Am Wegesrand lagen bereits einige Eicheln und Bucheckern. Schulz kam sich vor wie in einem Traum. Nach etwa zehn Kilometern passierte er das Ortseingangsschild von Sophienstädt. Das Dorf bestand aus einem Dutzend alter Einfamilienhäuser, einer gemütlichen Gaststätte mit einem Tanzsaal für die Silvester- und Feuerwehrbälle, einer Kirche aus dem Jahr 1914 und einer Kiesgrube. Unweit vom Ort lagen malerisch im Wald eingebettet der Buckowsee und der Mittelprender See mit seinem Campingplatz, ein besonders unter den Liebhabern der Freikörperkultur geschätztes Ziel. Wagner und seine Frau hatten sich einmal versehentlich dorthin verlaufen, woraufhin sie einen Schrei ausstieß, als wäre sie angeschossen worden.

Sie schlug die Hände vors Gesicht, erspähte zwischen den Fingern dutzende nackte Menschen auf klapprigen Campingstühlen, die halbtrockenen Rotkäppchensekt tranken. Fluchtartig verließen sie den Ort. Frau Wagner konnte sich erst nach einiger Zeit von dem Alptraum befreien, von unbekleideten DDR-Bürgern umzingelt zu werden.

Am Ortsausgang, bevor die Straße durch den Wald weiter nach Biesenthal führte, musste Schulz auf einen unbefestigten Sandweg abbiegen. Er passierte ein Gehöft mit Kühen, Schweinen, Hühnern und einem Hund, der an einer verrosteten Eisenkette döste. Er »bewachte« ein verlassenes Bauernhaus aus dem vergangenen Jahrhundert. Östlich des Weges ersteckte sich wildes Wiesengelände, das sich in einen flachen Bachlauf verlor, dahinter sah man nur den Wald, in dem versteckt der Buckowsee lag. Auf der westlichen Seite des Dorfes, mit dem Kirchturm im Hintergrund, grasten Kühe und Schafe auf der Weide. Ein ländliches Idyll vor den Toren Berlins. Die Dämmerung hatte eingesetzt, und allmählich breitete sich Abendstimmung aus, die das Dorf noch abgeschiedener erschienen ließ, wie eine Zuflucht für Einsiedler. Wagner hatte einen Teil der Wiesenfläche vor dem Bach erworben. In Sichtweite grüßten ihn die Bäume mit sanftem Rascheln und Knistern, wenn es stürmisch war, schwankten sie wie im Tanz.

Schulz stellte den Wagen am Wiesenrand ab und stieg langsam aus. Er war etwas nervös, wie früher, wenn ihn der Generaldirektor ohne Angabe von Gründen zu sich hatte rufen lassen. Er hatte während der Fahrt überschlagen, welche Summe Wagner ihm schuldete. Der Gedanke an einen Briefumschlag mit viel Geld hatte seinen Puls beschleunigt, und das kunstlederne Lenkrad war unter seinen Händen klebrig geworden.

Mit gemischten Gefühlen ging er auf Wagner zu, der ihn schon mit verschränkten Armen am Gartenzaun erwartete.

Im Zwielicht erschien er wie ein Dorfbewohner, den etwas Verdächtiges aus dem Haus getrieben hatte.

»Grüß dich, Paul.«

»Guten Abend. Das ist ja wahrhaftig ein Idyll hier, da vergisst du glatt deine bayerische Heimat, oder?«, sagte Schulz und drehte sich halb um die eigene Achse, wobei er eine leicht säuerliche Alkoholfahne bemerkte.

»Ein paar Berge fehlen, aber die Ruhe ist herrlich, und die Leute sind nicht weniger freundlich als daheim. Von wegen mürrische Berliner.«

»Wir sind in Brandenburg.«

»Mag sein, für mich gehören Berlin und Brandenburg seit Friedrich dem Großen zusammen. Das hört man auch, wenn sie den Mund aufmachen.«

Schulz zuckte mit den Achseln. Für ihn war Brandenburg die Provinz, wo man hinfuhr, um auszuspannen. Wie hier in diesem verlassenen Kaff.

»Also, dann komm mal rein, wir sind allein, meine Frau und unser Sohn sind für ein paar Tage in die alte Heimat gefahren. Du musst mit mir als Koch vorliebnehmen.«

»Ich lass mich überraschen.«

»Schon mal Weißwurst gegessen?«, fragte Wagner.

»Nee, nur davon gehört. Die gibt's in Berlin nicht und auch nicht in Brandenburg.«

»Willst du dich erstmal umsehen?«

»Ja, zeig mal deinen Landsitz.«

»Nicht viel zu sehen«, winkte Wagner ab, als sie über die Terrasse das geräumige Wohnzimmer betraten. Bodentiefe Fenster erlaubten einen unverstellten Blick in den Garten, der links und rechts durch dichte Hecken eingehegt war. Hinter der abschüssigen Rasenfläche sah man die Umrisse des Waldes.

Schulz ließ ein »Na ja« vernehmen und drehte sich langsam im Kreis, die Einrichtung musternd. Neben einer ledernen Couchgarnitur, die ihm ziemlich elegant vorkam, sah er einen rechteckigen rustikalen Esstisch aus dunklem Holz mit sechs Stühlen und eine flache Anrichte, auf der ein moderner Fernseher stand.

»Übrigens, wir haben das Haus unterkellern lassen, wegen der Heizung. Solltest du dir auch überlegen, falls du mal vorhast, auf deinem Grundstück zu bauen.«

»Ich bauen?«, fragte Schulz, als hätte man ihn mit jemandem verwechselt.

»Warum nicht. Nach deinen Erzählungen hat eure Wochenendbleibe einige Jahre auf dem Buckel und muss modernisiert werden. Neubau ist häufig billiger als Instandsetzung.«

»Na ja, da habe ich erst noch ein paar andere Ideen, die auf ihre Umsetzung warten«, sagte Schulz und zählte in Gedanken all die unerfüllten Wünsche seiner Frau auf. Als Erstes fiel ihm die große Kreuzfahrt durchs Mittelmeer ein, die allein einige seiner Monatsgehälter verschlingen würde.

»Aber nun lass uns schnell noch in den Garten gehen, bevor es stockdunkel wird«, rief Wagner.

»Gern.« Schulz fühlte sich unwohl in seiner Haut, in der hereinbrechenden Dämmerung kreisten seine Gedanken um das eigentliche Ziel dieser Einladung. Hat er mich hierhergelockt, um sein Angebot neu zu verhandeln?

Sie schlenderten die Hecken entlang, die das Grundstück auf beiden Seiten begrenzten, und Wagner listete wie ein Gärtner, der einem Kunden sein Sortiment vorstellt, die Namen der Pflanzen auf. »Kirschlorbeer, Portugiesischer, Immergrün, Eibe, Thuja, Scheinzypresse, Buchsbaum, Jasmin«, sagte er und berührte dabei ab und zu sachte ein Blatt. Schulz wunderte sich über Wagners Interesse an der Botanik. Er selbst hatte kein Interesse an den Pflanzen, das Rasenmähen war ihm schon Arbeit genug.

»Ziemliche Fläche, die du zu mähen hast«, bemerkte er

beiläufig. Er bemühte sich um Gelassenheit, aber seine Halsschlagader zuckte, als würde er in die Enge getrieben werden. Er schielte hinüber zum Haus, als wollte er sichergehen, dass sie wirklich allein waren.

»Erledigt der Gärtner«, antwortete Wagner.

»Und was ist das dort?«, fragte Schulz ohne wirkliches Interesse und wies mit dem Arm auf schulterhohe Sträucher mit rötlichen Blattstielen. Auf der Erde lagen einige mit Stacheln bedeckte Früchte.

»Ein Wunder, dass die Blätter noch Farbe zeigen, eigentlich endet die Blütezeit im Oktober. Na ja, jetzt lass uns essen«, antwortete Wagner, ohne die Frage zu beantworten. Er klatschte in die Hände, als wäre die Vorstellung nun beendet.

Es war mittlerweile dunkel geworden und Wagner schaltete die Außenbeleuchtung ein. Im bleichen Licht sah man die Umrisse der Terrasse und einen Streifen dunkelgrüner Wiese. Während Wagner in der Küche hantierte, starrte Schulz nach draußen und dachte daran, dass er in wenigen Minuten zum ersten Mal wissen würde, wie es sich anfühlte, wohlhabend zu sein – ein Zustand, in dem sich sorgenfrei leben ließ und man sich alles leisten konnte, was das Konto hergab. In seinem Land hatten auch einige mehr Geld besessen, aber dass sie sich deshalb sehr viel mehr hätten leisten können, stimmte nur bedingt. Weder hatte man sich ein Gehöft in der Toskana noch eine Hochseejacht kaufen können. Wagners Stimme riss ihn aus seinen Gedanken.

»Paul, der Tisch ist gedeckt, du hast jetzt genug in die Nacht geschaut.«

Schulz setzte sich ihm gegenüber und zeigte auf seinen Teller. »Isst man die wie eine Currywurst?«

»Um Gotteswillen!«, rief Wagner. »Du machst einen geraden Schnitt und ziehst die Haut ab.«

Wagner nahm sein Messer und führte die Operation vor,

hielt die dampfende Wurst wie eine Trophäe in die Höhe und sagte in gespielt feierlichem Ton: »Gegessen wird mit der Hand, gedippt wird in süßen Senf. Frische Brezeln sind eigentlich Pflicht, leider waren die nicht zu bekommen beim Bäcker. Aber das Weißbier«, er hielt mit der anderen Hand die Flasche hoch, »das ist so frisch wie aus dem Hahn.«

»Mal was anderes, sehr interessant, wirklich«, murmelte Schulz.

»Ich hole uns noch einen Wein, dabei lässt sich besser übers Geschäftliche reden.«

Schulz sah vom Teller hoch und lächelte verhalten. Es dauerte keine zwei Minuten, da stand Wagner wieder am Tisch, in den Händen eine Flasche Rotwein und einen Umschlag. Schulz kam er ziemlich dünn vor. Mit einem Plopp zog Wagner den Korken aus der Flasche, beschnüffelte ihn genüsslich und murmelte: »Passt.« Er nahm einen Schluck zur Probe und richtete seinen Blick auf Schulz.

»Prost! Auf die Zukunft unserer Firma!«

In Schulz' Blick flackerte es nervös.

»Und jetzt zu unserer Vereinbarung, Paul. 30 Prozent vom Honorar, das wären, Stand heute, 390.000 Mark. Dabei bleibt es selbstverständlich. Allerdings hat die Treuhand mir ein Problem aufgehalst. Sie hat den Käufern finanzielle Auflagen erlassen.«

Schulz verstand nicht recht, was ihn das angehen sollte. Wagner nahm wieder einen kräftigen Schluck.

»Also, Paul, es werden Bürgschaften verlangt, die müssen die Käufer vorlegen.«

»Moment, verstehe ich dich richtig, dass die Treuhand an der Zahlungsfähigkeit der Schweizer zweifelt?«

»Nun, im juristischen Sinne ist die Treuhand Gläubiger. Die Swiss Scent AG ist so lange Schuldner, wie sie den Kaufpreis nicht überwiesen hat. Da die sich das Geld auch erst bei der Bank leihen müssen, immerhin um die drei Millionen, verlangt die Treuhand eine Sicherheit, eine Bürgschaft. Das ist ein dem Kaufpreis angemessener Geldbetrag, um notfalls nicht ganz leer dazustehen. Die Swiss Scent muss also Geld hinterlegen.«

»Gut. Aber was hat das mit uns zu tun?«

Schulz bemerkte, dass Wagners Gesichtszüge eine gewisse Starre annahmen.

»Die Treuhand verlangt, dass auch ich eine Bürgschaft hinterlege.«

»Du? Warum du?«

»Weil ich Gesellschafter bin. Miteigentümer.«

Schulz ließ sich in seinem Stuhl nach hinten fallen und blies die Backen auf.

»Na, das ist ja eine Überraschung«, sagte er leise.

»Steht im Anhang des Businessplans. Zwei Gesellschafter, die Swiss Scent und ich, mit 20 Prozent.«

»Hm, ist mir neu.«

»Möglich. Die Gesellschafterstruktur wurde nachgereicht.«

»Verstehe.«

Schulz verstand, dass man ihm diesen Teil absichtlich nicht gegeben hatte. Er trank mit geschlossenen Augen sein Glas leer. Nicht schlecht, diese Nummer. Erst kassiert er als Berater bei uns ab, dann stellt er sich als Prokurist ein, jetzt ist er auch noch Miteigentümer. Und wenn's schiefläuft, arbeitet er wieder als Berater.

»Und was hat das alles mit unserer Vereinbarung zu tun?«, fragte Schulz, den der schnelle Weinkonsum und Wagners Andeutungen plötzlich aggressiv machten. Wagner erhob sich ächzend und schlurfte zur Verandatür.

»Paul, alles bleibt so wie abgemacht. Ich bitte dich nur um etwas Verständnis für meine finanzielle Situation«, sagte er mit sanfter Stimme. Schulz stand auch auf. Sie standen nebeneinander, als würden sie die Abendstimmung genießen, ihre Bäuche wölbten sich zum Fenster.

»Was meinst du genau?«, fragte Schulz. Er machte einen Schritt zur Seite, als ekelte er sich plötzlich vor Wagner.

»Ich kann dir heute 70.000 geben, den Rest in zwei Raten, sobald ich den endgültigen Bescheid habe, wie hoch die Bürgschaft ausfällt. Also nach dem Notartermin.«

Schulz' Gesichtszüge verdunkelten sich.

»Das kann ich schwer akzeptieren, Hannes. Wir haben vereinbart, dass ich meinen Anteil erhalte, sobald die Zusage der Treuhand vorliegt. Das war die Abmachung.«

Schulz sah verkniffen in die Nacht, als störte ihn die Dunkelheit beim Nachdenken. Er überlegte fieberhaft, wie er sich verhalten sollte. Raus aus dem schmucken Bungalow, zurück nach Berlin? Gemach, der braucht dich weniger als umgekehrt, warnte ihn sein Verstand. Er stand reglos neben Wagner.

Schließlich sagte er: »Ich fahre jetzt. Lass es dir durch den Kopf gehen, Hannes, und dann reden wir nächste Woche nochmal miteinander.«

»Gut. Aber nimm doch das Geld mit.«

»Ich bin kein Händler, den man in Raten bezahlt. Nach dem Notartermin gibst du mir die volle Summe.«

Ohne von dem Briefumschlag Notiz zu nehmen, ging Schulz zum Ausgang, aber Wagner stellte sich ihm in den Weg.

»Abgemacht. Es sind nur wenige Wochen bis zum Notartermin. Du kriegst dein Geld, ist doch klar. Zank ist überflüssig. Ich konnte das mit der Bürgschaft nicht vorhersehen«, sagte er und berührte Schulz vorsichtig an der Schulter. Der nickte bloß wortlos.

Schulz lief zu seinem Auto und ließ sich auf den Sitz fallen, um mit zittriger Hand den Wagen zu starten. Die Räder drehten beim Anfahren durch, und er sah für einen Moment im Rückspiegel Wagners Umrisse. Wie eine aus Stein gemeißelte Statue stand er am Gartenzaun.

SECHS

Schulz war gut ausgelastet mit den fachlichen Fragen zur Produktionseinführung von Super S, wie er das Duschgel in Anlehnung an einen Sportwagen nannte. Der Treuhand gegenüber hatten sie vollmundig versprochen, noch 1993 damit auf den ukrainischen Markt zu kommen. Die Ausgangschemikalien wurden wie geplant bei der Swiss Scent bestellt, angeliefert wurden sie in deren Auftrag durch die Firma Swiss Dorn. Inhaber beider Firmen ist Kohlin, klärte ihn Wagner einmal nebenbei auf, Schulz nahm es mit halbem Ohr zur Kenntnis. Zuständig war Schäfer, Schulz interessierte sich gerade nicht für irgendwelche Lieferketten.

Die für Super Sun Shine erforderlichen Ausgangsstoffe wie Verdickungsmittel für die gewünschte Konsistenz und Produktstabilität, Konditioniermittel für ein angenehmes Hautgefühl, Feuchtigkeitsspender und Zusatzstoffe zur Kompensation von Fettverlusten, aber auch Farbstoffe, Perlglanzmittel, Antioxidantien und Säuren für den optimalen pH-Wert – alles kam reibungslos aus der Schweiz. Schulz kratzte sich zwar nachdenklich den Nacken, als er die Bestellungen sah, aber überließ es dann doch Schäfer, der ihm sagte, dass dank der Swiss Dorn alle Termine eingehalten werden konnten.

Als Schulz seiner Frau vorm Fernseher von den neuen Chemikalien erzählte, winkte sie mit der Bemerkung ab, dass die ukrainische Frau wie ein Rosenstrauch duften wolle und es ihr wurscht sei, mit welcher Chemie das erreicht würde. Schulz wandte ein, dass jetzt jede Hautrötung eine Betriebskontrolle nach sich ziehen könne. »Die suchen nach Nebenwirkungen wie wir früher nach Bananen.«

Während sich Lehner um das Tagesgeschäft kümmerte und Wagner die Bilanzen studierte oder mit seinen Schweizer Partnern telefonierte, tüftelte Schulz mit seinem langjährigen Forschungsdirektor, so durfte sich Dr. Schade noch nennen, am Duft ihres Super S. Schade war ein asketisch wirkender Mittfünfziger, neben dem Schulz wie der Leiter einer Metzgerei aussah. Er mochte Schades besonnene Art, die eine Diskussion immer im Sachlichen hielt, Persönliches klammerte er aus. Schulz wie auch alle anderen Mitarbeiter hielt er auf Distanz. Lehner lästerte, dass Schade nur das Interesse an seiner Chemie am Leben halte. Niemand hatte ihn je mit einer Frau gesehen, er lebte zurückgezogen irgendwo außerhalb von Berlin.

Nun saßen sie mehrmals die Woche am Besprechungstisch zusammen und schnüffelten an Dutzenden Duschgelen, um herauszuriechen, ob irgendeines der Produkte mit ihrem Super S konkurrieren könnte. Ab und zu hielt es Schulz nicht mehr auf seinem Stuhl, dann schlurfte er zum Fenster und beugte sich zum öden Hinterhof hinaus, als müsste er Witterung aufnehmen. Unwillkürlich suchten seine Augen nach Wagners Auto, einem schwarzen BMW. Sah er ihn, atmete er einmal tief durch und schloss dann rasch das Fenster.

Eines Tages verkündete Schade stolz, dass zwischen den bekannten Westprodukten und Super S Duftwelten liegen würden. »Krasnaja Moskwa ist auferstanden«, sagte er in gewichtigem Tonfall, als könnte ihr Duschgel die ehemaligen Sowjetfrauen an goldene Zeiten erinnern.

»Die Kopfnote macht es«, betonte er. »Das ist es, was man zuerst riecht, wenn einem die Verkäuferin eine Parfümprobe auf den Handrücken sprüht.«

Schade hielt das Fläschchen wie eine Kostbarkeit vor seiner Brust.

»Natürlich enthält dieses Muster zunächst nur eine experimentell erzeugte Note«, dämpfte er die Erwartung seines Chefs.

»Verstehe«, murmelte Schulz und rümpfte die Nase, »die langhaftende Wirkung muss erst noch bewiesen werden.«

Schade sah wie verzaubert auf sein verschlossenes Fläschchen, so etwas wie ein innerer Frieden schien ihn erfasst zu haben. Schulz hob erstaunt die Augenbrauen, ihm waren solche Gefühlsregungen seines Forschungsdirektors neu. Donnerwetter, was ist denn in den gefahren?

»Also, Schade, nun rücken Sie schon raus mit Ihrem Geheimnis«, knurrte er. Wie ein schüchterner Schüler stellte Schade den Flakon ab.

»Ich habe unser Produkt mit einer Mixtur aus Jasmin, Neroli aus den Blüten des Bitterorangenbaums, Nelke, Lavendel und Pfirsich angerührt. Dazu Eichenmoos, das gibt der Kreation Wärme und Haftfestigkeit. Und ganz wichtig: Maltol, aus Karamell, das bringt das intensiv süße, warme Aroma. Dazu natürlich Vanille und ein wenig Kardamom und Muskatnuss. Möchten Sie mal testen?«, fragte er vorsichtig.

»Na klar«, rief Schulz. Er nahm das Fläschchen vorsichtig vom Tisch und hielt seine fleischige Nase über die Öffnung. Dann tropfte er sich etwas auf die Hand. Er atmete hörbar durch die Nase, die Szene erinnerte an eine Weinverkostung. Schließlich ließ Schulz mit einem seligen Lächeln seine Hand sinken.

»Chanel Nummer 5 ist nichts dagegen. Tatsächlich, Krasnaja Moskwa ist auferstanden.«

Schade atmete erleichtert auf.

»Ja, Kollege Schade, das hat was betörend Aromatisches, sollte nach dem Duschgang haften bleiben. Wie geht's jetzt weiter?«

»Routine, wir müssen an der Maßstabsvergrößerung und Haftbarkeit arbeiten. Wir haben Ihre Freigabe?«

»Na klar doch. Geben Sie Gas, wir müssen so schnell wie möglich ein Muster vorstellen.«

»Für die Schweizer?«, fragte Schade.

»Sieht danach aus«, antwortete Schulz knapp.

Nachdem sich die Tür hinter Schade geschlossen hatte, verfiel Schulz ins Grübeln. Die Bemerkung zu den Schweizern erschien ihm merkwürdig. Woher wusste er das? Sicher, im Betrieb gaben sich Wagner und Schäfer die Klinke in die Hand. Von denen hatte sicher keiner etwas über die Kaufinteressenten preisgegeben, alle hatten Verschwiegenheitserklärungen unterschreiben müssen. Alleine Lehner hätte Schade die Information stecken können, damit er sie Mewis zusteckt – die drei bildeten so etwas wie ein »trio infernale«.

Jahrzehntelang hatten alle auf sein Kommando gehört. Das Gefechtsfeld war überschaubar gewesen, er hatte seine Truppen gekannt, und allen waren die Spielregeln bewusst gewesen. Bis dann wie aus heiterem Himmel die Marktwirtschaft über sie hereingebrochen war und mit ihr Wagner, Schäfer, die Treuhand und die geheimnisumwitterten Schweizer. Er seufzte tief und rappelte sich hoch, um noch einmal nach dem BMW zu sehen. Wagners Parkplatz war leer.

Eines Abends rief Wagner Schulz privat an und lud ihn auf ein Bier ein. »In die Kneipe Zur dicken Wirtin am Savignyplatz«, sagte er grinsend.

Schulz war überrascht, denn nach dem Besuch in Sophienstädt hatte sich ihr Verhältnis merklich abgekühlt, sie gingen sich aus dem Weg und mieden Gespräche unter vier Augen.

Als Schulz die Kneipe betrat, sah er Wagner mit einem Glas Bier in der Hand am Tresen sitzen. Sichtlich entspannt prostete er ihm zu. Der hat keine schlechten Nachrichten, war er sich jetzt sicher. Selbst einem so begnadeten Selbstvermarkter wie Wagner hätte man sie angesehen.

»Ich musste ins Parkhaus, das muss in den 50ern gebaut

worden sein, als sie bei euch Volkswagen fuhren. So was von eng, Mann«, grummelte Schulz.

»Heb den Parkschein auf, das rechnen wir ab«, sagte Wagner und schob ihm die Speisekarte zu. Bisschen unbequem ohne Rückenlehne für uns Schwergewichte, sagte sich Schulz. Dann wird's wohl nicht lange dauern. Inzwischen stand bereits ein Bier vor ihm, sie saßen mit aufgestützten Ellenbogen am Tresen und sahen wie Stammkunden aus, die einträchtig den Feierabend genießen. Schulz schmeckte das Bier, und er dachte kurz über die Promillegrenze nach. Pfefferminzbonbons hatte er immer bei sich, schon wegen seiner Sodbeschwerden und der Angst vor schlechtem Mundgeruch. Er ließ einen flüchtigen Blick über die Wände und Regale streifen, und ihm kam es so vor, als säßen sie in einem Antiquitätenladen mit Schankrecht. Es wimmelte nur so von alten Bildern, Vasen, Uhren und anderen Erinnerungen an vergangene Zeiten. Sah ihm nach bürgerlicher Feierabendidylle für verkannte Eliten aus.

»Also, was verschafft mir die Ehre, die dicke Wirtin zu besuchen. Ist sie hier?«, brach Schulz das Schweigen.

»Nee, die dicke Anna ist nicht mehr da, nur noch ihr Geist und ihre Eintöpfe. Ich wollte dir aber eigentlich nur sagen, dass wir uns mit der Treuhand einig geworden sind, der Notartermin steht. Prost!«

Wagner strahlte ihn wie nach einem Lottogewinn an.

»Donnerwetter, das habe ich nicht erwartet«, gab Schulz zu und winkte mit dem leeren Glas der Frau hinter der Theke zu. »So eine gute Nachricht«, sagte er mit verträumtem Blick auf die Schnapsflaschengalerie vor sich.

»Ich möchte dir heute und hier, sozusagen zur Feier des Tages«, Wagner senkte die Stimme, weil sich die Wirtin vor ihnen aufbaute, um Schulz nachzuschenken, »zwei Drittel deines Anteils geben.«

Unter Wagners breiten Händen lag eine Zeitung, auf die

er nun mit dem Zeigefinger tippte. Er schob sie ihm lässig zu, hob dabei ein wenig die Seiten an. Schulz erkannte einen Briefumschlag und grinste verlegen.

»Berliner Zeitung, heute mit interessanten Beiträgen«, sagte Wagner mit einem Blick auf den Hintern der Wirtin.

Schulz faltete vorsichtig die Zeitung und ließ sie in der Innentasche seines Sakkos verschwinden.

»Danke, Hannes, das ist eine schöne Überraschung. Konntest du die Bürgschaft abwenden?«

»Nein, um eine Bürgschaft komme ich nicht rum, aber den größeren Teil trägt Kohlin.«

Wagner nahm einen kräftigen Schluck und langte nach der Speisekarte.

»Wollen wir eine Kleinigkeit essen?«

Schulz fiel die Weißwurst ein.

»Ich nehm 'ne Currywurst.«

»Chefin, zweimal Original Berliner Currywurst, bitteschön«, rief Wagner der Wirtin mit einem Lächeln zu.

»Äh, und was zahlt der Käufer?«, fragte Schulz vorsichtig.

»Drei Millionen und einhunderttausend. Aber behalt es für dich.«

Schulz glaubte, die Scheine rascheln zu hören. Sein Herz pochte laut, er bemühte sich, gleichmäßig zu atmen, und musste sich eingestehen, dass sie von nun an neben der beruflichen eine private Komplizenschaft verband. Wagner hatte sich auf seinem Hocker dem Gastraum zugewandt und betrachtete das Publikum. Keine fünf Minuten später steuerte die Wirtin mit zwei Tellern auf sie zu.

»So, meine Herren, hier die Originalberliner«, sagte sie und schenkte Wagner ein freundliches Lächeln.

Schulz leckte sich die Lippen und spießte mit Genuss den ersten Bissen auf.

»Wir sind übrigens ziemlich weit mit unserer Wunderwaffe«, nuschelte er mit vollem Mund.

»Du meinst Super S?«

»Ja, Mewis kümmert sich bereits um die Ansatzkessel und Rührwerke, unsere sind zu klein für die Menge.«

»Wie macht sich Frau Lehner im neuen Job?«

Die Frage kam etwas unerwartet, und Schulz ließ für einen Augenblick die Gabel sinken. Er überlegte, was Wagner wohl mit der Frage bezweckte.

»Gut, sie kniet sich rein.«

Zu dieser Aussage konnte er stehen.

»Ich meine, vertraust du ihr?«

Schulz wiegte leicht den Kopf.

»Ja, warum nicht?«

Wagner nickte und legte plötzlich eine Hand auf Schulz' Unterarm. Der hob erstaunt die Augenbrauen, körperlichen Kontakt mochte er nicht, schon gar nicht unter Männern.

»Weißt du, Paul, sie ist mir eine Idee zu neugierig. Fragt meinen Sohn aus. Und sie sollte sich von der Buchhaltung fernhalten. Es kann nicht sein, dass sie während meiner Abwesenheit dort rumschnüffelt.«

»Ich kümmere mich drum«, antwortete Schulz prompt, der längst für sich entschieden hatte, Lehner stärker an die Kandare zu nehmen.

Schulz leerte sein drittes Bier und dachte daran aufzubrechen. Es war weniger der Alkoholpegel als der Briefumschlag, der ihn nach Hause zog. Wagner schien es sich bequem machen zu wollen, seine Augen suchten im Gastraum nach einem freien Tisch. Als er Schulz vorschlug, den Platz zu wechseln, nutzte der die Gelegenheit, sich zu verabschieden. Wagner hielt ihn nicht auf.

Schulz hastete zur Garage, in der Mitte des Savignyplatzes, dort wo Sträucher eine Rasenfläche umgaben. Zwischen einigen Bänken sah er Männer mit Bierflaschen herumlungern. Selbst im Dämmerlicht war ihre Verwahrlosung zu erkennen, die Sucht hielt sie zusammen. Einige Minuten später parkte er auf dem gut ausgeleuchteten Mittelstreifen des Kudamms. Er ließ den Motor laufen, spähte aufmerksam durch die Fenster, bevor er das Innenlicht anknipste. Dann öffnete er den Briefumschlag – seine Augen strahlten wie die eines Verliebten beim ersten Rendezvous. Er begann zu zählen, seine dicken Lippen bewegten sich mit den Ziffern.

Wo verstecke ich 220.000?, fragte er sich auf dem Weg nach Hause.

Drei Wochen später, in der ersten Dezemberwoche, wurde der Verkauf der Berlin Beauty besiegelt. Kurz darauf hielt Schulz einen Treuhandbescheid über die »Anschubfinanzierung zur Produktionseinführung einer neuen Kosmetiklinie« in Höhe von 1,5 Millionen Mark in der Hand. Alles war nach Plan gelaufen, das Geschäftsrisiko blieb überschaubar, zumindest für die nächsten zwei Jahre.

SIEBEN

Seit ihrem Treffen bei der Dicken Wirtin waren vier Wochen vergangen, aber Schulz wartete immer noch auf das letzte Drittel. Inzwischen war die erste Rate der Anschubfinanzierung eingegangen, die bei Wagner geradezu Euphorie auslöste.

»Jetzt können wir die Produktion fürs Super S hochfahren, passend zum Weihnachtsfest«, schwärmte er und beauftragte Schäfer mit den Bestellungen. Tatsächlich war es Mewis gelungen, die Pilotserie erfolgreich abzuschließen. Die neuen Anlagen funktionierten, Schade war mit dem Duft und der Haftbarkeit zufrieden, die Abfüllungen erfolgten vollautomatisiert, man konnte loslegen. Mewis verkündete, dass man bald halb Kiew einseifen würde, und die Mitarbeiter lästerten, dass die Produktion für eine Million Dicke ausgelegt wäre. Die Stimmung hatte sich deutlich verbessert, angesichts der zu erwartenden vollen Auftragsbücher verblassten die Zukunftssorgen.

Währenddessen saß Schulz immer häufiger griesgrämig in seinem Büro und dachte daran, Wagner ein letztes Ultimatum zu setzen. Es dauerte allerdings jedes Mal nicht lange, und er musste sich schmerzlich eingestehen, dass er nichts in der Hand hatte, womit er ihm ein Ultimatum hätte stellen können.

Einige Male hatte er ihn beiläufig an ihren Kneipenbesuch und die Absprache erinnert, aber Wagner war immer mit einem jovialen »Wird schon!« ausgewichen. Beim letzten Versuch hatte er ihn offenbar auf dem falschen Fuß erwischt: »Du kommst alle paar Wochen wie ein Bittsteller zu mir, der am Hungertuch nagt. Du kriegst dein Geld, bitte gedulde dich«, fuhr er ihn an.

In Schulz brodelte es heftig. Es war diese kaltschnäuzige Arroganz, die ihn zutiefst verletzte. Er bestand nicht zuletzt deshalb so sehr auf der Restzahlung, weil er glaubte, sich dadurch aus einer zwielichtigen Mitwisserschaft befreien zu können. Sein Wunsch, Wagner loszuwerden, quälte ihn wie eine schlaflose Nacht. Seine Beschwichtigungen, dass es sich um privates Geld handelte, beruhigten Schulz nicht. Es war eine Bürde, die er mit sich trug, wie nach einer Fahrerflucht, er hatte Angst gestellt zu werden, aber auch Skrupel, als hätte er sich unrechtmäßig bereichert. Die Sorge, jemand könnte hinter ihre Vereinbarung kommen, verfolgte ihn wie ein böser Traum – für einen winzigen Augenblick dachte er sogar daran, Wagner das Geld zurückzugeben. Es lag in einer alten Blechschachtel, in einem ein Meter tiefen Loch im Garten, darüber hatte er eine Regentonne geschoben. Seiner Frau hatte er nichts gesagt, sie wäre zu den Luxusboutiquen am Kudamm gefahren, da war er sich sicher, und irgendwann hätte sich vielleicht jemand aus der Nachbarschaft für ihren Wohlstand interessiert. Nein, sagte er sich, ein Jahr lang sollte die Schachtel unter der Erde ruhen.

Der Anruf Mitte Dezember, am späten Freitagnachmittag kurz vor Dienstschluss, ließ Schulz einige Schweißtropfen auf die Stirn treten. Am Apparat meldete sich eine Frau Groner, Mitarbeiterin der »Stabsstelle für besondere Aufgaben« bei der Treuhand. Mit kühler Freundlichkeit erkundigte sie sich nach der Verwendung der Anschubfinanzierung und bat darum, eine aktuelle Übersicht über die Ausgaben vorzulegen.

»Bitte schicken Sie uns auch die Kontoauszüge zum Warenverkehr mit den Unternehmen Swiss Scent und Swiss Dorn«, bat sie ihn, wünschte »Viel Erfolg« und verabschiedete sich mit einem »Wir melden uns dann wieder«.

Der Name Swiss Dorn war Schulz seit dem Notartermin nicht mehr untergekommen, weil die Verbindungen zu den

Lieferanten über Schäfer und Wagner liefen. Rechnungen von der Swiss Dorn kannte er nicht. Er zuckte ratlos mit den Schultern und lief zu Wagner, um ihn über den Anruf zu unterrichten. Wagner tat, als wäre das alles eine reine Routinekontrolle. »Die machen das stichpunktartig, das wird von der Regierung verlangt«, beruhigte er ihn, aber Schulz empfand den Anruf wie eine Warnung, sich im Betrieb genauer umzusehen.

»Habe ich das richtig in Erinnerung, dass Herr Kohlin auch der Inhaber der Swiss Dorn ist?«, fragte Schulz betont beiläufig.

Wagner dachte einen Moment nach und entschloss sich zu einer kurzen Erklärung. Schulz hörte mit verschlossener Miene zu.

Am nächsten Mittwoch, kurz vor Feierabend, bestellte er Lehner zu sich. Wagner war für ein paar Tage verreist, und so nutzte er die Chance, sie mit einer kleinen Recherche zu beauftragen. Ihm war nicht entgangen, dass die Kosten für die Rohchemikalien aus der Schweiz einen beträchtlichen Teil der Anschubfinanzierung ausmachten. Die Treuhand würde nachhaken und wissen wollen, ob sie nach Alternativen gesucht hätten. Es lag ja auf der Hand, dass er Wagner oder Schäfer dazu nicht befragen konnte, es blieb nur Lehner. Die nimmt dem Wagner gerne seine Arbeit ab, grinste er. Allerdings auch mir, gestand er sich ein.

»Jutta, ich habe eine Bitte an dich. Mich hat jemand von der Treuhand angerufen, die Frau arbeitet in der Stabsstelle für besondere Aufgaben«, ging Schulz die Sache ungewohnt direkt an.

»Oh«, entfuhr Lehner ein ehrfürchtiger Seufzer.

»Es geht um die Verwendung der Zuschüsse. Aber die interessieren sich auch für unsere Lieferanten, Swiss Scent und Swiss Dorn.«

»Swiss Dorn?«, fragte sie überrascht. Schulz musterte sie aufmerksam und überlegte, inwieweit er sie einbeziehen sollte.

»Ist ein Lieferant unserer Ausgangschemikalien.«

»Nie gehört.«

»Auch eine Firma von Herrn Kohlin. Ist eine sogenannte Domizilgesellschaft. Ihr Geschäftsziel besteht darin, Rohstoffe zu günstigen Preisen einzukaufen und zu hohen Preisen weiterzuveräußern. Das wird erreicht, indem die Waren in einem sogenannten Zollfreilager zwischengelagert und aufpoliert werden. Ist etwas kompliziert, aber: Der Import, meinetwegen ein Emulgator, wird im Zollfreilager zwischengelagert, und dadurch entfällt der übliche Einfuhrzoll. Im Zollfreilager wird die Ware scheinbar veredelt, umgepackt, neu etikettiert und dann zu einem hohen Preis als neues Produkt ins Ausland verkauft. Die Rechnungen stellt uns die Swiss Dorn, also Kohlin. Die Ware wird quasi für eine Mark ins Zollfreilager importiert, um sie danach für zehn Mark an uns weiterzuverkaufen.«

Lehner hatte gespannt zugehört. Mit jedem Satz von Schulz hatte sich ihr Gesichtsausdruck mehr verdunkelt.

»Und das hat dir alles Herr Wagner erzählt?«, fragte sie verwundert.

»Ja, die Firma hat aus steuerlichen Gründen ihren Sitz in Obwalden.«

»Und das ist sauber?«

»Hm, was weiß ich.«

»Und wissen wir, zu was für einem Preis die Swiss Dorn unsere Chemikalien importiert?«

»Du meinst, in ihr Zollfreilager? Nein, weiß ich nicht. Es ist sicher nur ein Bruchteil von dem, was wir an Kohlin überweisen müssen.«

Beide verfielen in nachdenkliches Schweigen.

»Und, was soll ich jetzt tun?«, fragte Lehner schließlich.

»Unser Betrieb hat in den letzten Wochen für etwa eine Million Waren bestellt«, begann Schulz mit verhaltener Stimme. »Das fällt natürlich ins Auge. Wir müssen die Schweizer Preise mit denen der Konkurrenz vergleichen. Zeigen, dass sie weltmarktüblich sind. Also dass wir gute Kaufleute sind.«

Lehner wippte mit dem Fuß und glaubte, in seiner Stimme einen leicht ironischen Unterton herauszuhören. Komisch, die Sache sollte er doch eigentlich ernst nehmen. Sie sah ihn fragend an.

»Also, Jutta, prüfe die Rechnungen. Schäfer ist jeden Tag bis 14 Uhr im Haus, dann in seiner Firma. Er hat mit der Swiss Scent über deren Preise verhandelt. Herr Wagner ist die Woche nicht im Haus, aber kommt vielleicht heute oder morgen vorbei, nur um die Post durchzusehen. Der Bericht muss die nächsten Tage raus. Ich will das nicht mit in die Weihnachtsferien nehmen.«

Als Lehner zwei Tage später wieder vor Schulz saß, wunderte er sich über eine Plastiktüte auf ihrem Schoß.

»Also«, begann sie, »ich denke, dass alles soweit seine Richtigkeit hat. Die Schweiz ist nicht so teuer wie befürchtet. Unsere Einkaufspreise liegen zwar über denen der Konkurrenz, aber es hält sich in Grenzen. Dafür stimmt die Qualität, kann man anführen. In der Buchhaltung sind nur unsere Einkaufspreise erfasst, nicht die der Swiss Dorn, na ja, das tangiert uns auch nicht …«

»Moment mal, Jutta«, unterbrach Schulz sie und runzelte die Stirn. »Du warst in der Buchhaltung bei Wagner?«

»Ja, wie sonst soll ich die Preise kontrollieren?«, sagte sie achselzuckend.

Schulz dachte nach. So hatte er sich seinen Auftrag nicht vorgestellt, er war davon ausgegangen, dass sie die üblichen Marktrecherchen durchführen, verschiedene Anbieter kontaktieren, Kollegen aus der Industrie anrufen und sich mit Schäfer und Mewis besprechen würde.

»Jedenfalls nicht hinter seinem Rücken in seinen Unterlagen lesen. Was würdest du denn sagen, wenn er sich heimlich in dein Büro schleichen würde?«

Er bemühte sich, seine Stimme gereizt klingen zu lassen.

»Ich nahm an, dass es in deinem Interesse ist, die Sache schnell zu klären. Oder hätte ich auf Wagner warten sollen?«

»Hast du ihm gesagt, dass mich die Treuhand kontaktiert hat?«

»Ja, er war kurz im Betrieb, ich habe nur erwähnt, dass sie dich angerufen haben wegen der Mittelverwendungen. Er war gut drauf, ist jetzt unterwegs nach Prag.«

Sie überlässt es anscheinend mir, ihn über die Komplikationen mit der Treuhand zu unterrichten, dachte Schulz. »Verstehe.«

Sie sahen sich kurz in die Augen, als würden sie etwas voreinander verbergen.

»Wir müssen ihn dann über das Ergebnis unterrichten«, murmelte Schulz und ließ dabei offen, was das im Einzelnen zu bedeuten hatte.

»Ich habe dir die Zertifikate und Gutachten zum eingekauften Warensortiment zusammengestellt, soweit es die Neuentwicklung betrifft, also Super Sun Shine«, sagte sie und schob ihm einen blauen Ordner zu.

»Haben Schade oder Mewis die Belege kontrolliert?«, fragte er.

»Ja.«

»Und du machst jetzt Reklame für Aldi?«, wechselte er das Gesprächsthema.

»Die Tüte ist von mir, und die Flaschen darin von Wagner«, klärte sie ihn auf.

Schulz horchte auf.

»Wie bitte, kriegen wir jetzt regelmäßig von ihm Geschenke, wie früher auf der Leipziger Messe?«

»Schön wär's. Die hat er heute auf seiner Stippvisite hiergelassen. Er sagte, die seien fürs Wochenende, wir sollen auf sein Wohl anstoßen, während er in Prag ist.«

Schulz dachte nach. Was bezweckte Wagner mit den Geschenken? Vor ein paar Wochen zwei Flaschen Wein an mich, jetzt zwei an Lehner? Das macht der doch nicht aus purer Zuneigung. Eine versöhnliche Geste, nachdem er sie aus der Buchhaltung verdrängt hat? Will er sie einwickeln, ruhigstellen? Wenn er sich da mal nicht auf dem Holzweg befindet – unsere Jutta ist sich selbst am nächsten. Der traue ich zu, dass sie ihm die leere Flasche auf den Schädel drischt.

»Wagner fährt nach Prag? Zu welchen Kunden denn?«, fragte er, mittlerweile entspannt in seinem Bürosessel zurückgelehnt, die Hände über den Bauch verschränkt.

»Kunden? Ich weiß nicht. Es klang eher nach persönlichen Kontakten.«

Schulz blinzelte sie skeptisch an. Sie stellte die Tüte auf seinem Schreibtisch ab und reichte ihm eine Rotweinflasche.

»Die ist für dich, ausdrückliche Festlegung von Wagner, weil du keinen Weißen magst«, sagte sie.

Schulz schielte neugierig auf das Etikett. Chianti Reserva, stellte er anerkennend fest. Lehner war schon aufgestanden, aber anstatt sich zu verabschieden, stand sie unentschlossen in der Mitte des Zimmers.

»Ist noch was, Jutta?«

»Ja«, sagte sie leise. Etwas in ihrer Stimme ließ ihn aufhorchen.

Auf ihrem Gesicht lag jetzt eine Spur von Unsicherheit, als würde sie es schon bereuen, etwas gesagt zu haben. Er wunderte sich. Selbstzweifel waren ihm bislang nicht an ihr aufgefallen.

»Folgendes«, begann sie und schien ihre Worte vorsichtig zu wählen. »Ich wurde gestern in der Poststelle von Katja Schwabe auf einen Brief hingewiesen. Der Brief war an Herrn Kohlin in der Schweiz adressiert, mit Wagners Handschrift und dem Vermerk ›Persönlich‹. Der ist retour gekommen, weil er falsch frankiert war. Statt 140 Pfennig hatte er eine 120-Pfennigmarke raufgeklebt.«

»Ja und? Kann schon mal vorkommen. Hast du es ihm gesagt?«

»Nein, dazu bin ich gar nicht gekommen. Ich habe ihn ja nur heute ganz kurz gesehen, da hat er mir nur im Vorbeigehen den Wein in die Hand gedrückt.«

Schulz schüttelte unwillig den Kopf, was seine Wangen schlackern ließ.

»Na und, Jutta. Der wird ihn ja jetzt haben, und auch 'ne zusätzliche Briefmarke. Weißt du, ob er seine Post inzwischen abgeholt hat?«

»Ja, habe ich geprüft.«

Sie spitzte den Mund und sah ihn fest an.

»Ich habe wie gewöhnlich einen Blick in die Posteingangsfächer geworfen, und da lag der Brief, anscheinend wurde er von jemandem geöffnet. Ich kann nur hoffen, dass Wagner nichts bemerkt hat.«

»Willst du andeuten, dass ihn irgendjemand gelesen haben könnte?«, fragte Schulz. »Hat dich Wagner darauf angesprochen?«

»Nein, wie gesagt, wir haben uns nur kurz gesehen. Ich wollte verhindern, dass er Verdacht schöpft, und habe deshalb den Umschlag wieder verschlossen«, sagte Lehner und zuckte die Schultern.

»Um welche Uhrzeit war das?«

»Gegen vier Uhr.«

»Hast du nachgefragt, wer von unseren Mitarbeitern zu der Zeit in der Poststelle gesehen wurde?«

Sie blickte aufmerksam an sich hinunter, als würde die Antwort auf ihrem Schoß liegen.

»Schäfer, Doktor Schade und Mewis. Die hat Katja in der Poststelle gesehen. Aber die Postfächer sind im Vorraum, es ist nicht ausgeschlossen, dass noch jemand dort war.«

»Sag mal, und du hast nicht zufällig einen Blick in den Briefumschlag geworfen?«, fragte er mit einem schiefen Lächeln. Als hätte sie die Frage erwartet, hob sie abwehrend beide Hände.

»Wir Buchhalter sind diskrete Leute, lieber Paul«, antwortete sie etwas zu schnell und mit einem schnippischen Unterton.

Er sah sie mit regloser Miene an. Warum erzählt sie mir das alles? Kennt sie vielleicht doch den Inhalt des Briefs und behält ihn aus guten Gründen für sich? Lehner, eine geheime Mitwisserin? Quatsch, wies er sich zurecht, du siehst Gespenster. Er sah zu ihr hoch, sie stand mit verschränkten Händen vor ihm.

»Also, lassen wir es dabei bewenden, schließlich hat sich Wagner nicht beschwert«, sagte Schulz.

Lehner nickte und reichte ihm die Hand.

»Sehe ich auch so.«

Die letzten Tage vor Weihnachten verliefen ruhig. Jeder aus der Leitungsebene war mit den Gedanken bei Super S, dessen verführerischer Duft durch die Gänge und Hallen waberte, man fühlte sich wie in einem Gewächshaus, in dem Rosen, Thymian, Schokoladenminze und Lavendel gezüchtet wurden. Doch der süße Duft konnte über die bittere Stimmung in der Chefetage nicht hinwegtäuschen. Seitdem Schulz durch Lehner über den Brief von Wagner informiert worden war, hatte sich sein Verhältnis zu ihr schlagartig abgekühlt. Er konnte sich nicht von dem Verdacht befreien, dass sie etwas vor ihm verheimlichte. Sollte sie tatsächlich den Brief gelesen haben und eine Intrige spinnen? Ihm fiel ein, wie sie ihn nach Surab und den Zertifikaten von UcraCosTrust gefragt hatte, und er wunderte sich plötzlich, dass sie nie wieder darauf zurückgekommen war, obwohl die Treuhandrevision sicher nach den Unterlagen gefragt hatte.

Aber mehr als die Revision beschäftigte ihn Wagners Post. Er kannte Lehner lange genug, um sich vorstellen zu können, dass ihre Neugierde an Wagners Postfach stärker gewesen war als ihre »buchhalterische Diskretion«.

Mewis war ihr Vertrauter – ob sie den wohl einweihen würde? Und Schade? Könnte das Trio infernale mich erpressen? Mir gar den Chefsessel streitig machen?

Beunruhigt stellte er fest, dass Schade wie auch Mewis seit der Sache mit dem Brief abgetaucht waren. Früher waren sie stolz darauf gewesen, jederzeit zu ihm kommen zu dürfen. Schade hatte er einmal vom Flur aus beobachtet, wie er in seinem kleinen Labor vor einer Batterie von Duschgelbehältern saß, stirnrunzelnd und mit gestrecktem Hals an den Probeabfüllungen schnüffelte, etwas auf den Handrücken gab und andauernd mit dem Arm wedelte, als würde er vergeblich jemandem nachwinken – Schade und sein Test auf Haftbarkeit.

Am 17. Dezember, einem Donnerstagmorgen, hörte Schulz bereits auf dem Flur sein Telefon läuten. Jemand wollte ihn offenbar unbedingt sprechen, denn es klingelte immer noch, als er sich in seinen Sessel sinken ließ. Ärgerlich nahm er den Hörer ab.

»Schulz am Apparat.«

»Guten Morgen, hier ist Groner von der Treuhand. Es geht um den Abschlussbericht der Außenrevision. Es gibt da noch Fragen. Kann ich Sie für einen Augenblick sprechen, Herr Schulz?«

»Ja natürlich.«

Er versuchte, gelassen zu klingen, doch sein Herz schlug ihm bis in den Hals. Die ruhige Tonlage ihrer Stimme konnte den kritischen Unterton nicht überdecken.

»Wir sind so weit durch und warten nur noch auf Ihren Abschlussbericht. Vorab würden wir gerne Näheres über die geschäftlichen Beziehungen zwischen der Berlin Beauty und einem Kiewer Unternehmen wissen ...« Sie sprach den Namen langsam aus, als buchstabierte sie ihn. »Hierzu liegt uns ein Ordner vor, der Rechnungen enthält, die Sie beglichen haben. Was uns aufgefallen ist, sind die Kosten, die das Labor in Kiew anführt. Wir mussten das mit deutschen Anbietern vergleichen, die Preise unterscheiden sich um den Faktor fünf bis sechs.«

Sie legte eine Pause ein, offensichtlich erwartete sie eine Erklärung. Schulz trat der Schweiß aus den Poren. Was hat Jutta da rausgeschickt?, fragte er sich.

»Die wurden inzwischen angepasst. Seit Oktober vergangenen Jahres sind die Preise niedriger, obwohl sich der Umfang der Untersuchungen wegen der Markteinführung unseres neuen Duschgels deutlich erhöht hat.«

»Die neuen Rechnungen liegen uns nicht vor.«

»Ja, äh, da muss ich mal nachfragen in der Buchhaltung und sie nachreichen ...«, stotterte Schulz, dem ein fürchterlicher Verdacht kam. Hatte Jutta die letzten Rechnungen, die er ihr ins Postfach gelegt hatte, etwa absichtlich zurückgehalten?

»Das ist noch nicht alles, Herr Schulz. Wir haben, der guten Ordnung halber, versucht, über unsere Handelsvertretung in Kontakt mit Ihrem Partner in Kiew zu treten. Aber das ist nicht gelungen. Er befindet sich im Ausland, und ein Labor unter seinem Namen ist nirgendwo auffindbar. Vielleicht ist es unter einem anderen Namen registriert. Wissen Sie Näheres?«

Schulz überlegte fieberhaft. Ein Labor hatte er nie gesehen.

Wenn er sich in Kiew mit Surab traf, dann gewöhnlich im Restaurant.

»Das Labor habe ich noch nicht besuchen können«, antwortete er, und es war nicht einmal die Unwahrheit.

»Nun, belassen wir es erst mal dabei. Vor der Auszahlung der nächsten Rate aus der Anschubfinanzierung hätte ich gerne alle Rechnungsbelege zu dieser Kiewer Firma. Also auf Wiederhören, Herr Schulz«, verabschiedete sie sich, ohne seine Antwort abzuwarten. Es klang nicht so, als wäre sie mit den Auskünften zufrieden.

Schulz sackte in sich zusammen und versuchte, einen klaren Gedanken zu fassen. Hätte Jutta Surabs letzte Rechnungen der Treuhand zugestellt, wäre die Sache nicht hochgekocht. Wenn sie mich auf diese Weise in Schwierigkeiten bringen wollte, so ist ihr das gelungen, dachte er.

»Verdammte Scheiße«, stöhnte er und glaubte, ihm würde der Schädel platzen. Reiß dich zusammen, versuchte er sich gleich darauf zu ermahnen, der Tag ist noch lang. Er schloss die Augen und fühlte eine Einsamkeit, wie er sie noch nie erlebt hatte. Ich falle gerade im Sturzflug in eine Höhle, in der mich niemand finden kann, kam ihm ein irrer Gedanke.

Er wusste nicht, wie lange er reglos dagesessen hatte, als ihn das Telefon aus seiner Lethargie befreite. Mit zitternden Händen langte er nach dem Hörer, überlegte es sich dann aber anders und ließ es läuten. Am besten wäre es, wenn ich mich unbeschadet aus dem Betrieb zurückziehen könnte. Er dachte an Surab, an sein gebunkertes Geld und die Jahre bis zur Rente. Müsste reichen, überschlug er die Zeit und seine Wünsche. Morgen schicke ich der Groner den Bericht, mehr kann ich nicht tun.

Am Freitag, den 18. Dezember, kurz nach 17 Uhr, rief Schulz einen Fahrer zu sich und wies ihn an, zur Treuhand zu fahren. Er überreichte ihm einen großen Umschlag mit einem Anschreiben, das die Unterschriften von Lehner als ehemaliger Leiterin Buchhaltung und stellvertretender Direktorin – das klang besser als »Abwesenheitsvertretung«, dachte sich Schulz – trug, dem Abschlussbericht, Anlagen mit einer Unmenge an Lieferscheinen und Zertifikaten aus Kiew, Gutachten und Warenbeschreibungen und, als Überraschung, einem kleinen Flakon mit der Aufschrift *Super Sun Shine.* Wenn sie es aufträgt, verschwimmen ihr die Unterlagen vor den Augen, hatte Schulz leise in sich hineingekichert, als er seinen Stempel auf das Päckchen gedrückt hatte. Der Fahrer ging, und Schulz machte sich auf den Weg nach Hause, dachte an Wagners Chianti Reserva und ein Essen allein vor dem Fernseher. Seine Frau war bei ihren Eltern, er freute sich auf den Abend.

Am Sonnabend, Punkt sieben Uhr abends, klingelte es an Lehners Wohnungstür. Vor ihr stand Markus Roth wie ein frisch Verliebter. Na, heute hoffentlich ohne Wut im Bauch, dachte sie und zog ihn in den Flur.

»Ich habe gerade wieder ein Westpaket erhalten, das ich gern mit dir öffnen würde«, begrüßte sie ihn und verglich unwillkürlich den Duft seines Rasierwassers mit Super S.

»Wein von eurem Schweizer?«

»Nee, unserem Prokuristen und Weinliebhaber Wagner.«

»So schafft man sich Freunde.«

»Na ja, der hat schon was Großzügiges an sich, der Bayer. Und was Berechnendes. Du siehst prächtig aus und verströmst einen verführerischen Duft. Als Kosmetikvertreterin bin ich beeindruckt«, sagte sie und klimperte verzückt mit den Wimpern.

»Old Spice, ein englisches Aftershave«, sagte er bierernst.

»Spice, heißt das nicht Gewürz?«

»Ja, altes Gewürz. Rasierwasser für ältere Herren.«

»Und spicy?«

»Heißt scharf.«

Sie lachte laut und sah ihn vergnügt an. Der ist ja richtig gut drauf heute. Und da sollte sie sich nicht irren, auch was die Nacht betraf. Berauscht vom Wein, bugsierte sie den widerstandslosen Markus kurz vor Mitternacht ins Schlafzimmer. Er konnte sich am nächsten Morgen nur noch daran erinnern, dass sie ihn aufs Laken gezogen hatte.

Beim ersten gemeinsamen Frühstück kam die Rede auf Juttas Arbeit. Markus hatte es sich nicht verkneifen können, sie zu fragen, ob die Weine von Wagner einen bestimmten Zweck verfolgten.

»Nein, der will uns mit seiner Großzügigkeit nur ein wenig imponieren, mehr nicht. Glaubt immerzu, dass er uns die Welt erklären muss, auch die der Weine. Der Mann ist eine Herausforderung.«

»Wie meinst du das?«

»Er ist ein genialer Selbstdarsteller.«

»Was hat er früher gemacht?«

»Er betreibt eine Beratungsagentur, auch jetzt noch.«

»Aha, hat er euch auch beraten?«

»Na, aber hallo. Und bombig verdient dabei.«

Markus verzog das Gesicht.

»Kennt man aus den Zeitungen.«

»Ich aus dem wahren Leben. Und, das sage ich dir im Vertrauen, ich würde mich nicht wundern, wenn herauskäme, dass er Geld aus der Firma abgesaugt hat.«

»Wie denn das?«, fragte Markus, der nachdenklich sein Ei pellte.

»Weiß ich nicht, nur so 'ne Vermutung. Vielleicht steckt Schulz, unser Geschäftsführer, mit ihm unter einer Decke.«

Einem plötzlichen Verlangen nachgebend erzählte sie Markus vom Businessplan, von der Swiss Scent, vom Verkauf des Betriebs, von Wagners Gutachtereinnahmen, seiner Nähe zum Käufer, von seinem Statthalter Schäfer und ihren Vermutungen.

»Das muss man prüfen«, sagte er, als wäre er dafür der Richtige.

»Was meinst du?«

»Schulz, Wagner, Schäfer – ob die bei den Subventionen alle Regeln eingehalten haben. Das muss die Treuhand prüfen«, wiederholte er nachdrücklich.

»Wagner und seine Partner haben unseren Betrieb gerettet«, ruderte sie vorsichtig zurück.

»Sei nur vorsichtig«, murmelte Markus mit vollem Mund.

»Da kannst du sicher sein, ich hab schon andere Pfeifen aus dem Weg geräumt.«

Er nickte erstaunt und schien die Wortwahl zu prüfen.

»Ach«, seufzte sie, »am liebsten würde ich dich als wissenschaftlichen Berater einstellen, Markus. Dann hätte ich wenigstens einen in meiner Nähe, dem ich vertrauen könnte. Du bist doch auch Chemiker, könntest uns bei Forschung und Produktion unterstützen. Na?«

Sein Gesicht verfärbte sich ins Rosarote, und er strahlte wie ein Geburtstagskind.

»Ich würde wahnsinnig gerne mit dir arbeiten, Jutta.«

Er langte mit der freien Hand nach ihrem Knie.

»Tja, leider bin ich nicht die Chefin. Die Personalentscheidungen fällen andere ... Na ja. Iss erstmal dein Ei, Spicy Man.«

»Und danach?«

»Rate mal.«

ACHT

Als der Nachbar von Schulz am Montagmorgen aus seiner Wohnung trat, rümpfte er als Erstes die Nase. Es roch unangenehm, um nicht zu sagen widerlich, als hätten sich gleich mehrere Leute im Treppenaufgang übergeben. Sehr schnell wurde ihm klar, aus welcher Richtung der Gestank kam. Es musste die Wohnung von Schulz sein. Auf das Läuten und Klopfen reagierte niemand, und nach Rücksprache mit dem ehemaligen Vorsitzenden der Hausgemeinschaft entschied er, die Feuerwehr zu alarmieren, die nach zehn Minuten eintraf.

Sie fanden Schulz tot vor seinem Bett, er lag in seinem Erbrochenen. Der Notarzt vermutete Herz-Kreislauf-Versagen, war sich aber nicht ganz sicher. Der Tod musste am Wochenende eingetreten sein. Er veranlasste, den Leichnam in die Rechtsmedizin zu schaffen. Der Aufenthaltsort von Frau Schulz war unbekannt, man würde die Polizei informieren, sagte der Feuerwehrmann dem entsetzten Nachbarn.

Bircher saß in seinem Büro, vor sich zwei Briefumschläge, die ihn etwas verwunderten. Beide waren an die Treuhand adressiert, ohne Absender. Stirnrunzelnd beäugte er den Eingangsstempel, »Stabsstelle für besondere Aufgaben«, und den handschriftlichen Vermerk »Büro Kriminaloberrat Pfeil informieren«. Bircher verstand das Ganze nicht so recht. Warum wird Pfeil und nicht das Wirtschaftsdezernat informiert? Es war die Kopie eines Briefs von Hannes Wagner an Friedhelm Kohlin, den er in der Hand hielt. Bircher dachte sofort an Manuelas Bericht über den ehemaligen DDR-Kosmetikbetrieb und Tetsches Erzählung von einem vergifteten

Hund und der an ähnlichen Symptomen erkrankten Frau Wagner. Nur dass der Hund verstorben war. Er überflog den Text und spitzte überrascht den Mund. Sein Interesse war geweckt. Er kniff die Augen zusammen und studierte den Poststempel, der Brief musste vom vergangenen Donnerstag sein. Er begann noch einmal von vorne zu lesen, Wort für Wort.

»Lieber Friedhelm,

Marktanalysen der SwDo für mich, aktuelles Volumen 1,1 Mio. Bleiben noch 200k. Bitte verkaufe Aktien in Höhe von 100k. Einzahlung auf mein Treuhänderkonto.

Dann, neu, Treuhand Berlin prüft. Lass uns den Einkaufspreis bei SwDo vorübergehend nicht anheben, besser jetzt verzichten ...«

Der Brief war mit einem »Grüß Gott, Dein Johannes« unterzeichnet, er trug kein Datum. Mit einem Stirnrunzeln legte er den Brief zur Seite. Merkwürdig, dass die Treuhand uns einen Brief des Prokuristen der Berlin Beauty GmbH an seinen Geschäftspartner Kohlin zustellt. Was gehen uns die privaten Finanzen eines Herrn Wagner an? Bircher hatte etwas Aufregenderes erwartet. Er kritzelte sein Bi an den Rand und schob den Brief zurück in die Postmappe. Ich werde Manuela fragen, ob sie sich aus der Sache einen Reim machen kann.

Er verzog unwillig den Mund, als er das zweite Schreiben überflog: einzeilig getippte Verdächtigungen, alle die Berlin Beauty betreffend. Es las sich wie die Litanei eines auf Rache sinnenden Mitarbeiters, der es seinen Chefs heimzahlen wollte. Da war die Rede von unredlicher Bereicherung, Veruntreuung von Subventionen und fragwürdigen Warenbestellungen. Leicht angewidert steckte Bircher das Blatt in die Postmappe, nahm die Brille ab und knetete seine Nasenwurzel. Was soll das, bin ich die Mordkommission oder das

Wirtschaftsdezernat? Er blätterte weiter in der Mappe, bis ein Obduktionsbericht seine Aufmerksamkeit erregte. Bereits die ersten Worte machten ihn neugierig:

»Paul Schulz, geb. 23.4.1934. Vorerkrankungen: Hypertonie, fortgeschrittene Arteriosklerose und Verengung der Herzkranzgefäße; stark übergewichtig, Herzrhythmusstörungen. Am Fundort: Erbrochenes und Durchfall. Hinweise auf Krämpfe an Händen und Beinen. Symptome einer Lebernekrose und Nierenversagen, blutige Koliken. Exakte Todesursache unklar. Tachykardie, multiples Organversagen nicht ausgeschlossen. Ausführlicher Bericht wird nachgereicht.«

Es folgte der Name des Rechtsmediziners, der Bircher nichts sagte. Hm, na, Tetsche mit seinem Riecher bei der Hundegeschichte. Schulz, Frau Wagner – beide sind irgendwie mit dieser Kosmetikbude verbunden. Als mögliche Todesursache hatte Tetsche damals Organversagen erwähnt. Der Geschäftsführer hatte ungesund gelebt, zu viel Alkohol, dazu die berufliche Anspannung, die enormen Herausforderungen der letzten Jahre. Da kann man schon mal vorzeitig das Zeitliche segnen. Aber wollte Tetsche, der alte Fuchs, mich nicht auf etwas anderes hinweisen?

Er griff zum Telefon und drückte eine Taste.

»Chef, ich höre«, schallte ihm Manuelas Stimme entgegen. Er verdrehte die Augen. Chef – sie kann es einfach nicht lassen.

»Verbinde mich mit Oberrat Pfeil, und danach schick bitte Schmidter zu mir.«

»Wird erledigt«, flötete sie. Er wartete noch eine Sekunde. Sie legte auf, ohne ihr Chef. Na, geht doch.

»Guten Tag, Herr Bircher, was liegt an?«, meldete sich Pfeil in leicht leierndem Ton, unverkennbar ein Berliner.

»Ich habe hier zwei Briefe aus der Treuhand, einer trägt Ihren Stempel, aber …«

»Ja, eigentlich nicht unsere Sache, habe bereits das zuständige Dezernat informiert«, unterbrach er ihn. Als hätte Pfeil seine Gedanken erraten, fügte er hinzu: »Ich habe einen alten Freund bei der Treuhand, und, na ja, nachdem er die Todesnachricht vom Direktor der Kosmetikfirma auf den Tisch bekommen hatte und fast zeitgleich diese anonymen Schreiben bei der Stabsstelle eingingen, da hat er mich angerufen.«

»Und, soll ich etwas unternehmen? Im Bericht des Rechtsmediziners wird auf Herzversagen verwiesen.«

»Stimmt schon. Aber wir beide wissen, dass man bestimmte Stoffe nur nachweisen kann, wenn man nach ihnen sucht.«

Bircher kräuselte die Stirn. Was sollte diese salomonisch hingeworfene Bemerkung?

»Na ja, es gibt wohl Hinweise, dass in diesem Betrieb nicht alles nach Recht und Ordnung läuft. Und Schulz war der Geschäftsführer. Die Außenrevision der Treuhand wird sich umschauen.«

Pfeil legte eine Pause ein, um Bircher Zeit zum Nachdenken zu geben. Der glaubte herauszuhören, dass Pfeil bereits Nachforschungen angestellt hatte, die ihm zur Vorsicht rieten.

»Wir können ja mal die leitenden Angestellten befragen«, schlug Bircher halbherzig vor.

»Einverstanden«, antwortete Pfeil prompt. »Halten Sie mich bitte auf dem Laufenden. Wiederhören, Herr Bircher.«

»Natürlich, Herr Pfeil. Wiederhören.«

Bircher legte den Kopf in den Nacken, erinnerte sich an seinen früheren Vorgesetzten, General Meier, und schmunzelte. Immer dasselbe Spiel: Die Chefs stellen ein paar Informationen und Vermutungen in den Raum und warten darauf, dass wir ihnen die Entscheidung abnehmen. Klar – wenn sich Wagner dann irgendwo beschweren sollte, rufen die nicht

Pfeil, sondern mich an. Aber an der Sache ist offenbar mehr dran, als der Obduktionsbericht vermuten lässt, schlussfolgerte Bircher. Weshalb sonst hätte Pfeil den Befragungen zustimmen sollen?

Frau Schulz wurde telefonisch informiert, nachdem die Polizei das Telefonverzeichnis von Herrn Schulz sichergestellt hatte. Sie war noch zu Besuch bei ihren Eltern und reagierte überraschend gefasst auf die Nachricht. Weder überfiel sie ein hysterischer Weinkrampf noch ein fassungsloses Schluchzen. Sie schwieg. Der Beamte berichtete Bircher später, dass er einige Sekunden nur ihren Atem gehört hatte und schon fragen wollte, ob er jemanden aus dem medizinischen Dienst zu ihr schicken sollte, da sagte sie: »Ich fahre gleich nach Berlin zurück«, und legte auf.

Als Professor Tetsche, dem der Fall übergeben worden war, mit ihr telefoniert hatte, war ihre erste Frage gewesen, warum denn ihr Mann in der Gerichtsmedizin läge, wo er doch an Herz-Kreislauf-Versagen verstorben sei. »Ist doch wohl die häufigste Todesursache bei Männern«, bemerkte sie trocken.

Sie hatte darauf bestanden, direkt mit Bircher zu reden. Nun saß sie aufrecht vor ihm, ihr schwarzer Mantel lag sorgfältig gefaltet auf dem freien Stuhl. Sie trug ein schwarzes Kostüm, schwarze Pumps und eine frischgeföhnte Dauerwelle, unter dem Arm klemmte eine schwarze Handtasche, wie Frauen sie zu Opernbesuchen tragen. In ihrem Gesicht waren keine Spuren schlafloser Trauerbewältigung zu erkennen, nur eine bittere Mundfalte und ein resignierter Blick deuteten ihre Verfassung an. Man hätte sie für eine wohlhabende Frau halten können, die ihrem Vermögen und nicht ihrem Mann nachtrauert.

»Ich möchte Ihnen mein Mitgefühl aussprechen, Frau Schulz. Ich bin Ihrem Mann nicht persönlich begegnet, aber seine große Leistung für den Betrieb ist mir bekannt. Ich hatte mal vor vielen Jahren mit der Berliner Duft zu tun, beruflich.«

Frau Schulz richtete für einen Augenblick ihre dunklen Augen auf ihn. Aber sie wollte nicht reden, sondern wartete darauf, dass er fortfuhr.

»Sie haben gegenüber Professor Tetsche ihre Verwunderung darüber angedeutet, dass wir Ihren Mann in die Gerichtsmedizin einliefern mussten. Er ist in der Nacht zwischen Sonnabend und Sonntag verstorben, gefunden wurde er erst am Montag früh gegen neun Uhr. Die Ärzte sind sich hinsichtlich der Todesursache nicht ganz sicher.«

Er wartete ihre Reaktion ab. Sie seufzte schwer und nestelte an ihrer Tasche, öffnete sie langsam und entnahm ihr eine Puderdose. Bircher hob erstaunt die Augenbrauen. Sie klappte den Spiegel auf, warf einen flüchtigen Blick hinein, klappte die Dose zu und sah ihn fest an.

»Herr Kommissar, mein Mann hat bekanntlich nicht gerade gesund gelebt. Und, leider, in den letzten Monaten immer ungesünder. Er saß mit seinem Bier stumm vorm Fernseher, aber gesehen hat er nichts. Er war in Gedanken irgendwo anders, wahrscheinlich im Betrieb. Ich konnte nicht rauskriegen, was ihn bedrückte. Als die Treuhand endlich einen Käufer gefunden hatte und mein Mann Geschäftsführer wurde, da dachte ich, jetzt beginnt das Leben. Endlich Sicherheit, sich was leisten können, Reisen und so. Das Gegenteil trat ein. Meinen Mann habe ich nur einmal munter erlebt, da hat er mir sein neues Produkt vorgestellt, ein Duschgel.«

Sie verdrehte leicht die Augen und rümpfte die Nase, als hinge der Duft im Zimmer.

»Entschuldigen Sie, dass ich das alles sage. Ich bin ziemlich ratlos.«

Ihr stiegen Tränen in die Augen, und sie musste erneut die

Tasche öffnen, um mit einem geblümten Taschentuch vorsichtig ihre Augenwinkel abzutupfen. Bircher beobachtete ihre Mimik und jede ihrer Bewegung. Er konnte sich nicht des Eindrucks erwehren, dass sie ihren Auftritt zu Hause vor dem Spiegel geübt hatte, als hätte sie sich bereits früher von ihrem Mann verabschiedet – als bedeutete sein Tod das Ende einer Leidenszeit.

»Frau Schulz, sind Sie damit einverstanden, dass wir eine Obduktion vornehmen? So haben Sie Gewissheit, dass Ihrem Mann während ihrer Abwesenheit an dem Wochenende nichts Unnatürliches zugestoßen ist.«

»Was hätte ihm den zustoßen sollen?«, fragte sie mit aufgerissenen Augen, als fürchtete sie um ihre gemäßigte Trauer.

»Hatte er Gegner oder Feinde? Im Betrieb?«

Diese Frage schien sie weniger zu verstören. Sie zuckte nur mit den Schultern.

»Wer hat die nicht in seiner Position? Feinde, weiß ich nicht. Aber mein Mann traute weder Herrn Wagner noch Jutta Lehner über den Weg. Eigentlich niemandem. Ich habe auch rausgehört, dass er fürchtete, Lehner und Mewis würden an ihm vorbeiarbeiten, um ihn loszuwerden, weil er mit Wagner gut auskam. Also, was all diese Subventionen anbelangt, da war ja wohl auch eine Kontrolle der Treuhand im Anmarsch ...«

Sie öffnete den Mund, als wäre ihr plötzlich ein überraschender Gedanke gekommen. Bircher wartete darauf, dass sie weitersprach, aber Frau Schulz hatte es sich anscheinend anders überlegt. Sie nestelte an ihrem Mantel, offenbar zum Aufbruch gewillt.

»Diese Obduktion, Herr Kommissar – ich habe nichts dagegen einzuwenden. Darf ich mich jetzt verabschieden?«

»Ja, natürlich. Ich melde mich dann bei Ihnen. Soll ich Sie zum Ausgang begleiten?«, fragte Bircher und stemmte sich aus seinem Sessel.

»Nicht nötig. Auf Wiedersehen.«

Sie reichte ihm die Hand, und Bircher wunderte sich, wie trocken und fest sie sich anfühlte.

An einem frostigen Dezembermorgen – die Straßen waren leer, denn viele Berliner hatten die Stadt bereits in den Weihnachtsurlaub verlassen – machte sich Schmidter auf den Weg zur »Kosmetikbude«, wie er die Berlin Beauty für sich bezeichnete. Als er erfuhr, dass sich der Betrieb in der Anklamer Straße befand, beschloss er, sich einen Spaziergang zu gönnen, über den Zionskirchplatz, wo die berühmte Kirche stand. Er hatte schon lange geplant, sie sich anzusehen, da sie bis vor Kurzem in aller Munde gewesen war.

Schmidter hatte während seiner Zeit in der Mordkommission am Alexanderplatz keine Kontakte zur politischen Opposition gehabt. Nicht dienstlich und schon gar nicht privat. Er hatte die Entwicklungen wie eine aufziehende Naturkatastrophe, die alles zu verändern drohte, verfolgt. Als historisch interessierter Mensch – es war sein stilles Hobby, sich mit deutscher Geschichte zu befassen – hatte er sich etwas über den Ort belesen und gelernt, dass Wilhelm I. im Jahr 1861 aus Dankbarkeit für ein entgangenes Attentat 10.000 Reichstaler für die Grundsteinlegung der Kirche gespendet hatte. Ein halbes Jahrhundert später hatte ihr Dietrich Bonhoeffer als Pastor gedient, der Widerstandskämpfer, der am Attentat auf Hitler beteiligt gewesen und hingerichtet worden war. Eine Kirche als Gedenkort politischer Dramen? Hatten die friedlichen DDR-Bürger Bonhoeffers Standhaftigkeit gedacht bei ihren Debatten über einen Ausweg aus dem Realsozialismus, unter dem Kirchendach? Schmidter hatte da seine Zweifel.

Sein Blick schweifte über den Backsteinbau im typischen Rundbogenstil aus der Zeit nach Schinkel. Ihm gefielen besonders die halbrunde Chorapsis sowie die farbigen

Streifen un die Rundbogenfenster, die die Fassaden dominierten.

Er kontrollierte die Uhrzeit, verließ den kleinen Veteranenberg und setzte seinen Weg fort. Von Weitem sah er eine kahle, fensterlose Mauer, hinter der sich die Berlin Beauty befinden musste. Die Mauer könnte von dem angrenzenden Gebäude stammen, das den Krieg nicht überlebt hatte. Er hob seinen Blick und sah auf der Höhe der dritten Etage in fenstergroßen schwarzen Buchstaben die Aufschrift »Berliner Duft«. Der Schriftzug war hell unterlegt, es sah aus, als hinge ein verlorenes Transparent am aschgrauen Putz. Schmidter kniff die Augen zusammen. Zwischen der Mauer und dem nächsten Haus auf der Anklamer Straße klaffte eine Lücke, so bot sich ihm ein freier Blick auf den Hinterhof und ein vierstöckiges Quergebäude aus der Jahrhundertwende, beherrscht von hohen Fenstern mit ovalem Stuckabschluss. Das könnte die Fabrik sein, überlegte er, dann müsste sich im Vorderhaus die Verwaltung befinden, mit Wagner und Kollegen. Er grinste, weil ihm plötzlich einfiel, wie seine Frau vor einigen Tagen, als er den neuen Fall erwähnte, über die »Beautyfarmen« im Westen hergezogen war, wo einem für eine Menge Kohle ein paar Falten wegretuschiert wurden. »Farm! Wie sich das anhört, als würde man sich auf die Weide begeben«, hatte sie gelästert.

Schmidter meldete sich beim Pförtner an und stieg bedächtig die Betonstufen hinauf zur ersten Etage, wo sich Wagners Büro befand. Auf dem ersten Absatz hielt er inne, warf einen Blick auf den gepflasterten Innenhof und atmete tief durch die Nase ein. Woher kenne ich diesen Geruch?, versuchte er einer Erinnerung nachzugehen. Hm, ziemlich intensiv, könnte 'ne Wäscherei sein. Er fühlte sich ganz wohl in dieser Duftblase, sie wirkte entspannend auf ihn.

Er stand jetzt vor der Eisentür. Ist ja wie im Gefängnis,

grinste er in sich hinein, stieß sie auf und sah einen recht fülligen Mann auf dem Korridor stehen, als sei er zur Wache abgestellt. Schmidter schlenderte ihm lächelnd entgegen. Sie waren in etwa von gleicher Größe, aber im Vergleich zu Wagner wirkte der schlanke Schmidter wie ein Asket und auch deutlich jünger, obwohl sie fast gleichaltrig waren.

»Ich begrüße Sie bei der Berlin Beauty! Danke für ihr Kommen«, sagte Wagner. »Bitte kommen Sie rein.«

Schmidter war überrascht von dem schlichten Büro. Entweder legt der keinen Wert aufs Äußere, oder er kommt nur hierher, wenn's sein muss. Neben dem leeren Schreibtisch, vier Stühlen um einen blanken Tisch am Fenster und einem halbvollen Bücherregal war da nichts, nicht mal ein Panzerschrank. Schmidter erinnerte der Raum an die unpersönliche Atmosphäre des Polizeipräsidiums am Alexanderplatz. Fehlte nur noch ein Porträt des Bundespräsidenten. Er dachte daran, was Wagner wohl fühlen würde, wüsste er, dass er sich einem Ostdeutschen zur Befragung stellen musste. Irgendwie fühlte sich das für Schmidter wie ein Spiel mit vertauschten Rollen an. Außerdem fragte er sich im Stillen, was er in der Kosmetikbude eigentlich ermitteln sollte. Doch nicht etwa die Person finden, die die Kopie eines harmlosen Briefes von Wagner an die Treuhand verschickt hatte? Wahrscheinlich in der Hoffnung, man könnte dem Prokuristen damit eins auswischen? Aber womit überhaupt? Damit, dass Wagner ein Konto in der Schweiz unterhielt? Das war ja nicht einmal verboten.

Herr Wagner erwies sich als ausgesprochen redselig, allerdings war das dem Bemühen geschuldet, seine Unruhe zu überspielen. Kurz vor Schmidters Eintreffen hatte ihn nämlich ein Mitarbeiter der Treuhand telefonisch darüber informiert, dass für die Berlin Beauty eine Revision der Buchhaltung veranlasst worden sei. Er müsse sämtliche Warenbestellungen,

Rechnungen und Zahlungsbelege einsehen, auch die der Firma UcraCosTrust. Wagner hatte für einen Moment an sein Gespräch mit Kohlin in Prag gedacht. Bewahre alle Unterlagen, die uns betreffen, zu Hause oder im Büro deiner Firma auf, hatte er ihm eindringlich geraten.

Schmidter hörte mit unbewegter Miene zu, wie Wagner über seine Pragreise plauderte, dass er mit Herrn Kohlin den Stand der Dinge erörtert hatte und dieser höchst zufrieden mit der Arbeit der Berlin Beauty sei, insbesondere mit der des Geschäftsführers. Mit einem Wink auf seine halbleeren Regale bemerkte er, dass der Treuhand gerade einige Unterlagen zugestellt würden, die die vorbildliche Arbeit der Geschäftsführung belegten. »Wir sind wegen der Subventionen zur Auskunft über unsere Finanzen verpflichtet«, bemerkte er.

Auf Schmidters Frage zu Prag holte Wagner den Ordner »Spesen« aus seinem Regal und zeigte ihm die Hotelabrechnung, Freitag bis Montag. Eindeutig, notierte sich Schmidter in Gedanken. Der Name Kohlin veranlasste ihn zu der Frage, ob die Warenlieferungen aus der Schweiz von der Treuhand beanstandet werden könnten. Wagner reagierte mit einer lässigen Geste und erklärte:

»Herr Schulz hat unseren Bericht abgegeben, und der wurde akzeptiert. Irgendjemand hat wohl Anstoß daran genommen, dass wir unsere Ausgangschemikalien aus der Schweiz beziehen. Was ist daran auszusetzen, wenn wir uns in dieser Situation auf einen zuverlässigen Lieferanten verlassen wollen? Herr Schmidter, wir dürfen keinen Tag verlieren, die Treuhand verlangt die Umsetzung unseres Businessplans, und der verspricht Millionenumsätze.«

»Darf ich fragen womit?«

»Ein speziell für die frühere Sowjetunion entwickeltes Duschgel, Super Sun Shine.«

»Oh, interessant. Klingt gut.«

»Und riecht besser als Chanel.«

Schmidter lächelte.

»Könnte Herrn Schulz in den letzten Monaten etwas belastet haben? Die Kontrollen der Treuhand? Außenrevision oder private Sorgen?«

Wagner warf sich auf seinem Stuhl nach hinten und hob beide Hände.

»Herr Kollege Schulz war seit Jahrzehnten in leitender Position tätig, der war Stress eigentlich gewohnt. Alle Subventionen und Kredite der Treuhand werden sorgfältig verwaltet. Bislang habe ich nichts von ernsten Beanstandungen gehört. Und von privaten Problemen ist mir auch nichts bekannt«, fügte er achselzuckend hinzu.

Schmidter rümpfte leicht die Nase. Er bat Wagner, die Kollegen einzeln herzubitten, es werde nicht lange dauern. Wagner nickte verständnisvoll und lobte die Diskretion.

Frau Lehner klärte Schmidter erst einmal ziemlich forsch darüber auf, dass Schulz leider allen Warnungen zum Trotz »Raubbau« an seiner Gesundheit betrieben hätte.

»Das ist eine Tragödie«, flüsterte sie. Er fragte, wo sie am betreffenden Wochenende gewesen sei, was sie zusammenzucken ließ.

»Ich muss das fragen«, erklärte Schmidter.

Sie nannte nach einigem Zögern Markus' Namen, den Schmidter sich notierte. Er hielt auch fest, dass ihr Stelldichein von Samstagabend bis Sonntagvormittag angedauert hatte.

Schäfer und Mewis sprachen kein Wort zu viel, es war offensichtlich, dass sie das Ableben von Schulz und ihre Arbeit vollkommen getrennt voneinander betrachtet haben wollten. Schäfer gab an, das Wochenende allein in seiner Berliner Junggesellenwohnung verbracht zu haben, Mewis sagte, er sei mit seiner Familie zusammen gewesen.

Nach einer guten Stunde steckte Wagner vorsichtig den Kopf in sein Büro.

»Wir sind fertig, Herr Wagner«, winkte ihn Schmidter herein.

»Alles soweit in Ordnung?«, fragte Wagner, der ein kleines Päckchen, umwickelt mit weißem Papier und einer rosafarbenen Schleife, in der Hand hielt.

»Ja, ich habe keine weiteren Anliegen. Danke Ihnen für die Kooperation. Ihr Sohn engagiert sich auch für den Betrieb?«, fragte Schmidter beiläufig.

»Ja, er macht ein Praktikum bei der Treuhand.«

»Und wohnt in Berlin?«

»Auch ab und zu, aber er studiert in München, wo er die meiste Zeit wohnt.«

»Wir sind dann soweit durch. Ich danke Ihnen für die Auskünfte und die Organisation der Gespräche«, sagte Schmidter.

»Darf ich Ihnen ein kleines Präsent mit auf den Weg geben? Das ist das Super Sun Shine-Duschgel, eine erste Probe aus der Pilotproduktion. Soll bald Kiews Badezimmer fluten«, scherzte Wagner und hielt ihm das Päckchen hin.

»Ist das bereits im Handel?«, fragte Schmidter.

»Nein, aber bald. Alle Testungen sehen gut aus.«

»Was muss man da testen?«

»Analysen zu Verunreinigungen mit giftigen Substanzen. Ist 'ne lange Liste, die uns der Gesetzgeber vorgibt.«

»Hm, das wusste ich gar nicht.«

»Metalle zum Beispiel.«

Schmidter nickte geistesabwesend, als das Wort »giftig« fiel. Er wand sich innerlich etwas, unsicher, wie er die Geste werten sollte, griff dann aber zu. Na ja, betrachten wir es als Beweismaterial. Gebe ich dem Chef, der wird nicht schlecht über die rosa Schleife staunen.

Als Schmidter vor der Hofdurchfahrt stand, ließ er seine Augen noch einmal über das Fabrikgebäude gleiten. Er bemerkte, wie jemand auf der zweiten Etage energisch die Gardinen zuzog, und schärfte seinen Blick. Es war das letzte Fenster in der Reihe. Nicht das von Wagner, stellte er fest, rümpfte noch einmal die Nase und verließ mit raschen Schritten das Gelände.

»Also, Jutta, hattest du 'ne Ahnung davon, was da auf uns zukommt? Wir denken alle, dass Schulz an Herzversagen verstorben ist, und jetzt kreuzt ein Kommissar auf und fragt uns nach einem Alibi für das Wochenende, als der Chef starb? Ich fasse es nicht. War der Mann etwa von der Mordkommission?«

Mewis schnappte theatralisch nach Luft, anscheinend außer sich vor Empörung. Er war kurz nach der Befragung in Lehners Büro gestürmt. Die hingegen verzog keine Miene.

»Ich weiß nicht, von welcher Dienststelle Herr Schmidter ist. Jedenfalls nicht von der Sitte«, sagte sie achselzuckend. »Und was ist daran so ungewöhnlich? Jemand stirbt, und die Todesursache liegt anscheinend im Unklaren. Dann müssen sie versuchen, mehr zu erfahren. Liest du keine Krimis?«

Er sah sie ratlos an, der Zweifel stand ihm ins Gesicht geschrieben. Verarscht sie mich? Sie machte keine Anstalten, das Thema zu vertiefen. Er rutschte noch einen Moment unschlüssig auf seinem Stuhl hin und her, bevor er wortlos davonzog.

Tatsächlich bewegten sie noch ein paar offene Fragen, die sie aber nicht mit Mewis erörtern konnte – oder wollte. Zum Beispiel die Zahlungsflüsse zwischen ihrem Betrieb und der Swiss Scent und die unverhältnismäßig hohen Rechnungen von Surab. Ob die Außenrevision der Treuhand tiefer graben wird?, fragte sie sich nervös.

In die Aufbruchsstimmung, die Wagner unermüdlich durch gute Nachrichten verbreitete, passte es nicht, sich lange mit dem Verlust des Direktors zu beschäftigen. Bei der Beerdigung auf dem Friedhof Friedrichsfelde hatten sich die leitenden Angestellten von ihrem Chef verabschiedet. Lehner hatte schräg hinter Frau Schulz gestanden, als der Sarg in die Grube geglitten war. Die Witwe sieht erstaunlich gefasst aus und schick obendrein, hatte sie festgestellt und ihren dunkelblauen Mantel gemustert. Wagner war auch da gewesen. Wie ein Pastor ganz in schwarz gekleidet, hatte er sein Beileid ausgesprochen, es hatte sich routiniert angehört.

Noch am selben Tag kam er zu Lehner, um sich mit ihr über UcraCosTrust zu unterhalten.

»Sagen Sie, Frau Lehner, seit wann gibt es eigentlich die Zusammenarbeit zwischen unserem und dem Kiewer Betrieb? Mein Sohn hat mir berichtet, dass die Treuhand kein Labor eines Herrn Tschiladse ausfindig machen konnte. Man versteht nicht, wo in Kiew die Analysen durchgeführt werden.«

»Ich weiß nur, dass die Treuhand Analysen und Rechnungsbelege erhalten hat. Herr Schulz hatte das angewiesen, ich habe ihm die Belege gegeben. Die Zusammenarbeit gibt es seit vielen Jahren. Herr Tschiladse hat in der DDR Chemie studiert, Herr Schulz und er waren gut befreundet.«

»Ich denke, dass die Sache noch nicht ausgestanden ist«, murmelte Wagner nachdenklich.

»Warum? Und für wen?«

Lehner erwähnte nicht, dass alle Rechnungen und Überweisungen die Unterschrift von Schulz trugen. Aber Schulz war tot. Worauf will Wagner hinaus, dachte sie und warf ihm einen unwirschen Blick zu. Will er Tschiladse mithilfe der Treuhand loswerden, damit alle Analysen in der Schweiz erfolgen, wo er beteiligt wird? Das kann er sich abschminken!

»Also, Frau Lehner, nehmen wir mal folgendes Szenario an«, sagte Wagner. »Sein Kiewer Freund stellt Rechnungen für chemische Analysen, die er im Auftrag unseres Betriebs, durchführt. So weit, so gut, nichts daran auszusetzen. Die Preise sind allerdings ziemlich hoch, und sie schmälern den ohnehin schon schmalen Gewinn der Berlin Beauty. Nun, jemand bei der Treuhand könnte auf den Verdacht kommen, dass der ukrainische Freund einen Teil seines schönen Verdienstes Herrn Schulz überlässt. Als Gegenleistung für die Aufträge, die er ihm vermittelt. Eine private, freundschaftliche Geste?«

Er neigte den Kopf und lächelte sie schräg an, als wären sie gemeinsam einer kniffligen Sache auf der Spur. Sie erwiderte seinen Blick mit reglosem Gesicht. Der will alles unter seine Kontrolle kriegen und Schulz etwas unterschieben. Oder Schulz und mir, als seiner Buchhalterin? Oder will er mich vielleicht warnen?

»Ich sagte bereits, dass alles über Herrn Schulz lief, ich kenne Tschiladses Unternehmen nicht. Wenn Sie davon ausgehen, dass hier Geld für Scheinanalysen geflossen ist, unterstellen Sie Herrn Schulz Betrug. Das wiegt sehr schwer, und ich kenne keine Beweise, die Ihre These stützen.«

Sie sprach sehr ruhig, jedes Wort genau abwägend. Er spitzte den Mund und ließ einen leisen Pfiff ertönen.

»Wo denken Sie hin, liebe Kollegin Lehner? Ich unterstelle Herrn Schulz gar nichts, ich versetze mich lediglich in die Gedankenwelt der Außenrevision. Ich will nur, dass die weiter regelmäßig die Raten der Anschubfinanzierung überweisen.«

»Dann sind wir uns ja einig. Und was sollten wir Ihrer Meinung nach tun, um die Zweifler ruhig zu stellen?«

Er rieb sich die Hände und setzte eine Miene auf, als würde ihn die Frage überraschen und als müsste er angestrengt nach einer Antwort suchen. Dabei hatte er sie längst parat.

»Wir lassen unsere Produkte von einem anderen unabhängigen Labor prüfen. Die Warenzertifikate werden hoffentlich die Kiewer Ergebnisse bestätigen und somit jeden Zweifel beseitigen.«

»Wo nehmen wir das unabhängige Labor so schnell her?«

»Das habe ich mit Mewis vorbesprochen. Die unabhängigen Prüfberichte zu unserem Super S liegen uns noch diese Woche vor.«

»Aber verraten Sie mir, wo die jetzt so rasch herkommen?«, wiederholte sie ihre Frage.

»Von der Swiss Scent.«

»Ach nee«, entfuhr es Lehner.

»Die Integrität der Firma wird niemand bei der Treuhand in Zweifel ziehen.«

Lehner stand für zwei Sekunden der Mund offen. Was die Zertifikate betraf, wäre Tschiladse somit aus dem Spiel, und die Treuhand würde in Richtung seines Unternehmens keine weiteren Fragen stellen. Gut für unseren Betrieb. Und Wagner würde ganz nebenbei seinen Freunden bei der Swiss Scent zu neuem Umsatz verhelfen.

Es dauerte keine drei Tage, da lag auf ihrem Schreibtisch ein Stapel Papier mit Laborergebnissen zu zweihundertachtzig Schadstoffen, die nicht in Seifen, Duschgels und anderen Kosmetika enthalten sein durften. Die gute Nachricht für Super Sun Shine: Die Konzentrationen aller Schadstoffe lagen eindeutig unterhalb des zulässigen Schwellenwertes. Die Ergebnisse der Schweizer bestätigten somit die Zertifikate der UcraCosTrust. Am selben Tag ging ein von Wagner und ihr unterschriebener Brief mit den Ergebnissen beider Labore an die Treuhand. Mewis und Schade wurden per Hausmitteilung informiert.

NEUN

Die Überraschung war groß, als die Belegschaft Ende Januar per Aushang darüber unterrichtet wurde, dass Jutta Lehner durch die Gesellschafter der Berlin Beauty zur neuen Geschäftsführerin berufen worden war. Da jeder im Betrieb sie kannte, hatte man auf eine Versammlung verzichtet. Lehner war vorab mehrmals mit Wagner zusammengetroffen, wie in einem Bewerbungsgespräch hatte er sie befragt, als würde er sich ihrer Zuverlässigkeit und Loyalität versichern wollen.

Markus gegenüber bemerkte sie kurz vor der *Tagesschau*, dass sie sich wie in einer dieser neuen Quizshows fühlte, wo man eine fette Prämie einheimste oder völlig leer ausging. Letzteres wäre übel, eine zweite Chance würde es bei der Berlin Beauty nicht geben. Er nickte mit hämischem Grinsen und erzählte ihr von seinem letzten Personalgespräch, in dem er dreißig Minuten interviewt worden war. Zum Schluss des Gesprächs, als er erwartete, man würde ihm gleich einen auf drei Jahre befristeten Vertrag anbieten, hatte der amtierende Institutsdirektor ohne jede Emotion in der Stimme gesagt: Sie werden übernommen.

»Es klang wie eine Begnadigung vor Gericht«, grinste Markus sie an.

»Wenigstens keine feindliche Übernahme – dein Wunsch wurde erfüllt«, entgegnete Jutta beschwichtigend.

Sie umarmte ihn mit einem Kuss auf den Mund und holte eine alte Flasche armenischen Kognaks aus der Vitrine, den sie mal auf der Leipziger Messe geschenkt bekommen hatte. Sie stießen an und vergaßen kurz darauf den Fernseher.

Mancher unter den Angestellten fragte sich, warum eine Ossi befördert worden war, nicht aber, wie allgemein erwartet, Wagner oder Schäfer. Es war allerdings durchgesickert, dass die Treuhand gerne jemanden aus dem Osten an der Spitze der Berlin Beauty sehen wollte, am besten eine Person aus dem Betrieb mit Verbindungen zu alten Kunden. Kohlin und Wagner wagten es nicht, sich zu widersetzen. Anschubfinanzierung, Produkteinführung und die Außenrevision – es gab genug Gründe, jede Unstimmigkeit mit den Herrschaften aus der Zentrale zu vermeiden. Lehner dachte wie immer realistisch und gab sich keinen Illusionen hin: Wenn die Treuhand nicht mehr im Spiel ist, können die mich jederzeit abservieren. Sie war ins Büro des Geschäftsführers umgezogen, und wenn sie hinter Schulz' Schreibtisch saß, kreisten ihre Gedanken regelmäßig um ihr letztes Gespräch und seine Verstrickungen, soweit sie ihr bekannt waren. Er hat es seinen Gegnern nicht schwer gemacht, stellte sie fest. Er hätte weder Wagner so dicht an sich ranlassen, noch sich im Umgang mit Surab so leichtsinnig verhalten dürfen. Er wurde zu einer Gefahr.

Sie konnte nicht glauben, dass er nichts von dem Postvorfall mitbekommen hatte oder dass er davon überzeugt war, sie hätte von den Vereinbarungen zwischen Surab und Schulz nichts geahnt. Ich werde vorsichtig bleiben, schwor sie sich.

Nach außen hin gab sie sich so wie immer: zupackend, sorgfältig, kritisch, dabei höflich und umgänglich. Ab und zu erfasste sie eine stille Jubelstimmung, wie nach einem Lottogewinn, wenn sie durch die Hallen lief und ihren Leuten aufmunternd zunickte. Aber sie ließ nichts von ihren Gefühlen nach außen dringen.

Mewis hatte sie gleich nach der Berufung besucht und ihr mit einem spöttischen Lächeln zur »Beförderung« gratuliert.

Schade dagegen hatte sich nicht blicken lassen. Als sie sich einmal über den Weg liefen, grüßte er sie mit einem beiläufigen »Meinen Glückwunsch, Frau Lehner«.

Bircher hatte die Akte »Kosmetikbude« fast schon vergessen, als ihn Pfeil in der zweiten Januarwoche zu sich bat, mit der Begründung, dass in der Treuhand wieder ein Schreiben zur Berlin Beauty eingegangen sei.

Bircher fragte bei Schmidter nach, ob er gegenüber Wagner und Kollegen die anonymen Schreiben erwähnt hätte, was dieser verneinte. Er habe sich selbstverständlich an die Weisung gehalten, nichts darüber verlauten zu lassen. Bircher war grundsätzlich dagegen, Gerüchte in Umlauf zu bringen, und nahm man die Verdächtigungen ernst, dann war es allemal klüger, Stillschweigen zu bewahren und den Täter in Sicherheit zu wiegen.

Nun saßen sie an Pfeils blankpoliertem Eichentisch, an dem sich Bircher wie im Kabinett eines Ministers vorkam.

»Meine Herren, ich habe Sie hergebeten, weil aus der Treuhand neue Post über die Berlin Beauty eingegangen ist. Was geht uns das an, werden Sie sich fragen? Nun, die Angelegenheit hat mittlerweile eine gewisse politische Note, wir reden von einem alteingesessenen Betrieb in Ostberlin, den die Treuhand betreut, von Subventionen und vom Tod des Geschäftsführers Schulz.«

Er hielt dabei einen Aktenordner hoch. Bircher sah mit unbewegter Miene abwechselnd auf Pfeil und den Ordner, auch Schmidters Gesicht verriet keine Regung.

»Ein anonymer Absender hat der Treuhand die Kopien einiger Warengutachten der Swiss Scent zugeschickt, die sie im Auftrag der Treuhand angefertigt hat. Sie betreffen Chemikalien, die die Berlin Beauty aus der Schweiz bezieht. Kurzum, die Schweizer begutachten die Produkte ihres Tochterunternehmens und lassen sich das von den Berlinern bezahlen. Diese Zertifikate oder Gutachten sind so etwas wie ein Freifahrtschein für den Export des Duschgels ins ukrainische Bad.

Gleichzeitig hat der Absender Kopien von Gutachten beigelegt, die eine Firma namens Wagner's Consulting für die Treuhand erstellt hat, und zwar während des Bieterverfahrens zum Verkauf des Berliner Betriebs. Es ging damals um die Bewertung der neuen Firmenprodukte für den Ostmarkt. Gekauft wurde der Betrieb dann bekanntlich von der Swiss Scent. Jedenfalls: Frau Groner hat alle Gutachten gelesen und verwundert festgestellt, dass einige Passagen im Wortlaut übereinstimmen.«

Pfeil legte eine Pause ein. Bircher stöhnte leise, er hatte sich noch nie sonderlich für Wirtschaft oder Geld interessiert. Er bewunderte seine Kollegen im Wirtschaftsdezernat, die sich akribisch durch Kontobewegungen, Steuererklärungen und Finanzbuchhaltungen arbeiteten. Was will Pfeil denn nun von uns?, dachte er und warf ihm einen besorgten Blick zu.

»Nun muss man wissen, dass Herr Wagner, der jetzige Prokurist, nicht nur Gutachten für die Treuhand geschrieben, sondern selbst auch welche bei der Swiss Scent in Auftrag gegeben hat, weil die sich angeblich im Ostgeschäft so gut auskennen«, fuhr Pfeil fort. »Also hat die Swiss Scent für Wagner vor ein, zwei Jahren Marktanalysen in Sachen Ukrainegeschäft angefertigt. Wagner hat den Schweizern dafür rund eine Million D-Mark gezahlt. Die akribische Frau Groner muss einen sechsten Sinn haben. Ihr kam die Idee, die alten Gutachten von Wagner's Consulting für die Treuhand mit den Gutachten der Swiss Scent für Wagner's Consulting zu vergleichen. Siehe da, auch sie sind in weiten Teilen textgleich. Das bedeutet, die Swiss Scent hat Wagners Gutachten abgeschrieben und sie als ihre eigenen verkauft, damit er sie mit dem Geld bezahlt, dass er bei der Berlin Beauty als Berater verdient hat. So schafft Wagner an der deutschen Steuer vorbei sein Geld in die Schweiz. Aus dem ersten Brief, der uns von der Treuhand zugegangen ist, wird klar, dass er sein Geld von Kohlin wahrscheinlich in der Schweiz anlegen lässt, aber Schweizer Banken sind für deutsche Behörden tabu. Und es ist schon seltsam, dass in der Zeit der anonymen Briefe Herr Schulz verstarb«, beendete er seinen Vortrag und sah seine Kollegen an, als sei es nun an ihnen fortzufahren.

»Also, wenn ich das richtig verstehe«, sagte Bircher, »so will uns jemand darauf aufmerksam machen, dass Wagner und die Schweizer sich die Bälle gegenseitig zuwerfen.«

»Und, Herr Schmidter, was meinen Sie?«, fragte Pfeil wie im Unterricht.

»Der anonyme Schreiber könnte auch was gegen Schulz gehabt haben, wenn der mit Wagner gemeinsame Sache gemacht hat«, antwortete Schmidter. »Ich frage mich, wie der Absender an die Gutachten rangekommen ist. Vor allem an die von den Schweizern für Wagner.«

»Am ehesten durch jemand aus dem Betrieb«, meinte Bircher.

»Aber auch die Gutachten von Wagner für die Treuhand sind vertraulich, die sollten nicht im Betrieb herumliegen«, entgegnete Schmidter.

»Aber das fällt doch alles nicht in unser Ressort«, wandte Bircher sich wieder an Pfeil.

»Stimmt soweit«, erwiderte der, »wenn nicht in dieser Gemengelage plötzlich der Geschäftsführer verstorben wäre. Die Berichte von Schulz an die Außenrevision tragen auch die Unterschriften seiner engsten Mitarbeiter. Vielleicht hat jemand Zugang zu den Unterlagen, über die wir hier reden, und die Person will Wagner loswerden – wie auch Schulz, falls der sein Komplize war.«

Bircher hörte skeptisch zu, ihm fehlten immer noch die Bezüge zur Arbeit der Mordkommission. Er dachte an Tetsche und räusperte sich.

»Als wir gerade über sich ähnelnde Gutachten sprachen, musste ich an zwei Krankheitsfälle denken. Einer betraf Wagners Frau, der andere, schon merkwürdig, einen toten Hund aus der Nachbarschaft. Professor Tetsche erzählte mir davon, weil es ihn erstaunte, wie sehr sich die Symptome ähnelten; blutiger Durchfall, Krampfzustände und anderes. Ich muss schon sagen, der Obduktionsbericht von Schulz las sich wie der vom toten Hund. Mit Schulz sind es drei medizinische Gutachten mit verblüffenden Parallelen.«

»Und hat Herr Tetsche eine Erklärung für diese merkwürdigen Ähnlichkeiten?«, wollte Pfeil wissen.

»Er hat sich nicht klar geäußert. Offenbar kann er seine Vermutungen, falls er welche hat, nicht mit Fakten untermauern. Da hält er sich zurück, wie es seine Art ist.«

Schmidter räusperte sich vorsichtig.

»Sie haben die Zertifikate erwähnt, Herr Pfeil. Die betreffen, soweit ich weiß, auch den Ausschluss von Giftstoffen in Kosmetikartikeln.«

»Was wollen Sie andeuten?«

»Als ich Herrn Wagner besuchte, da erwähnte er die Analysen auf Verunreinigungen, auch auf Gifte, die sie für ihr neues Produkt durchführen lassen müssen. Das hat mich interessiert, und ich habe ein wenig nachgelesen. Es gibt dazu eine Richtlinie, die enthält eine ganze Reihe von Giften, die auch in Duschgels enthalten sein können. Blei, Thallium, Beryllium. Na ja, das fällt einem ein, wenn Herr Tetsche Vergiftungen erwähnt«, versuchte er seine Spekulation zu erklären. Ihm war Birchers Gesichtsausdruck nicht entgangen, der keinen Zweifel an seinem Missmut ließ.

»Kollege Schmidter, das sind doch sehr gewagte Hypothesen. Wollen Sie etwa andeuten, Schulz hat Duschgel geschluckt, noch dazu vergiftetes?«

Bircher grinste wie ein Schuljunge, und Pfeil wackelte nachsichtig mit dem Kopf.

»Ich will nur sagen, dass man sich im Betrieb mit Giften beschäftigen muss.«

»Schon gut, Herr Schmidter. Seltsam, die ganze Sache«, murmelte Pfeil ratlos.

»Aber wir als Mordkommission haben keinen Ansatzpunkt für eine Ermittlung«, sagte Bircher, der sich nicht weiter mit der Sache beschäftigen wollte.

»Hat sich mal jemand das Konto von Schulz ansehen können?«, fiel Pfeil eine andere Frage ein.

»Ja, nichts Auffälliges«, antwortete Schmidter prompt. Bircher sah für einen Augenblick überrascht aus, er wusste nichts davon.

»Verstehe, wäre ja auch leichtsinnig, hätte er nichtdeklarierte Einkünfte auf sein Konto eingezahlt«, winkte Pfeil ab. »Übrigens, sind die Alibis von Wagner und seinen Kollegen für den Todeszeitraum von Schulz überprüft worden?«

»Ja, bis auf Schäfer waren alle mit irgendjemandem zusammen, aber keines der Alibis ist wasserdicht. Bis auf Wagners, der war das Wochenende in Prag«, erwiderte Bircher.

»Und sein Sohn?«

»War allein zu Hause in Berlin.«

»Danke, Herr Bircher. Also, dann gebe ich mal unsere Überlegungen an die betreffenden Stellen weiter.«

Sie verließen Pfeils Büro mit dem diffusen Gefühl der Ungewissheit, ob sie am Ende oder am Anfang einer Ermittlung standen.

Die Belegschaft der Berlin Beauty war Mitte Januar 1993 immer noch in Silvesterstimmung. Die Pilotproduktion von Super S lief auf vollen Touren, der betörende Duft ihrer neuen Kreation verbreitete sich wie die Aufbruchsstimmung, die in der Belegschaft um sich griff. Die Bestellbücher aus Kiew füllten sich mit jedem Tag mehr. In einigen Wochen sollte die Berlin Beauty das Duschgel in Kiew vorstellten, die Handelsvertretung bereitete die Veranstaltung vor, zusammen mit UcraCosTrust.

Die Treuhand hatte in einer Kiste mit der Aufschrift »Geschäftsführerin Frau Lehner« die Akten aus Wagners Büro zurückgesandt. Die Revision sei abgeschlossen, es gebe keine weiteren Fragen, hieß es auf dem beiliegenden Vermerk.

Im Vorbeigehen bat Lehner Wagner, sich die Unterlagen bei Gelegenheit abzuholen. Es blieb ihm nichts übrig, als sich mit zusammengebissenen Zähnen auf den Weg zu machen. Er betrat ihr Zimmer, und sofort irrten seine Augen durch den Raum, als lauerte eine Gefahr auf ihn. Sie wies mit einer lässigen Handbewegung auf eine gelbe Postkiste und musterte ihn in seinem grünen Trachtenanzug. Den hatte sie vorher nie an ihm gesehen.

»Das gehört wieder in die Buchhaltung, Herr Wagner. Die Treuhand hat ihre Recherchen abgeschlossen. Sind gestern bei mir abgegeben worden.«

Sein Blick war auf die Postkiste gerichtet, die er gleich durch die Korridore schleppen durfte. Er glaubte in ihrem Gesicht einen Anflug von Spott zu erkennen. Sie wusste genau, wie dieser Auftritt auf ihn wirkte. Der große Wagner muss bei Jutta Lehner anklopfen, um seine Post einzusammeln. Sie genoss es. Ein Jahr lang hatte er sie endlose Male zu sich gebeten oder war unangemeldet in ihr Büro geschneit, um sie mit Belanglosigkeiten von der Arbeit abzuhalten.

»Die Revisionen sind ohne erkennbare Beanstandungen abgeschlossen worden«, wiederholte sie in seinem Rücken, und es hörte sich in seinen Ohren so an, als spreche sie nur einen Teil ihrer Gedanken aus. Hat sie meine Unterlagen durchforstet? Die Antwort auf diese Frage interessierte ihn viel mehr als der Beschluss der Treuhand. Den kannte er längst, sein Sohn hielt ihn ständig auf dem Laufenden.

»Dann wäre das auch überstanden, und wir können uns

nun ganz auf das Tagesgeschäft konzentrieren«, murmelte er aus der Hocke heraus, als er die Kiste hochheben wollte.

»Ja, sehe ich auch so. Schade, dass Paul es nicht miterlebt. Ein Jammer«, bemerkte Lehner leise. Er drehte sich um, die Kiste in den Händen stand er wie ein Möbelpacker vor ihr.

Sie warf ihm einen zerstreuten Blick zu, bestaunte schweigend seinen Trachtenanzug – diese Mode kannte sie nur aus Fernsehübertragungen bayerischer Volksfeste. Will er in Berlin auffallen, oder ist er gerade auf dem Weg in die Heimat? Aus dem Augenwinkel musterte sie den hochgeschlossenen Kragen in gedecktem grün, die dazu farblich abgestimmten eingefassten Taschen und die Münzknöpfe am Sakko. Sind die aus echtem Silber? Einen Moment lang sah sie ihn in Lederhosen vor sich. Sie schluckte einmal, riss ihren Blick von ihm los und schenkte ihm ein aufgesetztes Lächeln.

»Bis dann, Frau Lehner.«

»Machen Sie es gut. Übrigens, schicker Anzug, steht Ihnen prima, Herr Wagner.«

Bircher hatte beschlossen, Tetsche zu sich nach Hause einzuladen. Ist schließlich ein neues Jahr, hoffentlich mit neuen Fällen. Die letzten Wochen waren ruhig für Bircher verlaufen, langweilig. Ein versuchter Totschlag in einem Stundenhotel, eine Schlägerei unter Dealern am Zoo, bei der einer der Beteiligten seinen Kopfverletzungen erlegen war, eine Selbsttötung in einer Wohnung in Lichtenrade durch eine Überdosis an Schlafmitteln, nichts, was ihn herausgefordert hätte. Etwas beschämt gestand er sich ein, sich mehr erhofft zu haben, erfahrungsgemäß war im Winter einiges los, vielleicht weil die Nächte länger und die Versuchungen größer waren. Na ja, wir sind erst im Januar, da kann noch was kommen, dachte er und griff zum Telefon. Sein Blick glitt über das Päckchen mit der rosa Schleife neben der Schreibtischlampe, während er dem Tuten lauschte. »Beweismaterial«, hatte Schmidter geulkt, als er seinem verdutzten Chef Wagners Präsent in die Hand gedrückt hatte. Er steckte Schmidters Päckchen in seine Aktentasche. Schenk ich Karola. Unter der Dusche wird sie an unsere Moskaureisen denken.

Tetsche meldete sich, und sie machten spontan ein Treffen am Abend aus. Beide empfanden es als etwas Alltägliches, sich kurzfristig zu verabreden. Sie waren ohne Telefon aufgewachsen, und so musste man spontan losziehen, mit einer Flasche in der Hand an der Wohnungstür klingeln, ob es gerade passte. Karola meinte, dass die Leute heutzutage einen Besuchstermin wie eine Zugfahrt buchen würden, keine Spur mehr von Spontanität. »Ein Glück, dass wir zu alt sind, um uns zu ändern«, hatte Bircher hinzugefügt.

Ein paar Stunden später saßen Tetsche und Bircher leicht verwundert am Tisch, während Karola in der Küche hantierte. Sie betrachteten die Frühstücksteller und kleinen Schalen, und hätten nicht die kristallenen Weingläser danebengestanden, hätte man meinen können, es sei zum Frühstück gedeckt. Karola hatte alle Fragen nach dem »Menü« abgewehrt und sie gebeten, sich ein wenig zu gedulden.

»Na, dann vertreiben wir uns mal die Zeit mit einem Wein, solange uns Karola ihr Geheimnis nicht verrät, Wolfgang. Pinot Grigio.«

»Hab ich von gehört. Italien«, bemerkte Tetsche, der nicht viel von Weinen verstand und sich in dieser Hinsicht deutlich von seinem Freund unterschied. Tetsche verfolgte mit abwesender Miene, wie sich im ansteigenden Flüssigkeitsspiegel das Licht im Kristallglas brach.

»Wolfgang, du alter Zausel, das ist einer der berühmtesten Weißweine Italiens. Prosit.«

»Prost, Herr Kommissar.«

Nach zwei Schlucken setzte Tetsche das Glas ab und schnalzte genießerisch mit der Zunge.

»Schmeckt wirklich gut«, sagte er leise und formte mit den

Lippen stumm noch einmal den Namen des Weins. Bircher neigte sein Glas ein wenig und betrachtete versonnen die kleinen aufsteigenden Luftblasen.

»Sag mal, Wolfgang, bevor wir zum Essen kommen, kurz was Fachliches. Wir hatten eine Sitzung mit Pfeil, der uns über neue Post von der Treuhand unterrichtet hat. Wieder ein anonymes Schreiben, wahrscheinlich aus dem Umkreis der Berlin Beauty. Der tote Hund, die erkrankte Frau Wagner und jetzt der verstorbene Herr Schulz – das klingt mir sehr nach Fremdeinwirkung. Schließt du Zufall aus?«

Bircher nahm einen kräftigen Schluck. Tetsche schlürfte leise den Wein und schielte prüfend hinüber zu Bircher.

»Du kennst meine Gutachten. Ich kann nichts wirklich ausschließen, beim Hund nicht, dass er sich zufällig in freier Natur vergiftet hat, bei Frau Wagner nicht, dass ihr ein verdorbenes Lebensmittel zufällig in die Hände geraten ist, und bei Schulz nicht, dass seiner angeschlagenen Gesundheit ein falscher Schluck den Rest gegeben hat, um es mal salopp auszudrücken. Sogar möglich, dass Frau Wagner und Herr Schulz dasselbe zu sich genommen haben, Frau Wagner aber durch ihre Konstitution gerettet wurde. Auf der anderen Seite – würden wir eine dritte Gewalt ausschließen, erschienen uns dann nicht die Ereignisse wie ein ziemlich merkwürdiger Zufall?«

Er beendete seine Wortakrobatik mit einem versteckten Lächeln in den Augenwinkeln. Karl, entscheide selbst, welche der zwei Hypothesen die wahrscheinlichere ist, schien er anzudeuten.

»Ich habe erfahren, dass die in der Kosmetikbude auch mit Giften zu tun haben, wenngleich indirekt. Die müssen in ihren Produkten Hunderte von Schadstoffen ausschließen. Sogar Arsen und Beryllium«, sagte Bircher. Tetsche zuckte die Achseln.

»Ja und?«

»Da gibt es also Leute, die sich mit Giften auskennen«, bemerkte Bircher und warf dabei einen Blick in Richtung Küche. Ihm knurrte der Magen.

»Unsere Chance, in der Gerichtsmedizin ein Gift nachzuweisen, von dem wir nichts wissen, außer dass es vorhanden sein könnte, ist nahe null. Das ist wie mit der berühmten Nadel im Heuhaufen, mein lieber Hauptkommissar.«

»Ja, ich weiß, Herr Professor.«

»Geht gleich los, nehmt mir bitte die Teller ab«, rief Karola vergnügt.

Sie wandten ihren Kopf zur Durchreiche, die die Küche mit dem Esszimmer verband. »Aber trotzdem, Wolfgang«, sagte Bircher schon halb stehend und im Flüsterton, »du musst zugeben, dass neben der Liebe die Gier nach Geld das wichtigste Mordmotiv ist. Und Geld ist in letzter Zeit eine Menge geflossen in diesem Verein.«

»Ist wohl wahr«, nuschelte Tetsche ebenso leise.

»Eben, und Pfeil scheint davon überzeugt zu sein, dass ein paar Leute in dem Betrieb der Macht des Kapitals erlegen sind.«

Sie stellten sich vor die Durchreiche, und Bircher wunderte sich, nichts von den gewohnten Gerüchen wahrzunehmen, keine Spur von einem Braten, seiner geliebten Gulaschsuppe oder einem in Weißweinsoße gedünsteten Kabeljau. Stattdessen nahmen sie Karola zwei abgedeckte Platten ab, beide blickten verdutzt auf die Aluminiumfolie.

»Meine Lieben, heute gibt's Sushi! Zeit, mal was Neues auszuprobieren!«

Sie sprach wie von der Bühne, wenn dem Publikum eine neue Nummer verkündet wird, stemmte beide Arme in die Hüften und amüsierte sich köstlich über die bedepperten Gesichter der Männer. Als Erster fand Karl die Sprache wieder.

»Aber Brot hast du?«

»Ja, mein Schatz, und deinen Harzer Käse kriegst du auch zum Nachtisch.«

Tetsche nahm's gelassen, er saß bereits und hob vorsichtig mit der Fingerspitze die Folie an.

»Wolfgang, Finger weg«, kam prompt die Ermahnung. »Ich bin gleich bei euch.«

»Auf die japanische Hausmannskost«, prostete er Bircher zu.

»Wenigstens müssen wir keinen japanischen Wein trinken«, lästerte der mit einem Augenzwinkern in Richtung Küche.

»Los geht's«, beendete Karola mit einer Flasche Rotwein in der Hand das Geplauder. Sie setzte sich zu ihnen, strich sich flüchtig eine Strähne aus der Stirn und entfernte die Folien.

»So, ihr Hinterwäldler, was haben wir hier«, begann sie in dozierendem Ton. »Das sind Sashimi, hier haben wir eine Auswahl an Nigiri, und dort«, ihr Finger zeigte auf die andere Platte, »sind Maki und Inside-Out-Rollen. In der Reisverpackung stecken Garnelen, Krebsfleisch, Thunfisch, Aal, Avocado, na ja, kriegt ihr schon selber raus.«

Tetsche legte die Stirn in Falten, er hatte erst jetzt bemerkt, dass es kein Besteck gab. Neben dem Teller lagen schlichte Holzstäbchen, ähnlich denen, die er vom Schaschlik-Grill kannte, nur etwas stärker. Er sah Bircher an, der die Rollen auch eher wie Ausstellungstücke betrachtete und nicht wie etwas Essbares.

»Schon mal mit Stäbchen gegessen, Wolfgang?«, fragte Karola beiläufig.

»Nicht dass ich wüsste, aber ich kann sezieren«, antwortete er ungerührt und legte sich die Stäbchen zwischen Daumen und Zeigefinger. Bircher sah etwas gequält aus, wie er seinen Fisch über die Tischdecke jonglierte.

»Uff«, stöhnte er, als ihm ein Thunfisch-Sashimi aus dem Zangengriff glitt und in die Sojasauce fiel.

»Übrigens, die Sojasauce habe ich verfeinert«, bemerkte Karola mit einem mitfühlenden Blick auf ihren Mann und tupfte mit einer Serviette die Flecken neben seinem Teller weg.

»Mit etwas Fischsud, Sake und Mirin, das ist ein süßlicher Reiswein«, setzte sie hinzu. Wie einen Halbmond ordnete sie die Sashimi auf ihrem Teller und nickte zufrieden in die Runde.

Bircher beobachtete seine Frau und fragte sich, ob sie heimlich geübt hatte.

Tetsche bewegte langsam den Reis einer Inside-Out-Rolle im Mund herum. Es sah aus, als fürchtete er sich davor, ihn hinunterzuschlucken.

»Ich weiß nicht, Karola, aber dieser Reis ist mir zu pappig«, nuschelte er mit vollem Mund und schwenkte dabei wie ein Dirigent sein Stäbchen.

»Rundkornreis, mein Lieber, muss ein bisschen klebrig sein, um die Delikatesse zusammenzuhalten.«

»Aha, trotzdem schmeckt mir der Reis im Plov besser.«

»Wie kommst du denn jetzt auf Plov?«

»Kommt der nicht auch aus Asien?«

»Ursprünglich aus dem Orient, und das ist Langkornreis.«

Tetsche hörte für einen Moment mit dem Kauen auf. Er schluckte etwas angewidert den Bissen runter und sah sie schräg an.

»Was du so alles weißt. Etwa aus deinem Museum?«

»Nebenan ist zwar das Orientalische, aber ich glaube nicht, dass die sich mit Reissorten befassen. Aber bevor ich eine Sushirolle esse, will ich wissen, was drin ist, Wolfgang.«

»Unsere Karola, die Restauratorin – ob Bild oder Sushi, alles muss ergründet werden«, sagte Karl mit Bewunderung in der Stimme.

Nach einer Stunde waren die Platten leer und ebenso die Flasche Wein. Bircher schielte in die Küche, er freute sich auf den Käse. Tetsche hatte die Hände wie zum Gebet über der Brust gefaltet und schien gegen die Müdigkeit anzukämpfen. Er war es nicht gewohnt, in kurzen Abständen drei Gläser Wein zu trinken.

»Mal was anderes. Sehr interessant«, bedankte er sich. Karola sah ihn schräg an, sie glaubte, Ironie herauszuhören. Bei Tetsche wusste man nicht immer, ob er es ernst meinte.

»So, nun kommt als Nachschlag deutscher Käse«, sagte sie, griff sich die leeren Platten und verschwand in der Küche.

Sie saßen dann noch eine Stunde zusammen, Karola ließ sich von den merkwürdigen Krankheitsfällen um einen Hund und zwei Menschen berichten. Karl beobachtete sie, während sie Tetsche gespannt zuhörte. Meine Frau entwickelt ihre Arbeitshypothesen, die ich dann bitte prüfen möchte, dachte er vergnügt.

»Na, dann hast du endlich wieder einmal einen interessanten Fall, Karlchen«, sagte sie mit dem Glas in der Hand und strahlte ihn an.

»Wie kommst du darauf?«, fragte Bircher betont gleichmütig.

»Wagner und Schulz, beide mit ähnlichen Diagnosen. Ein harmloser Zufall ist doch sehr unwahrscheinlich.«

»Wäre noch der Hund«, sagte Karl mit dem Blick ins Weinglas.

»Der in der Nähe des Grundstücks der Frau Wagner wohnte«, meldete sich Tetsche.

Als sie sich verabschiedeten, legte ihm Tetsche freundschaftlich eine Hand auf die Schulter.

»Nochmal zu den Mordmotiven, die du vorhin genannt hast, Karl. Ich füge eines hinzu: Angst. Verlustangst.«

»Stimmt. Ich werde daran denken, falls die Hundespur was taugt.«

ZEHN

Lehner verschickte die Einladungen zur nächsten Dienstbesprechung. In einem kleinen Rundschreiben an die Leitungsmitglieder hieß es lapidar: »Herr Tschiladse organisiert mit Unterstützung der Deutschen Handelsvertretung in Kiew eine Präsentation unserer neuen Produkte. Sein Unternehmen wird bei der Vermarktung eine zentrale Rolle spielen, und deshalb werde ich nach Kiew reisen. Es gilt nach wie vor die Maxime unseres verehrten Kollegen Schulz: Ukrainegeschäft ist Chefsache.

Mit freundlichen Grüßen, Jutta Lehner.«

Es wird Wagner mächtig wurmen, wenn er hört, dass er nicht mit nach Kiew reisen wird. Für sie stand fest, dass er nun, nachdem der Betrieb nicht mehr unter der Kuratel der Treuhand stand, um seinen Einfluss fürchten musste. Ihm blieb ja »nur« die Buchhaltung, und das war viel kleinteilige Routinearbeit, nicht gerade nach dem Geschmack des Weltmanns Wagner. Aber, gestand sie sich im selben Atemzug ein, als Prokurist hatte er Sonderrechte und -pflichten, dazu gehörte die Kontrolle aller Finanzflüsse. Sie dachte an Surab und seine hohen Rechnungen, an Schulz und seine »Chefsache« und war sich mittlerweile sicher, dass mehr als Bruderliebe im Spiel gewesen war, wenn sich Schulz und Surab unter vier Augen getroffen hatten.

Ich werde ihn zunächst mal klein halten, den Wagner, hatte sie sich vom ersten Tage ihrer Berufung an geschworen. Um keinen Preis würde sie eine Schattenherrschaft dulden, wie sie unter Schulz praktiziert worden war. In diesem Punkt herrschte zwischen ihr, Mewis und Schade eine stille Übereinkunft: Wir haben einen Eigentümer und eine Zukunft, jetzt gilt es, unseren Einfluss zu verstärken. Mewis, so glaubte sie, ging davon aus, dass der Tod von Schulz den Abgang von Wagner eingeleitet hatte. Er habe das Tor in eine bessere Zeit aufgestoßen, hatte er einmal gesagt. Als sie ihn fragte, warum Wagner dann noch hier sei, warum er nicht zurück in seine Agentur ginge, wenn es hier nichts mehr zu holen gäbe, hatte Mewis mit geringschätzender Miene gemurmelt: Vielleicht weil seine Schweizer es ihm verbieten. Warten wir mal ab, ob er noch hier ist, wenn nichts mehr zu holen ist.

Lehner hatte noch nie in ihrem Leben jemandem uneingeschränkt vertraut, und das galt auch für Mewis und Schade. Sie musste sich eingestehen, dass der plötzliche Tod von Schulz viele Fragen unbeantwortet ließ: Hatten Wagner und Schulz gemeinsame Interessen verfolgt, zum Beispiel am Gewinn der Swiss Scent teilzuhaben? Hatte Schulz das Geheimnis um den geöffneten Brief mit ins Grab genommen? Oder hatte er selbst Dritte informiert? Vielleicht sogar Mewis oder Schade? Wäre dem so, könnten die versuchen, Wagner unter Druck zu setzen? Oder auch mich? Sie wischte ihre Grübeleien mit einem Seufzer zur Seite und tröstete sich damit, dass ihrem neuen wissenschaftlichen Berater, Dr. Markus Roth, nichts entgehen würde. Meinem Sittenwächter, schmunzelte sie.

Sie hätte sich nicht träumen lassen, dass aus ihrem Scherz so schnell Ernst werden würde, und insgeheim freute sie sich schon auf die verdutzten Gesichter in der Runde, wenn sie Markus gleich als neues Teammitglied vorstellen würde. Sie hatte ihn gebeten, etwas später dazuzustoßen.

Lehner hatte sich einen ovalen Tisch ins Büro stellen lassen, der Platz für sechs Personen bot. Sie glaubte, diese Tischform würde Abstand und Überblick optimal gewährleisten, und sie saß bereits an der Frontseite, als Wagner mit Schäfer und gleich darauf Mewis und Schade eintrafen. Den Stuhl links von sich hielt sie mit der Bemerkung frei, sie erwarte noch einen Gast, worauf Wagner überrascht die Augenbrauen hob und sich ihr gegenübersetzte. Schäfer nahm mit ausdrucksloser Miene neben ihm Platz. Er legte einen Briefumschlag auf den Tisch und lehnte sich entspannt zurück. Lehner faltete die Hände und nahm das Wort.

»Meine Herren, unser Super Sun Shine ist in der Produktion, alles läuft wie geplant, wir werden die Umsatzziele erreichen, und deshalb ist es an der Zeit, in einem ersten Anlauf zu prüfen, wie die Resonanz bei unseren Kunden ausfällt. Und die kommen bekanntlich zum überwiegenden Teil aus der Ukraine – deshalb auch die Präsentation in Kiew. Ich habe Sie vorab darüber informiert, dass UcraCosTrust das Marketing übernimmt, und ich werde mit Herrn Tschiladse verhandeln, ob er den innerukrainischen Vertrieb leiten kann.«

Sie berieten dann noch eine halbe Stunde über Fragen des Versands, des Zolls, der Preisausgestaltung, der Produktwerbung und andere technische Probleme, bevor Lehner mit einem Blick auf die Uhr die Diskussion unterbrach. Es war ihr nicht entgangen, dass sich Schäfer noch mehr als gewöhnlich zurückgehalten hatte, wie ein Protokollant ohne Stimmrecht saß er neben Wagner. Es war ihr ein Rätsel, wie dieser Schlappschwanz in der Ukraine an der Seite von Surab verhandeln sollte, der hätte ja nicht mal den ersten Trinkspruch überstanden. Wie ist der Wagner nur auf den gekommen?

»Bevor wir mit der Marketingstrategie fortfahren – ich gehe davon aus, dass Sie sich dazu äußern möchten, Kollege Schäfer«, sagte sie mit einem spöttischen Glanz in den Augen, »darf ich Ihnen einen Gast vorstellen, der unser Team verstärken wird. Einen Moment bitte.«

Sie erhob sich, verließ den Raum und spürte in ihrem

Rücken die irritierten Blicke. Im leeren Sekretariat stand Markus Roth, der mit einem verlegenen Grinsen auf sie zutrat. Sie hielt unwillkürlich inne, als fürchtete sie eine Berührung, und flüsterte:

»Tag, mein Lieber. Wir halten das ganz kurz. Du sagst ein paar Worte zu deiner Person, und dann verabschiede ich dich auch schon.«

»Verstehe.«

Sie ging voran, er folgte mit neugieriger Miene.

»Ich darf Ihnen Herrn Doktor Markus Roth vorstellen, Chemiker an der Humboldt-Universität. Er wird uns als wissenschaftlicher Berater bei der Weiterentwicklung unserer Produkte unterstützen. Ich stelle Ihnen die Mitarbeiter kurz vor.«

Schade stand für einen Moment der Mund offen, er war nicht informiert worden, obwohl er für die Forschung verantwortlich zeichnete. Wagner sah verärgert zu Mewis hinüber, um zu ergründen, ob er ins Vertrauen gezogen worden war, aber der schien genauso überrascht. Lehner bat Markus, sich für einen Moment zu ihnen zu setzen, und zeigte dann zuerst mit der flachen Hand auf Wagner, dem nichts übrig blieb, als sich vorzustellen und gute Miene zum bösen Spiel zu machen. Er hegte keinen Zweifel daran, dass Lehner ihn bewusst nicht in ihre Pläne eingeweiht hatte. Es war eine kleine Demütigung, vielleicht wollte sie auch seine Schmerzgrenze ausloten.

Schäfer sagte bei seiner Vorstellung nur drei Sätze, die allerdings ließen Lehner aufhorchen: »Mein Name ist Schäfer. Ich bin bei Wagner's Consulting als Leiter der Berliner Zweigstelle angestellt. Herr Wagner hat mich um Unterstützung im Marketingsektor der Berlin Beauty gebeten.«

Sie ließ das so stehen und verabschiedete Roth: »Sie sehen, alle freuen sich auf die Verstärkung. Die weiteren Absprachen trifft dann Herr Mewis. Auf gute Zusammenarbeit.«

Roth erhob sich erleichtert, ihm war nicht ganz wohl in seiner Haut, er konnte sich des Eindrucks nicht erwehren, dass er Teil einer Intrige war. Wagner hatte ihn die ganze Zeit mit einer Mischung aus Neugierde, Nachdenklichkeit und kaltblütigem Kalkül beobachtet, so wie man einem neuen Konkurrenten begegnete.

Vor der Tür flüsterte Jutta ihm ins Ohr: »Prima, der Wagner ist platt und sein Intimus Schäfer ebenso. Wie sehen uns am Abend.«

Sie ging zurück zu den anderen und sprach noch im Stehen Schäfer an: »Sie sind vorhin nicht zu Wort gekommen, als wir über die Präsentation gesprochen haben. Sie sollten mit Surab in dieser Angelegenheit Kontakt aufnehmen. Kennen Sie ihn eigentlich?«

Schäfer sah sie mit leerem Blick an und schüttelte den Kopf.

»Ich kenne ihn nicht, und es wird auch nicht erforderlich sein. Ich reiche mit sofortiger Wirkung meine Kündigung ein.«

Er nahm den Umschlag in die Hand, den er zu Anfang der Besprechung auf den Tisch gelegt hatte, und schob ihn Lehner zu. Sie beachtete die Geste nicht, sondern sah ihn forschend an, ein leichtes Zittern der Mundpartie war alles, was sein Gesicht an Emotion verriet.

»Möchten Sie uns einen Grund für diese Entscheidung nennen?«, fragte Lehner mit einem frostigen Unterton.

»Ich bin gesundheitlich nicht ganz auf der Höhe. Und ich denke, dass Sie auch ohne mich den guten Trend fortsetzen können.«

Es klang wie auswendig gelernt, sie glaubte ihm kein Wort.

»Dann werden Sie wohl auch Ihre Beratertätigkeit bei Wagner's Consulting einstellen?«

Lehner blickte Wagner an, der rot angelaufen war und verstört den Kopf schüttelte – entweder hatte Schäfer ihn nicht eingeweiht, oder ihm passten Ort und Zeitpunkt nicht.

»Das steht hier nicht zur Debatte«, unterband Wagner barsch weitere Fragen.

»Dann übergeben Sie, Herr Schäfer, mir bitte noch heute alle betrieblichen Unterlagen.«

Sie legte eine Hand auf das Kündigungsschreiben und verabschiedete ihn mit einem knappen Nicken. Mewis' Mund umspielte ein abschätziges Grinsen, Schade streifte Schäfer im Hinausgehen mit einem gleichgültigen Blick, keiner reichte ihm die Hand. Wagner verharrte auf seinem Platz, Lehner ebenso. Die Tür schloss sich, sie waren jetzt nur noch zu zweit, und augenblicklich herrschte im Raum eine beklemmende Stille. Schließlich brach Lehner mit einem leisen Seufzer das Schweigen.

»Wollen Sie mir etwa weismachen, Sie hätten davon nichts gewusst?«

Die unverblümt vorgetragene Behauptung riss Wagner aus seinen Grübeleien. Er schüttelte unwillig den Kopf und knurrte: »Bin ebenso überrascht wie Sie.«

Lehner erhob sich abrupt, als hätte eine Idee sie aus dem Sitz gerissen.

»Wissen Sie, was mich wundert, Herr Wagner? Schäfer war vor einigen Wochen noch voller Tatendrang, bis zum Ableben unseres Direktors. Mit dem Tag meiner Berufung nahm sein Elan stetig ab. Was könnte wohl der Grund für diese Veränderung gewesen sein? Was meinen Sie?«

Wagner wirkte auf einmal ratlos, als drohte ihm etwas zu entgleiten.

»Ich wiederhole, ich war nicht informiert. Wenn Sie andeuten wollen, dass Schäfer von Ihrer Berufung überrascht wurde und sich eine andere Lösung gewünscht hatte, so müssen Sie ihn selbst fragen.«

Die Worte kamen gepresst aus seinem Mund, klangen ausweichend.

»Wussten Sie und Schäfer eigentlich, dass Schulz kurz vor

seinem Tod mir gegenüber einige Andeutungen über unlautere Geschäfte gemacht hat?«

Wagners Gesichtsausdruck wandelte sich blitzschnell, er kniff die Augen zu einem Spalt zusammen und musterte sie kühl.

»Was genau meinen Sie?«

»Dass Schulz der Verdacht einer, ich nenne es mal, Fremdverwendung von Treuhandmitteln umtrieb. In diese Zeit fiel bekanntlich die Außenrevision.«

»Das ist schlicht ein Hirngespinst. Und wie Sie wissen, wurde das Verfahren eingestellt.«

Sie sah in seinen Augen ein kleines Flackern, als fürchtete er weitere Fragen. Unschlüssig stand er vor ihr.

»Na ja, jetzt, da sich Herr Schäfer vom Acker macht, könnte man auf den Gedanken kommen, dass er sich in Sicherheit bringen will. Unsere Kollegen Mewis und Schade haben ihm gegenüber ihre Bedenken über zu hohe Rechnungen der Schweizer geäußert. Schäfer hat auf Sie verwiesen.«

Wagner starrte sie an und hielt für eine Sekunde den Atem an, als würde er sich fragen, ob sie ihn gerade warnen wollte. Gleich darauf entspannte sich sein Gesicht wieder, und er baute sich vor ihr auf.

»Liebe Frau Lehner, es gibt nichts, wovor sich Schäfer oder sonst jemand im Betrieb in Sicherheit bringen müsste. Ich kann mir auch nicht vorstellen, dass Herr Schulz sich darüber Sorgen gemacht hat. Er war ein feiner Kerl. Es ist eine Tragödie, dass er den Aufschwung seines Werks nicht mehr miterleben konnte.«

»Ich denke, wir sind uns darin einig, dass es sich ohne Vertrauen schlecht arbeiten lässt, gerade in der heutigen Zeit«, setzte sie einen Schlusspunkt, aber Wagner machte keine Anstalten zu gehen.

»Es ist gut für eine Vertrauensbasis, wenn niemand von uns Geheimnisse mit sich herumträgt oder Halbwahrheiten verbreitet. Hoffentlich hat Herr Schulz nur Ihnen gegenüber vom Unsinn einer Fremdverwendung geredet. Auf meine Loyalität können Sie sich jedenfalls verlassen, hoffentlich auch auf die der anderen Kollegen – auch der neuen.«

Mit einem flüchtigen Kopfnicken verließ er das Zimmer. Aus Lehners Gesicht war jede Spur von Herzlichkeit gewichen, sie fühlte ein tiefes Unbehagen in sich aufsteigen. Jetzt war sie sich ganz sicher, dass er ihre Andeutungen verstanden hatte. Er würde immer gute Miene zum bösen Spiel machen, solange es sich finanziell für ihn lohnte, dachte Lehner. Könnte es sein, dass er unter meinen Leuten einen Komplizen gewonnen hat? So wie er Schulz für sich einspannen konnte, hätte er es mit Mewis oder Schade versuchen können?

Sie seufzte, stand auf und ging zum Fenster, um einen Blick auf den Hof zu werfen, wo wie ein Zeichen der Machtverhältnisse der bayerische BMW von Wagner stand.

Ein kurzes und energisches Klopfen an ihrer Tür befreite sie aus ihren Grübeleien.

»Ja, bitte.«

»Entschuldigen Sie bitte, dass ich unangemeldet hereinplatze, Frau Lehner. Ich möchte mich nur verabschieden.«

Sie starrte entgeistert auf Wagner junior, als hätte er die ganze Zeit hinter der Gardine gestanden.

»Na, so eine Überraschung«, begrüßte sie ihn mit einem aufgesetzten Lächeln. Er trug wie gewöhnlich einen Anzug, dieses Mal in einem dunklen Blau, dazu ein schneeweißes Hemd. Schick sieht er aus, stellte sie anerkennend fest. Erst jetzt nahm sie die schöne Tüte wahr, die er unbeholfen auf dem Besprechungstisch abstellte. Sie war aus feinem Seidenpapier und mit einer roten Schleife verschlossen, durch die sich die Umrisse eines Flaschenhalses abzeichneten. Er bemerkte ihren erstaunten Blick und zog sich das Sakko gerade.

»Liebe Frau Lehner, morgen ist mein letzter Tag bei der Treuhand, dann geht's zurück an die Uni nach München. Ich wollte mich für die freundliche Aufnahme bedanken. Mein Vater hat mir verraten, dass Sie auch gerne mal einen Wein trinken. Ja, also, das ist für Sie«, sagte er und zeigte auf die Tüte. Sie linste vorsichtig hinein.

»Na, Herr Wagner, die Überraschung ist Ihnen gelungen. Wie der Vater so der Sohn. Nun habe ich bald eine Weinsammlung ›Wagner‹ zu Hause. Sogar an die Schokolade haben Sie gedacht, eine meiner Schwächen. Herzlichen Dank, und Ihnen einen guten Abschluss als Jurist«, flötete sie beschwingt. Sie nahm sein Parfüm wahr und verglich es unwillkürlich mit Old Spice. Das hier ist sanfter, urteilte sie und musterte ihn von der Seite.

»Ja, ich will Sie dann nicht länger aufhalten. Werde noch kurz bei meinem Vater vorbeisehen, falls er hier ist.«

»Ja, sein Wagen steht unten«, bemerkte sie.

»Er war übers Wochenende in Bayern und ich auf seinem Grundstück hier in Brandenburg. Werde ihm melden, dass ich alles ordentlich hinterlassen habe«, sagte er mit einem spitzbübischen Grinsen.

»Na, machen Sie das. Und wenn Sie in Berlin sind, lassen Sie sich sehen. Sie sind immer willkommen, die Truppe dankt Ihnen für die Unterstützung.«

Wagner neigte den Kopf, als würde er aus ihren Worten eine leichte Ironie heraushören. Sie setzte eine feierliche Miene auf und streckte die Hand aus.

Als er weg war, löste sie als Erstes die Schleife und beäugte neugierig den Inhalt der Tüte. Trüffel aus Belgien und Konfekt aus der Schweiz, na, da hat sich der Junior nicht lumpen lassen. Und eine Flasche Chianti, nun, den kennen wir. Sie wollte die Schleife gerade wieder zusammenbinden, da kam ihr ein Gedanke. Sie öffnete die Tüte erneut und entnahm den Rotwein, ging damit zu ihrem Schreibtisch. Dann holte sie aus dem untersten Schubfach einen Bogen geblümtes Verpackungspapier und wickelte die Flasche ein. Kurz entschlossen verließ sie ihr Büro und lief mit energischen Schritten den grauen Korridor entlang, in Richtung von Schäfers Büro. Der wird sich wundern, kicherte sie in sich hinein. Gleich kriegt er ein Versöhnungsgeschenk, und danach geht's weiter in die Halle, mal sehen, wie die Bänder laufen ...

Sie klopfte an und trat ein, bevor Schäfer reagieren konnte. Die Flasche halb erhoben, als gäbe es einen Grund zum Feiern, sagte sie mit gespieltem Ernst: »Herr Schäfer, auch wenn Sie mich wie ein treuloser Geselle verlassen, so möchte ich Ihnen doch als Zeichen meiner Wertschätzung einen kleinen Tropfen mit auf dem Weg geben. Bleiben Sie gesund und vergessen Sie uns nicht.«

Sie stellte die Flasche auf seinen Schreibtisch, hinter dem Schäfer mit hängenden Schultern saß, als hätte sie ihn beim Schlummern überrascht. Aus seinem mondbleichen, eingefallenen Gesicht ragte die rötliche Nase hervor, flankiert von spitzen Wangenknochen. Schäfers Antlitz erinnerte an eine Puppenfratze aus dem Kasperletheater.

»Hm, was soll ich da sagen, Frau Lehner, äh, na sowas«, stammelte er.

»Sie müssen nichts sagen, ich hoffe, Sie finden nun die Zeit, um sich ein wenig zu erholen. Ehrlich gesagt, Sie sehen nicht gerade taufrisch aus, lieber Kollege Schäfer.«

»Ich danke Ihnen, wir bleiben sicher im Kontakt«, murmelte er geistesabwesend.

Sie verabschiedete sich mit einem aufmunternden Nicken und musste auf dem Korridor erst einmal tief durchatmen, als hätte sie gerade einen Unfall glimpflich überstanden. Ihr fiel der Spruch mancher Funktionäre ein: Dulde keinen Stärkeren neben dir.

Seit dem Morgen hatte sie sich vorgenommen, den ersten Verladungen von Super S beizuwohnen, Mewis hatte sie darauf aufmerksam gemacht. Vergnügt stieg sie die Treppe hinab und dachte daran, wie Surab wohl die Produktpräsentation in Kiew gestalten würde, darüber musste sie sich mit ihm noch abstimmen. Nicht, dass der da eine Duschkabine aufstellt und unsere Seifen zum Probieren anbietet ...

Mit durchgestrecktem Rücken betrat sie die große Halle und richtete ihren Blick sofort auf die Laufbänder. Alle paar Meter kontrollierte jemand die Verpackungen, am Ende des Laufbands wuchteten Männer die Waren in die Container. Lehner kannte die Leute nicht, Mewis hatte sie über Zeitarbeitsfirmen angeheuert. Sie stellte sich zwischen zwei Arbeitern an das Laufband. Vor ihren Augen glitten die Kartons entlang, sie überschlug im Stillen den Warenwert und musste lächeln: Jutta Lehner in ihrem Element als Buchhalterin. Sie nahm mit flinken Fingern eine Flasche aus einem Karton, neben ihr wandte ein älterer Mann im grauen Kittel erstaunt den Kopf zu ihr, musste sich jedoch sofort wieder dem nächsten Posten zuwenden.

»Bin die Direktorin, schönen guten Tag, machen Sie ruhig weiter«, rief sie ihm aufgeräumt zu. Sie betrachtete das in rosa und kursiv gesetzte Super Sun Shine auf der Vorderseite der Verpackung, darunter in kleineren gelben Druckbuchstaben »Shower Gel – Berlin Beauty«. Sie wendete das Duschgel in der Hand. Ganz schön farbig, dieses Design. Aber sie wusste, dass die Frauen dort auffällige Farben liebten. Man erkannte sie selbst in Berlin an ihren lila Mützen, hellblauen Mänteln und perlenbesetzten hochhackigen Stiefeln, wenn sie die Geschäfte auf dem Kudamm inspizierten. Mewis hatte Lehner bemerkt und winkte ihr zu. Sie legte die Ware zurück auf das Laufband, nickte dem Arbeiter freundlich zu und ging hinüber zu ihren Kollegen.

»Jutta, schön dich hier zu sehen«, begrüßte sie Mewis

freundlich, und Schade schob zum Gruß leicht den Kopf aus dem Nacken.

»Wollte mal sehen, wie es läuft«, sagte sie, »und meinem Büro entfliehen.«

»So schlimm?«

»Du wirst es nicht glauben. Nachdem sich vorhin Herr Schäfer verabschiedet hat, ist gerade eben der junge Wagner bei mir aufgetaucht, um auch Lebwohl zu sagen. Der geht zurück zur Uni.«

Sie schüttelte den Kopf, wie um ihre Überraschung auszudrücken.

»Dann bleibt uns aus dem Westen nur noch Herr Wagner«, sagte Schade, der gebannt auf das Laufband starrte, als würde er die Kisten zählen. »Was sagt Wagner zu Schäfers Kündigung?«

»Er sagte mir vorhin, dass er nichts davon gewusst hätte. Er schien überrascht.«

Schade sah verkniffen den Duschgelen hinterher, Mewis unterdrückte ein abfälliges Grinsen. Schades und Mewis' Blicke kreuzten sich, als würden sie sich im Stillen über etwas verständigen. Lehner hatte den Blickkontakt bemerkt, aber ließ sich nichts anmerken. Da machte Schade einen Schritt auf sie zu. Er beugte sich etwas zu ihr, damit sie ihn bei dem Geräuschpegel in der Fertigungshalle verstand.

»Wenn ich etwas zu Schäfer sagen darf, Frau Lehner: Ich denke nicht, dass ihm die Gesundheit im Wege stand.«

»Sondern?« Lehner tat so, als überraschte sie die Bemerkung. Verwundert hatte sie lediglich, dass er und nicht Mewis davon anfing.

»Sie, Herr Mewis und ich stehen ihm im Weg. Herr Mewis und ich glauben zu wissen, dass Schulz und Schäfer hinter Ihrem Rücken Firmengelder veruntreut haben. Vielleicht mit Wagners Wissen. Es war Schäfer, den Wagner noch im vergangenen Jahr beauftragt hat, mit der Swiss Scent zu verhandeln. Jetzt haben Sie das Sagen, Schäfer hat kalte Füße gekriegt und sich für den Weg zurück entschieden, in Wagners Consulting-Bude«, sagte er nachdrücklich und trat mit dem letzten Satz einen Schritt zurück, als würde er das Rednerpult räumen. Lehner hatte ruhig zugehört und überlegte, ob sie auf seine Erklärung eingehen sollte. Sie entschied sich dagegen. Nur eine Frage konnte sie nicht unterdrücken:

»Haben Sie Beweise für Ihren, hm, Verdacht?«

Sie bemerkte, wie Schade bei dem Wort »Verdacht« leicht zusammenzuckte, während Mewis nur verächtlich die Mundwinkel nach unten zog.

»Es gibt schon Belege, Jutta.«

Klar soweit, dachte sie, die Frage nach der Herkunft der Belege konnte sie sich ersparen. An seiner Stelle hätte sie geschwiegen oder wäre ausgewichen, wie Schade, der mit zusammengepressten Lippen an ihr vorbei sah. Mewis hatte endlich ausgesprochen, was sie die ganze Zeit vermutet – und befürchtet – hatte, seit dem Tag in der Poststelle mit Wagners geöffnetem Brief.

»Also, Uwe, das interessiert mich jetzt nicht. Gibt Wichtigeres. Zum Geschäft, zu Kiew«, wechselte sie abrupt das Thema. »Ich brauche so etwas wie eine Geschenkverpackung für ausgewählte Personen, die unser Duschgel und ein paar andere Produkte enthält. So, dass ich es im Handgepäck transportieren kann.«

»Wird gemacht.«

Sie nickte beiden zu und lief leichtfüßig zum Ausgang, in ihrem Rücken spürte sie die fragenden Blicke der Kollegen. Das war nicht sehr geschickt von euch, stellte sie fest. Oder wollten die mich etwa warnen?

ELF

Lehner freute sich wie eine frisch Verliebte auf Kiew, als würde sie eine Hochzeitsreise planen: Präsentation eines tollen Produkts, volle Auftragsbücher, Essen mit Surab und zur Krönung des Tages: Premier Palace Hotel in der Puschkinskaja. Als sie Markus davon erzählte, strahlte er wie ein Junge, der für ein paar Tage schulfrei bekommt. Ein Gebäude, betonte sie, dessen Geschichte bis 1895 zurückreichte. Besonders beeindruckte beide die Information, dass das Hotel von 1959 bis 1981 von einem ehemaligen Militärpiloten, Mikhailenko, geleitet wurde. Das hatte Jutta von Surab erfahren, der ihr angeboten hatte, es zu buchen. »Kriegst du Rabatt, wenn ich anrufe«, hatte er gesagt und dabei erwähnt, dass Michail Bulgakow in der Nähe geboren worden war und in Kiew Medizin studiert hatte. Markus, der Vielbelesene, rief vergnügt aus: »Meister Markus und Jutta als seine Geliebte Margarita in Kiew!«

Sie kicherten wie Kinder, dann zeigte sie ihm noch einige Bilder vom Hotel, und Lehner entschied, die Suite zu nehmen – ihr Prokurist mit dem BMW dürfte sich dann leise wundern. Wagner war klug genug, sich nicht über eine Hotelrechnung auszulassen.

Wundern musste sich allerdings Lehner, als in der letzten Februarwoche, wenige Tage nach Schäfers Ausscheiden, früh um sieben Uhr an ihrer Wohnungstür Sturm geläutet wurde. Sie hüllte sich in ihren Morgenmantel, stürzte aus dem Schlafzimmer und rief durch die verschlossene Tür:

»Wer ist da?«

»Finanzverwaltung, würden Sie bitte öffnen.«

Das klang eindringlich, und Lehner fragte sich verwundert, ob wirklich sie gemeint war. Vielleicht wollten die zu einem anderen Mieter im Haus? Sie schloss die Tür auf und blickte in die Gesichter von drei Männern. Der ihr am nächsten stehende hielt einen Ausweis hoch.

»Steuerfahndung, wir haben einen Durchsuchungsbeschluss«, sagte der Mann tonlos und zog einen Bogen Papier aus der Manteltasche, den er ihr reichte. Sie blickte fassungslos abwechselnd auf das Schreiben und die Männer, zwei waren bereits auf dem Weg in ihr Wohnzimmer. Sie riss sich zusammen und ging zum Telefon.

»Ich rufe meinen Prokuristen an.«

»Sie rufen jetzt bitte niemanden an.«

»Wie bitte? Sie können hier nicht einfach reinmarschieren und meine Wohnung durchsuchen, als wäre ich eine Verbrecherin«, herrschte sie den Mann an, der reglos im Flur stand, als müsste er ihr den Fluchtweg abschneiden.

»Frau Lehner, bei Verdacht auf Steuerbetrug müssen wir handeln. Sie als Geschäftsführerin der Berlin Beauty haften persönlich mit Ihrem Privatvermögen.«

Es hörte sich an wie bei einer Verhaftung, wenn dem Beschuldigten seine Rechte vorgetragen wurden. Sie konnte ihn kaum ansehen, denn er war ihr auf den ersten Blick zuwider, dieser schmuddelig aussehende Mann in Jeans und billigem Anorak, mit dem gleichgültigen Blick eines Angestellten, der jeden Auftrag teilnahmslos ausführt. Er hatte ein feistes Gesicht und blutleere Lippen, die einen Spalt offen standen, während er aus schmalen Augen langsam den Raum in Augenschein nahm. Sie verschränkte die Arme vor der Brust, als fürchtete sie einen kalten Windstoß.

»Und jetzt kleiden Sie sich bitte an. Vorher zeigen Sie meinen Kollegen den Tresor, sollten Sie einen besitzen.«

»Habe ich nicht.«

»Haben Sie einen Computer?«

»Ja.«

»Zeigen Sie ihn mir bitte.«

»Der steht im Betrieb.«

Er sah sie misstrauisch an. Sie drehte sich auf den Hacken um und lief ins Schlafzimmer. Sollen die doch alles auf den Kopf stellen, sagte sie sich.

Sie wählte ein schwarzes Kostüm von Jil Sander, das sie vor zwei Jahren gekauft hatte, damals, als die Treuhand sich angemeldet hatte. Damit fühlte sie sich wie eine erfolgreiche Konzernmanagerin. Dann ging sie ins Bad. Da wird ja wohl niemand sein, stöhnte sie innerlich vor Anspannung. Die Herren waren anscheinend alle im Wohnzimmer beschäftigt, sie sah niemanden im Flur, auch nicht an der Wohnungstür. Jetzt könnte ich abhauen, stellte sie fest, als sie die Badtür hinter sich schloss. Sie putzte sich lange die Zähne, als müsste sie einen unangenehmen Geschmack loswerden, und sah vor sich den Mann, der nach dem Tresor gefragt hatte. Sie musste sich vor Ekel schütteln. Dann trug sie routiniert ihr Make-up auf.

Sie öffnete die Tür, jetzt deutlich selbstsicherer, und stieß beinahe mit einem jungen Mann zusammen, der anscheinend gelangweilt ihre Bücherregale betrachtete, die eine Korridorwand einnahmen. Aus seinem Gesicht sprach eine verhaltene Zuversicht, eine Unbedarftheit, wie sie jungen Menschen eigen ist, die das Leben noch vor sich haben. Wie kommt der in diese Truppe?, fragte sie sich.

»Haben Sie die alle gelesen?«, fragte der junge Mann höflich.

»Fast, da stehen auch Lexika.«

Er warf ihr einen Blick zu und grinste breit. Haben die den hier aufgestellt, um mir den Fluchtweg zu versperren?, dachte sie und musterte ihn von der Seite.

»Wie fühlt man sich, wenn man eine alleinstehende Frau

aus dem Schlaf klingelt?«, fragte sie. Er sah sie überrascht an und schielte gleichzeitig in die Richtung, wo sich seine Kollegen aufhielten.

»Wir müssen das tun, wenn eine Anzeige vorliegt«, sagte er.

»Ach was, gegen mich? Kann ja wohl nicht wahr sein.«

»Niemand sagt, dass es um Sie als Person geht. Soweit ich informiert bin, sind Sie noch nicht so lange Geschäftsführerin der Firma Berlin Beauty.«

»Und wer hat uns angezeigt?«

Er sah sie verwundert an und biss sich auf die Lippen, wie ein großer Junge, den man beim Schummeln ertappt hat. Lehner lächelte gnädig, äußerlich um Gelassenheit bemüht. Sie dachte nicht daran, ihn in Schwierigkeiten zu bringen. Wer weiß, wozu der Bengel noch gut sein kann. Als sie das Wohnzimmer betrat, sah sie als Erstes den Rücken des dritten Fahnders, der vornübergebeugt an ihrem kleinen Schreibtisch stand. Er schob irgendwelche Zettel hin und her, blätterte in ihrem Kalender und warf flüchtige Blicke in die Schubladen. Er schien nicht wirklich von seiner Aufgabe besessen zu sein, seinen Bewegungen haftete etwas Oberflächliches an, als würde er eine lästige Pflicht erfüllen.

»Kann ich Ihnen helfen?«, fragte sie in eisigem Ton.

Er drehte sich langsam um und lächelte ihr nachsichtig zu. Er sah wie einer ihrer früheren Buchhalterkollegen aus, etwas ungesunde Gesichtsfarbe von den vielen Bürostunden bei geschlossenen Fenstern, ein grauer Anzug, den er wahrscheinlich einmal im Monat wechselte, und die Haare mit einem Seitenscheitel geteilt, wie in den 50er-Jahren. Es fehlten nur der Oberlippenbart und Ärmelschoner.

»Wir sind so gut wie durch, oder?«, wandte er sich an seine Kollegen. Hinter ihrem Rücken murmelte der junge Mann: »Denke schon«, und der mit dem Ausweis, offensichtlich ihr Vorgesetzter, nickte.

»Dann darf ich Sie jetzt zur Tür begleiten und mich auf

den Weg ins Büro machen?« Lehner lief, ohne eine Antwort abzuwarten, zum Eingang, wo sie demonstrativ eine Hand auf die Türklinke legte. In diesem Moment läutete das Telefon.

»Gestatten Sie, dass ich das Gespräch annehme?«, fragte sie mit gepresster Stimme, sich dicht vor den Männern im Korridor aufbauend. Die traten zur Seite, der Chef gab seinem Mitarbeiter ein Zeichen, ihr zu folgen. Lehner nahm den Hörer ab und wandte ihm den Rücken zu.

»Morgen, Jutta, ich bin's, Uwe. Kannst du schnell kommen? Wir haben die Steuerfahndung im Haus.«

»Ja, ich bin informiert. Herr Wagner ist sicher noch nicht da?«

»Nein, noch zu früh.«

»Wo befindet sich der Besuch?«

»In deinem Vorzimmer.«

»Ich komme gleich. Herr Wagner ist sicher noch zu Hause, Uwe.«

Die letzten Worte sprach sie sehr nachdrücklich. Mewis verstand den Hinweis und legte auf.

»Na, dann wollen wir mal«, rief sie wie eine Reiseleiterin, die ihre Gruppe zum Aufbruch ruft.

Im Werk hatte sich die Kunde von dem merkwürdigen Besuch »irgendwelcher Finanzbeamter«, so der Pförtner, wie ein Lauffeuer verbreitet. Die Steuerfahnder aus ihrer Wohnung waren vor ihr eingetroffen. Wagners BMW parkte auf seinem Stellplatz. Uwe hat geschnallt, dass er Wagner anrufen soll, atmete Lehner erleichtert auf. Sie parkte neben Wagner und lief an der Werkhalle vorbei zu Mewis, denn sie hoffte, dass er in seinem Büro auf sie wartete. Sie irrte sich nicht, schon von Weitem sah sie ihn im Flur stehen, er reckte den Kopf und winkte ihr zu. Sie gaben sich flüchtig die Hand und schlossen die Tür hinter sich.

»Was soll das denn?«, platzte die Verwunderung aus ihm heraus. »Das sieht ja wie eine Hausdurchsuchung aus, die sind in Kompaniestärke auf dem Gelände.«

»Einer der Männer hat mir gegenüber angedeutet, dass bei den Steuerbehörden eine Anzeige eingegangen ist, der sie nachgehen müssen. Die Anzeige scheint aber nicht gegen mich gerichtet zu sein, sondern gegen Schulz. Wer kann wohl daran interessiert sein, den toten Schulz wegen Steuerbetrugs anzuklagen?«

Sie hatte sich den Text unterwegs zurechtgelegt. Mewis sah sie benommen an.

»Ich würde mich nicht wundern, wenn Schulz versucht hätte, aus den Treuhandgeldern etwas abzuzweigen«, sprudelte es wütend aus ihm heraus.

»Als seine Nachfolgerin sitze ich mit im Schlamassel. Schäfer könnte dahinterstecken, denke ich.« Sie machte eine kurze Pause, um seine Reaktion abzuwarten, während er sie mit großen Augen ansah.

»Könnte sein. Der hat sich hier schon seit einiger Zeit wie ein Fremdkörper gefühlt. Aber warum sollte er uns die Steuer auf den Hals hetzen? Die werden doch nichts finden?«, fragte Mewis.

Lehner reagierte mit einer wegwerfenden Handbewegung. Er nickte nachdenklich, atmete einmal tief durch und neigte seinen Kopf zu ihr.

»Jutta, wir sind am Arsch, sollte Schulz krumme Sachen gemacht und Schäfer Akten beiseitegeschafft haben.«

Lehner schluckte zweimal, bevor sie ihre Besorgnis aussprach.

»Im schlimmsten Fall würden wir zur Rückzahlung von Subventionen verpflichtet werden, man könnte uns auch die Mittel sperren. Ausgerechnet jetzt, wo wir jede Mark für den Produktionsstart brauchen.«

Sie führte den Gedanken nicht weiter, nämlich dass es

in Kürze mit den Zuschüssen der Treuhand sowieso vorbei wäre, dann nur noch Umsatz und Gewinn zu Buche schlagen würden.

Mewis dachte daran, wie Schade über Schäfer gehöhnt hatte, den Marketingchef, der nicht einmal nach Kiew zur Produktpräsentation fahren durfte. Keine Zweifel, dass Schäfer sauer ist. Und ihm ist es egal, was aus uns Ostdeutschen und unserem Betrieb wird. Mewis' Gesicht verzerrte sich zu einer wütenden Grimasse, er stieß einen Schwall Luft aus.

»Entschuldige, Jutta, ich muss mich um die Verladung kümmern«, knurrte er.

In diesem Moment klopfte es an der Tür und Mewis sah sich erschrocken um, als fürchtete er eine Verhaftung.

»Herein«, rief er.

Im Türrahmen tauchte einer der Beamten auf. In der Hand hielt er einen Korb, wie man ihn zum Einkaufen benutzt.

»Wer sind Sie?«, fragte Mewis.

»Steuerfahndung. Wir haben den Auftrag, Akten der Geschäftsführung zu sichern. Sie sind doch Herr Mewis?«

»Ja, das bin ich.«

»Also, dann darf ich mich mal umsehen. Sie können hierbleiben.«

Lehner verschwand wortlos. Mewis setzte sich auf seinen Stuhl und beobachtete mit fiebrigem Blick, wie sein Besucher die Regale leerräumte.

Auf der Verwaltungsetage herrschte reger Betrieb. Der junge Steuerbeamte grüßte Lehner im Korridor mit einer verlegenen Handbewegung. Sie sah flüchtig zu ihm hin und schritt schnurstracks den Flur entlang. In ihrem Rücken spürte sie seinen Blick, sie musste sich darum bemühen, das Kinn erhoben zu halten. Aus Wagners Zimmer traten zwei Männer, jeder mit einer Kiste voller Ordner in den Händen. Sie würdigten sie keines Blickes, schleppten ihre Ware wie Möbelpacker zum Ausgang.

Sie warf einen Blick in Wagners Büro. Er stand gelassen am Fenster, die Arme vor der Brust gekreuzt sah er den Leuten zu, als würden sie ihm beim Umzug helfen. Sie winkte ihm kurz zu, er grinste herablassend und kam ihr entgegen.

»Kommt vor, wenn man erfolgreich ist«, raunte er und schob sie behutsam am Ellbogen auf den Korridor. Sie standen außer Hörweite der Beamten nebeneinander vor der Fensterfront und blickten in den Hof, wo zwei schwarze Limousinen mit offenem Gepäckraum standen.

»Ich habe im Beisein der Beamten als Erstes unser Steuerbüro und unsere Anwaltskanzlei informiert, nachdem mich Herr Mewis angerufen hatte. Wissen Sie schon etwas Näheres?«

»Nein, nur, dass es eine Anzeige gibt.« Sie neigte vorsichtig ihren Kopf in Richtung Flureingang. »Der junge Mann hat das angedeutet. Wozu der Anwalt?«

»Vorsichtsmaßnahme. So wissen die, dass sie sich keine Verfahrensverstöße leisten können.«

Der Wagner, wer sagt's denn. Übernimmt mal eben so das Kommando. Sie warf ihm einen prüfenden Blick zu.

Die Nachricht über das Ableben von Schäfer traf drei Tage nach dem Besuch der Steuerfahnder ein. Auf Lehner, die die Information als handgeschriebene Notiz mit Wagners Unterschrift auf ihrem Schreibtisch vorfand, wirkte sie wie eine höhnische Botschaft aus dem Jenseits – wo man ihm nichts mehr anhängen konnte …

Von der Steuerfahndung hatte sie nichts mehr gehört, nur die Anwaltskanzlei hatte sich gemeldet, um sicherzustellen, dass sie das Mandat übernehmen würde. Was blieb ihr schon übrig, als Wagners Initiative zu unterstützen und Ja zu sagen? Anwaltskosten, auch das noch, stöhnte sie. Sie überlegte, wie sie Schäfers Tod bekannt geben sollte. Es gab im Eingangsbereich eine Tafel mit den üblichen betriebsinternen Hinweisen. Sie beschloss, Wagners karge Todesnachricht an den Aushang zu pinnen. Er war schließlich sein Mann gewesen. Sie bewegte die Frage, was er mit ins Grab genommen haben könnte, sollte er der Denunziant gewesen sein. Nur sein Wissen? Oder hatte er auch Akten beiseitegeschafft?

Seufzend schob sie ihren Stuhl nach hinten, um nachdenklich in den Hof zu schauen, wie so manches Mal in den vergangenen Wochen. Das Telefon läutete.

»Lehner am Apparat.«

»Landeskriminalamt. Herr Hauptkommissar Bircher möchte Sie sprechen. Haben Sie einen Moment Zeit?«

Lehners Herzschlag beschleunigte sich augenblicklich. Sie musste tief einatmen, um ihre Nervosität zu unterdrücken.

»Ja.«

Es klackte in der Leitung und jemand räusperte sich.

»Bircher hier. Ich rufe an, weil wir über den Tod eines Ihrer Mitarbeiter informiert wurden, eines Herrn Schäfer. Stimmt das?«

»Ja«, antwortete Lehner tonlos.

»Vor einigen Wochen starb Herr Schulz, jetzt mit Herrn Schäfer ein weiterer leitender Angestellter, dazu die Steuerfahndung in Ihrem Werk. Die Todesumstände ähneln sich. Einer meiner Mitarbeiter muss einige Fragen stellen, er wird sich bei Ihnen melden.«

Sie reagierte nicht, er hatte ja keine Frage gestellt. Einen Moment hörte sie nur ihren eigenen Atem.

»Gab es irgendwelche Anzeichen für eine ernsthafte Erkrankung Ihres Kollegen?«

Sie wiegte den Kopf und überlegte, ob sie sich nach den Todesumständen erkundigen sollte, entschied sich aber dagegen.

»Herr Schäfer hatte gesundheitliche Beschwerden als Kündigungsgrund genannt. Er hatte seit einiger Zeit einen angeschlagenen Eindruck gemacht.«

»Er hat also vor Beginn der Steuerprüfung gekündigt?«

»So ist es, Herr Bircher.«

»Wurde Herr Schäfer nach seinem Ausscheiden von den Hausdurchsuchungen informiert?«

»Nicht durch mich, dazu bestand kein Anlass.«

»Sie haben ihn nicht mehr gesprochen?«

»So ist es. Er hatte gekündigt, seitdem war er nicht mehr im Werk gewesen, und es hatte auch keinen Kontakt gegeben.«

»Könnte es sein, dass er die Anzeige erstattet hat?«

Lehner verschlug es für einen Moment die Sprache. Das klingt ja, als hätte er mein Gespräch mit Mewis belauscht. Wissen die bereits, wer uns verpfiffen hat? Sie entschloss sich zu einem Gegenangriff.

»Wissen Sie, Herr Bircher, es gibt einige Leute, die ihren Arbeitsplatz verloren haben und einen Grund hätten, sich zu rächen.«

Sogleich bedauerte sie ihre Worte, eigentlich hatte sie sich zur politischen Abstinenz verpflichtet. Alles dem Überleben des Betriebs unterordnen, lautete ihr Credo.

»Das kann ich mir gut vorstellen«, erwiderte er, und sie glaubte eine Betonung auf das ich herauszuhören, als verstünde er sehr wohl die momentane Gefühlslage vieler Ostdeutscher.

Kaum war er aus der Leitung, sank Lehner erschöpft in sich zusammen, wie nach dem Verlust eines nahestehenden Menschen. Sie kannte dieses Gefühl der Verlorenheit, es holte sie mitunter nachts ein, wenn sie wie blind in den Fernseher starrte und nichts als Leere in sich fühlte, vergeblich gegen die Einsamkeit ankämpfte und schließlich erschöpft in den Schlaf glitt.

Der Klang von Birchers Stimme ging ihr nicht aus dem Kopf. Er hatte sie die ganze Zeit an irgendetwas erinnert. Sie grübelte. Und dann, ganz unerwartet, tauchten längst vergessen geglaubte Zeiten vor ihrem inneren Auge auf. Natürlich, stellte sie verwundert fest – das Kinderferienlager in Schmiedefeld, in Thüringen, in den 60ern. Die Doppelstockbetten, die langgestreckten Holzbaracken. Eines Morgens war sie auf dem Fußboden aufgewacht. Sie war aus dem Bett gefallen, zum Glück auf die Daunendecke einer Freundin, die sie weggestrampelt hatte. Im Halbschlaf hatte Jutta die besorgte Stimme eines Betreuers gehört. Ja, das war es, woran sie sich plötzlich erinnerte: Kommissar Bircher sprach mit diesem leicht schwingenden Klang, im selben Dialekt des Erziehers. Anstelle von dreckig hatte der »drecksch« gesagt. Ihr Gesicht hellte sich auf, sie kicherte wie ein kleines Mädchen.

Die Ergebnisse der Obduktion von Schäfer lagen bereits auf Birchers Tisch. Lehner gegenüber hatte er nichts davon erwähnt, sie hatte sich unbelastet äußern sollen. Der Obduktionsbericht von Tetsche erhärtete Birchers und Pfeils Verdacht, dass sich hinter dem Ableben der Männer mehr als nur gesundheitliche Probleme verbargen. Die Beschreibung der beiden Leichen am Fundort war einfach zu ähnlich: Erbrochenes und Durchfall, blutige Koliken, Krämpfe in Armen und Beinen. Symptome einer Lebernekrose und Nierenversagen …

Wie zuvor bei Schulz war einem Nachbarn der unangenehme Geruch auf dem Treppenflur aufgefallen, deshalb hatte er den Notdienst und die Feuerwehr alarmiert. Der Bericht des Notarztes schloss mit dem Hinweis, dass eine Kreislaufattacke mit tödlichem Ausgang naheliege. Anzeichen von Fremdeinwirkung könne er nicht feststellen, aber er sei sich nicht absolut sicher.

Tetsche diagnostizierte bei der Obduktion hohe Kaliumwerte im Blut, Anzeichen eines Nierenversagens und auch ein kleines Lungenödem. Er verwies darauf, dass eine Hyperkaliämie lebensbedrohliche Herzrhythmusstörungen auslösen konnte, bis hin zum Herzstillstand. Aber, schränkte er ein, ob es diese Vorerkrankungen waren, die den Tod verursacht hatten, könne er nicht endgültig sagen. Bircher war klar, dass auch Tetsche immer mehr vermutete, alle drei Personen seien Opfer derselben Fremdeinwirkung geworden.

Die Untersuchung von Schäfers Wohnung hatte nichts Greifbares ergeben. Sie machte einen fast unbewohnten Eindruck – sehr sauber, ordentlich, karg eingerichtet. Der einzige Blickfang war ein Landschaftsaquarell im Wohnzimmer, das in leuchtenden Farben den Blick von einer Weide hinab aufs Meer darstellte, vielleicht irgendwo in Holland oder Norddeutschland. Die Küche war bis auf einige Tassen und Gläser, die mit Wasser gefüllt in der Spüle standen, so aufgeräumt wie der Rest der Wohnung. In der winzigen Kammer standen, fein säuberlich in einer Reihe aufgestellt, leere Bier- und Weinflaschen. Hier hatte ein Pedant gelebt, dem Ordnung vor Gemütlichkeit gegangen war.

Schäfer musste die Kreislaufattacke im Schlaf überrascht haben, offensichtlich hatte ihn rasch die Kraft verlassen. Er hatte sein Schlafzimmer nicht mehr verlassen können, um nach Hilfe zu rufen. Die Beamten waren ratlos, suchten vergeblich nach einem Anhaltspunkt, um gezielt zu ermitteln.

Bircher ereilte ein neuer Gedanke: Warum nicht selbst mal bei der Treuhand anrufen? Er erinnerte sich an Schmidters Protokolle und zwei Namen, langte nach dem Telefon und ließ sich von Manuela zur »Stabsstelle für besondere Aufgaben« durchstellen.

»Guten Tag, Frau Groner, ich benötige mal Ihre Unterstützung«, meldete sich Bircher mit einer Floskel, die meistens zog.

»Gerne, Herr Bircher. Sie sind von der Mordkommission?«

Ihre Stimme klang interessiert, in keiner Weise überrascht oder gar ängstlich. Die Dame ist nicht zimperlich, konstatierte Bircher.

»Vorweg: Das ist ein vertrauliches Gespräch, und ich muss Sie um strenges Stillschweigen bitten. Wir sehen einen Zusammenhang zwischen den anonymen Anzeigen gegen die Berlin Beauty, der Steuerfahndung und dem Ableben zweier leitender Mitarbeiter des Betriebs. Meine Frage: Gibt es konkrete Hinweise auf ein kriminelles Verhalten der Verstorbenen?«

Einige Sekunden hörte er nur ein Papierrascheln, als sortierte sie ihre Akten. Dann war es plötzlich ganz still, als würde sie die Sprechmuschel mit der Hand verdecken.

»Entschuldigen Sie, Herr Bircher, jetzt sind wir unter uns und können reden«, meldete sie sich munter. »Wir konnten keine Unregelmäßigkeiten nachweisen, was aber nicht bedeutet, dass keine vorgelegen haben. Es fiel auf, dass Herr Wagner, Prokurist und Mitgesellschafter der Berlin Beauty, und der Eigentümer, Herr Kohlin von der Swiss Scent, sehr wohl aus dem Warenverkehr zwischen den Firmen einen persönlichen Nutzen gezogen haben könnten.«

»Wie muss ich mir das vorstellen?«, fragte Bircher.

»Ein mögliches Modell: Die Berliner kaufen für zehn Mark Chemikalien bei der Swiss Scent, die eigentlich auf dem Weltmarkt fünf Mark kosten. Die Schweizer machen vereinfacht gesagt einen Gewinn von fünf Mark, von dem geben sie die Hälfte Herrn Wagner. Der könnte das Geld dann in die Schweiz schaffen, zum Beispiel indem er sich von Dritten in der Schweiz Aktien kaufen lässt. Schweizer Banken würden uns keine Auskunft erteilen, das dürfen sie nämlich nicht. Aber Sie könnten die Steuerbehörde um Auskunft bitten. Die sind zuständig.«

»Vielleicht sind auch Frau Lehner, Herr Schäfer oder andere aus dem Betrieb in die Sache verwickelt. Jeder will etwas abhaben vom Kuchen, in der heutigen Zeit«, sagte er.

Frau Groner tat so, als hätte sie seine letzten Worte überhört, und schwieg.

»Gut, fürs Erste danke ich Ihnen, Frau Groner. Schönen Tag noch«, verabschiedete er sich in jovialem Tonfall.

Manuela hatte länger als erwartet gebraucht, um bei der Steuerbehörde den Verantwortlichen ausfindig zu machen, der für die Berlin Beauty zuständig war. Das Telefonat zwischen Bircher und ihm dauerte nur fünf Minuten. Der Beamte war sehr wortkarg und ganz offensichtlich darum bemüht, sein Wissen nicht mit der Mordkommission zu teilen. Alles, was Bircher heraushörte, war, dass, Stand heute, wahrscheinlich weder gegen einzelne Personen noch den Betrieb ein Strafverfahren eröffnet würde, da es »die Beweislage nicht hergibt«. Bircher drückte enttäuscht den Hörer auf die Gabel. Was soll ich Pfeil berichten?, überlegte er. Wir haben nichts in der Hand, um als Mordkommission tätig zu werden. Also lassen Sie uns einfach abwarten, bis noch jemand stirbt ...

ZWÖLF

In der dritten Märzwoche, als Lehner kurz vor Feierabend mit leicht verträumter Miene ihren Schreibtisch aufräumte, sah sie sich wieder in Kiew mit Surab im Restaurant sitzen. Mit stillem Vergnügen glitt ihre Zunge über ihre Unterlippe – sie sah die köstlichen georgischen Vorspeisen, den Lammbraten und den tiefroten Wein aus Tschiladses Heimat vor ihrem inneren Auge. Nach den unvermeidlichen Trinksprüchen auf ihre Gesundheit, die wunderbare Kooperation, den gemeinsamen Erfolg und »auf treuen Freund Paul Schulz« hatte sich sein letzter Toast direkt an sie gerichtet: »Trinken wir auf neue Partnerschaft«, hatte er gesagt und ihr dabei tief in die Augen geblickt. Sie hatte ihn verwundert angeblinzelt und beim Anstoßen ihrer Gläser gedacht: War das eben eine Floskel oder ein Angebot?

Sie hatte nicht lange grübeln müssen, denn kaum war ihr Glas halbleer gewesen, war Surab zur Sache gekommen.

»Jutta, neue Vorschlag. Du wirst Partner. Mit Beteiligung von Gewinn mit Super S. Fünfzehn Prozent. Gut?«

Ihr hatte es zunächst die Sprache verschlagen. Wie es seine Art war, hatte er sein Angebot nicht lange umschrieben, und sie hatte vorsichtig nachgefragt, wie er sich die finanzielle Abwicklung vorstellte.

»Wie bei Paul«, hatte er trocken geantwortet. »In Cash, bringe ich dir.« Es hatte geklungen, als sei das Thema damit für ihn erledigt.

Ihr Gesicht hellte sich wie im Sonnenlicht auf, als sie an das herrliche Zimmer im Palace Hotel dachte. Sie sah Markus' Gesicht vor sich, wie er ehrfürchtig geflüstert hatte, dass er sich wie im Museum fühlte – die schweren roten Brokatgardinen, die den Raum wie eine Wand von der Straße abschirmten, zwei Sessel aus Kirschholz mit klaren Formen, schlichtem Dekor und schöner Maserung. Alles hatte an die schlichte Eleganz und Harmonie der Gründerzeit erinnert, der Gast sollte in die Zeit der Jahrhundertwende zurückversetzt werden.

Am ersten Abend hatten sie einen Tisch im Hotelrestaurant reserviert. Als sie festlich gekleidet – sie im tiefschwarzen Kleid, er in einem hellen Anzug, in dem sie ihn zum ersten Mal gesehen hatte – durch den halbleeren Saal zu ihrem Tisch geleitet worden waren, hatten sie sich wie zwei frisch Verliebte gefühlt, die ihrer ersten gemeinsamen Nacht entgegenfiebern. Der Abend war herrlich gewesen, wie in einem Palast hatten sie unter kristallenen Kronleuchtern Borschtsch mit Rindfleisch und Hähnchenfilets nach »Kievskie« Art gespeist. Dazu Wodka aus schweren Gläsern, die sich wie Kelche angefühlt hatten. Er hatte sie hingerissen angestarrt, sie hatte ab und zu mit einem Lächeln ihre Hand auf seinen Arm gelegt.

Als sie aus dem Fahrstuhl getreten waren, hatte Markus sie angegrinst, eine Verbeugung angedeutet und sich in tänzelnden Walzerschritten auf ihr Zimmer zubewegt, während sie belustigt, beide Hände in die Hüfte gestemmt, im Flur verharrte.

Im Zimmer hatten sie sich kichernd auf den roten Brokat des Bettes fallen lassen.

Am nächsten Morgen hatte sie vergnügt bemerkt, dass sie eine wahre Wonne sei, diese Reise mit diesem wissenschaftlichen Berater. Surab sei gedankt, hatte sie im Stillen hinzugefügt.

Leider traf kurz nach ihrer Rückkehr auch der Bescheid der Steuerbehörde per Einschreiben ein. Minutenlang starrte Lehner auf den Umschlag, der ungeöffnet vor ihr lag. Angst,

Widerwillen und Resignation machten sich in ihr breit, als zwinge man sie zu einem Fallschirmsprung. Jetzt haben wir auch noch ein Steuerstrafverfahren am Hals, dachte sie verbittert. Vor einigen Tagen hatten die Anwälte ihr eine Rechnung zugestellt, die sie ungläubig studiert hatte. Sie hatte sich wie ein Kassenzettel gelesen, nur dass anstelle der Waren Büroarbeiten mit Zeitangaben standen, jede Minute eines Telefonats, Aktenstudiums oder Gesprächs war aufgelistet. Am Ende der Liste stand eine Summe, die ihr einen kalten Schauer über den Rücken jagte. Dafür musste ein Arbeiter zwei Monate schuften. Sie hatte auf das Einschreiben gestarrt und mit dem Gedanken gespielt, es heimlich Wagner auf den Tisch zu legen, schließlich war es sein Entschluss gewesen, die Anwälte zu bestellen. Na ja, keine so gute Idee, hatte sie innerlich geseufzt.

Sie gab sich einen Ruck und riss den Umschlag auf. Ihre Augenbrauen hoben sich verwundert – er enthielt nur ein Blatt mit einigen Zeilen Text. Sie überflog ihn und atmete erleichtert auf. Es wird kein Steuerverfahren geben. Das wird hoffentlich auch die Polizei beruhigen, umriss sie die Lage. Sie beschloss, Wagner anzurufen.

Er klang zwar erleichtert, aber nicht sonderlich überrascht über das Ergebnis.

»Jetzt steht den weiteren Zahlungen aus der Anschubfinanzierung nichts mehr im Wege«, sagte er nur, und sie sah ihn vor sich, wie er genüsslich den Mund spitzte. Ja, fügte sie in Gedanken hinzu, und auch deinen Geschäften mit Herrn Kohlin nicht.

Sie hatte den Hörer kaum aufgelegt, da hörte sie ein Geräusch im Sekretariat, als würde jemand etwas abstellen. Sie verließ ihren Schreibtisch, rief im Gehen: »Ist da jemand?«, und öffnete mit Schwung die Tür. Neben dem leeren Schreibtisch stapelten zwei Männer Pappkartons übereinander.

»Guten Abend. Wir bringen Ihnen die Akten zurück. Der Pförtner meinte, wir sollen Sie in Ihrem Büro abstellen.« Einer der beiden drehte sich herum und zuckte entschuldigend mit den Achseln. »Wir dachten, es wäre niemand hier.«

Als die Männer weg waren, zählte sie die Kisten und las die Beschriftungen. Zwei waren mit ihrem Namen versehen, jeweils eine mit dem von Schade und Mewis. Sie wunderte sich, dass Wagners Akten fehlten, und rief den Pförtner an.

»Sind die Leute schon raus?«, fragte sie.

»Ja, eben weggefahren«, meldete er knapp.

»Wissen Sie zufällig, ob die bei Herrn Wagner waren?«

»Ja, sie haben nach seinem Büro gefragt.«

Wäre das auch geklärt, stellte sie fest. Einer plötzlichen Eingebung folgend öffnete sie Schades Karton. Ihr war aufgefallen, dass Schade und Mewis seit einigen Wochen auffällig viel Zeit zusammen verbrachten. Das war früher anders gewesen, da waren sie sich eher aus dem Weg gegangen. Der extrovertierte Mewis und der verschlossene Schade passten nicht recht zueinander. Vielleicht hatte auch Eifersucht eine Rolle gespielt, Schade hatte den direkten Zugang zu Schulz gehabt. Es schien, als hätte sein Tod die beiden zusammengeführt.

Lehner zog den erstbesten Ordner aus Schades Kiste, es waren Protokolle seiner Versuchsreihen. Sie nahm den nächsten in die Hand, die Inhalte ähnelten sich. Sie seufzte und warf einen flüchtigen Blick in die anderen Ordner. Nichts als wissenschaftliche Ablage. Sie klappte den letzten zu, richtete sich auf, streckte einmal den Rücken durch und nahm sich den Karton von Mewis vor. Mit einem Schwung packte sie mehrere Ordner gleichzeitig, stellte sie auf dem Schreibtisch ab und zog sich einen Stuhl heran. Warenprotokolle, Lieferbestellungen und technische Dokumentationen. Sie wollte die Aktion schon abbrechen – allmählich kam es ihr peinlich vor –, als sie auf der Innenseite eines Aktendeckels einen kleinen Aufkleber entdeckte: »Wagner« lautete der Vermerk. Das ist nicht Mewis' Handschrift, stellte sie fest. Ihre Neugierde war geweckt, sie blätterte Seite um Seite um, bis sie auf zwei Schriftstücke stieß, die jemand mit einem roten Ausrufungszeichen versehen hatte. Ihr stockte der Atem: Es handelte sich um Kopien zweier handschriftlich verfasster Briefe Wagners an Kohlin vom Dezember.

Lehner verschloss die Bürotür und begann den Text zu lesen. Wagner erwähnte im ersten Brief, »dass alles nach Plan läuft, Schulz ist fest eingebunden, und die Rohstofflieferungen sollten zu den vereinbarten Konditionen ausgedehnt werden …«

Im zweiten Brief äußerte Wagner, dass »mit Unterstützung einiger Leute aus der Geschäftsleitung der Verdacht kolportiert wird, die Swiss Scent würde die Anschubfinanzierung für sich nutzen. Wir müssen die Preiskalkulationen im Auge behalten. Du weißt ja, Übermut kommt vor dem Fall …«

Ansonsten enthielten die Schreiben Privates ohne Belang. Die Sache mit dem geöffneten Brief Wagners in der Poststelle, das war im Dezember, rekapitulierte sie. Da lebte Schulz noch. Sie starrte auf die Briefe und versuchte einen Sinn darin zu finden, dass sich ausgerechnet Mewis als Posträuber betätigt hatte. Hat etwa er uns mit einem anonymen Brief die Steuer auf den Hals gehetzt? Um Wagner in die Enge zu treiben? Wer die Briefe las, musste ein Geschäft zwischen Wagner und Kohlin vermuten, vielleicht sogar einen Subventionsbetrug. Und Schulz schien von Wagners Geschäften gewusst zu haben. Ebenso Mewis. Lehner saß zusammengesunken am Schreibtisch und fühlte sich wie von unsichtbaren Feinden umzingelt. Sie erinnerte sich, wie Schulz die Sache mit dem geöffneten Brief von Wagner heruntergespielt hatte, und sie verstand jetzt, dass ihm damals nichts anderes übrig geblieben war, wenn er mit Wagner unter einer Decke gesteckt hatte. Ein fürchterlicher Gedanke ließ ihr das Blut in den Adern gefrieren: Verbirgt sich vielleicht hinter dem Postraub eine ganz andere Motivation? Vermutet da etwa jemand, dass Schulz und Schäfer nicht zufällig starben, und sucht nach Beweisen?

Sie verstaute die Akten wieder in den Kisten, faltete anschließend die Hände wie zum Gebet und beschloss, Stillschweigen über ihre Entdeckung zu wahren – auch gegenüber Markus. Und sie würde für sich und Wagner Briefkästen anbringen lassen.

Wie üblich, wenn sie Markus sehen wollte, blieb sie auf dem Treppenabsatz stehen und drückte dreimal kurz die Klingeltaste – das war ihr Morsezeichen für Liebe, wie sie es einmal mit kindlichem Kichern unter der Bettdecke vereinbart hatten. Er begrüßte sie mit einer linkischen Umarmung und ging voran in die Küche.

»Du hast sicher Hunger?«, fragte er.

»Geht so.«

»Viel hab ich auch nicht anzubieten.«

Die Antwort überraschte sie nicht. In der Küche, in der die Gemütlichkeit einer Besenkammer herrschte, schob sie wie immer als Erstes ihren Stuhl vor das Fenster. So musste sie nicht die alte Spüle mit dem Geschirr vom Vortag sehen und den Küchenschrank mit der farbigen Vorderfront aus grünen, roten und gelben Plastikelementen, die ihr den Blick flimmern ließen.

Auf dem Tisch stand ein Teller mit Salami, Leber- und Mettwurst, ein Emmentaler Käse, Weißkäse im Plastikbecher und aufgeschnittenes Mischbrot. Mit gerunzelter Stirn musterte sie die Auswahl, nur eine Flasche italienischer Merlot versöhnte sie. Im Stillen wunderte sie sich, dass Markus nicht daran dachte, sein Sortiment ihr zuliebe zu erweitern. Sie war zwar keine Vegetarierin, mochte aber weder fette Wurst noch

Käse mit starkem Geruch. Sie bestrich eine Scheibe des frischen Brots mit Weißkäse, die andere hauchdünn mit Leberwurst und nickte ihm zu.

»Na dann, guten Appetit.«

Er grinste und hob das Glas: »Na sdorowje.«

Mit dem halbvollen Glas in der Hand betrachtete sie ihn, als prüfe sie seine Glaubwürdigkeit.

»Schön, dass du geklingelt hast«, sagte er und prostete ihr fröhlich zu. Seit einiger Zeit hatte sich seine Stimmung merklich verbessert. Sie war froh über die Veränderung, jetzt war er nicht nur in der Nacht, sondern auch am Tage eine Bereicherung ihres Lebens. Endlich ein Kerl, der mich ablenkt, der mich aufbaut, wenn mich der Betrieb mal nervt. Tatsächlich war Markus Roth seit dem Tag ein anderer, als er zum Dozenten ernannt und fest angestellt worden war. Wie auf Knopfdruck waren verschüttet geglaubte Charaktereigenschaften wiedererweckt worden. Er strotzte vor guter Laune, Unternehmungsgeist und Selbstbewusstsein. Wenig erinnerte an den verbissenen, griesgrämigen Markus von früher. Ihm fehle nur noch das Schifferklavier und er könne in Altersheimen auftreten, hatte sie einmal im Scherz gesagt.

»Sag mal, Markus, hat dich Mewis eigentlich mal auf die Steuerfahndung angesprochen und wie Wagner das aufgenommen hat?«, überraschte sie ihn mit einer Frage, die gar nicht zu seiner Stimmung passte. Der kräftige Wein hatte ihn ein wenig benebelt und schon mehrmals in Richtung Schlafzimmer blinzeln lassen.

»Wie kommst du jetzt darauf«, antwortete er. »Kannst du nicht mal abschalten?«

Sie streckte einen Arm aus und berührte mit zwei Fingern sacht seine Lippen.

»Markus, wen soll ich fragen, wenn nicht dich, und wann, wenn nicht nach Feierabend?«

»Bin ich jetzt auch abends dein Berater?«

»Mein Vertrauter.«

Er streckte sich und blies die Backen auf.

»Warum sollte Mewis mich darauf ansprechen?«, fragte er zurück.

»Weil es bei den Ermittlungen auch um Wagners Geschäfte geht und auch um Lieferungen aus der Schweiz, die Mewis für unsere Produktion braucht«, sagte sie.

»Er ist Miteigentümer, da ist es doch naheliegend, dass er die Kooperation mit der Schweiz sucht.«

Zwischen die feinen Augenbrauen der eben noch versonnen lächelnden Lehner schob sich eine steile Falte.

»Woher hast du denn diese Information?«, fragte sie barsch.

»Von Mewis. Sag bloß, du hast das nicht gewusst.«

»Nein, das hat Wagner nie erwähnt. Ich war weder beim Notar dabei, noch habe ich den Handelsregisterauszug gesehen. Und der Gesellschaftervertrag ist mir nicht zugänglich.«

»Und woher hat dann Mewis seine Kenntnisse?«, fragte Markus sichtlich verblüfft.

»Das frage ich mich auch. Ja wohl nur von Wagner selbst oder ...«

Sie dachte an die Briefe, aber sprach den Gedanken nicht aus. Beide schwiegen betroffen.

»Kommen Schade und Mewis gut miteinander aus?«, fragte sie schließlich.

»Sehr gut, die eint ihr Misstrauen gegenüber Wagner. Und mit Schulz hatten sie auch nicht viel am Hut.«

Lehner unterdrückte die Frage, wie die beiden zu ihr stünden. Sie hatte keine Lust mehr, sich darüber den Kopf zu zerbrechen, stand auf und schlang ihre Arme von hinten um seinen Hals.

»Du schickes Kerlchen«, raunte sie ihm ins Ohr. »Willst du nicht mein neuer Marketingchef werden? Bei deinem Aussehen! Die Frauen kaufen dir alles ab.«

Er befreite sich vorsichtig aus der Umarmung, stand auf und nahm ihr Gesicht zärtlich in beide Hände.

»Ich bin doch bereits an deiner Seite, als engster Vertrauter. Und jetzt höre ich ein Bimbimbim«, imitierte er ihren Klingelcode und zog sie behutsam zur Schlafzimmertür.

Seit einiger Zeit besuchte Lehner regelmäßig die Produktionshalle. Surab Tschiladse war seinem Ruf treu geblieben und bescherte der Berlin Beauty volle Auftragsbücher. Sie überschlug den Umsatz und verglich ihn mit den Zahlen im Businessplan. Die Aussichten waren blendend. Eine innere Stimme riet ihr, die Kontrolle über den Export nicht allein Mewis zu überlassen, aber sie mochte es auch zuzusehen, wie Container um Container das Werk verließ. Manchmal traf sie Wagner an, dann standen sie einige Minuten andächtig nebeneinander, als würden sich vor ihren Augen die Auftragsbücher füllen.

Wenn sie, freundlich nach allen Seiten grüßend, an den Fließbändern entlang schlenderte und den Arbeitern zuschaute, dachte sie darüber nach, wem Super S hübsche Nebeneinkünfte bescherte: Kollege Wagner – sollten Schulz' Vermutungen über die Chemikalienexporte der Swiss Dorn zutreffen –, Surab, natürlich Kohlin und ihr selbst. Im Grunde stecken wir unter einer Decke, gestand sie sich ein.

Sie erinnerte sich an Schulz hinter seinem Schreibtisch – abgekämpft, mutlos und gesundheitlich angeschlagen. Hatte er zu viel gewusst, um noch ruhig schlafen zu können? Und während sie Wagner beobachtete, der selbstzufrieden durch die Hallen marschierte, überkam sie manches Mal der Verdacht, dass Schulz ihn als Prokuristen gebraucht hatte, weil sie Komplizen gewesen waren. Das würde erklären, warum er über diese Zollfreilager informiert gewesen war und sich nicht gegen die Chemikalienimporte gestellt hatte. Der nüchtern kalkulierenden Lehner kroch die Angst in die Glieder –

mittlerweile fühlte sie sich wie in einem Labyrinth, in dem hinter jeder Biegung eine neue Gefahr lauerte.

Mewis stellte eine weitere Unwägbarkeit dar: Falls er wie ein Spion Wagners Briefe gelesen hatte – konnte er dann nicht auch ihre und die von Schulz geöffnet haben? Zu welchem Zweck? Und war Schade involviert? Lehner fand nur eine Erklärung: Mewis hatte den Verdacht, dass die Leitung mit den Schweizern und mit Surab Tschiladse krumme Geschäfte abwickelte und sich mit dem Geld der Treuhand die Taschen füllte. Sollte sich dieser bestätigen, könnte er mit den Beweisen Druck ausüben, um sich einen Vorteil zu verschaffen. Und er hätte einen weiteren Grund, Wagner von der Bildfläche verschwinden zu lassen.

Sprach sie gelegentlich mit Mewis, verhielt er sich wie immer. Kürzlich hatte er ihr mit einem triumphierenden Lächeln erzählt, dass Super S in der Hautklinik Berlin-Buch auf seine Verträglichkeit geprüft worden war, mit hervorragendem Ergebnis! Auch dem Institut für Arzneimittelwesen und dem Amt für Standardisierung, Mess- und Warenprüfung waren Proben zugestellt worden, ebenso dem Institut für Mikrobiologie der Humboldt Universität. »Nur positive Ergebnisse, Jutta!«, rief er, aber Lehner starrte an ihm vorbei ins Leere. »Ganz prima alles, wir können die Produktion weiter hochfahren«, strahlte er stolz wie vom Siegespodest, aber sie wich zurück, als fürchtete sie eine Umarmung. Als er dann noch erwähnte, dass die Institute auch alle Farbstoffe und Konservierungsmittel zertifiziert hätten, hob sie abwehrend beide Hände.

»Was soll denn dieser Aufwand, der nur neue Kosten mit sich bringt? Wir haben doch alle Zertifikate, sowohl aus Kiew wie aus der Schweiz«, fuhr sie ihn an, die Augen zu Schlitzen verengt, um den Mund eine harte Falte.

»Ich bitte dich, die Institute stellen uns wertvolle Gutachten aus. Die haben größeres Gewicht als ukrainische Zertifikate, und wir bezahlen nur ein Bruchteil von dem, was die Ukrainer verlangen. Jutta, das ist prima fürs Image. Wir wollen ja auch in Länder exportieren, die denen im Osten nicht so sehr vertrauen.«

Sie setzte nicht nach, sah ihn nur scharf von der Seite an und machte eine fahrige Handbewegung, als wolle sie ein Insekt vertreiben. Image! Dass ich nicht lache, dachte sie, als er sich entfernte und sie ihm mit einem gefrorenen Lächeln nachsah.

Mittlerweile trieben sie nur noch drei Ziele an: Großaufträge, wirtschaftliche Unabhängigkeit von der Treuhand und unangefochten durchzuregieren. Allein wie man Wagner loswerden könnte, blieb ihr schleierhaft. Er könnte über seine eigenen Tricksereien ins Straucheln geraten, oder mit seinem BMW …

Ihr war nicht entgangen, dass er jede freie Stunde nutzte, um seine Beraterfirma am Leben zu halten. Es untermauerte ihren Verdacht, dass er an dem Tag, wenn die Subventionen versiegt wären, wieder der Wagner von Wagner's Consulting sein würde. Oder auch nicht. Ihre Gedanken drehten sich im Kreise.

Das Sekretariat der zweiten Mordkommission hatte sich bei Lehner gemeldet und sie zu einem »Gespräch« in die Keithstraße eingeladen. Morgen, 16 Uhr, und sie möge bitte vorab eine Liste aller Kopiergeräte im Betrieb per Fax schicken. »Bitte Fabrikat, Herstellerdatum und Ort der Aufstellung an folgende Nummer senden«, sagte die Sekretärin in freundlichem Ton, als sei es nichts Ungewöhnliches, von heute auf morgen in die Mordkommission einbestellt zu werden und dem Kommissar die Kopierer des Betriebs zu nennen. Sie lehnte sich in ihrem Bürosessel zurück und streckte die Beine aus, ihr Gesicht trübte sich. Ein Gedanke ließ sie plötzlich aufspringen: der kopierte Brief von Wagner in der Aktenkiste von Mewis – deshalb die Frage nach den Geräten. Die von der Steuer müssen also die Polizei informiert haben. Aber warum? Wissen die etwas von dem geöffneten Brief in der Poststelle? Weiß der Teufel, stöhnte sie leise, alle Grübeleien und Spekulationen bringen nichts, morgen weiß ich mehr.

Sie verließ ihr Büro und machte sich auf den Weg zu Mewis, aber auf dem Flur hielt sie noch einmal inne, drehte sich um und ging zurück zu ihrem Schreibtisch. Sie entnahm der Postmappe einen Brief von einem Zulieferer. Falls er nicht da ist, sollte ich besser etwas hinterlegen, das meinen Besuch erklärt.

Er war nicht in seinem Büro. Sie musste sich etwas verrenken, um auf der Rückseite des Kopierers die technischen Angaben lesen zu können. Sie notierte alles und verließ aufatmend den Raum. Ständig verfolgte sie das dumpfe Gefühl, er könnte die ganze Zeit hinter ihr gestanden haben. Verbittert dachte sie, dass dieser ganze Mist, mit dem sie sich gerade herumschlug, unter ihrer Würde war. Als sie den Flur entlanglief, fiel ihr Katja von der Poststelle ein. Das kläre ich gleich, beschloss sie. Doch auf dem Weg ins Vorderhaus, als sie gerade den Hof überquerte, lief ihr Schade in die Arme. Sie wollte ihm mit einem flüchtigen Kopfnicken ausweichen, aber er stellte sich ihr in den Weg. Sein Gesicht hatte etwas nervös Flackerndes, aus rotumränderten Augen sah er sie an, als verfolgten ihn seine Laborprotokolle. Sie rang sich ein Lächeln ab und reichte ihm die Hand. Der hat mir gerade noch gefehlt.

»Wie geht es Ihnen, Herr Schade? Sie sehen etwas abgekämpft aus«, sagte sie und schielte dabei mit einem Auge zum Fenster der Poststelle.

»Danke, gut, viel zu tun. Und Ihnen?«

»Ebenso. Weil ich Sie gerade treffe – wir müssen unsere Verwaltung auf Vordermann bringen, in technischer Hinsicht. Haben Sie noch den alten Kopierer?«

Er sah sie misstrauisch an.

»Ja, seit zehn Jahren, einer von Robotron, der Pentacop 110, denselben wie Kollege Mewis. Herr Wagner hat einen neuen, von Philips.«

Lehner nickte flüchtig.

»Gut, dann werde ich mal«, sagte sie, aber er druckste herum und machte keine Anstalten, ihr aus dem Weg zu gehen.

»Ist noch was, Kollege Schade?«, fragte sie mit freundlichem Nachdruck. Der wird mich ja wohl nicht begleiten wollen.

»Ich hatte da vorhin so einen Anruf, merkwürdig war das. Jemand von der Kriminalpolizei, Herr Schmidter. Er hat mich nach Rechnungen gefragt, die Tschiladses Gutachten betreffen. Ich habe gesagt, da müsse er sich an Herrn Wagner wenden. Verstehen Sie das, Frau Lehner?«

»Bisher nicht. Welche Rechnungen genau?«

»Habe ich auch gefragt. Der Polizist sagte nur, dass sie von der Steuerbehörde auf Rechnungen einer Kiewer Firma aufmerksam gemacht wurden, weil sie keine Spezifikationen enthielten. Na ja, er wollte von mir als Forschungsdirektor wissen, ob man nicht auch auf Schadstoffe oder giftige Substanzen wie Selen, Barium oder Beryllium prüfen müsste. Das klang so, als würde er von mir hören wollen, ob wir Giftstoffe verwenden. Ich dachte, ich sollte Sie informieren.«

»Hm, da ruft der Herr Schmidter Sie an, Herr Schade?«

Mehr als dieser Kommentar fiel ihr gerade nicht ein, sie hing dem Gedanken nach, dass die Steuerfahndung anscheinend wirklich die Mordkommission auf dem Laufenden hielt.

»Ja, Herr Schade, also, nehmen wir das mal so zur Kenntnis. Hat Herr Schmidter noch was Konkretes gesagt, außer dass ihn unsere Schadstoffanalysen interessieren?«

»Eigentlich nicht. Er hat nur noch erwähnt, dass Tschiladses

Preise deutlich höher als die der deutschen Anbieter seien. Woher weiß er das denn?«

Schade rümpfte die Nase und reckte sein spitzes Kinn in die Höhe. Seine Empörung wirkte gespielt. Das weißt du doch ganz genau, du Schlaumeier, dachte sich Lehner, schließlich gehen alle Zertifikate über Mewis' Schreibtisch, deinem Verbündeten. Sie hatte es eilig, das Gespräch zu beenden.

»Also, dann mal Tschüss«, sagte sie mit einem distanzierten Ausdruck in den graugrünen Augen und ließ ihn stehen. Schade stand in dem fahlen Licht, das in den Hof fiel und seine hagere Gestalt mit dem bleichen Gesicht wie die Skulptur eines in sich gekehrten Denkers erschienen ließ.

Als Lehner die Poststelle betrat, warf sie als Erstes einen Blick auf die Postfächer. Wagners und ihres waren versiegelt. Sie winkte durch die geöffnete Tür Katja zu.

»Tag, Katja, ich wollte dich kurz sprechen. Ich hab einen Vorschlag«, kam Lehner ohne Umschweife zur Sache.

Katja Schwabe, eine mollige Mittvierzigerin mit dem Gesicht einer geduldigen Erzieherin, saß hinter einem Schreibtisch, auf dem sich Pakete, Werbesendungen und Briefe stapelten. Lehner registrierte zufrieden das hübsche rote Kleid mit dem längs gestreiften Muster, das sie an wirbelnde Blätter erinnerte. Geschmack hat sie auch, dachte sie. Katja Schwabe konnte sich nicht erinnern, wann Lehner das letzte Mal in ihrem Kabuff gewesen war, geschweige denn mit einem Vorschlag. Lehner zog den einzigen Stuhl im Raum an den Schreibtisch, schob zwei Pakete zur Seite und fing an, auf Katja einzureden.

»Na, dann sind wir uns einig«, fasste sie das Gespräch zusammen. »Wirst ab dem kommenden Montag Chefsekretärin, das Gehalt passen wir an.«

»Schon ab Montag?«, wunderte sich Katja.

»Klar. Die Post für mich und Herrn Wagner wird ja bereits

direkt zugestellt, die Kollegen Mewis und Schade informierst du. Und wir machen hier einen Aushang, dass ab sofort alle Post zu dir kommt, also in mein Vorzimmer. Und dann sehen wir weiter.«

»Na ja, wenn ich helfen kann. Gerne.«

Lehner stützte sich mit beiden Händen auf den Schreibtisch und richtete einen vergnügten Blick auf Katja.

»Auf gute Zusammenarbeit.«

Am nächsten Tag, um fünf vor vier, stand Lehner unentschlossen vor dem Eingang des Hauses Keithstraße 30 und las die Beschilderung: POLIZEI, Landeskriminalamt 1. Ihr lief ein leichter Schauer über den Rücken. Sie rieb sich vorsichtig die Hände an den Taschen ihres doppelreihigen mongolischen Kaschmirmantels, dessen ausladender Reverskragen und schmaler Gürtel ihm Eleganz verliehen. Sie hatte ihn sich vor zwei Wochen auf dem Kudamm gekauft, im einsetzenden Winterschlussverkauf. 250 Mark, na hallo. Da hatte sie zugegriffen.

Darunter trug sie ein dunkelblaues Kostüm, für das sie sich nach einigem Grübeln entschieden hatte. Es war einfach geschnitten, mit schrägen Taschen und leicht tailliert. Dazu trug sie flache Schuhe. Die machen jünger, fand sie. Als sie vor dem Spiegel gestanden hatten, war sie sich ein bisschen wie eine Geschäftsführerin aus einer TV-Serie vorgekommen. Na ja, das Sein bestimmt das Bewusstsein, sagte sie sich.

Ihr Blick glitt die Fassade hoch, hinter der sie eher gut betuchte Senioren als Polizisten vermutet hätte. Den Kopf leicht in den Nacken gelegt, schlugen ihre Gedanken Purzelbaum. Warum werde ich hierher bestellt? Stehe ich unter Verdacht? Wagner war nicht einbestellt worden, soweit sie wusste.

Sie gab sich einen Ruck und öffnete die Tür, hinter der ein Wachmann stand.

»Guten Tag, wohin möchten Sie?«, fragte er, behielt dabei gleichzeitig sie und den Eingang im Auge.

»Herr Bircher hat mich hergebeten«, sagte sie und musterte über seine Schulter hinweg den Jugendstil des Treppenaufgangs.

»Ihren Personalausweis bitte, wir benachrichtigen das Sekretariat.«

Keine fünf Minuten später meldete sich in ihrem Rücken eine forsche Frauenstimme.

»Frau Lehner, guten Tag. Ich bin eine Mitarbeiterin von Hauptkommissar Bircher, ich bringe Sie zu ihm.«

Ihren Namen verriet sie nicht. Vielleicht dürfen die das hier nicht, dachte Lehner und folgte der auf stämmigen Beinen energisch voranschreitenden Frau. Neben der rundlichen Mitarbeiterin erschien Lehner wie eine Dame, die mit Mode und Fitnesscentern vertraut war.

»Wir nehmen den Fahrstuhl, das geht schneller«, sagte Manuela. Lehner wäre lieber die schöne Treppe hinaufgestiegen und hätte einen Blick in die Etagen geworfen. Wann ist man schon mal im LKA? Na, hoffentlich nur einmal. Manuela schwieg, was ihr schwerfiel, aber das gehörte zur Routine.

»So, hier sind wir«, vermeldete sie, klopfte zweimal kurz und drückte die Klinke. Lehner hörte kein »Herein« und staunte. Das würde meine Katja wohl nicht machen, so ohne Weiteres mit einem Gast in mein Büro einmarschieren. Ihr Staunen hielt an, als sie den Kommissar sah. Sie hatte einen kernigen Mann mit einem wie aus Holz geschnitzten Gesicht erwartet, gezeichnet von den Gemeinheiten, Verbrechen und Leiden, die er erleben musste, einen Polizisten in gebügelter Uniform, in straffer Haltung, bereit zum Befehl. Stattdessen schob sich ein beleibter Mann aus dem Sessel, hinter starken Brillengläsern richteten sich ruhige graue Augen auf sie.

»Guten Tag, Frau Lehner.«

Die Stimme kannte sie ja bereits. Sie stand noch an der Tür und musterte ihn vorsichtig, wie er ihr leicht gebeugt entgegentrat. Ihre gepressten Lippen öffneten sich einen Spalt zu einem angespannten Lächeln. Sein Blick war kühl und gerade, fast unbarmherzig, als er ihr seine breite Hand hinhielt, er ließ jede Behäbigkeit vergessen. Aber sein Gesicht machte auf sie keinen großen Eindruck, freundlich, frisch, das eines Genießers, nur das energische Kinn stach hervor. Lehner bemühte sich um Gelassenheit.

»Da bin ich. Guten Tag, Herr Bircher.«

»Guten Morgen, Frau Lehner. Ich bitte um Verständnis dafür, dass ich Sie hierhergebeten habe, aber hier sind wir ungestört.«

Sie sah sich aus den Augenwinkeln um. Ziemlich spartanisch hier, ungemütlich, wie auf dem Polizeirevier. Da war sie einmal gewesen, nachdem sie bei Rot über eine Ampel gefahren war.

»Dann setzen wir uns mal. Darf ich Ihnen einen Kaffee anbieten?«

»Nein danke.« Das würde die Sache nur ausdehnen. Sie schlug die Beine übereinander, zog den Kostümrock glatt und schenkte ihm wie zur Einstimmung auf eine Plauderstunde ein Lächeln.

»Es handelt sich um Folgendes: Wir wurden darüber informiert, dass in den Unterlagen eines Ihrer Mitarbeiter Kopien vertraulicher Unterlagen von Herrn Wagner, Ihrem Prokuristen, gefunden wurden. In den Aktenkisten, die von den Steuerbeamten sichergestellt wurden. Sie wissen davon?«

Sie sah ihn verwundert an und zog die Mundwinkel nach unten.

»Ich? Woher denn? Keine Ahnung.«

»Die Akten der Steuer wurden in Ihrem Büro abgestellt.«

Er sah sie aufmerksam an und faltete die Hände auf dem Tisch.

»Ja und dann sind sie, so wie sie ankamen, an die Kollegen gegangen«, sagte sie spitz, um seine Anspielung zu übergehen.

»Wir haben heute früh Herrn Mewis gefragt, wie er sich erklärt, dass in seinem Büro Herrn Wagners private Post sichergestellt wurde. Daran gibt's nichts zu zweifeln, die Briefe lagen in seinem Schrank. Er streitet ab, diese Kopien zu kennen. Die seien wohl versehentlich von einem Zollbeamten in die falsche Kiste gelegt worden, sagt er.«

»Kann wohl sein, oder?«, erwiderte Lehner und sah ihn treuherzig an.

»Hm, nun haben unsere Experten die Kopien anhand der technischen Daten der Kopierautomaten einem Büro zugeordnet. Es ist eindeutig, dass die Kopien in Ihrem Büro, Frau Lehner, angefertigt wurden.«

Sie legte den Kopf schräg und blinzelte verwundert, als wollte man sie auf dem Arm nehmen.

»Herr Bircher, haben Sie den Kopierer von Herrn Wagner gesehen?«

Er stand auf, ging die paar Schritte zum Schreibtisch, nahm sich eine Akte und schlug sie auf. Er las etwas, klappte sie zu und wandte sich wieder Lehner zu.

»Wagners Kopierer wird hier nicht erwähnt.«

Sie schob verwundert den Kopf nach vorn und kreuzte die Hände auf ihrem Knie.

»Das muss ein Versehen in meinem Sekretariat gewesen sein. Wagner und ich haben beide denselben, von Philips«, sagte sie ganz selbstverständlich. Bircher sah versonnen ins Leere und schien über das Gehörte nachzudenken. Schließlich lenkte er seinen kühlen Blick zurück auf Lehner, die ihm ohne Regung wacker standhielt.

»Und man kann das ja auch so interpretieren, dass jemand

den Verdacht von sich weglenken wollte, indem er einen fremden Kopierer benutzte. Herr Wagner ist viel unterwegs«, fügte sie hinzu.

Bircher runzelte die Stirn.

»Wissen Sie, Frau Lehner, ich habe Sie hierhergebeten, weil diese Kopien, die man bei Ihrem Mitarbeiter Mewis gefunden hat und die ja wohl entweder von ihm selbst oder von jemandem, der ihm etwas anhängen will, in seinen Aktenschrank gelegt wurden, nur ein Zwischenfall von mehreren ist, die uns zu denken geben.«

Er legte eine Pause ein, als müsste er sich von dem langen Satz erholen, und ließ seinen durchdringenden Blick auf ihr ruhen. In ihr schrillten die Alarmglocken.

»Herr Schulz und Herr Schäfer sind gestorben, an beiden haben unsere Gerichtsmediziner sehr ähnliche Symptome festgestellt. Wir müssen alles in Erwägung ziehen, auch Mord«, sagte er ruhig, als erklärte er irgendein Unfallgeschehen. »Deshalb sitze ich hier. Die anonymen Schreiben an die Treuhand, die Herrn Wagner und die Geschäftsführung belasten, die Steuerfahndung, die zwar keine Beweismittel sicherstellen konnte, aber nach wie vor erhebliche Zweifel an Ihrer Buchführung hegt, und jetzt schnüffelt jemand in Wagners Post. Sind Herr Schulz und Herr Schäfer also vielleicht gar nicht wegen ihrer schlechten Gesundheit aus dem Leben geschieden?«

Er stützte sich auf seinem Schreibtisch auf. Sie hob ihren Blick zu seinen wie in Eis gebetteten schwarzen Pupillen, die starr auf sie gerichtet waren, und hörte ihr Herz schlagen. Hat er blaue oder graue Augen? Sie musste sich anstrengen, ihn freundlich anzuschauen. Der hat mich herbestellt, um mich zu warnen, sagte sie sich.

»Kann ich sonst noch etwas für Sie tun, Herr Bircher? Diese Kopien bei Herrn Mewis – wenn Sie mich fragen, die hat Herr Wagner selber kopiert, der kopiert nämlich alles. Und die beim Zoll haben sie bei der Rückgabe in die falsche Kiste gepackt.«

Klingt plausibel, dachte Bircher. Aber was soll sie auch sonst sagen.

»Ich bin in der Mordkommission, und mich interessieren Wagners Steuerprobleme oder Ihre Geschäftstätigkeit nur, falls sich dahinter Motive für eine Straftat verbergen. Eine Straftat, die in meinen Bereich fällt«, setzte er hinzu. »Und wie gesagt, es gibt einige Ungereimtheiten, um es mal klar auszudrücken. Es wäre ja immerhin möglich, dass Schäfer, Schulz, Wagner oder sonst wer etwas von den enormen Mitteln, die ihnen zugeflossen sind, für sich abgezweigt hat. Es könnte sein, dass jemand dahintergekommen ist, eine Person aus dem Umfeld der Firma, die ihr Wissen in Geld ummünzen will. Erpressung, Geldgier, vielleicht auch Hass auf den Betrüger, das sind bekannte Motive bei schweren Straftaten. Das wissen Sie sicherlich.«

Lehner tat beeindruckt, sah ihn mit großen Augen an. Er hat nichts Konkretes in der Hand, da war sie sich sicher.

»Wie läuft das Geschäft, kommen Sie voran in Kiew?«, wechselte Bircher abrupt das Thema. Sie blinzelte ihn an. Weiß er was von mir und Surab? Nee, unmöglich, verwarf sie den Gedanken. Er will das hier nur neutral ausklingen lassen.

»Sehr gut, wir fahren die Produktion kontinuierlich hoch. Wir stehen ganz gut da, wurden durch die Treuhand entschuldet, können investieren«, sagte sie im selben Plauderton wie er.

»Das hört sich an, als liefe alles wie am Schnürchen. Na ja, dann will ich Sie mal nicht länger aufhalten, Frau Lehner. Von meiner Seite wär's das für heute.«

Doch sie machte keine Anstalten, sich zu verabschieden, Bircher sah sie fragend an.

»Sie haben mir nicht verraten, ob Sie mit Herrn Wagner gesprochen haben. So weiß ich nicht genau, wie ich mich in dieser Sache verhalten soll, Herr Bircher. Ihn über unser Gespräch informieren oder die Sache auf sich beruhen lassen?«

Sie warf ihm einen forschenden Blick zu. Er wippte wie vor dem nächsten Spielzug leicht mit dem Kopf. Gute Frage, deutete seine Miene an.

»Von meiner Dienststelle wurde Herr Wagner nicht informiert. Er selbst hat sich bisher auch nicht an die Kollegen der Steuerbehörde gewandt, er scheint nichts von seinen Unterlagen zu vermissen. Ich schlage deshalb vor, dass wir diese Unterhaltung für uns behalten. Es gibt ja bereits genügend Ungereimtheiten, ich möchte nicht neues Misstrauen verbreiten.«

Sie nickte ihm zu. Das hört sich gut an, Mewis und Wagner und sonst wer wissen nicht, dass ich informiert bin – weder über die Schnüffeleien in Wagners Post noch über seine merkwürdigen Geschäftsbeziehungen mit Herrn Kohlin. Bircher seinerseits beobachtete sie scharf und schloss aus ihrem Gesichtsausdruck, dass sie erleichtert war. Er hatte beschlossen: Der oder die Täter sollten sich in Sicherheit wiegen.

Kurz vor sechs meldete sich der Wachhabende bei Bircher. Wie zuvor Lehner stand jetzt seine Frau staunend vor dem Eingang und musterte mit den Augen der Kunsthistorikerin den Bau aus der Zeit der Jahrhundertwende. An ihrer Seite betrachtete Bircher zerstreut die vorbeifahrenden Autos.

»Also, Karl, wenn ich mich nicht täusche, ist das ein Haus aus der Jugendstilepoche um 1900. Und darin sitzen jetzt Kriminalpolizisten? Schon sehr ungewöhnlich.«

Mit halbgeöffnetem Mund glitten ihre Augen über die Fassade.

»Sandstein, Ornamente, symbolische Darstellung von Fabelwesen«, murmelte sie wie bei einem Museumsrundgang. »Und hinter der dicken Mauer sitzt du.«

Er grinste breit und hakte sich bei ihr unter. Sie sah zu ihm auf, als versuchte sie sich vorzustellen, wie es sich hinter der mächtigen Sandsteinfassade anfühlte.

»Ich widme mich dem Unwesen, liebe Kunstsachverständige«, bemerkte er trocken. Sie standen wie zwei Touristen Arm in Arm am Straßenrand und betrachteten das historische Gebäude, Karl Bircher mit dem nüchternen Blick des Polizisten, Karola neugierig wie bei einer Bildungsreise.

»Woher stammt eigentlich der Name Keith?«, fragte Karola.

»Das weiß ich zufällig. Das ist der Name eines Mannes, der im 18. Jahrhundert als Feldmarschall im preußischen Dienst stand. Er fiel im Siebenjährigen Krieg.«

Verwundert legte sie ihren Kopf schräg, er sah sie verschmitzt grinsend an.

»Nachhilfe durch meinen Chef, Herrn Pfeil. Alter Berliner. Hat er mir gleich zu Anfang erzählt. Weil ich ihm nämlich die gleiche Frage gestellt habe.«

Sie stupste ihn in die Hüfte, und sie begannen, in Richtung Kleiststraße zu schlendern. Immer wenn Karola ein besonders schönes Haus entdeckte, blieb sie mit einem »Oh ...« stehen. Er wartete dann brav, bis sie ihn weiterzog. Es war ein milder Tag, etwas windig, wenig Verkehr, über ihnen, in den alten Bäumen, knarrten ein paar Äste. Ins Licht drängende kleine Blätter grüßten mit fröhlichem Grün, sie warfen ab und zu einen Blick in die Baumkronen, durch die sich ihnen der Abendhimmel zuneigte, zerfaserte Wolken schwebten wie Banner über sie hinweg. Karl erinnerte sich an ihre Spaziergänge in Thüringen vor einigen Jahren. An die erhabenen weiten Wiesen und sanften Hänge, die sich zwischen dichten Wäldern ausbreiteten, bevor sich ein kleines Gebirge erhob, in das man hineinschritt wie auf der Suche nach einem Geheimnis. Diese grandiose Landschaft, die das Leben wie ein Wunder erscheinen ließ und den Urlaub wie ein Segen.

Das war damals, Mitte der 80er, kurz nachdem sie den Fall mit den Schrittmachern aufgeklärt hatten.

»Wohin werde ich eigentlich abgeführt, Herr Kommissar?«, fragte Karola.

»Nach Kalkutta.«

»Wie bitte?«

Sie stand still und zog ihn an sich, um ihm ins Gesicht zu sehen.

»Ältestes indisches Restaurant der Stadt, in der Bleibtreustraße. Zehn Minuten Fußweg.«

»Puh, Curry. Wir hatten doch gerade erst einen japanischen Abend.«

»Bewegen uns mit der Speisekarte westwärts.«

»Na, passt ja.«

Sie trällerte leise:

»Kalkutta liegt am Ganges
Paris liegt an der Seine
Doch dass ich so verliebt bin
Das liegt an Madeleine ...«

Karola war glänzend gestimmt, in Charlottenburg Essen gehen kam ihr wie eine Auslandsreise vor, und nun auch noch mit ihrem Mann. Meistens war es spät, wenn er nach Hause kam, und dann wurde gekocht – ihre Art, sich zu entspannen.

»Übrigens, Schmidter kommt nach.«

»Dame mit zwei Buben. Wie geht's ihm?«

»Frag ihn selbst, meine Liebe«, sagte er lässig.

Sie bummelten inzwischen wie zwei Touristen den vornehmen Kudamm entlang. Das KaDeWe hatten sie links liegen lassen, und Bircher atmete auf, Karola hatte keine Anstalten gemacht abzubiegen. Sie kannte seine Abneigung gegenüber Kaufhäusern. Er sah etwas gelangweilt aus, seine Gedanken verirrten sich schon zum Essen, ihm schwebte indisches Lamm vor. Karola blieb immer wieder stehen, um sich die Schaufensterauslagen mit den großen roten oder gelben Aufklebern anzusehen: Winterschlussverkauf. Manchmal las sie amüsiert vor: »Alles muss raus!« Es zog sie hinein, aber sie verkniff es sich, Karl zuliebe. Die einzigen Geschäfte, die er gerne freiwillig betrat, waren Feinkostläden. Für seine Garderobe sorgte Karola, er zog an, was sie ihm vorlegte. Alles eine Frage des richtigen Sakkos über dem weißen Hemd, dazu passende Hosen, die müssen sitzen, auf den Schuhen aufliegen. Das waren ihre Regeln, er hatte sie irgendwann einmal nickend zur Kenntnis genommen.

Hinter dem Kempinski an der Fasanenstraße erspähte Karola einen Damenausstatter, »Alles um 50 % gesenkt«, prangte quer über dem Fenster.

»Nur einen Moment, Karlchen«, bat sie.

»Na gut«, murmelte er. Sie betraten den Laden, eine ganz in schwarz gekleidete Verkäuferin schob sich langsam hinter dem Ladentisch hervor und musterte sie wie eine Bankdirektorin, die die Kreditwürdigkeit abschätzt. Bircher steuerte auf einen Sessel zu, der auch im Kempinski hätte stehen können.

»Ich setze mich dann mal«, beschied er Karola und stellte sich auf eine ausgedehnte Pause ein. Sie lief bereits die Kleiderstangen ab und schob mit beiden Händen Mäntel, Kleider und Röcke auseinander, um sich einen Überblick zu verschaffen. Schick sieht sie aus, meine Kleine, dachte Karl Bircher in gemütlicher Feierabendstimmung. Karola hatte ihren halblangen Mantel abgestreift, der lag jetzt quer über Birchers Beinen. Sie trug eine enge schwarze Hose, eine schwarze Seidenbluse und darüber einen dunkelroten Pullover. Seine Augen folgten ihr, er wusste nicht, wonach sie Ausschau hielt. Ihm fiel Frau Lehners Besuch ein. Die beiden würden sich wahrscheinlich gut verstehen. Jedenfalls hier vor den Kleiderstangen.

»Sieh mal, Karl«, rief sie ihm zu. Karola schwenkte einen Bügel mit einem bunt gemusterten Kleidungsstück.

»Ist das ein Rock?«, fragte er und rappelte sich hoch. Sie kam auf ihn zu und reichte ihm den Bügel. Er hielt sich im Spiel die Hand vor die Augen, als wäre er geblendet von den kräftigen Farbtönen.

»Na, was denn sonst, ein Rock von Pinko«, sagte sie aufgekratzt und, leise zu ihm vorgebeugt: »Von zweineunzig auf einhundertvierzig gesenkt.«

Die Verkäuferin stand in der Mitte des Ladens und zeigte ein gnädiges Lächeln. »Ein sehr schönes Stück. Passt sicher vorzüglich zu Ihrer Gattin.«

Bircher sah sie verwundert an, als wäre ihr Rat überflüssig.

»Na, probier ihn doch mal«, sprach er Karolas Wunsch aus. Die Verkäuferin wies ihr wie eine Saaldienerin den Weg zu den Umkleiden.

Karola verschwand, und Karl lehnte sich irritiert zurück. Ist das nicht ein bisschen zu grell für meine Frau?, fragte er sich.

Zwei Minuten später stand sie mit einem schelmischen Lächeln vor ihm, die Hände in die Hüften gestemmt.

»Und?«

Er kniff die Augen zusammen und lächelte verlegen.

»Was bedeutet Pinko?«

»Das ist eine Modefirma. Italienische Mode für Frauen, mein Herr«, meldete sich eine Stimme aus dem Hintergrund.

Der Name erinnerte ihn eher an ein Gericht. Der knapp über die Knie reichende Rock bestach mit seiner Kombination aus vertikalen, waagerechten und ellipsenförmigen Mustern in kräftigen roten, blauen, weißen und schwarzen Farbtönen, die ihm einen beschwingten, verspielten Charme verliehen. Birchers Gesicht überzog ein breites Grinsen.

»Mir fällt Paul Klee ein, wenn ich dich so sehe«, murmelte er.

Die Verkäuferin stand jetzt neben Karola, sie hob emphatisch die Augenbrauen.

»Zauberhaft sieht ihre Gattin darin aus.«

Karola sah Karls spöttischen Blick, sie presste die Lippen zusammen und zog den Kopf zwischen die Schultern, um nicht loszuprusten. Karl hob anerkennend beide Hände.

»Da sind wir einer Meinung«, sagte er ruhig, als wäre die Verhandlung beendet. Die Verkäuferin zog sich mit einem pikierten Lächeln hinter ihr Pult zurück.

»Karlchen, gefall ich dir als Kleemodell?«

»Einzigartig«, sagte er, jede Silbe betonend, und stemmte sich aus dem Sessel. »Wir nehmen den Rock. Ich bezahle dann mal.«

Schmidter wartete schon vor dem Restaurant und strahlte Karola an. Es hatte ihn erleichtert, als er von ihrer Anwesenheit erfuhr. Ein Essen mit dem wortkargen Chef – er konnte sich einen angenehmeren Feierabend vorstellen, bei allem Respekt. Locker mit ihm über den Tellerrand hinweg plaudern … Schon das »Du« bereitete ihm Probleme, das ihm Bircher bei ihrem Einzug in der Keithstraße angeboten hatte.

Karola marschierte mit strahlendem Gesicht auf ihn zu, als hätte sie seit Langem auf diesen Moment gewartet.

»Tag, Philipp, schön, dich mal wieder zu sehen«, zwitscherte sie.

Im selben Moment öffnete sich die Tür des Restaurants, und vor ihnen stand ein Mann in mittlerem Alter, dessen Äußeres in nichts an einen Inder erinnerte, nur das Gesicht verriet seine Herkunft. Er trug ein ganz gewöhnliches hellblaues Oberhemd und eine leicht zerknitterte Hose. Wie ein Kellner sah er nicht aus, eher wie ein Zugschaffner in Zivil.

»Guten Abend, die Herrschaften, wünschen Sie einen Tisch?«

Bircher blinzelte an ihm vorbei. Er sah an den weiß gekalkten Wänden freskenähnliche Malereien, die grün getünchte Decke und das gedämpfte Licht verstärkten den Eindruck eines indischen Tempels oder eines Museumsraumes. »Reittiere symbolisieren die Macht des Gottes in der Welt, indische Mythologie«, bemerkte Karola leise wie zu sich selbst, als sie durch den Gastraum gingen.

Bircher steuerte einen Fenstertisch an und warf einen fragenden Blick auf den Mann hinter sich.

»Ja, mein Herr, bitte nehmen Sie Platz.«

Nachdem der Kellner ihnen einen Bordeaux empfohlen und die Speisekarten verteilt hatte, suchte Bircher sofort das Lamm, Karola blätterte erstmal quer durch.

»Ich habe mich für die Kardamom-Hühnersuppe entschieden, danach als Dessert die pürierte Mango mit Jogurt, Limettensaft und Muskatnuss«, verkündete Karola mit Schwung in der Stimme.

»Keine Hauptspeise?«, fragte Bircher.

»Nein, das reicht mir.«

Weil sie bei mir kosten wird, wusste er und zwinkerte ihr zu.

»Ich nehme das Lamm Korma, mit Kokosnuss-Mandel-Sahnesauce und Rosinen.«

»Und ich ebenfalls«, schob Schmidter schnell hinterher. Er hatte beschlossen, sich seinem Chef anzuschließen, das war das sicherste Verfahren, weder im Preis noch im Geschmack danebenzuliegen

»Sehr gute Entscheidungen«, lobte der Wirt und wandte sich Schmidter zu.

»Was ist eigentlich Kardamom?«, fragte Schmidter mit einem entschuldigenden Achselzucken, als sie wieder allein waren.

»Kardamom«, sagte Bircher, und es hörte sich an, als würde der Biologielehrer aus ihm sprechen, »gehört zur Ingwerfamilie. Beliebtes Gewürz.«

Es dauerte eine halbe Flasche Wein, bis das Essen auf dem Tisch stand. Behutsam spießten Bircher und Schmidter das

Lamm auf ihre Gabeln, wendeten es wie unter der Lupe und spürten dem Geschmack auf der Zunge nach. Karola genoss mit spitzem Mund ihre Suppe, ab und zu stibitzte sie sich ein Stückchen Lamm von Karls Teller.

Die zweite Flasche Wein war schon halbleer und der Tisch bis auf die Gläser abgeräumt, als Schmidter sich zu einer dienstlichen Frage entschloss: »Wie war eigentlich das Gespräch mit Frau Lehner?«

Karola hob eine Augenbraue, Bircher knurrte: »Die weiß angeblich von nichts«, und warf ihm einen genervten Blick zu.

»Ist das die Frau Lehner, der die Angestellten wegsterben?«, fragte Karola vergnügt, während sie dabei war, einzelne Rosinen vom Teller zu picken.

»Hm«, murmelte ihr Mann hinter seinem Weinglas.

»Gibt's einen weiteren Toten?«, hakte sie nach.

Bircher sah zu Schmidter hinüber, der grinsend den Kopf schüttelte.

»Nein, aber die Steuerfahndung war im Betrieb. Die haben vertrauliche Briefe gefunden, die Wagner an seinen Partner in der Schweiz geschickt hatte«, versuchte Bircher das Thema abzuhaken.

Er langte nach der Flasche, schwenkte sie leicht und verteilte den Rest auf ihre Gläser. Karola sah aus, als würde sie gerne weiter fragen, der Wein regte ihre Fantasie an. Er kam ihr seufzend zuvor.

»Jemand versucht beharrlich, die Geschäftsführung zu diskreditieren. Anonym verschickte Beschuldigungen, Verletzung des Postgeheimnisses, Verdacht auf Subventionsbetrug. Da ist schon einiges los in dem Laden.«

In Karolas Gesicht schlich sich ein leiser Zweifel. Bisschen viel Zufall in dem Laden, bei den ganzen Toten.

»Am gefährlichsten würde es für Frau Lehner werden, sollte Subventionsbetrug vorliegen, denn den müsste sie als

Geschäftsführerin verantworten«, sprach sie ihre Gedanken aus. »Und Wagner – wenn der weg wäre, wäre die alte Garde wieder unter sich, oder?«

Schmidter zog die Stirn in Falten und wich ihrem Blick aus. Er kannte Karolas Faible für die Kriminalistik und bewunderte ihren Mann für den Gleichmut, mit dem er ihre Neugierde ertrug.

»Meine Liebe«, sagte Karl Bircher sanft, »wir sind hier auf der Suche nach fernöstlichen Geschmacksnoten, nicht nach irgendwelchen Intrigen auf Leitungsebenen. Schulz und Schäfer starben wahrscheinlich bloß an ihrer schwachen Gesundheit.«

»Und sollte Frau Lehner selbst Dreck am Stecken haben«, überging sie seinen Kommentar mit geheimnisvoller Stimme, »hätte sie einen guten Grund, sich ihrer Konkurrenten zu entledigen. Vielleicht mit Gift, bevorzugt von Frauen. Und wäre Wagner weg, könnte sie unangefochten durchregieren.«

Schmidter dachte für einen Moment, dass sie wohl einen Schwips hatte, und warf einen flüchtigen Blick auf seinen Chef, der aus dem Fenster starrte.

»Die Liebe, nicht das Gift bringt die Männer um«, sagte Bircher mit dunkler Stimme. »Also, meine Lieben, dann gehen wir mal nach Hause. Und ich kann mich ja die nächsten Tage selbst mal im Betrieb der Frau Lehner umsehen.«

Sie waren immer noch die einzigen Gäste, als sie die Tür hinter sich schlossen, aber es war ja auch erst halb neun.

DREIZEHN

Es war neun Uhr am Morgen, Bircher und Pfeil saßen sich gegenüber.

»Herr Pfeil, und das meldet uns die Treuhand?«, fragte Bircher verwundert, dessen Miene an einen Jäger erinnerte, dem das sicher geglaubte Wild aus dem Zielfernrohr verschwunden war.

»Der Sohn hat seinen Vater tot aufgefunden, allein im Wochenendhaus. Gestern, am Dienstagmorgen, nachdem er vergeblich versucht hatte, ihn zu erreichen. Der junge Wagner war in der Treuhand, na ja, von dort wurde ich informiert.«

Bircher verstand, Pfeils Kontaktperson in der Treuhand. Jetzt also der dritte tote Mann bei der Berlin Beauty.

»Wo befindet sich Wagner jetzt?«, fragte er.

»In der Gerichtsmedizin. Die Staatsanwaltschaft ist informiert.«

Pfeil war aufgestanden und stand hinter ihm am Fenster. Bircher saß mit überschlagenen Beinen auf seinem Stuhl und wartete auf eine Weisung. Der muntere Wagner wird wohl kaum einem Herzinfarkt erlegen sein. Pfeil griff nach zwei Blättern auf seinem Schreibtisch.

»Hier ist Tetsches Gutachten«, murmelte er und überflog im Gehen den Text. Er hielt inne, um die letzten Sätze vorzulesen: »Es steht außer Zweifel, dass sich primär klinisch betrachtet die Symptome der verstorbenen Herren Schulz, Schäfer und Wagner auffällig ähneln. Wieder Anzeichen von Herz-Kreislauf-Kollaps und multiplem Organversagen, eine äußere Einwirkung kann nicht nachgewiesen werden …«

Pfeil ließ die Hand mit dem Bericht sinken.

»Bitte bereiten Sie eine Durchsuchung der Firma und der Wohnsitze der Beteiligten vor. Ich informiere die Staatsanwaltschaft und besorge die Beschlüsse«, sagte Pfeil.

Bis heute hatte Bircher es vor sich hergeschoben, den Kosmetikbetrieb zu besuchen. Allein die Vorstellung, sich durch Parfümwolken zu bewegen, hatte ihn zurückgehalten, aber jetzt kam er wohl nicht mehr drum herum. Er sah auf seine Uhr und erhob sich.

»Dann fahre ich sofort mit Kollege Schmidter zu Frau Lehner in den Betrieb. Momentan sollten alle im Dienst sein.«

»Machen Sie das, und halten Sie mich auf dem Laufenden. Sie können sich ja denken, dass die Angelegenheit Wellen schlägt. Die Treuhand wird ihren Dienstvorgesetzten Bericht erstatten, also, das geht vielleicht bis hoch zur Ministerebene.«

Kaum zurück im Büro, ließ er sich mit Tetsche verbinden.

»Hallo Wolfgang, ich war gerade bei Herrn Pfeil, der mir deinen Bericht gezeigt hat«, fiel Bircher mit der Tür ins Haus.

»Ja, und? Was habt ihr vor?«, hörte er Tetsche nuscheln, als steckte er unter einer Haube. Wahrscheinlich sitzt er am Mikroskop, den Hörer zwischen Schulter und Kinn geklemmt, dachte Bircher.

»Könnte eine Obduktion Wagners deinen Verdacht erhärten?«

»Welchen Verdacht?«

»Vergiftung.«

»Moment, Karl, ich habe einen solchen Verdacht nie geäußert.«

»Indirekt schon, als du mit der Hundegeschichte kamst.«

»Ach so. Aber es gab keine Beweise, allerhöchstens Symptome, die aber keine Diagnose zuließen.«

»Kann die Obduktion eine Vergiftung nachweisen?«

»Bestenfalls als eine von mehreren Möglichkeiten. Wie gesagt: Das Gift müsste chemisch identifiziert werden, das ist fast unmöglich ohne Kenntnis der Stoffklasse. Ist wie die Nadel im Heuhaufen suchen. Die Obduktion wird eher eine klinische Diagnose zu den Symptomen des Verstorbenen geben. Also Rückschlüsse, ob Nieren- oder Leberschädigungen, Herzschwäche oder andere Organschäden den Tod ausgelöst haben könnten. Gifte nachzuweisen ist sehr schwer, besonders wenn sie schnell abgebaut werden.«

»Aber du stimmst mir zu, dass Wagner einer zu viel ist. Drei Männer aus der Geschäftsführung sterben an Organversagen ...«

»Ich stimme dir zu, dass es mit *einer* Leiche aus der Berlin Beauty leichter wäre, an den natürlichen Tod zu glauben.«

»Wolfgang, der Satz klingt wie Musik in meinen Ohren.«

Birchers Telefon läutete, und Manuela meldete, Frau Wagner in der Leitung zu haben. Das Telefonat dauerte nicht lange, sie schwieg und schluchzte abwechselnd, Bircher hatte Mühe, ihr begreiflich zu machen, dass eine Obduktion ihres Mannes erforderlich sei, weil ein Verbrechen ausgeschlossen werden müsse. Sie schien Medikamente eingenommen zu haben, stammelte zusammenhanglos so etwas wie: »Was soll jetzt werden, ich kann jetzt nicht mit Ihnen reden, wo ist eigentlich mein Mann«, und dann war die Leitung tot. Als wäre ihr der Hörer aus der Hand gefallen. Mit einem Seufzer legte er auf.

Kurz vor drei saßen Bircher und Schmidter im Auto und bewegten sich in Richtung Ostberlin. Bircher sah schweigend aus dem Fenster, es kam nicht so häufig vor, dass er durch Berlin chauffiert wurde. Er empfand die Fahrt als angenehme Abwechslung vom Bürodienst. Aus dem Auto sah er andere Orte als aus der S-Bahn oder dem Bus. Weder war er je die Budapester Straße entlanggefahren, noch hatte er die prachtvolle Ausdehnung des Tiergartens bewundern können, der ihm wie ein Waldgebiet erschien, um das herum Westberlin errichtet worden war und in das die Stadtbewohner zum Durchatmen flüchten konnten. Auch den großen Stern mit der Siegessäule umrundete er heute zum ersten Mal. Muss ich alles mit Karola ablaufen, nahm er sich vor und verrenkte vergeblich den Hals, um die Siegesgöttin Victoria zu erspähen. Im Tiergarten sah er auf breiten Wegen Mütter gemächlich ihre Kinderwagen schieben, ältere Menschen in Trippelschritten etwas für den Kreislauf tun und Fahrradfahrer, die zwischen ihnen entlangjagten, als ginge es darum, so schnell wie möglich den Park zu verlassen. Bircher ertappte sich immer häufiger bei dem Gedanken, dass ihm die Natur fehlte. All die Jahre, die er mit seiner Frau in der Leninallee gewohnt hatte – jetzt die Landsberger Chaussee –, hatte es ihn nicht ins grüne Umland der Stadt gezogen. »Das wäre kein Ersatz für meine Heimat«, sagte er, wenn ihn seine Frau gelegentlich zu animieren versuchte, sich nach einem Grundstück auf dem Lande umzusehen. »Kannst dein Wissen als Biologielehrer auffrischen«, neckte sie ihn dann. Er winkte immer nur ab. In letzter Zeit jedoch dachte er häufiger an Thüringen, wo er zur Schule gegangen und später in Erfurt zum Biologielehrer ausgebildet worden war. Wird man älter, zieht es einen halt zurück in die Vergangenheit, zurück in die unbeschwerte Zeit und vertraute Umgebung, sinnierte er mit zusammengekniffenen Augen, während sie die letzten Bäume des Tiergartens hinter sich ließen.

»Wir gehen so vor, dass Lehner, Mewis und Schade sich möglichst nicht abstimmen können«, legte Bircher unterwegs fest. »Also, während ich Lehner vernehme, sprichst du mit Mewis. Schade muss im Vorzimmer warten. Wir erwähnen weder die Kopien, die die Steuer bei Mewis gefunden hat, noch die anonymen Briefe.«

Schmidter nickte.

»Mir fällt gerade Karolas Hypothese ein. Über Frau Lehner und ihre Motive«, bemerkte er wie nebenbei.

»Na ja, meine Frau und ihre Theorien«, sagte Bircher wie ein nachsichtiger Lehrer.

»Sie hat in der Vergangenheit einige Male ins Schwarze getroffen mit ihren Annahmen«, widersprach Schmidter.

»Aber bringt man wegen Steuerbetrugs drei Männer um? Wie viele Morde gäbe es dann in Berlin? Wir kämen nicht hinterher, Philipp.«

»Nicht jede Frau hat den Charakter der Lehner.«

»Kennst du ihren Charakter denn?«

»Andeutungsweise. Ich glaube, ihre Seele besteht aus Eiswürfeln, ihr Wille ist ein Stahlgerüst.«

»Donnerwetter, Philipp, wie poetisch. Also, wir halten uns dann mal an die Realität. Und in der kommt weder ein Verdächtigter noch ein echtes Tatmotiv vor.«

Schmidter fiel keine Antwort ein. Schweigend erreichten sie die Durchfahrt zum Fabrikgelände. Der Pförtner nickte vielsagend, als er Schmidter erkannte.

Im Treppenaufgang des Vorderhauses standen einige Fenster offen, und es wehte ihnen eine schwache Parfümfahne entgegen, wie aus einem schlecht durchlüfteten Friseursalon. Bircher hielt inne und sah in den Hof hinab. Er sah neben ihrem Dienstwagen einen alten VW stehen. Etwas angewidert zog er die Luft ein und warf einen abschätzenden Blick nach oben.

Auf dem Korridor zu Lehners Büro war niemand zu sehen, alles wirkte wie ausgestorben. Nur ihre eigenen Schritte hallten von den kahlen, aschgrauen Betonwänden. Neonleuchten an den Decken verstärkten den spartanischen Eindruck, alles wirkte etwas provisorisch, als wären sich die Mieter nicht sicher, ob sie für längere Zeit hierbleiben würden.

Schmidter wies mit der Hand auf ein Türschild. Bircher trat näher und nickte ihm zu. Er klopfte zweimal, und sie hörten eine freundliche Frauenstimme.

»Ja, bitte.«

Sie betraten Lehners Sekretariat. Katja Schwabe streckte verwundert den Hals und hob die Augenbrauen.

»Guten Tag, Kriminalhauptkommissar Bircher vom Landeskriminalamt. Das ist mein Kollege Schmidter. Wir müssen Frau Lehner sprechen.«

Birchers Ton war so bestimmt wie ruhig, als erteilte er eine Weisung. So wie er dastand, beide Hände in den Manteltaschen und seine kühlen Augen gerade auf sie gerichtet, hinter sich den hochaufgeschossenen Schmidter in der Haltung eines Türstehers, wagte Frau Schwabe keine weitere Frage. Sie erhob sich wortlos, klopfte leise an Lehners Tür und verschwand aus dem Blickfeld der Männer. Keine zwei Minuten später stand Lehner vor ihnen, im Gesicht kein Anzeichen von Nervosität. Ein misstrauisches Flackern in ihren Augen konnte sie nicht ganz unterdrücken, ansonsten jedoch hätte sie auch die Empfangsdame eines 5-Sterne-Hotels abgeben können.

»Ich wurde über Ihren Besuch nicht unterrichtet«, eröffnete sie das Gespräch mit der Andeutung eines Vorwurfs in der Stimme, als sie saßen.

»Bedauere, aber bis vor zwei Stunden wussten wir selber nicht, dass wir Sie aufsuchen würden. Wir wurden heute früh über den Tod von Herrn Wagner unterrichtet. Er wurde in seinem Wochenendhaus aufgefunden.«

Bircher hatte auf seinen heimatlichen Tonfall umgeschaltet, gemächlich, mit etwas Melodie in der Stimme. Keine Spur polizeilicher Härte. Lehner senkte mit halb offenem Mund den Kopf auf die Brust und krümmte sich nach vorne, wie nach einem Faustschlag in die Magengrube. Die Polizisten konnten ihr einige Sekunden nicht in die Augen sehen. Bircher beugte sich zu ihr, als wollte er nachsehen, ob sie Hilfe brauchte. Langsam lockerte sich ihre Haltung wieder, sie schlug elegant die Beine übereinander und ihr Gesicht drückte nun besonnene Anteilnahme aus.

Bircher musterte sie kritisch. Er war sich unsicher, ob sie wirklich so überrascht war, wie es aussah. Er sah zu Schmidter hinüber, der mit durchgedrücktem Kreuz neben ihm saß. Bircher nickte flüchtig, Schmidter verstand und erhob sich, um nach Mewis zu suchen.

»Ich hatte keine Ahnung. Bin fassungslos«, quetschte Lehner im Trauerton heraus.

»Herr Wagners Sohn hat ihn entdeckt. Er war zu dem Grundstück gefahren, weil sich sein Vater zwei Tage nicht gemeldet hatte. Auch nicht bei Ihnen, nehme ich an.«

Sie zuckte ratlos mit den Achseln.

»Herr Wagner hat, äh, hatte als Gesellschafter eine Sonderstellung im Betrieb. Es lag an ihm, wie er sich die Zeit einteilte.«

»Wann haben Sie Herrn Wagner das letzte Mal gesehen?«

»Am vergangenen Wochenende.«

»Wie bitte? Jetzt, an diesem Wochenende, als er auf seinem Grundstück war?«, fragte Bircher verwundert.

»Ja, Herr Wagner hatte einige Kollegen zu sich eingeladen. Er hatte schon lange geplant, uns seine Datscha zu zeigen.«

»Was heißt ›lange‹?«

Sie runzelte die Stirn.

»Konkret wurde er bei der letzten Betriebsfeier. Das war der Mittwoch in der ersten Märzwoche.«

»Wer hatte daran teilgenommen?«

»Die Belegschaft, bis auf Herrn Mewis, der war zwei Tage verreist.«

»Erzählen Sie mir mehr von dieser Betriebsfeier und Herrn Wagner«, bat er mit Nachdruck.

»Es war ein vergnüglicher Abend«, begann sie langsam. »Ich hatte zum Essen im großen Saal eingeladen, weil wir unseren ersten Großauftrag aus Kiew erhalten hatten. Anwesend waren die Mitarbeiter aus der Produktion, dem Vertrieb und der Verwaltung, es gab ein Buffet, Bier und Wein, und die jungen Leute sorgten für Musik ... Ich sprach ein paar Worte zur Begrüßung, danach Herr Wagner. Der bestellte Grüße von Herrn Kohlin, unserem Gesellschafter und Inhaber. Sie müssen wissen, Herr Bircher, es war auch eine schöne Gelegenheit, mit der Belegschaft die Rettung des Betriebs zu feiern. Das hatten wir so lange verschieben müssen, bis eben die Aufträge aus Kiew eintrafen. Nach meinem Besuch dort«, fügte sie mit einem selbstgefälligen Lächeln an.

Birchers Mimik wechselte zwischen Unwillen und Ungeduld. In ihm keimte der Verdacht, von ihr an der Nase herumgeführt zu werden, dass sie ihn mit Bagatellinformationen ruhigstellen wollte. Wird sie mir gleich die Speisekarte runterbeten?, fragte er sich.

»Wie verhielt sich Herr Wagner?«, fragte er brüsk.

»Oh, der war glänzend aufgelegt. Wie immer, spendabel, steuerte ein paar Flaschen Wein bei, ging von Tisch zu Tisch wie ein gut gelaunter Gastgeber. Herr Wagner war ja nicht unbeliebt in der Firma, er spielte sich nicht auf, hörte den Leuten zu und gab nicht den Besserwisser.«

Als müsse sie aus Anstand eine Gedenkminute einschieben, verschloss sie den Mund zu einem Strich und ließ einen Schatten der Trauer über ihr Gesicht fallen. Bircher versuchte zu erkennen, was an der Frau echt und was gespielt war. Anteilnahme und trockene Berichterstattung wechselten im Minutentakt.

»Und während des Betriebsfests lud er zu sich auf die Datscha ein?«

»Ja, ganz am Ende des Abends. Wir vereinbarten den 20., ein Freitag, nach Dienstschluss.«

Bircher vermerkte das Datum in seinem Gedächtnis und nickte ihr zu.

»Wer war am 20. dabei?«, fragte Bircher und trommelte dabei ungeduldig mit den Fingern auf dem Tisch.

»Herr Mewis, Herr Schade und ich sind vom Betrieb aus

direkt hingefahren, mit dem Auto von Mewis. Herr Tschiladse war auch dabei, er wurde von Herrn Wagner am Flughafen abgeholt. Die waren bereits vor Ort, als wir eintrafen.«

»Wie bitte? Herr Tschiladse war in Berlin, um an dem Essen teilzunehmen?«

»Ja, nicht nur wegen des Essens, denke ich, der hatte sicher auch Geschäftliches vor«, korrigierte sie ihn.

»Wann sind Sie an dem Abend nach Berlin zurückgefahren?«

»Herr Schade und ich sind kurz nach neun in Mewis' Auto gestiegen. Er hat zuerst mich in Bernau an der S-Bahn abgesetzt, anschließend Herrn Schade in Zepernick. So war es jedenfalls geplant.«

»Sie wissen also nicht, ob Herr Schade nach Ihnen ausgestiegen ist?«

»Nein, wie sollte ich.«

»Warum hat Herr Mewis Sie beide an der S-Bahn abgesetzt?«

»Mewis wohnt in Buch.«

Bircher dachte, dass jeder der drei unbemerkt von den anderen zwei zu Wagners Grundstück hätte zurückkehren können. Am ehesten Mewis in seinem Auto. Zusammen mit Schade?

»Und der Gast aus Kiew?«

»Weiß ich nicht. Wollte wohl über Nacht bleiben. Herr Tschiladse war gestern bei uns im Betrieb, er ist am Abend nach Kiew geflogen.«

»Hat ihn jemand von Ihnen zum Flughafen gebracht?«

»Nein. Er hat sich ein Taxi bestellt, gegen 17 Uhr.«

»Wissen Sie, wo Herr Tschiladse in Berlin übernachtet hat, von Sonnabend bis Montag?«

»Danach habe ich ihn nicht gefragt. Er hat sicher aus seiner Studienzeit Freunde hier, vielleicht war er auch im Hotel. Wir redeten bei Wagner fast nur übers Geschäft, na ja, und gegen neun wollte Mewis zurück.«

Bircher nickte nachdenklich. Die Informationen rückten die Angelegenheit in ein neues Licht. Wenn Tschiladse über Nacht geblieben war und Wagner ihn am nächsten Tag zur S-Bahn gefahren hatte, müsste er Samstagabend noch bei Kräften gewesen sein. Und Tschiladse könnte der Letzte gewesen sein, der ihn lebend gesehen hatte. Den Todeszeitpunkt wird mir Wolfgang in seinem Gutachten mitteilen, die Obduktion wird es hoffentlich zeigen. Wie komme ich an Tschiladse ran?, fragte sich Bircher, der nun gespannt war auf die Aussagen von Mewis und Schade.

»Nochmal zurück zu Herrn Wagner. An dem besagten Freitag sprach nichts dafür, dass er sich unwohl fühlte? Er aß und trank wie üblich, war völlig bei sich, so vergnügt wie bei Ihrem Betriebsfest?«

Bircher durchbohrte sie mit seinem Blick, dem sie scheinbar mühelos standhielt. Sie schüttelte energisch den Kopf, wobei ihr einige Haare in die Stirn fielen, die sie mit der flachen Hand elegant zur Seite strich. Ihre in feinem Hellrosa manikürten Fingernägel streiften für einen Moment ihre braunen Haare. Bircher dachte, die sieht nicht wie fünfzig aus. Vielleicht lässt einen das Kosmetikklima langsamer altern.

»Keine Anzeichen von Übelkeit oder Erschöpfung?«, hakte er nach.

»Nein, er trank Wein mit uns, sprach die meiste Zeit über das Geschäft. Ich wunderte mich lediglich darüber, dass er weder Schäfer noch Schulz erwähnte, nicht ein einziges Mal. Es ging nur um die Zukunft, was wir noch auf den Markt bringen sollten, ob uns Herr Tschiladse auch beim Vertrieb in anderen Ländern der ehemaligen Sowjetunion unterstützen könnte. Ja, so war das.«

Lehner zwinkerte nervös, als störte die Erinnerung an den Abend sie allmählich.

»Wie war das Verhältnis zwischen Herrn Tschiladse und Herrn Wagner?«

Die Frage schien sie zu überraschen oder ihr unangenehm zu sein. Sie knetete etwas nervös ihre Hände, sah kritisch auf ihre Fingernägel und bedachte Bircher mit einem misstrauischen Seitenblick.

»Soweit ich mich erinnere, hatten die beiden sich vorher nicht gesehen. Es kann sein, dass sie miteinander telefoniert hatten. Herr Wagner wusste natürlich von der Bedeutung des Ukrainegeschäfts und welche Rolle Surab Tschiladse spielte.«

Sie hatte ihre Worte mit großer Sorgfalt gewählt. Hoffentlich kommt jetzt nicht die Rede auf die Zertifikate, dachte sie. Sie konnte sich gut erinnern, wie Wagner vehement gefordert hatte, keine ukrainischen Gutachten für Schweizer Produkte anzufordern. »Das wäre ja so, als würde Lada über die Qualität von Mercedesantrieben entscheiden«, hatte er damals gehöhnt.

»Herr Tschiladse betreibt welche Firma?«, fragte Bircher wie beiläufig.

»Er ist Eigentümer der Kiewer Firma UcraCosTrust. Sie vermarktet ausländische Produkte, so auch unsere«, klärte sie ihn auf.

Bircher wunderte sich über den Namen, der ihm wie ein Buchstabenrätsel erschien. Seine Körpersprache verriet, dass er das Gespräch beenden wollte, und er setzte zu einer Art Schlusswort an.

»Ich bin mit der Leitung der Ermittlungen im Fall Wagner, Schäfer und Schulz beauftragt worden. Wir betrachten das als einen Fall, weil die Umstände der drei Todesfälle sich auffällig ähneln. Dass allen dreien wie aus heiterem Himmel plötzlich das Herz stehen geblieben sein soll, erscheint uns unwahrscheinlich. Ab sofort ist meinen Mitarbeitern Zugang zu allen Räumlichkeiten und Akten zu gewähren.«

Lehner war seinen Worten wie der Verlesung eines Haftbefehls gefolgt. Sie sah ihn aus leblosen Augen an. Es kam ihr vor, als hätte sich innerhalb eines Herzschlages ein harmloser Hausbesuch in einen gefährlichen Überfall verwandelt.

»Eine letzte Frage: Herr Doktor Markus Roth, der war nicht zufällig auch auf Ihrem Betriebsball?«

Sie musste mehrmals durchatmen und ihr stand der Mund halb offen, er sah eine Reihe schneeweißer Zähne.

»Was hat denn Herr Roth mit der Angelegenheit zu tun?«

»Frau Lehner, das fragen ausgerechnet Sie?«

Sie neigte den Kopf nach vorn, stellte ihre Beine nebeneinander und legte die Hände auf ihre Knie, als wollte sie sich erheben.

»Nein, war er nicht«, sagte sie mit tonloser Stimme und stand auf.

»Er kennt Herrn Tschiladse?«

»Wie kommen Sie auf diese Frage? Nein.«

»Hätte ja sein können, dass er ihn getroffen hat, als Sie beide in Kiew waren.«

Lehner blickte an ihm vorbei ins Leere und ließ die Bemerkung im Raum stehen. Sie wartete darauf, dass er ging, aber Bircher saß immer noch, als sei er es, der das Ende des Gesprächs bestimmt. Sie sah unentschlossen auf ihn hinab, ging ein paar Schritte zum Schreibtisch und lehnte sich an die Tischkante.

»Und wie läuft die Steuerprüfung in Ihrem Betrieb?«, wechselte Bircher unvermittelt zu einem anderen unangenehmen Thema. Lehner funkelte ihn an.

»Ich darf Sie darauf hinweisen, dass es nicht einmal den Hauch eines Hinweises von Betrug oder dergleichen gibt, Herr Bircher. Das möchte ich klarstellen.«

Lehners Ton enthielt eine deutliche Schärfe.

»Dann verabschiede ich mich erst mal. Ich möchte noch kurz mit Ihrer Sekretärin sprechen.«

Wie von Bircher erwartet, brachte das Gespräch mit Frau Schwabe nichts wirklich Neues zu Tage. Was hätte sie auch sagen können zu ehemaligen oder gegenwärtigen Vorgesetzten, die im Vorraum ihres Zimmers wie Postboten ein- und ausgingen, und von denen sie bestenfalls ein »Hallo« zu hören bekam. Aber ein Detail machte Bircher stutzig, und er bat sie, ihm ihren ehemaligen Arbeitsplatz zu zeigen. Auf dem Rückweg solle sie ihn zu Wagners Büro führen.

Frau Schwabe schritt kräftig voran, sie mussten ins Erdgeschoss, und Bircher hatte Mühe ihr zu folgen, als sie flink die Treppe hinabstieg. Die Besichtigung der ehemaligen Poststelle bestätigte seine Vermutung, dass es ein Leichtes gewesen wäre, unbemerkt von Frau Schwabe in die Postkästen zu schauen. Über den offenen Fächern standen die Namen, auch noch die von Lehner und Wagner, obwohl sie unbenutzt aussahen. Bircher fragte nach und erfuhr, dass die Post für die Geschäftsführung über ihr Sekretariat verteilt wurde. Er bedankte sich, und sie geleitete ihn zurück auf die zweite Etage – unterwegs begegneten sie Herrn Mewis, der sich mit gesenktem Kopf wortlos an die Wand presste, um den Weg frei zu machen. Birchers Augen streiften ihn, Mewis erweckte den Eindruck, gerade aus einer Narkose erwacht zu sein. Schmidter muss ihn beeindruckt haben. Nun hat er Doktor Schade im Visier, dachte Bircher mit Genugtuung.

Als er Wagners Büro betrat, sah er Schades durchgedrückten Rücken und Schmidters strengen Blick des Vernehmers. Das leicht vergnügliche Schmunzeln war aus seinem Gesicht verschwunden, wie angenagelt saß er hinter Wagners Schreibtisch. Bircher gab ihm von der Tür aus ein Zeichen fortzufahren, und setzte sich ans Fenster.

Schades Augenbrauen hoben sich und warfen tiefe Stirnfalten, verstört huschten seine Augen zwischen den Polizisten hin und her. Die zusammengepressten Lippen verrieten seine Anspannung.

»Wir sind eigentlich fertig. Herr Schade hat bestätigt, dass sie sich mit Herrn Wagner das letzte Mal auf seinem Grundstück trafen. Und da erschien er allen wie immer, gesund und munter«, fasste Schmidter in wenigen Worten die Aussage zusammen.

Schade entschloss sich, auch etwas zu sagen, vielleicht weil der Leiter der Ermittlung hinzugestoßen war.

»So ist es, ich fand ihn bei bester Laune. Ich hatte nicht viel mit ihm zu tun, eigentlich habe ich ihn dort das erste Mal privat erlebt. Als Prokurist hatte er ja wenig mit der Forschung zu tun. Obwohl«, korrigierte er sich, »Herr Wagner interessierte sich durchaus für meine Arbeit und ließ sich gerne unterrichten. Besonders lag ihm die Entwicklung unseres neuen Duschgels am Herzen, es war maßgeblich sein Verdienst, dass die Ausgangschemikalien so rasch bereitgestellt wurden. Ich habe erst auf seiner Datscha erfahren, dass er mal eine Lehre abgeschlossen hatte, in der Chemie. Vielleicht rührte daher sein Interesse für meine Arbeit. Herr Wagner wurde durchaus von den Mitarbeitern geschätzt«, setzte er leise hinzu, als zitierte er aus dem Nachruf.

»Und warum kümmerte er sich ausgerechnet um die Ausgangschemikalien? Als Prokurist?«, fragte Schmidter.

»Na ja, wie gesagt, wenn ich das richtig verstehe, hatte er einen Beruf erlernt, Chemieingenieur hieß das bei uns. Aber hauptsächlich ging es ihm darum, die Chemikalien schnell und störungsfrei geliefert zu bekommen. Die Swiss Scent schien dafür geeignet, und denen gehört unser Betrieb.«

»Hm, dann war das keine große Leistung von Herrn Wagner.«

»Wie man's nimmt, er war jedenfalls hinterher.«

Es schien, als wollte Schade ein paar Dinge klarstellen. Seine asketischen Gesichtszüge wurden etwas gefühlvoller, wie beim Grübeln über ein verunglücktes Experiment. Schmidter sah ihn abwartend an.

»Herr Wagner hatte wohl auch ein persönliches Interesse an den Importen aus der Schweiz, deutete Herr Mewis mir gegenüber an«, sagte er dann und klopfte mit dem Zeigefinger auf sein Notizheft. Es war ein Bluff, denn Mewis war nichts dergleichen über die Lippen gekommen.

»Verstehe ich nicht, Ihre Bemerkung«, antwortete Schade.

»Es wäre doch naheliegend zu vermuten, dass Herr Wagner an den Gewinnen, die sein Schweizer Kompagnon erzielte, beteiligt war«, startete Schmidter einen weiteren Vorstoß. Ein Blickkontakt mit Bircher signalisierte Zustimmung. Schade ließ keine Regung erkennen, nur seine verkrampfte Körperhaltung hatte sich gelockert, er war etwas nach vorne gerutscht, wie um besser zuzuhören.

»Hat das Herr Mewis gesagt?«, fragte Schade und starrte Schmidter an. Der überging die Frage. Bircher verharrte in der Position des stillen Beobachters. Aus dem kriegen wir nichts raus, der verhält sich vorsichtig wie ein Minensucher, dachte er. Warten wir die Hausdurchsuchungen ab, mal sehen, ob er dann gesprächiger wird.

»Nochmal zurück zu dem Abend, Herr Schade, als Sie bei Wagner eingeladen waren. War Herr Tschiladse vor Ihnen da?«, fragte Schmidter.

»Ja, Herr Wagner hatte ihn vom Flughafen abgeholt.«

»Wussten Sie vorher, dass Herr Tschiladse anwesend sein würde?«

»Äh, ja, es gab eine Andeutung von Herrn Wagner.«

»Herr Tschiladse ist ja auch ein langjähriger Kooperationspartner«, bemerkte Schmidter, der ein bestimmtes Ziel im Auge hatte.

»Na ja, wie man's nimmt. Herr Wagner war dagegen, dass die Unbedenklichkeitszertifikate für unsere Produkte unter ukrainischem Namen erstellt wurden, und zu diesen Preisen.«

»Ja, und wie ging es aus?«

»Wir kriegten letztendlich die Prüfberichte zu Schadstoffverunreinigungen von Berliner Instituten.«

»Also hat Herr Wagner unterm Strich dafür gesorgt, dass Tschiladse aus dem Rennen war«, konstatierte Schmidter.

»Kann man so sagen.«

»Und als Wiedergutmachung lädt ihn Herr Wagner zum Gartenfest ein.«

Schade zuckte nur kurz die Achseln.

»Wie war die Stimmung zwischen den beiden an dem Abend?«, fragte Schmidter scheinbar beiläufig.

»Gut, sonst wäre er wohl mit uns mitgefahren, also nicht dageblieben.«

»Sie wissen nicht, wann er Herrn Wagner verlassen hat?«

»Nein, ich habe ihn seitdem nicht mehr gesprochen.«

Wieder eine plausible Antwort, dachten Bircher und Schmidter. Es war anzunehmen, dass Tschiladse nicht mit den anderen gefahren war, weil er seinen Gastgeber unter vier Augen sprechen hatte wollen. Zum Beispiel um ihm zu sagen, dass er ihr Produkt Super Sun Shine nur dann weiter im Osten vermarkten würde, wenn er es auch zertifizieren durfte ...

Bircher und Schmidter wechselten einen Blick, der bedeutete, dass es für heute genug war. Sie erhoben sich fast gleichzeitig. Schade folgte ihnen aufatmend, die Befragung hatte ihn mehr mitgenommen, als er sich anmerken ließ. Er war sich sicher, dass die beiden einen Zusammenhang zwischen Wagners Tod, den Treuhandsubventionen und den Importen der Swiss Scent sahen. Er wollte so schnell wie möglich mit Mewis reden, sich abstimmen. Bircher und Schmidter machten keine Anstalten, sich persönlich zu verabschieden. Schmidter öffnete wortlos die Tür, Schade eilte hinaus.

»Nun, was meinst du?«, fragte Bircher, der sich zum Fenster gewandt hatte und interessiert das Treiben auf der Straße beobachtete. Bircher fiel wieder einmal ein, dass er vielleicht der einzige Kommissar ohne Fahrerlaubnis in Berlin war.

»Ich glaube, dass sowohl Mewis als auch Schade von irgendwelchen Betrügereien wissen. Lehner, Mewis und Schade könnten Verbündete sein im Abwehrkampf gegen Wagner. Die betrachten den sicher wie einen Fremden, der sich in eine Familie hineindrängt, um abzukassieren.«

Schmidter klang enttäuscht, als hätten sie ihre Zeit mit Nichtigkeiten vergeudet. Meinem Kollegen fehlt wohl der Glaube an eine Mordserie, stellte Bircher fest.

»Was hat Mewis ausgesagt?«

»Nichts, was uns weiterhilft. Eigentlich genau dasselbe wie Schade. Die haben sich abgestimmt.«

»Und zu dem Abend auf dem Lande?«

»Auch nichts Neues. Alles war wunderbar. Wagner hätte sich sehr über die Flasche Wodka gefreut, die er ihm geschenkt hat. Na ja, Ablenkungsmanöver, vielleicht ...«

»Wodka, von wem?«

»Von Mewis.«

Bircher nickte gedankenverloren.

»Handelt es sich hier wirklich nur um Subventionsbetrug? Schön wär's«, murmelte er.

Schmidter zuckte ratlos die Schultern und schwieg.

Wir vertrödeln hier doch nur unsere Zeit, dachte er, schluckte aber den Kommentar hinunter. Bircher sah auf seine Uhr und hob dann ratlos beide Arme. Hier ist nichts mehr zu holen, gab er zu verstehen, aber er war sich sicher, dass sie wiederkommen würden. Es roch hier nicht nur nach Seifen, es stank zum Himmel, an der Sache war etwas mächtig faul.

Als sie das Haus verließen, gab Bircher dem Fahrer ein Zeichen, noch kurz auf ihn zu warten. Er wollte sich das Gebäude noch einmal von der anderen Straßenseite aus ansehen. Irgendetwas zog ihn auf den Bürgersteig, er konnte nicht sagen, was genau.

Auf dem Nachbargrundstück sah er einen steil in den Himmel ragenden Schornstein, der verlassen dastand, als wäre er von einer ehemaligen Fabrik als Denkmal zurückgelassen worden. An der Mauer davor hing ein Plakat, das ein wenig zerfetzt war. Darauf stand: »Cools you down« und daneben war eine Fantadose abgebildet, die in Eiswürfeln schwamm. Bircher neigte den Kopf, beide grinsten. »Kühlt dich runter«, sagte Schmidter.

»Eiskalt«, ergänzte Bircher und sah hinauf zu Lehners Fenster.

VIERZEHN

Während Bircher und Schmidter sich auf dem Rückweg in die Keithstraße befanden, traf Lehner im Büro Mewis und Schade, um »sich auszutauschen«. Mit diesen Worten hatte Lehner eingeladen, tatsächlich wollte sie die beiden aushorchen.

Schade sah aus, als sei er an seinen Stuhl gefesselt, mit dem Blick eines Mannes, dem das alles mächtig stinkt und der gedenkt, die Besprechung schweigend an sich vorbeiziehen zu lassen. Mewis ruckelte wie vor einem epileptischen Anfall mit den Schultern, und seine Augen huschten unruhig hin und her. Seine zupackende, selbstsichere Art hatte sich verflüchtigt, zum Vorschein gekommen war ein älterer Mann in verkrampfter Abwehrhaltung. Lehner saß wie in Stein gemeißelt zwischen ihnen und gab die Geschäftsführerin, die alles unter Kontrolle hatte. Tatsächlich schlug ihr Herz Purzelbäume, und das Atmen fiel ihr schwer, als würde sie einen Gipfel erklimmen. Sie saßen stumm vor dem Fenster, durch das sich wie ein graues Tuch städtisches Herbstlicht über sie breitete, es erweckte den Eindruck einer Trauerfeier.

»Uwe, wie war es mit Schmidter?«, wandte sich Lehner nach einer Minute quälender Stille an Mewis, der an ihr vorbeistarrte.

»Herr Schmidter«, begann er stockend, »wollte vor allem wissen, wie es am Freitag bei Wagner war. Alles normal, gutes Essen, schöne Weine. War ein netter Abend, hab ich gesagt.«

Mewis unterschlug die Fragen, ob Surab Tschiladses Einladung schon früher vereinbart worden war und ob er davon gewusst hätte. Er hatte nicht klar darauf geantwortet, lediglich gesagt, dass Tschiladses Besuch für alle überraschend gewesen sei.

Lehner wunderte sich leise, warum Mewis so mies gelaunt neben ihr saß, wenn doch alles gut gelaufen war. Er knurrte: »Ist doch 'ne Frechheit, uns wie Kriminelle zu behandeln.«

Der verschweigt mir was, war sie sich sicher. Sie dachte an die Datscha und Wagner, seine bajuwarische Singsangstimme, die sie den ganzen Abend lang wie aus einer Stereobox beschallt hatte. Mann, der könnte als Conférencier im Friedrichstadtpalast auftreten, hatte sie mit einer gewissen Bewunderung gedacht. Zwischen seinen Plaudereien war er in der Küche verschwunden, um gleich darauf mit neuem Wein an die Tische zu treten und die Sorten zu erläutern.

Unser Prokurist ist tot, dachte sie, so schnell kann es gehen. Ein rascher Abtritt. Jetzt sind wir Ossis unter uns. Sie seufzte unmerklich. Schulz, Schäfer, Wagner – man musste kein Polizist sein, um am natürlichen Tod zu zweifeln. Na ja, sie hüstelte und zog eine Augenbraue hoch.

»Also, wir haben uns nicht zur stillen Andacht verabredet«, sagte sie leicht genervt. »Zur Sache, Uwe: Schmidter hat dir keine Fragen zum Werk, zu deiner Arbeit und deinem Verhältnis zu Wagner gestellt?«

Mewis warf ihr einen trotzigen Blick zu.

»Nur belangloses Zeug«, presste er hervor. »Ob Wagner die Lieferungen aus der Schweiz kontrolliert hätte und ob er Tschiladses Zertifikate kannte …«

»Wie bitte? Herr Schmidter hat sich nach den Zertifikaten erkundigt?«, unterbrach ihn Lehner schroff.

»Ja, keine Ahnung, was die Frage bezwecken sollte.«

»Und was hast du geantwortet?«

Ihre Stimme klang jetzt angespannt und ihr Gesicht schien wie von einer grauen Maske bedeckt.

Mewis hob vorsichtig den Kopf.

»Ich habe ihm gesagt, dass die Gutachten aus Kiew ziemlich teuer waren und wir, also Herr Schade und ich, der Meinung waren, dass man das ändern sollte. Ist ja dann auch veranlasst worden. Na ja, Herrn Tschiladse wird es nicht erfreut haben.«

Sie überhörte die Frechheit. Dich feuere ich, wenn der Spuk vorbei ist. Wenn dich Bircher nicht vorher festnimmt. Mewis stierte zur Zimmerdecke und bemerkte ihren giftigen Blick nicht.

»Ist dir klar, dass deine Aussage in den Ohren des Polizisten so klingen könnte, als wäre Herr Tschiladse nach Sophienstädt gekommen, um mit Wagner eine offene Rechnung zu begleichen?«

Lehner hatte sich vorgebeugt und versuchte erneut, ihm in die Augen zu blicken, aber er machte keine Anstalten, sie anzusehen. Er lümmelte auf seinem Stuhl, als wäre für ihn die Sitzung beendet. Schades Augen wanderten wie die eines Ringrichters zwischen den beiden Kontrahenten hin und her.

»Was sagen Sie dazu, Herr Schade?«, fragte sie leicht drohend.

Er streckte sich und setzte seinen Forscherblick auf. Konzentriert betrachtete er die Tischplatte, strich mit der Hand über sie und räusperte sich.

»Ich denke, es kann nicht ausgeschlossen werden, dass Herr Tschiladse und Herr Wagner sich nach unserer Abfahrt über die Angelegenheit ausgetauscht haben. Und wir waren uns einig, dass die Gutachten für das Duschgel besser nicht aus Kiew kommen sollten und obendrein aus der Firma, die das Produkt auch vermarktet.«

»Was würde es denn bedeuten, Ihrer Meinung nach, hätten wir Herrn Tschiladse als Partner verloren? Damit wir ein paar Mark für Gutachten einsparen, für die sich kein ukrainischer Kunde interessiert, lieber Herr Schade?«

Sie zog die letzten drei Worte in die Länge, es klang wie: Schaaaade, dass Sie solchen Mist erzählen.

Schade sah irritiert zu Mewis, der wie hypnotisiert schien. Lehner rückte ein wenig vor und atmete tief durch.

»Damit das klar ist: Unsere höchste Priorität hat das Ukrainegeschäft. Wer es gefährdet, schadet dem Betrieb und muss mit Konsequenzen rechnen. Das ist die Linie, die auch Herr Wagner vertreten hat. Es gibt für mich keinen Zweifel, dass Herr Tschiladse die Einladung deshalb angenommen hat, weil er in Wagner einen verlässlichen Partner sah.«

Mewis hatte seine Haltung aufgegeben und sah sie jetzt mit großen Augen an. Schades notorisch bleiche Miene hatte sich rosarot verfärbt, die Furcht war ihm ins Gesicht geschrieben. Er wusste, wie knallhart Lehner sein konnte, wenn es galt, Führung zu zeigen. Sie erhob sich, öffnete die Tür und wartete mit geneigtem Kopf darauf, dass die beiden ihr Büro verließen.

Als sie weg waren, lauschte sie einen Moment, ging dann eilig zum Schreibtisch und wählte Tschiladses Nummer. Mit geschlossenen Augen wartete sie. Endlich knackte es, er war selbst am Apparat, nicht seine Sekretärin, die immer eine Erklärung für den Anruf verlangte, auf Ukrainisch. Lehner seufzte erleichtert.

»Guten Tag, Surab. Ich muss dich dringend sprechen. Schlechte Nachrichten.«

»Wie geht es dir? Du hörst unruhig an«, sagte er in seinem freundlichen Bariton. Wie es seine Art war, erkundigte er sich erst einmal nach ihrem Befinden, sie gehörte seit dem Kiewbesuch »zur Familie«. Surab Tschiladse trennte ungern das Geschäftliche vom Privaten, und er arbeitete nur mit Menschen zusammen, denen er sich freundschaftlich verbunden fühlte. Eine georgische Lebensmaxime, denn auf einsamen Gipfeln und in verlassenen Tälern ist die Familie der Rückhalt.

»Mir geht es gut. Ja, also, weshalb ich anrufe: Herr Wagner ist am Wochenende verstorben.«

Was folgte, war ein langer Atemzug, dann eine kurze Pause.

»Wann?«, fragte er. Sie entspannte sich, seine Stimme wirkte beruhigend – ein wenig wie früher, wenn sie unglücklich gewesen war und ihr Vater sie in den Arm genommen hatte. Sie berichtete über ihr Gespräch mit Bircher und die Vernehmungen von Mewis und Schade. Er unterbrach sie nicht, hörte zu. Nur zum Schluss brummte er kurz »Verstehe«, gab aber keinen Kommentar ab. Alles was er sagte war: »Mach dir keine Sorge, ich rufe an Kommissar.«

Sorgen musste sie sich erst am nächsten Morgen machen, als sich zwei Männer in Zivil vor ihrer Haustür als Mitarbeiter des LKA auswiesen und ihr einen Durchsuchungsbeschluss unter die Nase hielten. Es war kurz vor sieben, sie hatte sich noch nicht einmal anziehen können und stand im Morgenmantel im Flur mit einem unangenehm säuerlichen Geschmack im Mund. Mal sehen, wie lange es diesmal dauert, dachte sie, und beobachtete, wie die Männer Regale, Schränke und Tische inspizierten. Sie fragte, ob sie ihr Bad benutzen dürfe. Der ältere der beiden Polizisten nickte stumm und murmelte: »Natürlich.« Knapp eine Stunde später verabschiedeten sich die Besucher mit leeren Händen. Als Lehner sie aus der Tür wies, stand sie frisch frisiert und mit ihrem Morgenmantel wie ein Hotelgast im Flur, der den Zimmerservice verabschiedet.

Sie wollte sich gerade ins Schlafzimmer begeben, um ihre Garderobe auszuwählen, da läutete es erneut. Mit einem mühsam unterdrückten Fluch auf den Lippen riss sie die Tür auf.

»Du?«

Vor ihr stand Markus, unrasiert und im Trainingsanzug, mit zerzaustem Haar und einer Miene wie nach einem Überfall.

»Darf ich reinkommen?«, fragte er hastig und sah über ihre Schulter hinweg, als wähnte er jemanden hinter Lehner.

»Ja, klar doch. Was ist denn passiert?«

Sie sah ihn mitleidig an, wie er an ihr vorbeihuschte, als würde er in ihre Wohnung flüchten.

»Kaffee?«, rief sie ihm nach.

»Hm«, knurrte es aus der Küche.

Verbissen sah er zu, wie sie mit eingeübten Bewegungen Wasser in den Tank füllte, die Kaffeelöffel abzählte und den kleinen Schalter drückte. Er starrte auf das rot leuchtende Lämpchen. Ihr Schweigen wurde nur durch das Zischen und Gluckern der Kaffeemaschine unterbrochen. Als sie mit einem letzten Fauchen ihren Dienst beendete, herrschte in der Küche für einen Augenblick Todesstille.

»Na dann erzähl mal, was dich aus dem Bett getrieben hat. Du siehst ja aus, als hätte man dich überfallen«, sagte sie mit gespielter Anteilnahme, während sie die Kaffeetassen auf den Tisch stellte und eingoss.

»Das war ein Überfall«, sagte er langsam, jedes Wort betonend, in einer Hand schaukelte gefährlich die volle Tasse. Sie blickte ihm nachdenklich in die Augen.

»Wie bitte?«

»Die Polizei hat meine Wohnung durchsucht, früh um sieben. Unfassbar, angeblich wegen der Todesfälle in der Firma. Der Beamte meinte, ich solle es nicht persönlich nehmen«, brach es wütend aus ihm heraus. Jutta legte ihm beruhigend ihre Hand auf den Unterarm.

»Die müssen das halt tun, die waren auch bei mir«, sagte sie beiläufig.

»Wie bitte, das sagst du erst jetzt?«

»Na, wann denn sonst, du fauchst ja wie ein Löwe. Beruhige dich erst mal.«

Ihr spöttischer Unterton brachte ihn ganz aus der Fassung. Er sprang vom Tisch auf und lief mit rotem Kopf im Kreis herum.

»Markus, nun komm doch mal runter, das ist eine Routinemaßnahme. Tut mir ja leid, dass du in diese Sache reingezogen wirst.«

Als wäre er gegen eine Mauer gelaufen, stoppte er abrupt und ließ sich mit offenem Mund auf seinen Stuhl fallen. Er schien weder sie noch ihre Worte wahrzunehmen, schüttelte ungläubig den Kopf, und dann platzte es aus ihm heraus:

»Die haben meine Schreibmaschine mitgenommen.«

»Warum?«

Er druckste herum und gab keine richtige Antwort, stattdessen nahm er seinen Spaziergang durch die Küche wieder auf.

»Warum, habe ich dich gefragt.«

Dieses Mal klang die Frage schärfer und ließ ihn stillstehen. Das erste Mal an diesem Morgen sah er ihr ins Gesicht, fast flehend, wie vor einer schweren Beichte.

»Du hast mir damals erzählt, was sich bei dir im Betrieb abspielt. Dass du vermutest, die würden sich für euch nur so lange interessieren, wie die Subventionen fließen. Dieser Wagner und die Schweizer, na ja, es kam mir so vor, als wären die bei euch so einmarschiert, wie die vom Wissenschaftsrat bei mir im Institut. Bei euch Subventionen abgreifen, bei uns Stellen für den westdeutschen Mittelbau schaffen.«

»Markus, wovon redest du?«, fragte sie. »Setz dich bitte, dein Marathon macht einen ganz meschugge.«

Er setzte sich und sie legte ihre Hände auf seine, drückte sie sanft, wie um ein Zittern zu unterdrücken. Er starrte auf die weiße Tischdecke.

»Ich habe nach unserem Abend mit dem Westpaket, also mit dem Wein von diesem Wagner, lange über diese Typen nachgedacht, die dann deinen Betrieb übernommen haben. Ich wollte verhindern, dass du deine Stelle verlierst, ich war davon überzeugt, dass die Schweizer und ihr Statthalter Wagner nur Subventionen abgreifen wollten, um mit der

Staatsknete den Betrieb etwas zu modernisieren, damit sie ihn anschließend verscherbeln können, Kasse machen. Das war ja naheliegend, was denn sonst ...«, stammelte er, als müsste er sich entschuldigen.

Sie zog ihre Hand zurück und neigte den Kopf, schob die Lippen wie zum Kuss nach vorn. Sie machte den Eindruck einer Pflegerin, die um ihren Patienten besorgt ist. Langsam begann sie zu ahnen, dass Markus einen Fehler begangen hatte, der schwere Konsequenzen nach sich ziehen konnte. Sie erinnerte sich an das Gespräch mit Bircher, die Art, wie er gesprochen hatte, ein bisschen in Rätseln, als hätte sich zwischen den Zeilen eine Warnung versteckt ...

»Hast du an die Polizei geschrieben, inkognito?«

Die Frage traf ihn wie ein Pfeil in die Brust. Sie hatte sich so weit zu ihm vorgebeugt, dass ihre Stirn fast seine Nasenspitze berührte. Er schnappte nach Luft, bemühte sich vergeblich, ihr nicht ins Gesicht zu sehen.

»Los, sag schon!«

»Ich habe nicht an die Polizei geschrieben. Nur einen Brief an die Treuhand. Kein Wort über dich oder die Mitarbeiter. Ich habe vor Wagner warnen wollen. Mewis hat mir einiges erzählt, ich war entsetzt, was der alles wusste.«

»Dann haben wir wohl die Steuerfahndung dir zu verdanken. Na prima, mein wissenschaftlicher Berater, der uns beinahe die Investoren vergrault hätte.«

Er antwortete nicht, starrte nur resigniert auf die Tischplatte.

»Hast du eine Kopie von deinem Brief?«

Ihre Worte klangen so sachlich, als würden sie mit einem Mitarbeiter sprechen. Langsam schüttelte er den Kopf. Sie nickte und erhob sich, um den Tisch abzuräumen.

»Lass uns abends weiterreden, ich muss ins Büro«, sagte sie knapp.

Als Lehner vor ihrem Büro stand, hörte sie Mewis' Stimme. Sie verharrte einen Moment. Ab und zu unterbrach ihn Katja Schwabe mit einem »Ja, ja«, als wollte sie ihn beruhigen. Alles klar, dachte Lehner, die waren auch bei ihm. Wie erwartet. Sie zwang sich zu einer unverfänglichen Miene und öffnete die Tür. Mewis, der vor dem Schreibtisch stand, drehte sich rasch um und reichte ihr die Hand, Katja Schwabe verdrehte hinter ihm genervt die Augen.

»Kann ich dich kurz sprechen?«, fragte er hastig, als ginge es um einen Notfall.

»Komm rein.«

Sie ging voran und beschloss, nichts von ihren morgendlichen Erlebnissen zu erzählen.

»Heute früh war die Polizei in meiner Wohnung. Die haben mir einen Durchsuchungsbeschluss unter die Nase gehalten und meine Zimmer durchkämmt, als wäre ich ein Schwerverbrecher.«

Er schnappte nach Luft, als hätte die Erinnerung ihm die Sprache verschlagen. Sie stellte sich mit dem Rücken zum Fenster. Die Morgensonne schickte ihre Strahlen über den Hof, die ihre dunklen Haare samtig glänzen ließen und ihre schlanke Silhouette hervorhoben, wie im Scheinwerferlicht einer Bühne. Er kniff geblendet die Augen zusammen und trat einen Schritt näher.

»Die waren sowas von unhöflich«, rief er. Bei mir nicht, dachte sie, ohne eine Regung zu zeigen. Sie hob fragend beide Hände.

»Ich muss dir etwas gestehen, Jutta. Ist mir sowas von peinlich, äh, also ...«

Sie nickte ihm aufmunternd zu. Erst Markus, jetzt Uwe, der Tag der beichtenden Männer, spöttelte sie innerlich.

»Ich habe Wagner nicht vertraut, das hast du ja wohl mitbekommen. Ich habe zwei-, dreimal seine Post geöffnet, war ja nicht schwer bei seinen vielen Abwesenheiten. Und ich habe einen Brief von ihm an Herrn Kohlin gesehen, der las sich wie eine Vereinbarung über Geldgeschäfte zwischen den beiden. Der bestärkte meinen Verdacht und den von Herrn Schade, dass die für Zertifikate und Chemikalien bewusst hohe Preise angesetzt haben, um abzusahnen.«

Er legte eine Pause ein, wie um sich von der Anstrengung zu erholen, die ihn das Geständnis kostete. Sie stand wie eine Figur von Modigliani am Fenster und wartete, dass er weitersprach.

»Ich habe eine Kopie eines Schreibens von Wagner an Kohlin an die Treuhand weitergeleitet, da ging es um Preise für unsere Rohstoffe, glaube ich jedenfalls, und um Aktien von Wagner ... Ich habe die auch über die Warengutachten informiert, also wie Wagner das an sich gerissen hat. Ich habe darüber mit Markus gesprochen. Scheiße, was soll ich sagen ...«

Er hatte atemlos gesprochen, so als müsste er sich von einer schweren Bürde befreien.

»Wirklich schade ist, dass du dich nicht mehr bei Wagner entschuldigen kannst«, bemerkte sie trocken und musterte ihn mit einem eindringlichen Blick. So richtig glaubte sie ihm nicht. Es schien ihr, als hätte er nur das gestanden, was nicht mehr zu verheimlichen war. Hat er sich mit Markus verbündet? Öffnet er auch meine Post?

»Jutta, es ist traurig, dass er so plötzlich verstorben ist«, murmelte Mewis pflichtschuldig. »Aber ein paar Entscheidungen können jetzt anders gefällt werden. Du kennst meinen Standpunkt.«

»Welchen genau?«, fragte sie spöttisch.

»Mein Standpunkt zu den Zertifikaten und Importen aus der Schweiz. Auch Herr Schulz war ja wohl nicht gerade glücklich über die Geschäfte, die Wagner hier eingefädelt hat ...«

Er biss sich erschrocken auf die Lippen, als hätte er ein

Geheimnis preisgegeben. Er stand jetzt einen halben Meter vor Lehner, fast so nah wie früher, wenn sie in der Schlange zur Essenausgabe miteinander geplaudert hatten. Seitdem sie Geschäftsführerin war, bevorzugte sie einen Imbiss im Büro.

»Uwe, ist dir eigentlich klar, dass wir verhört und unsere Wohnungen durchsucht wurden, weil die Polizei nicht an einen natürlichen Tod unserer drei Kollegen glaubt? Ist dir bewusst, dass die jedem Hinweis nachgehen, der Licht ins Dunkel bringen kann, wie man so schön sagt? Wenn die bei dir Unterlagen eines Mannes finden, von dem sie annehmen, dass er ermordet wurde, was glaubst du wohl, was die denken?«

Lehner hatte im Ton einer Verkehrspolizistin gesprochen, die einem Kind erklärt, warum es bei roter Ampel nicht die Straße überqueren darf. Der große Uwe sah auf einmal ziemlich bedeppert aus. Überraschte ihn der Hinweis wirklich oder tat er nur so, um etwas zu verbergen? Er warf ihr einen unsicheren Blick zu, den sie kühl erwiderte. Er konnte die Warnung aus ihren Augen ablesen: Nimm dich in Acht!

»Warten wir ab und halten wir uns zurück. Die Polizei wird sich wohl bald melden und uns das Ergebnis ihrer Durchsuchungen mitteilen.«

Pfeil hatte zu sich gebeten, nachdem er Birchers Bericht über den Ermittlungsstand gelesen hatte. Schmidter war auch zugegen, er saß merklich angespannt am Konferenztisch. Vor Bircher lag ein grüner Aktendeckel, Schmidter wunderte sich. Früher hatte sein Chef bei ähnlichen Anlässen bestenfalls ein paar Zettel mit handgeschriebenen Notizen bei sich gehabt.

Schmidter war das erste Mal in diesem Zimmer mit den hohen Stuckdecken und einem fast hundert Jahre alten Eichenparkett. Für eine Sekunde dachte er an seinen früheren Dienstsitz, an ihre Räume, die allein dem Zweck dienten, Menschen und Büromöbel unterzubringen. Hier jedoch könnte man auch ein Hauskonzert mit Violine und Klavier veranstalten, dachte er und warf einen verstohlenen Blick auf die mit Blättermotiven verzierten Fenstergriffe aus massivem Messing. Gewiss kannte er einige Ostberliner Altbauwohnungen ähnlicher Architektur, aber da wohnten meistens Künstler oder Intellektuelle und sparten für die Renovierung. Hier also residiert unser Chef, sagte er sich und verglich es mit Birchers Zimmer eine Etage tiefer, da fehlten der Stuck und das Messing. Na ja, und im Seitenflügel, wo sich sein Büro befand, da sah es noch ein bisschen nüchterner aus.

»Beginnen wir mit Herrn Mewis, dem Produktionsleiter«, begann Bircher seinen Bericht über die Ermittlungen. »Wir haben bei ihm Kopien der Schreiben gefunden, die über die Treuhand an uns weitergeleitet wurden. Mewis hat seine Autorenschaft gestanden, er wollte seinen Betrieb schützen.«

»Das bedeutet aber zunächst nur, dass er Wagner nicht vertraut und ihm Unterschlagung zum Schaden des Betriebs unterstellt hat. Das ist wahrlich zu wenig, um ein Tötungsdelikt zu vermuten«, erwiderte Pfeil mit ruhiger Stimme.

»Vielleicht«, sagte Bircher und fuhr fort. »Schade hat zugegeben, dass er eingeweiht war, über die Merkwürdigkeiten mit den Zertifikaten hätten sie sich ausgetauscht. In seiner Wohnung wurde nichts Belastendes sichergestellt.«

»Klar, die beiden fürchten um ihre Jobs, sollte die Treuhand oder die Steuer Gesetzesverstöße im Umgang mit den Staatsgeldern feststellen. Die sind quasi automatisch Verbündete. Und Wagner gefährdet ihre Existenz, denken sie. Gefährdete.«

Pfeil sprach langsam, wie zu sich selbst. Für ihn war Mewis der Hauptverdächtige, wer sonst, wenn nicht er, hätte einen Grund gehabt, Wagner aus dem Weg zu räumen. Er kommt aus dem Osten, hat seinen Staat verloren, der Verlust von Heimat, das schmerzt, verständlicherweise. Pfeil war Menschen begegnet, die treu ihrem Staat gedient hatten und sich plötzlich, von einem auf den anderen Tag, fremden Mächten unterordnen mussten, die sich betrogen fühlten und wenig Skrupel hatten, wenn es darum ging, sich etwas vom Wohlstand zu holen. Jetzt regiert das Geld die Welt, denken die, na ja, und mit der Meinung liegen sie nicht ganz falsch, pflichtete Pfeil ihnen insgeheim bei.

»Dann gab es noch einen Fund bei Herrn Doktor Markus Roth, wissenschaftlicher Berater der Geschäftsführung. Außerdem Wohnungsnachbar und Geliebter von Frau Lehner.«

»Oh«, entfuhr es Pfeil, als höre er endlich etwas Interessantes.

»Er ist an der Humboldt-Uni angestellt, als Chemiker. Sein Wissen ist gefragt bei der Entwicklung der Duftstoffe, da ist viel Chemie drin«, erläuterte Bircher.

»Verstehe. Was hat man bei ihm sichergestellt?«

»Eine Schreibmaschine. Die Kollegen waren sehr umsichtig, wurden vorher von Kollege Schmidter auf die Treuhandbriefe hingewiesen.«

»Gut«, unterbrach ihn Pfeil und warf einen anerkennenden Blick auf Schmidter, der die Schultern zuckte.

»Herr Roth hat den Brief geschrieben, sagen unsere Techniker, kein Zweifel.« Bircher lehnte sich nachdenklich zurück. Er war sich unsicher, wie man verfahren sollte: lauter Leute, die mit kleinen und größeren Indiskretionen auffielen, keine Straftaten, wenn man mal von der Verletzung des Postgeheimnisses absah. Alle waren eng mit dem Betrieb verbunden, der Chemiker zudem noch emotional beflügelt, und alle misstrauten Wagner, der eigentlich als Retter hätte gefeiert werden müssen. Es gab keine eindeutigen Hinweise, bloß die merkwürdigen Übereinstimmungen in Wolfgangs Obduktionsberichten. Er griff sich seinen Aktendeckel, zu dem Pfeil seit geraumer Zeit nachdenklich hinschielte, und entnahm ihm einige Blätter.

»Ich habe hier den Obduktionsbericht von Professor Tetsche, ist gestern Abend eingetroffen. Er hat sich diesmal besonders viel Zeit genommen«, sagte er mit Nachdruck und schob ihn langsam Pfeil zu. Schmidter hatte sich unwillkürlich nach vorn gebeugt, als wollte er mitlesen.

»Also, wie lautet die Diagnose?«, fragte Pfeil, ohne die Akte zu öffnen.

»Würden wir nicht die Befunde von Schulz und Schäfer kennen, könnte man glauben, dass sein Kreislauf versagt hat. Ungesunde Lebensweise, zu viel Alkohol, Leber und Herzkranzgefäße sahen nicht gut aus, aber die Symptome scheinen laut Herrn Tetsche nicht auszureichen, um so plötzlich aus dem Leben zu scheiden. Und schon gar nicht, wenn man die Befunde der drei Männer vergleicht. Die kann man sozusagen fast übereinanderlegen. Kurzum, Herr Tetsche hat nach Spuren einer Vergiftung gesucht, ohne Ergebnis. Seine Worte: Ich kann nicht ausschließen, dass die beschriebenen Symptome Folge einer schweren Vergiftung sind, die den Stoffwechsel und Kreislauf zum Erliegen brachten.«

Bircher blickte fragend zu Pfeil und Schmidter zuckte mit den Schultern.

»Mit den Schiebereien geht eine Mordserie einher – ist es das, was uns Herr Tetsche sagen will?«, knurrte Pfeil in einem Ton, der für seine Mitarbeiter neu war. Gewöhnlich erhob er die Stimme nicht.

»Entschuldige, Karl, wann ist der Tod eingetreten?«, fragte Schmidter.

Pfeil reichte den Bericht zurück an Bircher, der die letzte Seite aufschlug.

»Am Sonntag, zwischen 18 und 24 Uhr, steht hier.«

»Da war er allein – falls Herr Tschiladse am Sonnabend abgefahren ist.«

»Wissen wir leider nicht, der einzige Zeuge ist tot«, bemerkte Bircher lakonisch.

Pfeil dachte daran, dass er noch nie mit ukrainischen Kollegen zu tun gehabt hatte. Er beschloss im Stillen, bei seinem Vorgesetzten nachzufragen, ob es so etwas wie ein Beihilfeabkommen mit Kiewer Ermittlungsbehörden gäbe. Wahrscheinlich nicht, fürchtete er, nach all den Wirren des Zusammenbruchs der Sowjetunion.

»Wurde eigentlich Wagners Haus genau durchsucht?«

Bircher reichte die Frage mit einem Seitenblick an Schmidter weiter.

»Ja, von den Kollegen, als die Leiche geborgen wurde«, erwiderte der.

Bircher beschloss, selbst nochmal hinzufahren.

»Ich habe aus Ihrem Bericht, Herr Bircher, nur entnommen, dass Wagner junior seinen Vater tot aufgefunden hat. Wurde er ausführlicher befragt?«

»Nein, wir wollten die Durchsuchungen abwarten und ihm etwas Zeit geben, über den Schock hinwegzukommen. Muss fürchterlich für den jungen Mann gewesen sein. Mit seiner Mutter müssen wir auch noch reden.«

Wie zum Gedenken an den Verstorbenen schwiegen alle für einen Augenblick. Bircher fiel ein, dass Pfeil und Schmidter selber Söhne hatten. Aber ihre Mienen verrieten nichts.

»Da gibt es noch etwas, Herr Pfeil, worauf ich hinweisen möchte«, unterbrach Bircher die Stille. »Frau Lehner fuhr an dem Abend mit Herrn Mewis mit, ebenso Herr Schade. Das war kurz nach neun, am Freitag. Herr Mewis setzte Frau

Lehner am S-Bahnhof Bernau ab, ihre Kollegen fuhren weiter nach Buch, wo Herr Mewis wohnt. Soweit die Aussage von Frau Lehner. Es ist nicht auszuschließen, dass die beiden nochmal umgekehrt sind.«

»Aber Herr Tschiladse war doch vor Ort. Die wären ihm in die Arme gelaufen, hätten sie wirklich Wagner aufsuchen wollen«, wandte Pfeil ein.

»Stimmt, aber niemand weiß, ob Tschiladse über Nacht bei Wagner geblieben ist. Eher unwahrscheinlich, die kannten sich kaum«, wandte Bircher ein. Er sprach wie gewöhnlich langsam, die Worte behutsam aneinanderreihend. Pfeil atmete einmal tief ein und gab einen leichten Kehllaut von sich, als würde er gleich einen wichtigen Gedanken aussprechen.

»Mewis, Schade und der Chemiker, der wissenschaftliche Berater, die schulden uns ein paar Erklärungen, die nehmen Sie sich nochmal vor. Und Herr Tschiladse, tja, mal sehen, ob wir an den rankommen«, beendete Pfeil die Sitzung und streckte Bircher die Hand entgegen, dem es so vorkam, als wäre er gerade mit dem Fall alleingelassen worden. Er kannte seinen Chef noch nicht gut genug, um zu erkennen, dass das Gegenteil der Fall war. Pfeil betrachtete Bircher als großen Gewinn für die Abteilung, aber er konnte ihn ja schlecht anweisen, an seiner Stelle beim Polizeipräsidenten vorzusprechen, um die Kontakte in Kiew zu aktivieren.

Zurück im Büro fand Bircher eine Notiz auf seinem Schreibtisch: »Herr Surab Tschiladse hat angerufen. Er bittet um einen Rückruf ...« Es folgte eine lange Nummer, daneben stand in Manuelas Handschrift gekritzelt: Kiew.

Hm, so ein Zufall, sagte er leise und zog das Telefon zu sich heran. Mit zusammengekniffenen Augen gab er die Nummern ein und dachte daran, dass er auf Russisch nicht viel mehr als »Dobrui Den« und »Na sdorowje« sagen konnte. Er lauschte dem Klingelzeichen, das anders als sonst klang – ein bisschen wie ein Moll-Ton auf einem Cello, stellte der Musikliebhaber in ihm fest. Eine forsche Frauenstimme meldete sich, er verstand nur ein Wort: Tschiladse.

»Bircher vom Landeskriminalamt Berlin am Apparat«, rief er in den Hörer, als könnte er die Entfernung durch Lautstärke überbrücken.

»Minutku«, sagte sie, und gleich darauf meldete sich eine sonore Männerstimme. »Guten Tag, Herr Bircher, hier Surab Tschiladse.«

»Sie baten um einen Rückruf, was kann ich für Sie tun?«, fragte Bircher.

»Ich mit Berlin Beauty arbeite zusammen, Sie wahrscheinlich wissen. Am letzten Wochenende ich war in Berlin. Herr Wagner getroffen, auf Datscha. Frau Lehner hat gesagt, dass Herr Wagner ist tot und Polizei alles untersucht.«

Er legte eine Pause ein, wie um eine Bestätigung für seine Informationen einzuholen.

»Ja, das stimmt. Herr Wagner ist verstorben, am Wochenende. Wir ermitteln, die Todesursache ist noch ungeklärt.«

Unwillkürlich war Bircher in den Sprachrhythmus seines Gesprächspartners verfallen. Er lauschte und nahm die Brille ab, wartete darauf, dass Tschiladse zur Sache kam.

»Freitag ich bin gegen zehn Uhr abends nach Berlin. Herr Wagner hat mich zur S-Bahn gebracht. War um elf in Hotel, Kempinski, Kudamm.«

Es klang wie eine Protokollnotiz, die er verlas. Bircher nickte, also war alles offen, was Mcwis' und Schades Alibis betraf. Und Wagner hatte Tschiladse zur Bahn gefahren, war also Freitagabend auf den Beinen gewesen.

»Darf ich Sie fragen, wie es Herrn Wagner ging am Freitagabend? War alles in Ordnung mit ihm?«

»Ging prima, eigentlich ich wollte Taxi, wegen Alkohol, aber er hat abgelehnt. Gibt kein Taxi dort. Na ja, ich habe verabschiedet, haben alles beredet zu Super-Sun-Shine-Geschäft. Sie wissen ja, wir hier haben große Pläne.«

»Und Sie haben Herrn Wagner danach nicht wieder gesprochen?«

»Nein, kein Telefon in Sofiestadt.«

»Hm, und Frau Lehner ist an dem Freitag vor Ihnen abgereist?«

»Ja, Herr Bircher, mit Mewis und Schade, war so neun.«

»Gut, Herr Tschiladse. Ich danke Ihnen sehr für die Auskünfte. Das hilft uns weiter.«

Bircher hatte Schmidter angewiesen, Wagner junior, Mewis und Schade zur Befragung vorzuladen. In dieser Reihenfolge. Morgen. Schmidter beschloss nach einer Minute des Zweifelns Frau Wagner anzurufen, um sie nach der Telefonnummer ihres Sohns zu fragen. Erst dachte er an Frau Lehner, verwarf aber sogleich den Gedanken. Keine gute Idee, eine Mitverdächtige um Hilfe zu bitten.

Schmidter wartete einen Augenblick, um sich die passenden Worte zurechtzulegen. Ganz wohl war ihm nicht dabei, ausgerechnet sie darum zu bitten, den Kontakt zum Sohn herzustellen. Aber es gab keine andere Möglichkeit. Der Sohn wohnte in München, dort zu recherchieren hätte in seinem Umfeld unnötige Unruhe ausgelöst.

»Hallo?«, hörte er eine ängstliche Stimme. Es klang, als hätte Frau Wagner im Halbschlaf nach dem Hörer gelangt.

»Bitte entschuldigen Sie die Störung, Frau Wagner, ich bin es, Schmidter vom Landeskriminalamt. Haben Sie einen Moment Zeit für mich?«

»Ach, Sie. Einen Moment bitte.«

Er hörte ein Rascheln, wie wenn man ein Federbett schüttelt, und ein leichtes Stöhnen. »So, jetzt, bitte, ich höre«, sagte sie leise.

»Wir müssen noch einigen Fragen im Zusammenhang mit

dem Ableben Ihres Mannes nachgehen. Dazu gehört, dass wir Ihren Sohn sprechen müssen. Leider muss ich Sie behelligen, wir haben keine Kontaktdaten und wissen nicht, wie wir ihn erreichen können.«

Schmidter vernahm einen lauten Seufzer.

»Wissen Sie, ich wollte mich eigentlich selbst bei Ihnen melden«, überraschte sie ihn. »Es lässt mir keine Ruhe, was mir mein Mann vor einigen Tagen andeutete, als er mir von seinem Plan erzählte, einige Kollegen zu uns nach Sophienstädt einzuladen. Ich war ja nicht in Berlin, aber das störte ihn nicht, im Gegenteil, er sagte mir, es sei sogar besser, wenn ich nicht dabei wäre, weil es einiges zu klären gäbe. Als ich nachbohrte, redete er von Spitzeln in der Geschäftsführung, die ihm nachschnüffeln würden, die selbst davor nicht zurückschreckten, ihn bei Betriebsfremden anzuschwärzen. Die Stimmung sei schlecht gewesen, obwohl die Geschäfte gut liefen ...«

Plötzlich schien die Trägheit von ihr abgefallen zu sein, sie sprach deutlich, flüssig, als gelte es, seinen Ruf zu verteidigen.

»Welche Betriebsfremden meinte er denn?«, hakte Schmidter in freundlichem Ton nach.

»Na, die Steuer, Leute von der Treuhand. Mein Mann war sich sicher, dass man seine Post kontrollierte. Ja, das wollte ich mal loswerden«, schloss Frau Wagner, und er hörte, wie sie sich laut aufatmend zurücklehnte.

»Frau Wagner, hat ihr Mann Namen genannt? Von wem genau er sich verfolgt fühlte, wer seine Post kontrollierte?«

»Na, raten Sie mal«, zischte sie, inzwischen hellwach und bereit weiter auszuteilen.

»Hm, wir haben keine Informationen diesbezüglich«, sagte Schmidter.

»Das wundert mich aber. Frau Lehner hat Herrn Schulz und meinen Mann überlebt, die ist ja wohl am Ziel ihrer Wünsche. Ach, Herrn Schäfer hätte ich beinahe vergessen.

Die kann jetzt in ihren alten Seilschaften schalten und walten, wie sie will. Vor allem mit ihrem Kiewer Freund, und natürlich mit Mewis, ihrem Vertrauten und wichtigstem Mitarbeiter.«

»Was bitte meinen Sie?«, unterbrach Schmidter ihren Redefluss.

»Mein Mann war überzeugt davon, dass dieser Taladse oder wie er heißt sie genauso schmiert wie Herrn Schulz. Der hat den Aufschwung nicht mehr miterlebt, aber der Georgier aus Kiew war ja bereits Jahre vorher am Ball ... Was denken Sie denn, wie viel Bargeld zwischen Kiew und Berlin die Taschen wechselt. Puh ...«

Schmidter runzelte ärgerlich die Stirn. Für ihn klang Frau Wagner jetzt wie die verbohrte Witwe eines reichen bayerischen Unternehmers, der Opfer ostdeutscher Intrigen geworden war. Na ja, die Frau ist verzweifelt, versuchte er Nachsicht zu üben.

»Wir werden alle befragen, auch Frau Lehner und Herrn Mewis. Ihr Mann hat an dem Abend in ihrem Wochenendhaus nach Aussage der Anwesenden allerdings einen zufriedenen, gut gelaunten Eindruck gemacht. Da soll es überhaupt keine Missstimmungen gegeben haben.«

»Sie kennen meinen Mann nicht. Der wird sich hüten, seine Gegner zu warnen. Er hat alle glauben lassen, dass er nichts weiß. So war er halt, als Berater lernt man sich zu verstellen. Ja, aber Sie wollten doch die Nummer meines Sohnes.«

Erneut überraschte es ihn, wie sie ohne Übergang das Thema wechselte, als würde sie sagen, was ihr gerade in den Sinn kam. Er langte nach dem Kugelschreiber.

Sie nannte ihm eine Telefonnummer in Bayern, und es hörte sich an, als würde sie dabei ein Gähnen unterdrücken.

»Eine letzte Sache: Sie würden uns sehr helfen, wenn Sie uns die Schlüssel zum Grundstück leihen würden. Wir müssen ins Haus.«

Eine Sekunde war Stille.

»Meinetwegen«, murmelte sie.

»Gut, dann schicke ich einen Fahrer vorbei.«

»Ja«, sagte sie etwas deutlicher, als wollte sie jetzt ihre Ruhe haben.

Schmidter legte nachdenklich auf. Vielleicht steht die Frau unter Medikamenten, kam ihm ein Verdacht. Egal, Hauptsache die Nummer des Sohnes stimmt.

FÜNFZEHN

Es war ein ungewöhnlich heller Aprilmorgen, als sich Schmidter vor der Haustür seines Chefs einfand, um mit ihm den »Ausflug aufs Land« anzutreten, wie Bircher die Inspektion von Wagners Anwesen bezeichnet hatte. Der Fahrer lehnte am Kotflügel des Opels und genoss das Sonnenlicht, sie mussten noch auf Bircher warten. Es kam nicht so oft vor, dass zu dieser Jahreszeit die Stadt unter einem Himmel lag, der zum Singen einlud. Ein Ausflug, wie wahr, dachte Schmidter.

Birchers »Guten Morgen, dann wollen wir mal« ließ den Fahrer Haltung annehmen, er flitzte um die Motorhaube und hielt ihm die Tür auf. Na, wenn mich jetzt die Nachbarn sehen, denken die, ich habe einen Chauffeur, dachte Bircher. Er hatte vorab die Landkarte studiert, wie in seiner Jugendzeit, wenn er mit Freunden eine Wandertour vorbereitet hatte, und anerkennend die Mundwinkel verzogen, als er Sophienstädt entdeckt hatte. Schöne Lage, nach der Hausdurchsuchung könnte man noch eine kleine Runde um das Dorf drehen, quasi wie um sich einen Einblick in das Leben des Opfers zu verschaffen. Er lächelte verschmitzt, als er Karola erzählte, dass er zur Abwechslung in Brandenburg ermitteln werde, in der freien Natur, fernab der Stadt. Nun saß er wie ein Urlauber entspannt im Fond des Wagens und sah seine Straßenbahn an sich vorbeifahren.

»Karl, ich habe hier den Bericht der Kollegen, die vor Ort waren, als Wagner abgeholt wurde. Möchtest du nochmal reinsehen?«

Schmidter saß vorn und hielt eine Akte hoch.

»Nee, habe ich gelesen. Die waren anscheinend weder im Keller noch im Garten unterwegs.«

»Ja, scheint so. Die hatten aber auch keine Genehmigung.«

Bircher nickte. Den Rest der Fahrt verbrachten sie schweigend. Bircher mochte keine Gespräche über die Rücklehne hinweg, bei denen man sich verbiegen musste.

»Fahren Sie bitte über Bernau und Biesenthal«, wies er den Fahrer an, der hinter Weißensee die Autobahn nehmen wollte. Das war zwar die schnellere, aber landschaftlich langweiligere Route, wie Bircher wusste. Sie ließen die Autobahnauffahrt rechts liegen und glitten ruhig über die Landstraße, ließen Buch mit seinen Kliniken und Instituten hinter sich.

Von einem Himmel, der wie eine blau lackierte Haube über ihnen hing, strahlte das Sonnenlicht mit einer Energie, als hätte die Welt ihre Jahreszeiten verwechselt. Die Straße führte über sanfte Hügel, links und rechts des Weges lagen wie in Wellen einige Felder. Zwischen ihnen schmale Sandwege, die geheimnisvoll in Wälder mündeten, zu unbekannten Zielen ... Sie verließen die Landstraße und fuhren langsam durch Biesenthal.

Der Ort wirkte wie ein großes Dorf. Wohin man auch blickte, man sah alte Einfamilienhäuser und gepflegte Vorgärten. Sehr belebt sah es nicht aus, vielleicht arbeiteten alle, oder es lebten nur noch Alte hier, und die saßen zu Hause oder sonnten sich im Garten. Bircher schaute interessiert aus dem Fenster. Er mochte diese behäbigen, schlummernden Orte, wo die Menschen trotzig darauf bestanden, nicht zwischen Supermärkten, Shoppingcentern, Apotheken und lärmendem Verkehr leben zu müssen. Oder sich vor der Stadt fürchteten, weil sie ungeplante Abwechslungen nicht mochten und ihnen ihre Nachbarn genügten, um sich übers Leben auszutauschen, »auf einer Wellenlänge«. Eingeübte Abläufe eben. Bircher kannte das Landleben, die Stadt nahm er gleichmütig hin, weil sie ihm Arbeit und Kultur bot. Er könnte auch hier in Biesenthal wohnen, vor den Toren Berlins, wäre er nicht in der Mordkommission und seine Frau nicht im Museum beschäftigt. Schließlich würde es reichen, ein paar Mal im Jahr nach Berlin zu fahren, um ein Konzert zu hören oder eine Ausstellung zu sehen. Die restliche Zeit würde man mit seinen Hobbys, in der Natur und mit entspannten Nachbarn verbringen. Er verzog erstaunt den Mund, während sie eine scharfe Kurve in Richtung Sophienstädt nahmen – ihm fielen bis auf seine Plattensammlung und die Liebe zum Essen keine Hobbys ein.

Es schaukelte plötzlich, das Auf und Ab erinnerte an eine Karussellfahrt. Haben die den Asphalt über die Baumwurzeln gegossen?, fragte er sich und blickte auf die schmale Straße, die entlang des dicht bewaldeten Biesentahler Beckens führte. An Schmidters Schulter vorbei sah er das Orteingangsschild, sie bogen auf den Sandweg ein und standen zwei Minuten später vor Wagners Grundstück.

Birchers Aufmerksamkeit erregte zunächst einmal die lange Hecke entlang des Weges, der anscheinend in einer sumpfigen Senke endete. Er reckte sich, glaubte am Ende des Grundstücks einen Bach zu erkennen. Schmidter holte ein Schlüsselbund hervor und öffnete die Gartenpforte.

Sie betraten das Grundstück, ringsherum Hecken und dazwischen eine Wiese vom Ausmaß eines Fußballfeldes. Bircher ließ seinen Blick über die Knospen gleiten, die den Frühling ankündigten. Die Pflanzungen machten einen gepflegten Eindruck, Hornspäne und Laub schützten sie vor dem Frost, sie war mit bis zu drei Metern Höhe ein wirksamer Sichtschutz. Nur im hinteren Teil des Gartens, vor dem Bach, war sie etwas niedriger, sodass man vom Bungalow aus über das abfallende Gelände hinweg zum Waldrand blicken konnte.

Während Schmidter den passenden Schlüssel für die Haustür suchte, drehte sich Bircher immer wieder neugierig nach allen Seiten um. Schönes Anwesen, stellte er mit einem langen Blick auf einen Strauch fest, dessen besonders große Blätter seine Aufmerksamkeit fesselten. Er trat einen Schritt näher und betrachtete die ungewöhnliche Blattform. Ein knarrendes Geräusch lenkte ihn ab, er wandte sich um und sah vor der offenen Haustür Schmidter, der ihn zum Eintreten einlud.

Als Erstes stellten sie fest, dass alle Fenster und Türen unversehrt waren. Eigentlich wussten sie nicht, wonach sie suchen sollten. Wie immer, wenn ein Fall rätselhaft erschien, hofften sie auf den Zufall. Vielleicht würde sich ein verdächtiger Gegenstand finden, eine Notiz, eine vergessene Brieftasche oder eine Kreditkarte. Irgendein Detail, das auf den ersten Blick harmlos erschien, sich später aber als nützlich herausstellen könnte. Bircher sah sich zunächst in der Küche um. Schmidter nahm die Wohn- und Schlafzimmer ins Visier.

Ein großes Weinregal zog Birchers Aufmerksamkeit an. Es nahm die Hälfte der rückwärtigen Wand in der Küche ein und reichte bis unter die Decke. Bircher wunderte sich für einen kurzen Moment. Hat der keinen Keller? Er konnte sich gut an Lehners Bemerkungen über Wagner erinnern, den Gourmet und Genießer, der an seiner Leidenschaft für den guten Tropfen auch andere teilhaben ließ. Mit Kennerblick nahm er das Sortiment in Augenschein. Ganz oben ein Querschnitt durch die bekanntesten Anbaugebiete Italiens, Ligurien, Piemont, Toskana, darunter ihm unbekannte portugiesische Weine, ein Brett tiefer Spanien mit Crianza und Tempranillo. Hm, wirkt sehr systematisch. Scheint, als wäre Wagner beim Einsortieren nach Land und Sorte vorgegangen. Er öffnete einige Schubfächer der Einbauküche, sah nichts Besonderes, außer dass alles penibel aufgeräumt wirkte, nicht wie bei einem richtigen Zuhause. Er öffnete den Kühlschrank. Außer einer halbvollen Schnapsflasche und einigen Konservendosen stand da nichts. Er griff nach der Flasche,

Żubrówka, aha, den kannte er, Schnaps aus Roggen gebrannt, mit einem »Strohhalm« in der Flasche. Damals, während seines ersten Berufslebens als Biologielehrer in Thüringen, hatte er sich noch ab und an einen Schnaps genehmigt. Am liebsten diesen polnischen, mit dem Aroma von Kräutern und Heu, passend zum Leben auf dem Dorf. Später dann, in Berlin bei der Polizei, war er auf Wein umgestiegen. Passte besser zum Feierabend mit Karola.

Die Flasche war mit einem Weinkorken verschlossen, Bircher zog am Korken, irgendwie fühlte es sich merkwürdig an, als wäre er eingeölt, so leicht ließ er sich entfernen. Er drehte ihn sachte zwischen Daumen und Zeigefinger, schnupperte daran und auch am Flaschenhals. Stirnrunzelnd verschloss er die Flasche und stellte sie zurück. Das konnte der Schnaps von Mewis sein.

»Karl«, hörte er hinter sich Schmidter rufen. »Hier ist eine Kellertür.«

Na also, dachte Bircher. Da steht der Rest der Sammlung.

Der Keller war so ordentlich wie das Erdgeschoss, das war sein erster Eindruck. Er bestand aus nur einem Raum, der sich direkt unter dem Wohnzimmer befand. Wie mit dem Zollstock vermessen verdeckten die Holzregale die Wand gegenüber der Tür, einige leer, in anderen lagen Lebensmittel, eins enthielt Werkzeuge, ein anderes Heckenscheren, weitere kleinere Gartengeräte, Toilettenartikel, Krimskrams. An den Seitenwänden, rechts und links der Tür, hingen an Haken allerlei Hausgeräte, alles wirkte wie am Reißbrett entworfen. Eine Ordnung, die an Pedanterie grenzte.

»Komisch«, murmelte Bircher, als er eine Baumschere in der Hand hielt. »Wo sind die anderen Gartengeräte: Rasenmäher, Schubkarre, Spaten, Harke?«

»Es muss noch einen Schuppen geben, denke ich«, sagte Schmidter, der leicht den Kopf einziehen musste, um sich nicht an der Neonleuchte zu stoßen.

»Hier sehe ich jedenfalls nichts, was uns interessieren könnte«, bemerkte Bircher und hielt vergeblich nach einem Weinregal Ausschau. Sie wollten bereits den Keller verlassen, Bircher hatte sich noch einmal suchend im Kreis gedreht, da traf sein Blick ein Regal zwischen Kellertür und Wand, das sehr viel tiefer war als alle anderen und anscheinend einem besonderen Zweck diente. Wagners Gartenklamotten hingen dort und versperrten die Sicht. Bircher bückte sich, schob die Sachen beiseite und sah vor sich drei Regalböden, dicht an dicht mit Aktenordnern vollgestellt. Er zog einen heraus und las die Beschriftung: »WCons 1975-1977«, griff sich den nächsten, »WCons 1978-1979«.

Hier lagert er die Buchführung seiner Firma, stellte er fest. Er schob die Ordner zurück und wollte sich schon ächzend aus der Hocke stemmen, da entdeckte er am Regalende etwas, was ihn erstaunt blinzeln und innehalten ließ. Zwischen den Akten standen zwei Weinflaschen, wieder akkurat mit dem Etikett nach vorne ausgerichtet. Halb auf Knien las er die Beschriftung, grinste verständnisvoll und stand wieder auf.

»Chianti, die hat er wohl vor seinem Sohn verstecken müssen«, meinte Bircher belustigt.

Schmidter zuckte mit den Schultern.

Der Schuppen war nicht schwer zu finden, sie liefen einmal ums Haus und sahen ihn, eigentlich nur die Tür, denn er war von einer drei Meter hohen Thujahecke umrahmt, die nur den Eingang freiließ.

»Mann, hatte der einen Heckenwahn«, lästerte Schmidter, zog das Schlüsselbund aus der Manteltasche und fummelte daran herum.

»Tut mir leid, Karl, aber es fehlt der Schuppenschlüssel.«

»Mist.«

Schmidter linste ins Schlüsselloch. Er schüttelte den Kopf, murmelte »Sicherheitsschloss« und schritt den Schuppen ab, immer wieder die Pflanzen zur Seite schiebend, um ein Fenster zu entdecken. Er fand eines, das jedoch verdunkelt war.

Bircher prüfte den Himmel, der immer noch freundlich grüßte. Einige wenige Schleierwolken bewegten sich wie im Tanz am Firmament, lösten sich auf, fanden spielend zueinander, beschwingt auf blauem Hintergrund, als wollten sie die Aufmerksamkeit der Menschen erheischen. Er sah nachdenklich zum Bungalow und überlegte, wer ihn wohl jetzt bewohnen würde. In dieser Einsamkeit würde sich die Witwe kaum wohl fühlen und dem Sohn würde wahrscheinlich ein Feuerwehrball im Jahr, eine Dorfkneipe und eine Busverbindung nach Bernau nicht genügen, um Freunde herzuholen. Schade, stellte er bedauernd fest, Karola und ich fänden es hier schön. Diese Stille, wunderbar, man kann die Natur spüren, wie schöne Musik. Er schüttelte den Kopf, wie um falsche Gedanken zu verscheuchen, und winkte Schmidter zu.

»Lass uns fahren. Du rufst Frau Wagner wegen des Schuppenschlüssels an.«

Als sich das Auto an der Dorfgaststätte und der Kirche vorbei in Richtung Prenden bewegte – dieses Mal hatte Bircher die schnellere Route gewählt –, überfiel ihn eine seltsame Unruhe. Er glaubte irgendetwas übersehen zu haben. Irgendetwas sagt ihm, dass sie an diesen Ort würden zurückkehren müssen.

Bircher stand auf dem Balkon und sah geistesabwesend über das Häusermeer hinter der Landsberger Chaussee. Aus dem Wohnzimmer klang Bachs erstes *Brandenburgisches Konzert* hinüber, das ihm ein leicht schwebendes Gefühl gab, als verlöre die Erdanziehungskraft ihre Wirkung. Inmitten des betörenden Klangs der Trompete rief Karola: »Karlchen, kannst du mal?«

Er drehte sich langsam um und sah sie mit dem Bleistift

vor der schmalen Nase am Kreuzworträtsel tüfteln, wie jeden Sonnabend. Ja, seit wie vielen Jahren eigentlich? Er konnte sich nicht erinnern, wahrscheinlich seit ihrem ersten gemeinsamen Wochenende vor etwa 30 Jahren.

»Erster Präsident der Bundesrepublik. Ich kenne nur Pieck, unseren Präsidenten.«

»Heuss.«

»Passt nicht, müssen fünf Buchstaben sein.«

»Heuss«, schnurrte er im Bariton.

»Aha, zwei S, stimmt. Mann, selbst das Kreuzworträtseln wird uns Ossis zur Herausforderung«, seufzte sie.

»Versuchs mit der *Super Illu*, die hätten nach Wilhelm Pieck gefragt«, scherzte er, seine Hand auf ihrer Schulter. Sie neigte den Kopf zur Seite, wie um die Hand zu berühren.

»Bin gleich fertig, dann gehen wir ein bisschen raus«, sagte sie gedankenverloren, während sie die nächsten Buchstaben eintrug. Mit einem gleichmütigen Nicken setzte er sich aufs Sofa, näher zum Plattenspieler. Jetzt sangen die Violinen, Blockflöten und Oboen. Er schloss wie im Traum die Augen.

»Karlchen, nochmal«, sagte sie entschuldigend. Er drehte schweigend den Kopf zur Seite.

»Berberitze, Farbe?«

Er runzelte die Stirn, die Musik lenkte ihn ab, er hatte sich gerade vorgestellt, durch Kornfelder zu schlendern, den warmen Sommerwind im Gesicht, und irgendwie erinnerte ihn die Musik auch an die Hände seiner Mutter.

»Goldgelb.«

Eiförmige Blätter, glaubte er zu wissen. Einen Moment später schob sie den Stuhl zurück und erhob sich.

»Bin fertig.«

Er nickte abwesend. Ganz unerwartet hatte sein Unterbewusstsein ein Stück Erinnerung preisgegeben – ein Bild, an das er sich nur vage erinnern konnte, dessen Konturen verschwommen waren, tauchte plötzlich vor seinem inneren

Auge auf. Blätter, wie große Hände mit gespreizten Fingern, streckten sich ihm entgegen. Wenn das nicht …

Morgen fahre ich nochmal dorthin, mit oder ohne Schuppenschlüssel, entschied er und schlug sich auf die Schenkel.

Es war zehn Uhr, als sie zum zweiten Mal auf Wagners Grundstück standen, dieses Mal in trübem Nieselregen. Die Baumwipfel hinter dem Bach und der Senke verschwammen wie hinter einem durchsichtigen Vorhang, und vom flachen Dach des Bungalows hörte man es leise plätschern. Bircher hatte als Erstes den Kühlschrank geöffnet und die angebrochene Wodkaflasche an sich genommen.

»Mal Frau Lehner fragen, ob die an dem Freitag von Mewis überreicht wurde«, sagte er. Er wusste selbst nicht genau, was ihn an der Flasche interessierte, es war eine plötzliche Eingebung. So wie sein Interesse an dem Heckenstrauch mit den »großen Händen«, der ihn an irgendetwas aus seiner Jugendzeit erinnerte.

Pfeil hatte auf Birchers Notiz, dass ein Zugang zum Schuppen erforderlich sei, nicht geantwortet. Einen Durchsuchungsbeschluss für einen Gartenschuppen beantragen? Wozu, kostet nur Zeit, lautete Birchers Meinung, und so hatten sie sich mit Zange und Schraubenzieher auf den Weg gemacht. Es dauerte keine zwei Minuten, da stand Schmidter in der offenen Tür. Auf den ersten Blick war da nichts, was sie hätte interessieren können. Regale mit den üblichen Gartengeräten, auch einen Rasentraktor sahen sie. Quer zur Rückwand stand ein Tisch, der Bircher an seinen Chemieunterricht erinnerte. Die Arbeitsfläche bestand aus braunen Kacheln, im Fach darunter lagen einige leere Gläser. Nachdenklich wischte er mit dem Handballen über den Tisch, es fühlte sich an einigen Stellen wie geschmiert an, leicht ölig. Er senkte seinen Kopf und versuchte naserümpfend zu ergründen, wonach es roch. Fast wie etwas aus seiner Kosmetikfabrik, dachte er und streckte sich, um nach Schmidter zu schauen, der gerade die Regale durchsuchte.

»Hat uns nicht jemand erzählt, dass Wagner von Beruf Chemielaborant oder Ingenieur war?«, fragte er.

»Ja, irgendwo habe ich das gelesen.«

»Der Tisch hier sieht aus wie ein Erinnerungsstück aus seiner früheren Karriere«, murmelte Bircher.

Nach einer halben Stunde war klar, dass sie der Besuch nicht weiterbrachte. Da war nichts, was als Hinweis für Wagners Ableben hätte dienen können. Den früheren Biologielehrer Bircher zog es in den Garten zu den Hecken. Mal sehen, ob ich die Namen zusammenkriege. Langsam, mit leicht nach vorne gebeugtem Oberkörper, als befände er sich auf einer Pilzsuche, schritt er die gesamte Hecke vom Haus bis hinunter zum Ende des Grundstücks ab. In Gedanken listete er die Namen der Pflanzen auf – da sah er etwas, das ihn innehalten ließ. Er ging zurück, jetzt ein wenig schneller und rief: »Philipp, hol mir mal 'ne Gartenschere!«

Schmidter holte sie aus dem Schuppen und ging grinsend zu seinem Chef.

»Willst du dir den Balkon bepflanzen?«

»Vielleicht. Bis auf diese hier kenne ich alle Pflanzen«, sagte Bircher und wies mit der Hand auf einen grünen Busch nahe der Hauswand. »Ich nehme mir mal einen Zweig mit.«

Noch am selben Abend saß er mit einigen Büchern am Küchentisch, vor ihm lag der Zweig, als wollte er ihn abmalen, daneben eine Flasche Pinot Grigio. Karola wartete neugierig auf das Ergebnis seiner kleinen Studie. Ab und zu hob Bircher den Zweig vor seine Brille, kniff das rechte Auge zu, um wie durch eine Lupe ein Detail zu begutachten. Er murmelte einen Textauszug: »Das Blatt entspringt einem Spross, verzweigt sich nie. Die Verzweigung des Sprosses erfolgt durch Seitenknospen in der Achsel von Blättern …«

Karola machte eine Schnute und unterbrach ihn: »Karlchen, gleich ist die Flasche leer. Wie ist der Name von dem Ast?«, murrte sie, als würde die Sitzung mit dem letzten Glas geschlossen werden.

»Strauch, nicht Ast.«

»Danke.«

»Ich hab's ...«

Er begann ihr einen Text vorzulesen. Sie hörte mit geneigtem Kopf zu. Als er das Buch zuschlug, klopfte sie energisch mit der flachen Hand auf das Tischtuch.

»Na also, dann hast du mit dem Fall schon mal deine Botanikkenntnisse aufgefrischt.«

Er hielt den Zweig hoch und deutete mit dem Zeigefinger auf die Blätter.

»Schau sie dir an, und jetzt vergleiche die Form mit der Beschreibung«, bemerkte er ruhig, nahm das Buch und las vor: »Die Laubblätter sind gespalten mit fünf bis elf spitzen, eiförmigen Lappen ...«

»Lass uns auf den Garten anstoßen!«, rief Karola, die eine vage Ahnung erfasste. Sie dachte an das Essen beim Inder und ihre Hypothese.

Ihre Gläser berührten sich und erzeugten einen hellen fröhlichen Ton, wie das ferne Läuten einer Kirchturmglocke.

SECHZEHN

Endlich, Wagners Tod lag bereits mehr als eine Woche zurück, war es möglich, mit seinem Sohn direkt zu sprechen. Bircher hatte ihn zu sich gebeten, zu einem informellen Gespräch, wie er beschwichtigend hinzufügte. Er trug ein braunes Sakko und dunkelblaue Hosen, beides hatte ihm vor Jahren Karola beim »Herrenausstatter« in der Schönhauser zusammengestellt, »echte Wolle«, hatte sie ihre Entscheidung begründet. Das Hemd war hellblau und neu. Er sah nicht schlecht aus, eher wie ein leitender Angestellter als wie ein Kommissar im Morddezernat.

Es waren noch einige Minuten Zeit bis zehn Uhr, und er ging gemächlich in seinem Büro auf und ab. Er hoffte, vom Sohn Näheres über die Verstrickungen seines Vaters in bestimmte Geschäfte zu erfahren. Es sollte im Interesse des Sohns liegen, sich von Straftaten des Vaters zu distanzieren, schließlich strebte er eine Karriere als Jurist an. Bircher hielt inne und dachte daran, dass er sich bei der Treuhand nach ihm umhören könnte. Jetzt lief ein offizielles Ermittlungsverfahren, eine Nachfrage würde die Gesprächsbereitschaft des jungen Manns erhöhen. Erst mal abwarten, wie es läuft, stellte er den Gedanken zurück.

Bircher öffnete das Fenster einen Spalt, es nieselte wieder einmal. »Berlin«, seufzte er leise. Er mochte das Geräusch des Regens, dieses rhythmische, zarte Prasseln auf dem Fensterbrett, wie das Streichen eines Besens auf dem Schlagzeug. Aber zwischen November und März reichte es manchmal selbst dem geduldigen Bircher, dann fragte er Karola kopfschüttelnd: »Wo bleibt das Licht?«

Er drehte sich zum Schreibtisch. Da lag der Bericht zu den Alibis von Mewis und Schade, die Zeit nach dem Zwischenstopp am S-Bahnhof Bernau betreffend, wo sie Lehner abgesetzt hatten und dann nach Buch weitergefahren waren. Angeblich. Schade besaß kein Auto, er hätte nicht umkehren können, um Wagner spätabends nochmals aufzusuchen. Mewis sehr wohl. Und sein Alibi geriet nun erst recht ins Wanken, nachdem seine Frau auf die Fragen Schmidters ausgesagt hatte, ihren Mann erst am Samstagmorgen gesehen zu haben, neben sich im Bett. Er wäre am Abend wohl irgendwann nach zehn eingetroffen, sie habe geschlafen ... Das sieht nicht gut für Mewis aus, dachte Bircher.

Er spähte durch die Bäume in den Himmel, der grau wie eine alte Zeltplane über den Dächern hing.

Nun ja, der Verdacht, der ihm bei seinem Ausflug nach Sophienstädt gekommen war, kam ihm dann doch zu waghalsig vor, um ihn Pfeil anzuvertrauen. Nur seinen Freund Tetsche weihte er ein, der trocken bemerkte: »Die Symptome würden dazu passen, recherchiere weiter in diese Richtung.«

Bircher nahm die Brille ab und schielte nachdenklich zur Tür, als hätte sie gerade Tetsche hinter sich geschlossen. Sollte ich mich auf der falschen Fährte befinden, mich in der Botanik verirrt haben?, fragte er sich. Schulz, Schäfer, Wagner und dann war da noch die Episode mit dem Hund und Frau Wagner, hinter diesen Fällen kann sich durchaus ein und dasselbe Tatwerkzeug verstecken.

Der Laborbericht zum Inhalt der Wodkaflasche lag vor. Aber bevor Bircher ihn lesen konnte, klopfte es an der Tür. Manuela steckte fragend ihren Wuschelkopf in den Spalt, halb hinter ihr sah er Wagner. Bircher nickte ihr zu, und Wagner schob sich zögernd an ihr vorbei. Er verharrte auf der Schwelle.

»Treten Sie nur näher, Herr Wagner«, begrüßte Bircher ihn betont jovial.

Er hatte einen jungen, lässigen Mann mit sich abzeichnenden väterlichen Gesichtszügen erwartet, einen angehenden Juristen, der darauf Wert legte, dass sich in seiner äußeren Erscheinung der Beruf spiegelte. Bircher sah sich bestätigt, jedenfalls auf den ersten Blick. Er trug einen dunklen Anzug und ein weißes Hemd, als wäre er noch für die Treuhand unterwegs und nicht ein Student, der zu Besuch in Berlin weilt. Er war von stattlicher Statur mit einer leichten Neigung zur Fülle, aus dem Gesicht stachen der volle Mund und ein energisches Kinn hervor. Soweit wahrscheinlich ganz der Papa, vielleicht auch kein Kostverächter. Aber die Wangen waren nicht so straff, wie man es von einem Mittzwanziger erwarten würde, der das Leben noch vor sich hat. Es fehlte an Kontur, da war nichts Prägendes, was ihn aus der Menge hervorstechen lassen würde, obwohl sein Blick durchaus Wille und Selbstbewusstsein verriet. Bircher stand hinter seinem Schreibtisch und wartete darauf, dass Wagner sich näherte. Dessen unsteter Blick verriet Anspannung.

»Bitte setzen Sie sich«, bat Bircher.

Der Himmel brach plötzlich auf. Durch die Gardine drang die Frühjahrssonne wie ein flimmernder Scheinwerfer, spielerisch tanzte hinter Wagner das Licht an der Wand. Er musste die Augen zusammenkneifen. Bircher nickte ihm einmal zu und kreuzte entspannt die Arme vor der Brust.

»Lieber Herr Wagner, zunächst möchte ich Ihnen mein aufrichtiges Mitgefühl aussprechen. Ich danke Ihnen sehr, dass Sie sich angesichts der traurigen Umstände zu diesem Gespräch bereit erklärt haben. Ich musste Sie hierherbitten, weil ein Ermittlungsverfahren eingeleitet worden ist, das ich leite. Wir müssen davon ausgehen, dass zwischen dem Tod Ihres Vaters und dem Ableben seiner Kollegen Schäfer und Schulz ein Zusammenhang besteht.«

Er wartete Wagners Reaktion ab, der ihm schweigend zu verstehen gab fortzufahren.

»Ich fange mal mit den Geschäften Ihres Vaters an, von denen anscheinend einige seiner Mitarbeiter nicht begeistert waren, um es vorsichtig auszudrücken. Wissen Sie, dass der Treuhand Informationen zugespielt wurden, die Ihren Vater belasten?«

»Ja, er hat mich unterrichtet«, antwortete Wagner junior prompt.

»Aber weder die Treuhand noch wir haben Ihrem Vater davon berichtet. Woher wusste er das?«

»Er hat mir gegenüber angedeutet, dass man in seiner Post geschnüffelt hätte. Dass jemand ihn und Herrn Kohlin verdächtigte, Subventionen abzuzweigen beziehungsweise der Berliner Firma marktunübliche Preise für Chemikalien in Rechnung zu stellen.«

»Und das hat er Ihnen alles erzählt?«, setzte Bircher verwundert nach.

»Ja, hat er. Ich war zwar bei der Treuhand nur als Praktikant beschäftigt, kannte aber Kollegen, die die Berlin Beauty betreuen. Mein Vater hoffte vielleicht, ich würde diesen Vorwürfen nachgehen und sie entkräften können. Aber ich habe mich da rausgehalten.«

Er grinste schwach, als wäre das alles nicht der Rede wert. Bircher überlegte einen Augenblick, warum der Sohn so offen über diese Anschuldigungen sprach. Niemand wusste, was ihm sein Vater anvertraut hatte – warum gab er sein Wissen preis? Gibt es vielleicht jemanden, dessen Anzeige er zuvorkommen will?

»Na ja, immerhin wird Ihrem Vater nachgesagt, dass er an der Steuer vorbei beträchtliche Summen in die Schweiz transferiert haben soll. Die Grundlage bildeten unter anderem Scheingutachten, die er sich von Herrn Schulz bezahlen ließ. Dann waren da noch die überteuerten Importe für die Berliner. So landeten große Summen aus Treuhandkrediten über Herrn Kohlin auf Schweizer Konten.«

»Wer behauptet das denn? Schulz etwa? Oder Mata Hari?«

»Wie bitte, wer?«

Bircher sah ihn ernst an, als gäbe es keinen Anlass für Scherze.

»Entschuldigen Sie bitte, aber mein Vater hat Frau Lehner mal zum Scherz so genannt, weil sie ihn an die berühmte schöne Spionin erinnerte.«

Für einen Moment herrschte Schweigen. Mit einer fahrigen Geste strich sich Wagner über das Gesicht, als würde ihn ein Insekt stören. Das Sonnenlicht zwang ihn zum Blinzeln. Bircher beobachtete das Mienenspiel seines Gegenübers.

»Nun, Herr Wagner, lassen wir das Thema mal ruhen, wir untersuchen hier Tötungsdelikte. Für Subventionsbetrug oder Steuerhinterziehung sind andere Kollegen zuständig«, wechselte Bircher in behäbigem Ton das Thema, wobei er seinen Oberkörper leicht nach vorne schob. Das Wort »Tötungsdelikt« hatte einen leichten Schauer auf Wagners Rücken verursacht. Er hatte zwar nicht gelogen, aber auch nicht gesagt, was er tatsächlich wusste. Warum sollte ich meinen Vater belasten, der nicht mehr am Leben ist, sich also auch nicht verteidigen kann? Warum ihn in Misskredit bringen? Tatsächlich hatte ihm nämlich sein Vater zu Anfang seiner Tätigkeit bei der Treuhand erklärt, wie wichtig es sei, »den Schulz an Bord zu haben«, denn er genieße das volle Vertrauen der Treuhand und ohne ihn könnten die Schweizer als Kaufinteressenten abspringen. Letzteres hatte der Sohn zunächst nicht ganz verstanden, aber nachdem ihn der Vater darüber aufgeklärt hatte, was es mit den Gutachten auf sich hatte und welche Warenflüsse man später einmal über die Swiss Scent realisieren könnte, hatte es dem Sohn gedämmert. Als er seinen Vater gefragt hatte, ob er Schulz »beteilige«, hatte der seinen Sohn am Arm genommen und leise gesagt: »Money makes the world go round.«

Wagner setzte einen aufmerksamen Blick auf. Die Sonne

hatte sich aus seinem Gesicht zurückgezogen, still dankte er der Natur.

»Herr Wagner, Sie waren als Erster im Haus, nachdem Ihr Vater verstorben war. Erzählen Sie mal so detailliert wie möglich, was Sie gesehen haben. Wo war Ihr Vater, wie sah es im Haus aus, als sie am Montag dort eintrafen? Er hatte ja am Freitag Gäste gehabt. Alles, was Ihnen einfällt, bitte.«

Wagner streckte den Rücken wie zu einer vorbreiteten Ansprache.

»Ich kam gegen Mittag, und die Haustür war nicht verschlossen. Es war fürchterlich, ich bin dann zum Gemeinderat gerannt, um zu telefonieren«, begann er. Bircher hörte reglos zu, unterbrach ihn nicht, bis Wagner am Ende mit verschränkten Händen sagte: »Ja, mehr weiß ich nicht.« Was Bircher gehört hatte, passte zu seinem Informationsstand, bis auf ein Detail.

»Ich fasse kurz zusammen: Sie haben Ihren Vater auf dem Fußboden vor seinem Bett gefunden, gekrümmt wie nach einem Krampf und in seinem Erbrochenen. Sie haben erwähnt, dass in der Küche einige Gläser standen, darunter eine halbvolle Schnapsflasche. Das haben meine Kollegen nicht gesehen.«

»Während ich auf den Rettungsdienst und die Polizei gewartet habe, war ich auch in der Küche. Ich kann mich nicht genau erinnern, was ich da gemacht habe, ich stand etwas neben mir, aber die Flasche habe ich bemerkt. Ich habe die wohl in den Kühlschrank gestellt.«

»Trank Ihr Vater auch Hochprozentigen? Wir haben nur Wein gesehen.«

»Ja schon, er kaufte ihn nur selten. Das war sowas wie Selbstschutz. Wenn er mal anfing, konnte er ganz schön zulangen.«

»Wie an dem besagten Wochenende.«

»Möglich. Vielleicht war's 'ne besondere Sorte.«

»Sie kennen sicher den Keller?«, fragte Bircher weiter.

»Ja, natürlich.«

»Auch das Regal mit den Akten?«

»Ja, dort bewahrt er Firmenunterlagen auf.«

»Nicht nur. Haben Sie den Wein gesehen?«

Wagner rutschte auf seinem Stuhl herum.

»Ich bin natürlich ein paar Mal im Keller gewesen, um etwas zu holen. Den Wein hätte ich nicht gesehen, wären mir nicht die vielen Akten aufgefallen. Da hab ich natürlich mal drin geblättert ...«

Er hob entschuldigend die Schultern.

»Und könnte es sein, dass sie sich mal eine Flasche mitgenommen haben? Wäre ja verständlich, und Ihr Vater hätte sicher nichts dagegen gehabt.«

Wagner kratzte sich mit einer Hand am Oberschenkel und verzog den Mund zu einem angedeuteten Grinsen.

»Ich habe einmal eine Flasche der Frau Lehner geschenkt, zum Abschied, als meine Zeit um war und ich zurück zur Uni bin. Als Dank für Ihre Unterstützung. Na ja, davon wusste mein Vater nichts«, gab er zu.

»Gut. Lassen Sie uns noch kurz über den Garten reden«, wechselte Bircher abrupt das Thema. »Haben Sie einen Schuppenschlüssel?«

»Nee, ich war noch nie in dem Schuppen. Liegt der Schlüssel nicht im Haus?«

Was hab ich mit dem Garten am Hut?, drückte seine Miene aus.

»Hätte ja sein können, dass Sie mal im Garten gebraucht wurden«, bemerkte Bircher mit einem Lächeln und streifte Wagners gepflegte Hände mit dem Blick. Der hob die Augenbrauen und beließ es bei einem Schweigen.

»Wissen Sie denn zufällig, wer den schönen Garten angelegt und die Hecken gepflanzt hat?«

»Also, Herr Kommissar, ich habe wirklich keine Ahnung,

ich wohne nicht in Berlin und bin nur im Sommer ab und an da draußen. Sicher hat mein Vater die Pflanzen ausgesucht. Aber gepflanzt? Nee, das sind ja ein paar hundert Meter. Warum fragen Sie nicht meine Mutter?«

Bircher hatte damit bereits Schmidter beauftragt. Frau Wagner hatte ihn sprachlos angestarrt, als wäre er nicht ganz bei Sinnen, ausgerechnet sie jetzt nach Hecken zu befragen. Sie hatte sich stammelnd ein »Hat alles mein Mann erledigt« abgerungen.

»Sie haben mich noch nicht nach der Todesursache gefragt. Also, nach dem Stand der Untersuchungen können wir eine Vergiftung nicht ausschließen.«

Es trat eine Totenstille ein. In Wagners Gesicht zuckte es, als würde er um eine Antwort ringen.

»Sie gehen anscheinend davon aus, dass sich mein Vater vergiftet hat«, bemerkte er schließlich kühl.

»Eher nicht.«

Wagner sah ihn nachdenklich an, verkniff sich aber weitere Fragen.

»Und Sie waren nie in diesem Schuppen?«, kam Bircher auf sein vorheriges Thema zurück.

»Ganz am Anfang mal, kann mich nicht erinnern, wann das war. Wenn ich zu Besuch kam, musste ich nicht im Garten arbeiten.«

»Hatte er einen Gärtner?«

»Ich glaube, da war jemand, der ihm beim Rasenmähen und Heckenschneiden half.«

»Kennen Sie den Namen?«

»Nein, das könnte meine Mutter wissen.«

»War sie oft dort?«

»Na ja, wenn die Sonne schien«, grinste er schwach.

Bircher verzog den Mund.

»Herr Wagner, ich muss Sie bitten, über unser Gespräch Stillschweigen zu bewahren. Ja?«

»Anwaltsgeheimnis«, antwortete Wagner trocken, knöpfte nachdenklich sein Sakko zu und griff nach dem Mantel. Es schien, als würde er die Taschen abtasten, als er ihn überwarf. Sie gaben sich wortlos die Hand.

Als sie sich verabschiedet hatten, wurde Wagner endlich bewusst, was ihm keine Ruhe ließ: Bircher hatte die Frage nach seinem Hausschlüssel für den Bungalow nicht gestellt. Dieser Umstand bot ihm die Chance, einen Verdacht aus dem Weg zu räumen. Der freundliche Kommissar hatte sich auch nicht sonderlich für die Scheingutachten interessiert. Er war erleichtert gewesen, denn darauf hätte er die Wahrheit sagen müssen, dass nämlich Kohlin auch für ihn ein Aktiendepot angelegt hatte. »Für den geliebten Sohn«, wie sein Vater gesagt hatte. Nicht förderlich für die Karriere als Jurist, wenn das aufflog – aber Bircher hatte nicht gefragt. Warum? Die Ordner stehen sicher noch im Regal, hoffte er, und die müssen weg. Die könnten belastendes Material enthalten. Gut, dass ich den Schlüssel behalten konnte, stellte er nochmals erleichtert fest. Ihm fiel ein, wie ihm der Vater von dem Brief an Kohlin erzählt hatte, dass jemand im Betrieb ihn gelesen hatte. »Das war nicht irgendein harmloser Brief«, hatte er mit versteinertem Gesicht geknurrt, »da standen vertrauliche Dinge drin.«

Bircher sann über den jungen Wagner nach, während er auf Mewis wartete. Lehner war nicht über dessen Vorladung im LKA informiert worden. Sie wäre aber die Nächste, Bircher erhöhte den Druck.

Er versuchte, einige Passagen des Gesprächs mit Wagner zu rekonstruieren, um herauszufinden, was ihn im Nachhinein so an seinem Auftreten irritiert hatte, wie nach einer Filmszene, bei der man nicht versteht, warum sie einem nicht aus dem Sinn gehen will. Er kratzte sich den Nacken, kniff die Augen zusammen und sah Wagner vor sich sitzen, darum bemüht, jede Frage möglichst kurz zu beantworten – ohne auszuweichen, aber auch ohne ein Wort zu viel zu verlieren. So verhält man sich in der Regel, wenn man etwas zu verbergen hat, wusste Bircher, der ihn nicht eine Sekunde aus den Augen gelassen hatte. Er sah Wagner vor sich, als sie über den Wein sprachen, darüber, dass er mal eine Flasche an Lehner verschenkt hatte.

Bircher spitzte den Mund, wie auf dem Schachbrett begann er die nächsten Züge zu planen. Als Erstes würde er Wagners Wochenendhaus und Schuppen nochmals kriminaltechnisch untersuchen lassen, ebenso seine Büros und seine Wohnung. Mewis, Schade und Lehner dürften sich auch über die Kriminaltechniker freuen, und nach einigem Zögern beschloss er, auch Frau Schulz um Zugang zu ihrer Wohnung und zum Wochenendgrundstück zu bitten.

Er hörte Manuelas forsche Stimme und stand auf, gleich darauf klopfte es an der Tür und Mewis trat ein.

»Guten Tag«, empfing ihn Bircher kühl.

»Tag«, murmelte Mewis, der noch seinen blauen Arbeitskittel unter dem Mantel trug.

»Setzen Sie sich«, lenkte Bircher ihn vor seinen Schreibtisch. Mewis' flackernder Blick schweifte über Bircher, als versuchte er die Situation abzuschätzen. Schließlich senkte er den Blick und nahm Platz.

»Kennen Sie das hier?«, fragte Bircher, während er sich etwas zur Seite beugte, um ein Fach zu öffnen. Er stellte eine Flasche Żubrówka vor sich ab und klopfte mit der Hand auf die Tischplatte, als wollte er um Aufmerksamkeit bitten. Mewis starrte wie verzaubert auf die Flasche, die einen Strohhalm enthielt.

»Also, ist die Erinnerung zurückgekehrt?«, fragte Bircher.

»Die sieht so aus wie die Flasche, die ich Herrn Wagner geschenkt habe, als wir ihn auf seinem Grundstück besuchten«, erwiderte Mewis zögernd.

»Die sieht nicht nur so aus – sie ist es. Wir haben sie im Kühlschrank von Wagners Küche gefunden, halbleer.«

Aus Mewis' Gesicht wich die Farbe, und Birchers Miene nahm für einen Moment einen besorgten Ausdruck an. Der wird mir doch nicht kollabieren, dachte er und lehnte sich nach vorne, um ihm ins Gesicht sehen zu können. Für eine Minute herrschte Schweigen, Mewis schien sich in einem inneren Kampf zu befinden, als suche er nach einem Ausweg aus einer aussichtslosen Lage. Schließlich seufzte er leise und sah Bircher trotzig in die Augen.

»Ich schwöre, dass ich keine Ahnung habe, wovon Sie reden. Ich verstehe nicht, wo ich da reingeraten bin. Es ist nämlich so, dass das eigentlich gar nicht meine Flasche ist.«

»Der Reihe nach. Sie geben zu, dass Sie diese Flasche Herrn Wagner geschenkt haben?«

»Ich habe Herrn Wagner eine Flasche geschenkt, die genauso aussieht.«

»Wenn es nicht Ihre Flasche ist, was ist es dann? Eine Kopie? Und wie ist die Kopie dann in Wagners Kühlschrank gelangt? Wo ist dann Ihre Flasche, hat die jemand mitgenommen?«

»Diese Flasche hier, die hat mir Frau Lehner geschenkt, allerdings mit einem anderen Etikett: Rossiskaja stand da drauf. Ich habe sie neu etikettiert, sozusagen einen Żubrówka daraus gemacht, um sie Herrn Wagner schenken zu können, ohne dass Jutta merkt, dass ich ihr Geschenk weiterreiche. Ich wollte mich bei Wagner bedanken, der ist immer so großzügig gewesen.«

Bircher bewunderte ihn fast wie einen Schauspieler, der seine Rolle gut beherrschte. Donnerwetter, sagte er sich, welch eine Inszenierung. Darauf muss man erstmal kommen.

»Und den Strohhalm, wie haben Sie den da reingezaubert?«, fragte er.

»Ist doch für unsereinen kein Problem, einen Flaschenverschluss so zu öffnen und zu verschließen, dass es nicht auffällt.«

Das kann man wohl sagen – so wie die Briefumschläge, dachte Bircher.

»Sie wollen mir sagen, Herr Mewis, dass Frau Lehner vor Ihnen im Besitz der Flasche war, Sie ihn also auch geöffnet oder neu etikettiert haben könnte?«

»Kann sein.«

»Waren Sie eigentlich schon früher mal in Sophienstädt?«

»Natürlich, ist eine schöne Gegend, mit einem Badesee und Wäldern, wo wir Pilze sammeln, jedes Jahr. Wir waren sogar mal mit der Belegschaft dort, Betriebsausflug.«

»Auch Frau Lehner«?

»Ja, nicht lange her, kurz bevor Herr Wagner bei uns einstieg.

»Haben Sie bei der Gelegenheit auch mal Wagners Grundstück gesehen?«

Mewis schien nachzudenken, worauf die Frage hinauslaufen könnte, und entschloss sich zur Wahrheit.

»Ja, es hatte sich rumgesprochen, dass er da was besaß.«

»Sie meinen den Garten?«

»Den auch«, brummte er.

»Sie haben keinen Garten?«

»Nee, nur einen Balkon.«

»Sie haben es in der Produktion auch mit Giftstoffen zu tun, habe ich den Zertifikaten entnommen, die Ihren Waren ausgestellt werden müssen.«

»Nein, das ist nicht ganz korrekt. Es gibt internationale Vorschriften, die listen alles auf, was schädlich sein könnte, und nur diese Stoffe interessieren uns. Das sind keine Gifte im kriminalistischen Sinn, ich kann Ihnen gerne die Liste vorlegen.«

Bircher nahm es wortlos zur Kenntnis. Er hatte beschlossen, die Befragung abzubrechen, die Zeit drängte, er wollte in den Betrieb, und zwar noch bevor Mewis dorthin zurückkehrte.

»Herr Mewis, wir werden einige Ihrer Aussagen protokollieren. Dazu übergebe ich Sie meinem Kollegen, Herrn Schmidter. Das ist erforderlich, auch in Hinblick auf eine mögliche Untersuchungshaft.«

Mewis zuckte wie unter einem Stromschlag zusammen, nahm es aber schweigend hin.

SIEBZEHN

Als Bircher mit zwei Mitarbeitern der KTU vor der Berlin Beauty aus dem Auto stieg, warf er als Erstes einen Blick auf die Werbetafel neben dem Eingang. Es grüßte immer noch die im Eis schwimmende Fantadose: »Cools you down«, rief sie den Vorbeiziehenden zu. Er wusste nicht, wie Fanta schmeckte und wer sie trank. Wahrscheinlich junge Leute, die im Sommer lässig auf den Wiesen in den Parks liegen und selbstgedrehte Zigaretten rauchen. Er wandte sich dem Erdgeschoss zu und bückte sich etwas, um in die knapp über dem Erdboden eingelassenen vergitterten Fenster zu linsen. Er konnte nichts erkennen. Hinter einer dicken Staubschicht verbargen sich die Kellerräume. Da waren wir noch nicht, stellte er fest, und wies die Kriminaltechniker an, sich umzusehen.

»Alles was an eine Laborausrüstung erinnert – Kolben, Filterpapier, Bunsenbrenner, Rührwerke und so weiter –, interessiert uns«, erklärte er.

Frau Lehner saß wie eingefroren auf ihrem schwarzen Ledersessel und starrte auf die Tür, als wartete sie darauf, jeden Moment abgeführt zu werden. Die Nachricht vom Pförtner hatte sie schwer getroffen. Die letzten Wochen war sie ihren Pflichten nachgegangen, im Glauben, dass die Mitteilung, Wagner sei überraschend in seinem Haus verstorben, bedeutete, die Polizei hätte keinen Anlass für eine Straftat gefunden. Und im Betrieb würde endlich Ruhe einkehren, alle könnten sich unbeschwert auf Super Sun Shine konzentrieren.

Das Telefon läutete, mit aufgeregter Stimme kündigte

Katja den Besuch an. Sie hörte nichts aus dem Vorzimmer, also musste Katja wieder mal auf dem Korridor Wache gestanden haben.

Lehner nahm eine Akte in die Hand und tat so, als würde sie lesen. Es klopfte einmal, und Bircher tauchte mit einem freundlichen Lächeln im Türrahmen auf.

»Guten Tag, Frau Lehner, ich muss Sie leider so unangemeldet stören, ich bitte um Nachsicht«, entschuldigte er sich halbherzig. In seinem Heimatdialekt klang es wie ein Kompliment.

Sie rang sich ein gequältes Begrüßungslächeln ab und zeigte zum Fenstertisch, auf halbem Weg reichten sie sich die Hände.

»Was führt Sie zu uns?«, fragte sie sofort.

»Herr Wagner war wohl allein in seinem Haus, als er starb, jedenfalls gibt es keinen Hinweis darauf, dass ihn nach Herrn Tschiladses Abreise noch jemand besucht hat. Wir haben in seinem Kühlschrank eine angebrochene Flasche Wodka gefunden, die uns ein paar Rätsel aufgibt.«

Er musterte sie aufmerksam, aber auf ihrem Gesicht war keine Regung abzulesen, lediglich kühle Zurückhaltung.

»Wie Sie wissen, hat Herr Mewis dem Gastgeber eine Flasche Wodka geschenkt. Nun sagt Herr Mewis aus, dass er die Flasche ursprünglich von Ihnen erhalten habe. Stimmt das?«

Sie schüttelte unmerklich den Kopf und sah ihn an, als glaubte sie, er wolle sie aufs Glatteis führen.

»Ich verstehe nicht so recht, wonach Sie mich fragen, Herr Bircher. Soweit ich mich erinnere, hatte Herr Mewis eine Flasche polnischen Wodka bei sich, die ich vorher nie gesehen hatte.«

»Haben Sie ihm früher einmal Wodka geschenkt?«

Sie dachte an den Tag nach dem Betriebsfest, als auf ihrem Schreibtisch eine Flasche Rossiskaja mit einer roten Schleife gestanden hatte. Aber um die kann es sich kaum handeln, dachte sie. Damals waren einige Gäste aus der Ukraine da gewesen, alte Kooperationspartner, noch aus DDR-Zeiten. Sie war sich sicher gewesen, dass ihr jemand aus dieser Riege die Flasche ins Zimmer gestellt hatte. Das wäre nichts Neues gewesen. Sie hatte sich nicht bedanken können, denn die Gäste waren zuvor abgereist, und wie sollte sie wissen, wer von ihnen das Geschenk hinterlassen hatte. Erst zu Mewis' Geburtstag war ihr der ukrainische Wodka wieder eingefallen.

»Ich habe Herrn Mewis noch nie polnischen Wodka geschenkt«, antwortete sie wahrheitsgemäß.

»Hm, Herr Mewis sagt nämlich aus, dass die Flasche und ihr Inhalt von Ihnen stammten. Es sei ein Geburtstagsgeschenk von Ihnen gewesen. Er wollte nicht, dass Sie sie erkennen, deshalb habe er die Flasche neu etikettiert und einen Halm reingesteckt, also aus dem Rossiskaja einen Żubrówka gemacht.«

»Äh, warum denn das? Ein Rossiskaja stand bei mir auf dem Tisch nach dem Betriebsfest, keine Ahnung wie der dahin kam«, rief Lehner und zeigte zum ersten Mal so etwas wie eine Emotion.

»Wir können schlicht nicht ausschließen, dass irgendetwas mit dem Wodka nicht stimmte«, sagte Bircher.

»Und was wollen Sie mir unterstellen? Nein, also, ich bitte Sie, da lügt Herr Mewis. Von mir bekam er eine Originalabfüllung: Rossiskaja.«

Bircher sagte nichts, sondern beobachtete sie bloß. Sie saßen sich für einen Augenblick schweigend gegenüber. Schließlich räusperte sie sich und zischte leise: »Mir reicht's.«

Unbeeindruckt trommelte Bircher mit den Fingern auf seinen Oberschenkeln.

»Frau Lehner, ich möchte wissen, ob außer Ihnen auch die anderen Gäste Wodka meiden.«

Sie ging in Gedanken die Gästeliste durch.

»Ich trinke keinen Wodka, Schade schon gar nicht,

Tschiladse auch nicht, Mewis, na ja, außerdem musste der uns fahren. Und Wagner, keine Ahnung, der eher.«

»Und der ist tot. Zufall? Was denken Sie?«

In der Frage schwang die Antwort schon mit, aber sie dachte nicht daran, etwas darauf zu erwidern. Ich bin doch nicht so blöd, mich zu verteidigen, das würde mich ja wie eine Verdächtige erscheinen lassen. Sie legte die Stirn in Falten.

Bircher erhaschte einen kurzen Blick aus ihren wachen Augen. Er musste sich eingestehen, dass sie über eine Ausstrahlung verfügte, der man auf den sogenannten Chefetagen nur selten begegnete. Gut aussehend, gepflegt, intelligent, kühl und berechnend, dazu ein starker Wille – so in etwa konnte man sie beschreiben.

»Sie haben Laborräume. Wir suchen nach Hinweisen, die uns helfen, Wagners Tod aufzuklären. Darunter auch nach bestimmten Geräten und Chemikalien. Deshalb sind meine Kollegen von der Kriminaltechnik gerade vor Ort.«

»Wie bitte? Die sind im Werk unterwegs, mitten am Tage? Ohne mich vorher zu informieren?«

»Ja. Wir haben einen Ermittlungsauftrag und der gilt für vierundzwanzig Stunden, bei Mordverdacht erst recht.«

»Und wonach suchen Sie konkret?«

»Das sagte ich bereits – nach Hinweisen auf eine Straftat«, sagte Bircher und wechselte wieder abrupt das Thema.

»Eine andere Frage: Sie kennen Herrn Tschiladse gut?«

Die Frage kam so überraschend für sie, dass sie erstaunt die Brauen hob. Sie dachte sofort an das Essen im Shoti und seinen finanziellen Segen.

»Wir sind Geschäftspartner, wie Sie sicher wissen«, bemerkte sie kurz angebunden,

»Ja, darum geht's nicht. Er war allein mit Wagner, nachdem Sie, Herr Mewis und Herr Schade abgefahren waren. Da drängt sich die Frage auf, ob er nicht auch von dem Wodka getrunken haben könnte.«

»Ich habe doch bereits angemerkt, dass das so gut wie ausgeschlossen ist. Er trinkt keine starken Sachen, schon gar nicht Wodka. Verträgt er nicht, hat er mir mal gesagt. Und an dem Abend hat er lediglich ein oder zwei Gläser Wein getrunken, so lange ich da war. Er ist ja wohl auch nicht viel länger als wir geblieben. Und der Wein war kräftig.«

Bircher nickte.

»Ich habe gehört, dass Wagner ab und an Wein verschenkte. Auch an Sie?«

Langsam glaubte sie, ihm würden seine Fragen so zufällig wie Liedtexte einfallen. Nun, das war eben seine Art sich vorzutasten, sich der Wahrheit von allen Seiten zu nähern. Und mit einigen abrupten Themenwechseln das Gegenüber ins Straucheln zu bringen.

»Ja, er hat mir und Herrn Schulz mal eine Flasche geschenkt. Lange her«, sagte sie, als läge das schon Jahre zurück.

»Und das war das einzige Mal, dass Sie mit einem Wein aus seinem Lager beschenkt wurden?«

Sie versuchte so auszusehen, als wäre diese Frage überflüssig. Ihr fiel Wagners Sohn und sein Abschiedsgeschenk ein.

»Ja, nur dieses eine Mal. Wir waren Kollegen, keine Freunde.«

Bircher sah sie ernst an. Sie betrachtete ihre Fingernägel, zupfte an ihrem Rock und drehte den Kopf zum Fenster.

»Herr Wagners Sohn hat mir erzählt, dass er Ihnen zu seinem Abschied eine Flasche Rotwein geschenkt hat. Stimmt doch, oder?«

Sie wandte sich wieder überrascht zu ihm – und erinnerte sich an Schäfer, wie der sich damals über den Wein gefreut hatte. Armer Kerl.

»Ach ja, stimmt. Daran habe ich nicht gedacht. Wir haben ja immer nur vom Vater gesprochen.« Sie zuckte die Achseln. Die ist gut, wirklich, lobte Bircher im Stillen ihre Reaktionsfähigkeit, überzeugt davon, dass sie ihm dieses Geschenk vorsätzlich verschwiegen hatte.

»Ja also, dann fasse ich mal das Wichtigste zusammen: Herr Mewis hat Herrn Wagner eine Flasche Żubrówka geschenkt. Er behauptet, die Flasche sei von Ihnen, hätte Rossiskaja enthalten und er wollte lediglich ihr Aussehen verändern. Nun, es war für unsere Fachleute von der KTU kein Problem, einen polnischen von einem ukrainischen Wodka zu unterscheiden. Die haben natürlich den vermutlichen Żubrówka analysiert. Das war er nicht, es ist eindeutig ein Rossiskaja.«

Plötzlich wirkte Bircher nicht mehr wie ein netter Besucher – er hatte sich innerhalb weniger Sekunden zum Hauptkommissar gewandelt, mit dem nicht zu spaßen ist. Seine Sprache hatte auch ihren Dialekt verloren, stellte sie verwundert fest. Sie hielt seinem Blick stand.

»Das sagt Mewis. Ich weiß nur, dass ich ihm keinen Żubrówka geschenkt habe, sondern einen Rossiskaja in Originalverpackung.«

Ihre Stimme hatte den eisigen Klang einer verletzten Frau. Als hätte er von ihr nichts mehr zu erwarten, schlug er sich auf die Knie und stemmte sich aus dem Stuhl.

»Würden Sie mich zu Herrn Schade begleiten?«, fragte er ohne Umschweife.

»Gerne.« Sie versuchte, sich ihre Erleichterung darüber, dass ihre Befragung vorüber war, nicht anmerken zu lassen. »Soll ich uns anmelden?«

»Nicht nötig«, antwortete er.

Als sie gemeinsam den Korridor entlanggingen, bemerkte Bircher erneut die leichten Parfümschwaden. Ihm fiel ein, wie er und Karola vor gut einem Jahr nach München geflogen waren, es war ihr erster Abflug von Tegel gewesen. Gleich hinter der Abfertigung hatten sie eine Parfümerie durchqueren müssen, was ihm den Atem genommen hatte. Er hatte sich gefühlt, als müsste er ins Freie fliehen, um nicht ohnmächtig zu werden. Hier riecht es eigentlich recht angenehm, ein bisschen wie im Bad, nachdem Karola es verlassen hat. Gutes Geschäftsklima.

Bircher dachte nach. Alles sprach gegen Mewis, auch dass er für die Nacht zwischen Freitag und Sonnabend kein Alibi vorzuweisen hatte. Seine Frau hatte nicht sagen können, wo er die Nacht verbracht hatte. Er warf Lehner, die mit erhobenem Kopf neben ihm ging, einen raschen Blick zu und versuchte, sie sich als Täterin vorzustellen. Durchaus möglich, dass sie im Hintergrund die Fäden zog.

»Hier entlang«, bat sie und drückte die Klinke zu einem kleinen Eingang neben dem Durchgang zum nächsten Hof.

Bircher drückte sich an ihr vorbei in einen halbdunklen Korridor. Nach ein paar Schritten sah er das Schild »Labor«. Die Tür hatte nur ein Schloss ohne Klinke, daneben befand sich ein Klingelknopf. Wie bei Tetsche in der Gerichtsmedizin, bemerkte Bircher, der sich interessiert umschaute, aber nichts als kahle Wände sah. Lehner drückte zweimal energisch den Klingelknopf, und kurz darauf hörten sie ein schlurfendes Geräusch, als liefe jemand in Badelatschen.

In der Tür erschien wie eine schmale Säule Schade. Sein Gesicht sah farblos aus und irgendwie ölig, es zeigte keine Gefühlsregung. Nur die Mundwinkel zuckten ab und zu. Hierher kam selten jemand aus der Belegschaft, die Laborräume konnte ohne seine Erlaubnis nur die Geschäftsführung betreten, und sein kleines Büro bot für höchstens drei Personen Platz, wobei eine dann in der offenen Tür stehen musste. Schade blinzelte und öffnete die Tür. Er sah zunächst nur Lehner, da Bircher seitlich im Flur stand, und ihm entfuhr als Gruß nur ein irritiertes »Frau Lehner, Sie?«

»Herrn Bircher möchte Sie sprechen«, erwiderte sie und trat zur Seite.

»Tag, Herr Schade, es dauert nicht lange. Haben Sie ein paar Minuten für mich?«

Ohne seine Antwort abzuwarten, reichte er ihm flüchtig die Hand und betrat das Labor, neugierig in alle Richtungen spähend. Hinter einem Fenster, das in die Wand eingelassen war, sah er Labortische und eine Frau in weißem Kittel, die aufmerksam in ein Reagenzglas schaute.

»Bitte, hier entlang«, murmelte Schade.

Lehner sagte: »Herr Schade kann mich anrufen, sollten Sie mich brauchen«, dann schloss sie die Tür von außen, ohne dass Bircher Zeit für eine Erwiderung gehabt hätte. Schade setzte sich an einen kleinen Tisch, der gerade so zwischen Tür und Schreibtisch passte, Bircher quetschte sich dazu.

»Also, Herr Schade, ich leite die Ermittlungen zum Tod von Herrn Wagner. Damit verbunden müssen wir uns auch erneut mit dem Ableben Ihrer Kollegen Schulz und Schäfer beschäftigen«, sagte Bircher in seiner gemächlichen Tonlage, weniger streng als zuvor mit Lehner. Schade nickte geistesabwesend.

»Nach der Feier in Herrn Wagners Haus hat Herr Mewis Sie in Buch abgesetzt. Wie spät war es da?«

»Gegen Viertel vor zehn«, erwiderte er prompt.

»Und Herr Mewis ist allein weitergefahren?«

»Ja. Frau Lehner war vorher ausgestiegen.«

»Und Sie sind direkt nach Hause gegangen? Wurden Sie erwartet?«

»Wenn Sie meinen, ob ich verheiratet bin, nein. Ich lebe allein.«

Bircher nahm zur Kenntnis, dass Schade, ebenso wie Mewis, kein Alibi besaß, denn niemand konnte bezeugen, wann er an dem Abend zu Hause angekommen war. Und es war nicht auszuschließen, dass sich Mewis und Schade gegenseitig deckten. Bircher wollte gerade die nächste Frage stellen, da klingelte es am Eingang. Schade sah ärgerlich auf, er hatte gehofft, die Angelegenheit schnell hinter sich zu bringen. Er verließ das Zimmer, und Bircher betrachtete währenddessen die kahlen Wände. Meine Güte, dachte er, da ist es ja im Tierheim gemütlicher. Er hörte eine Stimme, die ihm bekannt vorkam. Gleich darauf klopfte es leise, und Schade steckte den Kopf herein, als wäre es ein fremdes Büro. Hinter ihm stand ein Kriminaltechniker mit Schutzhandschuhen, der einen Karton in der Hand hielt und Bircher mit einem Wink zu sich bat.

»Einen Moment, bitte«, sagte Bircher, während Schade wieder Platz nahm und zusah, wie die Tür ins Schloss fiel.

»Herr Bircher, wir haben in einem der Kellerräume das hier gefunden. Mehrere kleine Flaschen, eine ist beschriftet«, unterrichtete ihn der Techniker, der ihm eine braun getönte vierkantige Flasche wie aus der Apotheke hinhielt. Auf dem Etikett stand »R«. Ohne sie zu berühren, beugte sich Bircher zur Flasche und studierte die Aufschrift. Seine Nase berührte fast das Glas, der Techniker machte einen halben Schritt zurück.

»Scheint mir irgendwie glitschig, ölig. Riechen Sie irgendetwas? Können Sie die öffnen?«

Vorsichtig drehte der Techniker den Glasstopfen heraus und hielt ihn Bircher vor die Nase. Der schnupperte daran, als wäre er bei einer Weinverkostung, und kniff die Augen zusammen.

»Rapsöl, der Geruch von Rapsöl«, stellte er fest und warf dem Techniker einen fragenden Blick zu. Der schien überrascht. Bircher nahm ihm das Fläschchen ab.

»Das zeige ich mal dem Forschungsleiter. Nehmen Sie sich noch die Laborräume hier vor, auch das Büro. Ich brauche noch ein paar Minuten. Und suchen Sie alle Winkel ab nach solchen oder ähnlichen Behältnissen ohne Etikett.«

Er nickte dem Mann zu und ging zurück zu Schade. Der

saß unverändert am Tisch, die Beine angewinkelt und die Hände auf den Knien, wie ein Besucher im Wartesaal.

»Unsere Techniker haben diese Flasche gefunden, in den Kellerräumen unter der großen Halle mit den Laufbändern. Wissen Sie, was das ist?«

»Äh, wovon sprechen Sie bitte, Herr Kommissar, was meinen Sie ...?«, stotterte Schade und sah verwundert auf Birchers Hand.

»Dieses Fläschchen. Ob sie es kennen?«

Er hatte den Ton etwas verschärft. Ihm schien, als wäre dem Forschungsdirektor nicht klar, welche Gewitterwolken sich über seinem Werk zusammenzogen.

»Nein«, antwortete Schade endlich.

»Hier, riechen Sie mal.«

Bircher hielt ihm das Laborfläschchen hin, es berührte fast Schades Kinn. Der zog langsam den Glasstopfen heraus und hielt es sich wie eine seiner Parfümproben unter die Nase. Es dauerte einige Sekunden, aber da verzog sich sein Gesicht zu einem Ausdruck des Erkennens.

»Diese Apothekerflasche enthält Rizinusöl.«

»Aha, und warum liegt die unbeschriftet im Keller?«

»In der DDR haben war damit experimentiert«, antwortete Schade, nun etwas entspannter. »Wir sind hier in der Kosmetikindustrie, und Rizinusöl ist ein seit Jahrhunderten bekanntes Naturprodukt, nicht nur für die Verdauung, auch für die Haut, zum Beispiel. Es wurde sogar dem Mopedöl als Schmiermittel beigemischt, das sollte einen speziellen Renngeruch erzeugen. Wir hier wollten es zur Augenbrauencreme weiterentwickeln, haben es mit Rosmarin und Thymian versetzt, Olivenöl beigemischt, ein paar andere Sachen ausprobiert, es dann aber sein lassen. Wer sollte nach der Wende noch Rizinusöle kaufen, wo es jetzt an jeder Ecke einen Kosmetikladen gibt? Herr Schulz stoppte dann die Arbeiten.«

Schade zuckte mit den Achseln.

»An dem Abend, als Sie sich bei Wagner trafen, hatte da noch jemand anders, außer Herr Mewis, etwas zu trinken mitgebracht?«

Schade sah ihn verwundert an.

»Nein, nicht dass ich wüsste«, sagte Schade. »Wir hier sind nicht so die Weinexperten. Damit hätten wir Herrn Wagner kaum überraschen können.«

»Verschenkte Herr Wagner öfters Wein?«, fragte Bircher, der im Hintergrund die Männer der KTU hantieren hörte.

»Ich weiß nur, dass er Frau Lehner einmal zwei Flaschen mitgebracht hat, einen Rotwein und einen Weißen. Den Roten hat sie an Herrn Schulz weitergereicht. Das habe ich zufällig mitbekommen, weil der dann bei ihm auf dem Schreibtisch stand. Damals war ich häufiger beim Chef, wegen unseres Duschgels.«

»Läuft der Verkauf davon gut?«

»Ja, unser Super Sun Shine läuft sehr gut, die Produktion ist ausgelastet. Herr Mewis kriegt das alles hin«, sagte er mit Nachdruck.

»Eine letzte Frage zu Ihrem Besuch auf Wagners Grundstück: Hat eigentlich keiner von Ihnen den Żubrówka probiert?«

»Nein, jedenfalls nicht in meiner Anwesenheit. Herr Wagner war überrascht, er kannte den Wodka wohl nicht. Er hat ihn gleich in den Kühlschrank gestellt.«

Bircher ließ es dabei bewenden. Ihn zog es zurück zu Lehner, ihm war noch etwas Wichtiges eingefallen.

»Frau Lehner, Sie erwähnten vorhin die Weine, die Herr Wagner Ihnen und Herrn Schulz geschenkt hat«, sagte er, als sie sich wieder gegenübersaßen. »Wissen Sie, ob Herr Schulz den Roten getrunken hat?«

»Keine Ahnung. Wir haben nicht mehr darüber gesprochen.«

»Den Weißwein haben Sie selbst getrunken?«

»Ja, na klar«, erwiderte sie und erinnerte sich für einen Augenblick an Markus, die Weinverkostungen und ihre Nachspiele.

»Und den vom Sohn, den haben Sie sicherlich auch selbst getrunken?«

Bei dieser Frage wirkte sie auf einmal, als hätte man sie beim Flunkern ertappt. Sie holte tief Luft und wippte mit dem Fuß, wobei sich ihr Rock etwas verschob. Sie strich ihn glatt, mit einer fahrigen Handbewegung, wie Bircher bemerkte. Na, sag's schon, dachte er. Hinter den dicken Brillengläsern wirkten seine Pupillen wie zwei schwarze Eiswürfel.

»Na ja, das ist mir etwas peinlich, Herr Bircher. Der wurde von mir weitergereicht. Den hat Herr Schäfer bekommen, als er unerwartet kündigte, als Abschiedsgeschenk. Damit Schäfer die Firma in guter Erinnerung behält«, sagte sie. Und Bircher ergänzte in Gedanken: leider nicht für sehr lange. Lehner war jetzt damit beschäftigt, ihre Fingernägel zu betrachten, als wollte sie prüfen, ob sie eine Maniküre benötigten.

»Nun, Frau Lehner, wir warten das Ergebnis der kriminaltechnischen Untersuchungen ab. Danach melden wir uns.«

Sobald Bircher weg war, sank Lehner erschöpft auf ihren Stuhl. Wie in Trance hatte sie merkwürdige Bilder vor Augen: Wie sie spätabends das Werkgelände verließ und eine Silhouette am Hofeingang stehen sah – ein Jemand, der sie beobachtete, darauf wartete, dass sie nach Hause fuhr, um sich anschließend an den grauen Treppenwänden entlang in ihr Büro zu schleichen, zu ihrem Schreibtisch, mit einem teuflischen Grinsen die Flasche Rossiskaja betrachtete. Dieser Jemand musste beim Fest dabei gewesen sein. Eine Flut an Szenen vom Fest erfasste sie, begleitet von der beängstigenden Vorstellung, dass irgendeiner der Gäste jeden ihrer Schritte verfolgt hatte.

Sie riss den Kopf hoch und die Klarheit kehrte zurück. Vielleicht sollte ich Herrn Birchers Aufmerksamkeit auf werksinterne Intrigen lenken, dachte sie.

ACHTZEHN

Das Ergebnis der kriminaltechnischen Untersuchungen war ernüchternd: Bis auf einige harmlose Rizinusölflaschen wurde nichts zutage gefördert, was Birchers Interesse geweckt hätte. Allerdings war ihm, da saß er bereits wieder im Auto auf dem Weg in die Keithstraße, ganz unverhofft noch einmal der Duft des Öls ins Gedächtnis gekommen. Es war seine Liebe zum Essen, die ihn vorhin an Rapsöl hatte denken lassen. »Raps, Raps«, murmelte er in sich hinein und dachte an goldgelb leuchtende Felder in Mecklenburg. Angestrengt versuchte er zu verstehen, wie er überhaupt auf Rapsöl gekommen war, zu Hause bei ihm stand es nicht in der Speisekammer. Er starrte geistesabwesend auf die Häuserfassaden der Friedrichstraße, und plötzlich erkannte er den Grund seiner Verwirrung. Na klar, wunderte er sich über seine Trägheit, da hätte ich gleich drauf kommen müssen bei diesem nussigen, holzig-strohigen Geruch. Jede Wohnung hat nun mal ihren eigenen Geruch, eine Art Hausmarke, geprägt durch die Bewohner.

Mit einem beinahe lausbübischen Lächeln fasste er einen Beschluss, den er vorerst für sich behalten würde. Das könnte uns weiterbringen, dachte er. Sie umrundeten die Siegessäule, und Bircher überfiel zum ersten Mal seit Beginn der Ermittlungen ein Hauch von Zuversicht, diesen verzwickten Fall um die Berlin Beauty und seine verstorbenen Manager aufklären zu können.

Ein paar Minuten später stand Bircher vor seinem Schreibtisch und sah hinab auf den für Mewis ausgestellten Haftbefehl. Donnerwetter, das ging aber schnell, staunte er. Das hatte früher länger gedauert. Den können wir wohl nicht länger als drei Tage hierbehalten, aber mal sehen, vielleicht sagt er uns jetzt was Neues. Vorher bringen wir Licht in Wagners Keller.

Mewis nahm Schmidters Mitteilung über seine Verhaftung auf wie die letzte Frage des Narkosearztes, bevor man von der Wirklichkeit Abschied nimmt. Er sah ihn leer an, dann schloss er die Augen und ließ den Kopf auf die Brust sinken. Schmidter fühlte etwas Mitleid, er war sich in diesem Augenblick nicht sicher, ob der Befehl auf die richtige Person ausgestellt worden war. Und er hatte das Gefühl, dass sein Chef das ähnlich sah. Sicher, die Indizien zwangen zum Handeln.

Von den Zweifeln des Kommissars konnte Mewis nichts ahnen. In seiner Zelle hatte er die letzten Stunden erst an Flucht, dann an seine Frau gedacht und gegen die Tränen angekämpft. Schließlich sank er auf die Pritsche, und bevor der Schlaf ihn erlöste, glaubte er über sich Lehner zu sehen, die ihm aufmunternd zulächelte. Sie wird mich hier rausholen, war sein letzter Gedanke.

Bircher hatte Schmidter noch einmal zu Wagners Wochenendhaus geschickt, um im Keller nach Akten und Flaschen zu suchen und einen Blick auf den Garten zu werfen. Ob alles unverändert wäre.

Die Akten und Weinflaschen waren nicht mehr im Keller, und bis auf eine tote Meise auf Wagners Komposthaufen war das alles, was ihm aufgefallen war. Schmidter hatte einige Sekunden auf die Meise geblickt, dann seinen Fotoapparat gezückt und ein Bild geschossen. Wie bei einem Leichenfund, stellte er fest. Bircher nahm es nachdenklich an sich.

Zwischenzeitlich lag das Ergebnis der chemischen Analyse für den Inhalt des Apothekerfläschchens aus dem Keller der Berlin Beauty vor. Es war keine Überraschung für Bircher.

Er weihte Schmidter ein, verpflichtete ihn zum Schweigen und stufte das Ergebnis als »Geheime Verschlusssache« ein. Danach rief er Manuela zu sich.

Als sie stramm vor seinem Schreibtisch stand, warf sie ihm einen prüfenden Blick zu. Er schien ihr ungewöhnlich nervös.

»Ein paar Sachen, die du bitte geräuschlos erledigst«, begann er und hob warnend die Augenbrauen. »Verbinde mich anschließend mit Wagner junior, der könnte in Berlin sein, bei seiner Mutter. Er muss sich ja wohl um die Firma des Vaters kümmern.«

Sie nickte.

»Was weiter?«

»Dann versuchst du Frau Schulz zu erreichen und bittest Sie um ein Gespräch mit mir. Bei ihr zu Hause. Und frag, ob sich noch Firmenunterlagen bei ihr befinden oder in ihrem Wochenendhaus. Wenn ja, so möchte sie die bereithalten. Gib ihr zu verstehen, dass wir immer noch dabei sind, die Umstände aufzuklären, die zum Tod ihres Mannes geführt haben. Also, du verstehst, es wäre hilfreich, wenn sie kooperieren würde.«

»Klar, Chef.«

Er stöhnte leicht auf und sah sie wie eine Schülerin an, die es nicht lassen kann, den Unterricht zu stören.

»Und verbinde mich bitte mit Herrn Pfeil, als Erstes.«

»Klar, als Erstes den Kriminaloberrat.«

Sie sprach den Titel betont langgezogen aus, wie den Namen einer Berühmtheit. Er beobachtete, wie sie mit wiegenden Hüften zur Tür schritt. Sie kann es nicht verkraften, dass Herr Pfeil ihr neuer »Chef« ist. Dabei haben wir Glück mit ihm.

Er besprach mit Pfeil, dass Mewis nochmals verhört werden würde, auch zu den letzten Ergebnissen der kriminaltechnischen Untersuchungen, danach stünde die Freilassung an. Bircher referierte das Ergebnis der letzten Analysen, suggerierte einen Tatverlauf, ohne einen Namen zu nennen, und überließ es Pfeil, sich eine Meinung zu bilden.

»Also, Kollege Bircher, das ist ja ein Fall wie für einen Thriller. Wir vermuten, dass gemordet wurde, haben Hinweise und Beweismittel, erahnen ein Täterprofil, aber können niemanden festnageln. Irre …«, rief er, nahm Birchers Hypothese auf und nannte einen konkreten Verdacht. So hatte Bircher ihn noch nie reden hören. Er stellte fest, dass Pfeil ausgesprochen hatte, was er nicht gesagt, aber gedacht hatte. Sein Plan war aufgegangen, nämlich den Chef einzubeziehen – gemeinsam gewinnen, gemeinsam verlieren. Das war Birchers Devise in diesem vertrackten Fall.

»Und was planen Sie als Nächstes?«, fragte Pfeil.

»Ich werde jetzt den jungen Wagner anrufen und dann mit Frau Schulz reden.«

»Verstehe. Sozusagen der Alkoholfahne nachspüren.« Pfeil lächelte verhalten.

Bircher wunderte sich schon wieder – der Chef hatte Sinn für Sarkasmus.

»Leider können wir Schäfers Fahne nicht nachforschen«, witzelte Bircher.

»Ich weiß, der hat allein gelebt. Was wird eigentlich aus Wagners Consultingfirma?«, lenkte Pfeil das Gespräch in eine andere Richtung.

»Das werde ich seinen Sohn fragen. Er muss die Firmenakten, die wir im Keller gefunden haben, an sich genommen haben. Und ein paar Weinflaschen, vermute ich.«

»Da bin ich ja mal gespannt, was er vorhat. Bitte rufen Sie mich an, wenn Sie mit ihm gesprochen haben. Und wer besetzt jetzt den Posten seines Vaters im Werk?«

Die Frage verwunderte Bircher kurz. Es tat ja nichts zur Sache, wer der neue Prokurist sein würde. Im gleichen Augenblick verstand er aber Pfeils Interesse – die Treuhand und Pfeils Verbindungsmann dort, die hatten sicher größte Sorge vor weiteren negativen Schlagzeilen.

»Also, da müssen wir Frau Lehner fragen«, antwortete Bircher. »Ich muss sie sowieso aufsuchen. Was die Kollegen der KTU gefunden haben, bringt sie eventuell in Erklärungsnot.«

Nach dem Gespräch war Bircher erleichtert darüber, dass Pfeil nicht nur seine Lagebeurteilung uneingeschränkt teilte, sondern auch dem weiteren Vorgehen quasi Prokura erteilt hatte. Schon wichtig angesichts der politischen Dimension des Falls.

Kurz darauf hatte er den jungen Wagner in der Leitung. Seine Stimme klang beherrscht und konzentriert.

»Ich habe eine kurze Frage«, sagte Bircher unumwunden. »Haben Sie die Akten aus dem Keller des Bungalows an sich genommen?«

»Ja, das musste ich tun. Ich bin Mitgesellschafter von Wagner's Consulting.«

Die Antwort klang einleuchtend, für Bircher war die Information allerdings neu.

»Und was haben Sie noch mitgenommen?«

»Das Schloss war nicht versiegelt, Herr Bircher«, bemerkte Wagner, als ginge es Bircher nichts an, wonach er dort noch gesucht haben könnte. Das stimmte, Schmidter hatte das Siegel erst bei seinem letzten Besuch anbringen lassen.

»Also, Herr Wagner, inzwischen ist es versiegelt. Würden Sie nun bitte meine Frage beantworten?«

Nach einigen Sekunden des Nachdenkens meldete sich Wagner zurück.

»Nichts, nur die Firmenunterlagen. Ach so, dann noch zwei Flaschen Wein, die da standen. Das war alles, Herr Kommissar.«

Bircher verzog den Mund, als würde ihm etwas nicht schmecken.

»Sind eigentlich auch noch Akten in Herrn Schäfers Wohnung?«

»Hm, daran habe ich noch gar nicht gedacht. Wohl möglich, denn Herr Schäfer hat sich auch ein wenig um die Buchhaltung gekümmert, nachdem mein Vater bei der Berlin Beauty eingestiegen war. Das hat er sicherlich auch manchmal von zu Hause aus gemacht, das Büro in Berlin war ja winzig. Das wurde nur genutzt, um Gäste zu empfangen.«

»Das besteht also noch?«

Bircher unterdrückte seinen Ärger darüber, dass er nicht früher daran gedacht hatte, sich nach Wagners anderem Büro zu erkundigen.

»Ja. Der Mietvertrag läuft noch.«

»Wie lautet die Adresse?«

Wagner antwortete, und Bircher schrieb mit, die Straße sagte ihm nichts, irgendwo in Wilmersdorf.

»Zurück zum Wein. Haben sie die beiden Flaschen getrunken?«

»Nee«, hörte er Wagner kichern. »Fast eine ganze Flasche hat meine Mama zum Rehrücken gegeben, den Rest weggeschüttet. Er schmeckte ihr nicht. Sie macht sich allerdings auch nichts aus Wein.«

Ganz im Unterschied zum Papa, hätte er noch hinzufügen können.

»Und die zweite Flasche?«, hakte Bircher nach.

Jetzt konnte Wagner seine Neugierde nicht mehr für sich behalten – diese Fragerei nach irgendwelchen Weinvorräten kam ihm absurd vor.

»Was ist denn an dem Wein so wichtig? Bitte entschuldigen Sie, aber ich hatte gehofft, Sie würden mir etwas zum Stand der Ermittlungen sagen können, Herr Bircher.«

»Die zweite Flasche, bitte«, insistierte Bircher.

»Keine Ahnung. Da müssten Sie meine Mama fragen, ich habe ihr beide dagelassen.«

»Ich danke Ihnen, Herr Wagner. Bleiben Sie vorerst in Berlin, bei Ihrer Mutter?«

»Nein, ich muss zurück nach München. Ich stehe kurz vor dem ersten Staatsexamen, richtig hart jetzt, das alles.«

Meint er das Examen oder den Tod des Vaters?, fragte sich Bircher, nachdem sie aufgelegt hatten.

Bircher stand schon im Mantel vor seinem Büro, da postierte sich Manuela vor ihm und flüsterte: »Herr Tschiladse ist am Telefon«, als müsse der Anruf streng geheim gehalten werden.

»Stell durch«, sagte er und drehte wieder um.

»Hallo, Herr Tschiladse«, grüßte er ihn freundlich, mit der freien Hand darum bemüht, den Mantel wieder zu öffnen.

»Gute Tag, Herr Bircher, danke für Zeit. Wegen Wagner, ich bin in Kontakt mit Jutta Lehner. Sie mir hat erzählt vom Wodka.«

Er legte eine Pause ein, suchte vielleicht nach den passenden Worten.

»Ja, Herr Tschiladse, der Wodka, den könnte Herr Wagner nicht vertragen haben.«

»Wissen Sie, Herr Bircher, ich denke immer nach. Der Wodka kam nach Betriebsfest, kurz vor meine Ankunft, zu Jutta ins Zimmer. Haben Sie Jutta gefragt, ob Zettel drin lag, bei der Flasche? Also, mit mein Name?«

Bircher räusperte sich, sichtlich verwundert über diese These, die ihm auf den ersten Blick weit hergeholt erschien. Aber Tschiladse musste man ernst nehmen. Bircher hatte Informationen über ihn eingeholt, der Mann war nicht nur erfolgreich, er war auch hochintelligent, und in Geschäftskreisen galt er als absolut integer.

»Hier schwere Zeiten, und ich habe viele Feinde, und hier bei uns muss man aufpassen, weil Gesetze schwach. Wir hier sind Gewalt gewohnt. Und im Ausland, unsere Polizei sucht nicht nach Täter.«

»Na ja, lieber Herr Tschiladse. Eine Notiz haben wir nicht gesehen. Aber nehmen wir mal an, dass die Flasche für Sie bestimmt war, denn das meinen Sie wohl – wie sollte der Täter denn wissen, dass Sie ihn trinken und nicht irgendeine andere Person?«

»War bekannt, dass ich fahre und mit Wagner Kooperation habe.«

Will er den Verdacht von Lehner und von Mewis ablenken, weil er die Berlin Beauty braucht?, überlegte Bircher stirnrunzelnd.

»Scheint mir ziemlich gewagt, Ihre Hypothese. Also nochmal: Wie wollte derjenige sicherstellen, dass Frau Lehner den Schnaps zu Wagner bringt und dann in Ihr Glas füllt, Herr Tschiladse? Man hat mir gesagt, Sie würden keinen Wodka trinken.«

Mewis erwähnte er bewusst nicht, das Telefonat kam ihm ohnehin gerade überflüssig vor.

»Selten, stimmt. Aber zu besondere Anlässen ich muss, geht nicht anders. Ich kann Namen nicht nennen, aber in Delegation bei Betriebsfest waren auch zwei Männer aus Moskau, die keine Freunde sind. Das ich wollte sagen.«

Bircher schüttelte den Kopf. Sollen wir denken, dass ein Gast aus Russland es auf Tschiladse abgesehen hat? Blödsinn. Aber lassen wir Tschiladse mal in seinem Glauben, beschloss er.

»Ich nehme das zur Kenntnis, Herr Tschiladse«, sagte Bircher, aber der hatte bereits aufgelegt.

Keine fünf Minuten später war Bircher auf dem Weg zu Frau Schulz. Sie wohnte in einem schmucklosen sogenannten Plattenbau der DDR auf der Mollstraße, nicht weit entfernt von Birchers altem Arbeitsplatz am Alexanderplatz. Er hätte zu gerne einen Stopp eingelegt, um seiner früheren Wirkungsstätte einen Besuch abzustatten, zu sehen, ob der Paternoster noch in Betrieb war, und einen Blick in die Kantine zu werfen. Aber keine Zeit, er hatte es eilig.

Frau Schulz stand schwer atmend in der Küche und starrte auf die Kaffeemaschine. Sie ahnte Schlimmes. Was sonst sollte den Kommissar hierherführen, wenn nicht Pauls Abmachungen mit Wagner, von denen sie zwar zu Lebzeiten nichts Genaues gewusst hatte, aber dann ... Sie nahm das Gluckern des durchlaufenden Kaffees kaum wahr, dachte an ihren Garten, an die eingefrorene Wasserleitung und ihren Nachbarn, der ihr bei der Reparatur geholfen hatte. »Das Ding fällt mir jetzt auf die Füße«, stöhnte sie, und zuckte gleich darauf unter dem schrillen Ton der Türklingel zusammen.

Frau Schulz hatte seit dem Ableben ihres Gatten deutlich an Gewicht zugelegt. Zwar war sie immer noch eine durchaus ansehnliche Frau – man merkte, dass sie sich einen guten Friseursalon nebst Kosmetik leistete –, aber die Leichtfüßigkeit war ihr abhandengekommen, die Eleganz endete sozusagen an der Hüfte. Watschelnd bewegte sie sich zur Tür, um Bircher zu begrüßen.

Sie saßen vor den dampfenden Kaffeetassen, und Bircher ließ den Blick über die Kekse schweifen, die sie dazu servierte.

»Frau Schulz, ich muss leider noch einmal auf die Zeit zu sprechen kommen, als Ihr Mann verstarb. Wir haben die Sorge, dass es zwischen dem Ableben Ihres Mannes und dem Tod seiner Kollegen Schäfer und Wagner einen Zusammenhang geben könnte«, eröffnete er behutsam die Unterhaltung.

Frau Schulz war alles andere als konsterniert. Fast schien es, als hätte sie die Fragen erwartet.

»Was möchten Sie wissen, Herr Bircher?«, antwortete sie und schob sich einen Butterkeks zwischen die rot bemalten Lippen.

»Als Ihr Mann verstarb, waren Sie nicht in Berlin. Können

Sie sich an etwas erinnern, also bevor Sie zu Ihrer Schwester fuhren? Soweit ich weiß, waren Sie zwei Tage bei ihr ...«

»Drei Tage. Ich war damals von Freitag bis Montag unterwegs, mein Mann starb an dem Wochenende«, korrigierte sie ihn höflich und unterbrach dabei für einen Moment das Kauen.

»Hat er Ihnen in der Woche irgendetwas aus dem Betrieb berichtet, was ihm Anlass zur Sorge bereitet haben könnte? Ärger, Streit? Sie wissen sicherlich, dass eine steuerliche Prüfung unterwegs war, die ein großes Geschäftsabkommen hätte gefährden können. Hat er was erzählt?«

Sie schob ihm mit einer mütterlichen Geste den Keksteller zu und lehnte sich nachdenklich zurück, als würde sie die Tage vor ihrem inneren Auge an sich vorbeiziehen lassen. Er wartete geduldig und ignorierte den Keksberg.

»Also, eigentlich kann ich mich an nichts Besonderes erinnern. Er kam ja mit allen gut aus, auch mit Herrn Wagner. Die haben sich anscheinend sehr gut verstanden. Der Wagner hat ihm sogar Wein geschenkt und ihm das Du angeboten. Viel mehr weiß ich nicht. Wissen Sie, wir haben abends kaum von der Arbeit gesprochen. Er wollte seine Ruhe haben.«

Sie senkte den Kopf, und Bircher hoffte, sie würde jetzt nicht anfangen zu weinen. Trösten war nicht seine Stärke. Aber sie hielt den Kopf nur für einen Moment geneigt, wie zum stillen Gedenken, gleich darauf sah sie ihm wieder aufmerksam in die Augen.

»Können Sie mir sagen, wann er den Wein geschenkt bekommen hat?«

»Zufällig ja, weil er mich an dem Freitag anrief, um sich zu erkundigen, ob ich gut angekommen wäre. Da hat er sich mit den Worten verabschiedet, dass er nun einen wunderbaren Wein trinken würde, den ihm gerade Wagner geschenkt habe.«

»War er dann auch so gut, der Wein?«

»Ich denke schon, die Flasche war leer und wurde entsorgt.«

»Na schön«, murmelte Bircher. »Waren Sie selbst mal bei Wagner auf dem Grundstück?«

Zum ersten Mal wirkte Frau Schulz überrascht. Sie stülpte die Unterlippe nach vorn und schüttelte energisch den Kopf.

»Nein, ich bin Herrn Wagner nur ein- oder zweimal flüchtig begegnet. Immer im Büro meines Mannes. Irgendwie mochte ich den nicht«, setzte sie hinzu, wie um dieses Thema abzuschließen.

»Warum?«

Sie überlegte einen Moment, wobei sich ihre Hand zu den Keksen bewegte, sie es sich dann aber anders überlegte und zur Kaffeetasse griff. Offenbar um etwas Zeit zum Nachdenken zu gewinnen.

»Na ja, es ist vielleicht ungerecht, aber ich hatte das Gefühl, dass er ganz schön von sich eingenommen war. Immer im Mittelpunkt stehen wollte. Und vielleicht auch nur bei meinem Mann eingestiegen war, um dort den großen Macker rauszukehren, äh, Sie verstehen schon ...«, entschuldigte sie den kleinen Ausrutscher. Bircher lächelte nachsichtig, die Wortwahl passte zwar nicht gerade zu ihrer gepflegten Erscheinung, war aber wohl zutreffend. Sie griff nach einem weiteren Keks.

»Hatte Wagner Gegner im Werk, also Leute, die ihn lieber draußen gehabt hätten?«, hakte er rasch nach.

»Na, sicher. Wer will denn in einem ostdeutschen Betrieb mit Leuten wie Lehner, Mewis und Schade einen Bayern als eigentliche Nummer Eins vor die Nase gesetzt bekommen. Und dann noch einen, der nicht vom Fach kommt. So viel habe ich nun doch mitbekommen, dass mein Mann ordentlich zu tun hatte, seine Leute bei der Stange zu halten.«

Die Frau gefiel ihm, mit jeder Minute wurde sie lockerer und einer echten Berlinerin ähnlicher.

»Na ja, aber letztendlich lief's ja ganz gut mit Herrn Wagner«, lockte er sie aus der Reserve.

»Im Großen und Ganzen wohl schon, aber Krach hat's auch gegeben. Da war mal was mit Wagners Briefen, angeblich hatte die jemand geöffnet. Jedenfalls kam das so bei mir an. Mein Mann war ein paar Tage auf hundertachtzig, die Jutta hat ihn dann wieder runtergebracht. Na ja, der übliche Zoff, wenn's ums Eingemachte geht.«

»Sie meinen um den Erhalt des Betriebs?«

»Klar, worum sonst ging es die letzten Jahre. Ein Glück, dass Jutta Lehner an seiner Seite war.«

»Als seine engste Mitarbeiterin«, setzte er hinzu.

»Als Frau mit Kämpferherz«, sagte sie mit Nachdruck, und es klang, als hätte sie das an ihrem Mann vermisst.

»Nun, ich will Sie dann mal in Ruhe lassen. Und übrigens, diese Kekse sind klasse«, sagte Bircher.

»Selbstgebacken.«

Sie verabschiedeten sich wie zwei Nachbarn nach einem Kaffeeplausch. Danach stand Frau Schulz noch eine Weile am Fenster, als wollte sie sichergehen, dass er nicht umkehrte. Sie sah das Auto abfahren und schloss erleichtert die Augen. Wie um alles in der Welt hätte sie dagestanden, wäre er auf das Geld zu sprechen gekommen, das ihr Mann von Wagner erhalten hatte? Aber woher sollte er eigentlich wissen, dass der Nachbar, den sie beim Wasserschaden um Hilfe gebeten hatte, damals nach einer halben Stunde mit einer verschlossenen Plastiktüte vor ihr gestanden hatte.

»Die lag in der Erde, da hat wohl jemand mal Abfälle entsorgt«, sagte er und reichte ihr den Beutel, der mit einem Draht umwickelt war. Am Abend hielt sie die Nase vorsichtig über den Fund, es roch nach gar nichts, also entfernte sie langsam die Verschnürung. Sekunden später glaubte sie, sich in einem Traum zu befinden – genauer gesagt, in ihrem Traum vom eigenen Pool.

Bircher saß entspannt im Fond des Opels und genoss den Blick auf Berlin-Mitte. Als sie am alten Prenzlauer Tor vorbeifuhren und er das große Eckgebäude sah, erinnerte er sich an Karolas Hinweis, dass es vor Hitlers Machtergreifung das *Kredit-Kaufhaus Jonaß* beherbergt hatte – deshalb die imposante Fassade. Dann hatte dort die »Reichsjugendführung« der NSDAP gesessen, zu DDR-Zeiten hatte es dann »Haus der Einheit« geheißen, und nach 1989 war die PDS eingezogen. »Spiegelt die deutsche Geschichte wider«, hatte Karola gesagt, die Restauratorin mit Sinn für Historie. Wer war eigentlich vor uns im Gebäude des LKA in der Keithstraße?, überlegte er.

Sie passierten den Rosenthaler Platz, rechts grüßten die Bäume des Volksparks an der Veteranenstraße, und dann erreichten sie auch schon die Anklamer Straße.

Er zeigte dem Pförtner der Berlin Beauty seinen Dienstausweis, der wollte zum Telefon greifen, aber Birchers energisches »Nicht nötig!« ließ ihn die Hand zurückziehen. Der Weg zu Lehners Büro war ihm mittlerweile vertraut, ebenso die Duftnote. Als er vor ihrer Tür stand, atmete er einmal kräftig durch und klopfte zweimal. Er wartete einen Augenblick, aber da niemand antwortete, trat er ein und sah vor sich den leeren Schreibtisch der Sekretärin. An ihren Namen konnte er sich gerade nicht erinnern. Er durchschritt das Vorzimmer und hörte eine Männerstimme. Dann klopfte er zum zweiten Mal an.

»Ja bitte«, rief Lehner leicht gereizt.

»Guten Tag, ich konnte mich nicht anmelden«, überraschte er Frau Lehner und Markus Roth, der ihn verdutzt ansah.

»Herr Bircher, guten Tag. Aber der Pförtner hätte sie doch herbegleiten können, meine Sekretärin Frau Schwabe ist im Urlaub«, begrüßte sie ihn merklich verunsichert.

»Das war nicht nötig, ich kenne mich ja aus«, erwiderte er wie ein alter Bekannter. Er sah fragend zu Roth hinüber, der inzwischen aufgestanden war und unsicher um sich blickte. Lehner ergriff die Initiative.

»Darf ich vorstellen, Herr Doktor Roth, unser wissenschaftlicher Berater. Und das ist Kriminalhauptkommissar Bircher«, stellte sie die Männer wie zur Eröffnung einer Sitzung vor. Sie dachte nicht daran, Markus hinauszukomplimentieren. Seine Gegenwart kam ihr entgegen, sie empfand ihn wie eine Rückendeckung im Angriffsspiel. Denn kaum hatte sie Birchers massive Gestalt im Türrahmen erblickt, war ihr klar gewesen, dass Gefahr im Verzug sein musste.

»Wollen wir uns nicht setzen?«, lud sie ein. Bircher musterte Roth kurz und wandte sich dann Lehner zu. Nun kommt er aus der Anonymität heraus, der Mann mit der Schreibmaschine.

»Wir können also offen reden?«, stellte er sicher.

»Ja, ich habe keine Geheimnisse vor Herrn Roth.«

Bircher verkniff sich ein Grinsen, er wusste natürlich von der Beziehung zwischen den beiden.

»Ich beginne mal mit den Ergebnissen der kürzlich erfolgten Durchsuchung der Fabrikräume«, begann Bircher seinen Bericht. Als er das Rizinusöl erwähnte, musste Lehner kurz auflachen. »Entschuldigen Sie bitte, aber das Präparat kennt doch jeder von uns.«

Bircher zog die Flasche aus seiner Aktentasche und stellte sie wortlos auf den Tisch. Lehner beugte sich vor.

»Darf ich sie mal anfassen?«

»Nur zu, aber bitte nicht öffnen.«

Sie hielt die braune Flasche hoch, drehte sie ein wenig, als suchte sie nach einer Beschriftung. Kopfschüttelnd reichte sie sie an Roth weiter.

»Hast du die mal gesehen?«

»Nein«, sagte er prompt und stellte sie zurück auf den Tisch.

»Die ist sicher nicht aus unserer Versuchsproduktion, die wir vor Jahren mal aufgenommen, dann aber Ende der 80er-Jahre wieder eingestellt haben. Hier fehlt die Beschriftung, und da wäre wenigstens eine Ziffernkombination, die sie den Versuchsserien zuordnen würde.«

»Ja, eben«, sagte Bircher ungerührt. »Wir haben das untersuchen lassen und uns anschließend gefragt, ob man das wohl gegen Verstopfungen einnehmen kann.«

»Wie soll ich das verstehen?«, fragte Lehner.

Bircher antwortete nicht, stattdessen schweifte sein Blick von Lehner zu Roth, auf dem er einige Sekunden ruhte. Lehner begriff und schien unschlüssig zu sein, wie sie mit Markus verfahren sollte.

»Werte Frau Lehner, ich muss Sie noch um ein kurzes Gespräch unter vier Augen bitten. Herr Roth wird verstehen, dass es Dinge gibt, die allein für die Ohren der Geschäftsführerin bestimmt sind«, half ihr Bircher auf die Sprünge.

Während Lehner keine Miene verzog, sprang Roth sofort vom Stuhl auf, stammelte »Ja ja, verstehe«, und stürzte zur Tür hinaus, als wollte er einer Verhaftung entgehen. Über Lehners Gesichtszüge huschte ein Hauch von Mitgefühl. Aber gleich darauf verschloss sich ihre Miene erneut.

»Wir haben diese Rizinusflasche in dem Kellerraum gefunden, der sich direkt unter der Halle mit dem Laufband befindet. Oder anders gesagt, schräg unter Herrn Mewis' Büro. Was unsere Chemiker beunruhigt hat, ist Folgendes ...«

Sie hörte mit unbewegter Miene zu, als er ihr einige Details aus dem Bericht des chemischen Labors der KTU erläuterte. Lehners Mund öffnete sich einen Spaltbreit und in ihren Augen saß die Angst, die Bircher zum ersten Mal bei ihr bemerkte.

»Ich habe keine Ahnung, woher das stammt, was das bedeutet. Alles, was ich sagen kann, ist, dass diese Flasche und ihr Inhalt nicht aus der Produktion stammen.«

»Das bedeutet, dass jemand aus dem Werk sie dorthin geschafft haben muss. Weshalb?«

»Ich weiß es nicht«, wiederholte sie mit schwacher Stimme. Die Angst, sich versehentlich selbst zu belasten, beherrschte sie.

»Wer vertritt jetzt Wagner und Mewis?«, wechselte Bircher wieder einmal fast spielerisch das Thema der Befragung.

»Wagners Aufgaben nehme ich wahr, in der Qualitätskontrolle und Produktionsüberwachung helfen Herr Schade und Herr Roth aus. Wir haben dort auch sehr erfahrene Kollegen und zwei Schichtleiter. Unseren Exportverpflichtungen kommen wir nach.«

»Fällt Ihnen noch etwas ein, das uns weiterhilft?«, fragte Bircher mit einem warnenden Unterton.

Sie biss sich wie ein Mädchen auf die Unterlippe, als wollte sie ihre Antwort prüfen. Schließlich kniff sie die Augen leicht zusammen, eine senkrechte Falte auf ihrer Stirn kündigte einen Entschluss an.

»Es gibt da eine Sache, zu der ich mich vielleicht nicht klar genug geäußert habe.«

»Und zwar?«

»Sie wissen, dass Herr Mewis einige Briefe von Herrn Wagner geöffnet hat. Man könnte annehmen, dass Herr Mewis sein Wissen hätte ausnutzen können, um Wagner – wie soll ich das ausdrücken – na ja, unter Druck zu setzen. Ihn in Schach zu halten oder gar aus der Firma zu drängen. Also, was Sie wissen sollten: Ich habe auch in Wagners Briefen gelesen, einmal, weil einer geöffnet im Postfach lag, einige andere Male half mir Katja, die jetzt meine Sekretärin ist. Das wäre alles«, schloss sie mit einem Unschuldsblick und formte die Lippen wie zu einem Pfiff.

Er konnte nicht verhehlen, dass sie ihn ein weiteres Mal überraschte, ihm neue Rätsel aufgab. Was sie da erzählte, half ihm in der Mordsache nicht weiter, ja, es interessierte ihn so wenig wie die Bundesligatabelle. Aber was sie bezweckte, war offensichtlich eine kleine Entlastung ihres Vertrauten Mewis.

»Ich nehme das zur Kenntnis«, sagte er kurz angebunden, als handelte es sich um eine Bagatelle. »Dann will ich Sie mal nicht weiter aufhalten, Frau Lehner.«

Ohne sie anzusehen, nahm er die Rizinusflasche an sich, steckte sie in seine Aktentasche und erhob sich. Lehner konnte nur mit Mühe ihre Überraschung verbergen, sie war auf eine lebhafte Diskussion über die Finanzgebaren Wagners eingestellt gewesen.

NEUNZEHN

Karola erwartete ihren Mann mit einer Überraschung. Sie hatte sich vorgenommen, ihren Streifzug durch die internationalen Küchen, oder sollte man sagen: Marktverlockungen, fortzusetzen, ungeachtet der eingefleischten Liebe ihres Mannes zur thüringischen Hausmannskost. Heute war Italien dran, da gab's zumindest beim Wein nichts zu meckern. Sie hatte einen italienischen Laden aufgesucht und zwei Flaschen gekauft, einen sizilianischen Weißen, Grillo, und einen Roten, Greco di Tufo aus Kampanien. Letzteren nicht zufällig.

Das Erste, was Bircher in die Nase stieg, kaum dass er seinen Mantel abgelegt hatte, war ein kräftiger Knoblauchgeruch. Uff, dachte er, gibt's etwa wieder mal usbekischen Plov?

»Karlchen, komm in die Küche«, rief Karola mit vergnügter Stimme.

Im Vorbeigehen sah er zwei tiefe Teller, eine Suppenterrine mit einer Art gezinkter Schöpfkelle und zwei Weingläser. Er schob sich neben Karola an den Herd, auf dem lediglich ein großer Topf mit Wasser stand, in den sie mit dem Teelöffel Salz schüttete.

»Schon zu Hause?«, stellte sie verwundert fest, ohne von ihrer Tätigkeit abzulassen.

»Ich wurde gefahren. Was wird das?«

Er blickte verwundert in den Topf und dann auf den Tisch, entdeckte Knoblauchzehen, Oliven, Kapern und Tomaten. Hm, jedenfalls weder Plov noch Sushi, stellte er erleichtert fest.

»Ich wollte mal Italienisch kochen. Habe mich ein bisschen belesen und eine Spaghetti alla Puttanesca ausgesucht. Ist ein italienisches Gericht, von dem man sagt, dass es in Neapel Mitte des 20. Jahrhunderts erfunden wurde. Später verrate ich die Übersetzung.«

»Aha, und woraus besteht die Pute, äh, Puttanesca?«

»Geht ganz einfach. Die Spaghetti in kochendem Salzwasser bissfest garen. Dann Knoblauch und Sardellen – da bin ich vielleicht rumgerannt, habe nur eingelegte gekriegt, die muss man waschen wegen dem Salz – also alles zusammen ein paar Minuten dünsten, bis die Sardellen zerfallen. Danach Oliven, Kapern, Tomaten, Chili, bisschen Zucker, alles zu den Spaghetti geben. Mit Petersilie wird's grün.«

Sie sprach wie aufgezogen.

»Na, prima. Und was gibt's dazu?«

»Wie?«

»Na, irgendeine italienische Wurst vielleicht?«

»Karl, das steht nicht im Rezept.«

Sie hörte ein »Hm« und sah ihn von der Seite an. Er griente wie nach einem misslungenen Scherz.

Als sie saßen und sie ihm die erste Portion herrlich duftender Spaghetti auf den Teller lud, hatte er den Namen des Gerichts schon wieder vergessen, dafür aber kannte er die Herkunft des Weißweins. »Das ist eine nur in Sizilien beheimatete Traube, Grillo, oder?«

»Ja. Ich dachte, wir trinken erstmal ein Glas davon, der soll die Aromen von Pfirsich und Weißdorn haben, hat mich der Verkäufer aufgeklärt. Na ja, Hauptsache, er schmeckt nicht nach Essig, habe ich gedacht.«

»Und der Rotwein?«

»Greco di Tufo, den deshalb, weil er wie das Rezept aus Kampanien kommt.«

»Na, passt ja alles zusammen«, sagte er und musterte Karola aufmerksam, die ihre Spaghetti auf die Gabel hob und sie geschickt auf den Löffel drehte, bis sich ein kleines Knäuel bildete, das sie sich genüsslich in den Mund schob.

»Hat dir der italienische Verkäufer das auch erklärt?«, fragte er.

»Was meinst du?«

»Die Spaghettikür, mit linksdrehender Gabel.«

»Karlchen, soll ich dir ein Messer bringen?«

Sie kicherten beide.

»Was heißt das auf Deutsch, der Name des Gerichts?«

»Spaghetti nach Hurenart.«

»Wie bitte, wir essen wie die Nutten?«, platzte es aus ihm heraus.

Sie lachte und schlug vor Vergnügen die Gabel an den Tellerrand.

»Kein Scherz. Sollen angeblich vor hundert Jahren die Kurtisanen in Neapel erfunden haben, so als Schnellgericht zwischen zwei Auftritten und weil der gute Geruch die Kunden anzog.«

»Und ich bin sicher, dass du bei diesen Nudeln an den Kurfürstendamm gedacht hast.«

»Stimmt. Kleine Erinnerung an deinen Arbeitsweg.«

»Na dann, auf den Kurfürsten, Prost!«

Die Schüssel war fast leer und im Glas glänzte der Wein wie ein Rubin, da brach unweigerlich Karolas Neugierde durch.

»Bitte erzähl doch was von den toten Männern bei der Berlin Beauty«, bat sie mit verführerischem Lächeln. Er fühlte sich beschwingt vom Rotwein und verspürte wenig Lust, sich mit ihr auf Tätersuche zu begeben. Darauf lief's ja immer hinaus.

»Muss das jetzt sein, meine Kleine? Ich bin nicht im Dienst.«

»Ich dachte, ihr seid immer im Dienst?«

Er legte den Kopf auf die Schulter und tat, als würde er schlummern.

»Komm schon, Karlchen, wer stirbt als Nächster im ehemaligen Volkseigenen Kosmetikbetrieb?«

Er warf dann einen resignierten Blick an die Decke.

»Na gut, aber nur, wenn ich noch ein halbes Glas kriege.«

Sie schielte auf die halbvolle Flasche.

»Meinetwegen. Ein Schlückchen noch.«

Sie goss zwei Fingerbreit in die Gläser, drückte den Korken in die Flasche und stand mit einem vielsagenden Blick auf, um den Wein außer Sichtweite zu bringen. Nachdem sie sich zugeprostet hatten, begann er ihr den Ermittlungsverlauf zu beschreiben. Zum Schluss blies sie entzückt die Wangen auf, als stünde sie vor einem ihrer restaurierten Gemälde.

»Hört sich an wie ein verrücktes Verwechslungsdrama oder eine Posse. Spirituosen wechseln die Besitzer, Briefe wechseln die Leser, Subventionen wechseln ins Ausland. Im besten Alter sterbende Angestellte, Betriebsfeste mit zwielichtigen Gästen, uff. Armer Karl«, kommentierte Karola die Erzählung mit rollenden Augen.

Er gähnte und war zufrieden, dass sie sich unterhalten fühlte. Das Glas war leer, und morgen wartete ein interessanter Tag auf ihn. Früh Schmidters Bericht, danach Rapport beim Chef. Zeit zum Schlafen. Er stemmte sich aus dem Stuhl.

»Eine Sekunde, Karlchen ...«

»Die Sekunde ist vorbei«, stoppte er ihren Satz.

»Rizinusöl wird auch als Öl in der Kunstmalerei verwendet. Also, was würdest du sagen«, ließ sie nicht locker, »für wen war der Wodka gedacht, Wagner, Lehner, Schade oder Tschiladse?«

»Gute Frage«, sagte er in einem Ton, der keine weiteren Fragen duldete, und strich ihr beim Aufstehen sanft übers Haar.

»Ich habe da ein paar interessante Funde gemacht«, begann Schmidter, der einige Schnellhefter und Ordner vor sich liegen hatte. Bircher kramte noch in seinem Schreibtisch, suchte nach seinem kleinen Notizblock.

»Karl, wenn du deinen Notizblock suchst, der liegt hier«, bemerkte Schmidter.

»Gut, dann wollen wir mal«, sagte Bircher, als hätte er den Hinweis überhört, setzte sich an den Tisch und schob das Heftchen wortlos in die Innentasche seines Sakkos.

»Fangen wir mit dem Büro von Wagner's Consulting an. Erzähl mal.«

»Unsere Finanzexperten fanden Hinweise darauf, wie Wagner an der Steuer vorbei sein Geld in die Schweiz schleuste. Ich denke, den Teil überlassen wir ihnen«, begann er mit einem Wink zu einem der Aktendeckel. Er klappte einen anderen auf, öffnete den Metallbügel und entnahm mehrere Blätter, die er wie ein Rednermanuskript vor sich legte.

»Die Firma hat eine Mahnung zugeschickt bekommen, aus der hervorgeht, dass versäumte wurde, eine Rechnung für Büromaterialien und Spirituosen voll zu begleichen. Ich wollte eigentlich nur rauskriegen, ob der seine Weinrechnungen über die Firma bezahlt. Ich habe nach der Rechnung gesucht, auf die sich die Mahnung bezieht. Die ist aber nirgendwo in den Akten aufzufinden, obwohl alle Belege fein säuberlich nach Eingangsdatum sortiert sind. Auch die Kopie der Bestellung selbst fehlt. Sonst sind die alle abgeheftet. Man hätte also gar nichts von der Warenlieferung erfahren, hätten die Akten nicht eine harmlose Mitteilung des Lieferanten enthalten, dass die Mehrwertsteuer nicht beglichen wurde. Das hatten sie nämlich vergessen. Wagner oder Schäfer. Eigentlich eine Bagatelle, könnte man denken.«

Birchers Gesichtsausdruck verriet höchste Konzentration, er verfolgte Schmidters Bericht, als wollte er einen Zauberer seiner Tricks überführen.

»Zeig mir mal diese Mahnung«, bat er ihn mit leiser Stimme. Schmidter reichte ihm ein einziges Blatt. Da stand nicht viel, außer der Bitte, den fehlenden MwSt-Betrag in Höhe von 56,30 Mark zu überweisen. Und ein Satz: »Wir hoffen, dass Ihnen der Rossiskaja gefallen wird. Gerne stehen wir weiter zu Ihrer Verfügung. Mit freundlichen Grüßen ...«

»Philipp, alle Achtung, dass du diese Bagatelle entdeckt hast.«

»Unser Fall ist dermaßen verzwickt, dass man beginnt, jedem noch so schrägen Verdacht nachzugehen. Und als ich was von Spirituosen las, bin ich mehr einem Gefühl als einem konkreten Gedanken gefolgt. Na, es kommt noch besser.«

Birchers wartete gespannt auf die Fortsetzung. Schon lange hatte Schmidter seinen Chef nicht mehr so gesehen, so ganz konnte er dessen Begeisterung auch nicht verstehen. Er legte schließlich keine Beweise vor, die ihren Fall lösen würden. Aber er kannte auch nicht Pfeils und Birchers »Arbeitshypothese«.

»Ich habe jeden Winkel des Büros durchsucht, aber nichts gefunden. Dann habe ich bei dem Lieferanten angerufen. Die haben mir bestätigt, dass eine Firma, die Berlin Beauty, die Bestellung aufgab. Den Namen des Mitarbeiters haben sie nicht notiert. Die Lieferung, sechs Flaschen, erfolgte in der Woche vor dem Betriebsfest. Das ist alles, was ich rausbekommen habe.«

»Nehmen wir mal an«, überlegte Bircher, »dass Lehner tatsächlich ein Rossiskaja aus dieser Lieferung auf den Schreibtisch gestellt worden ist. Wo sind die anderen Flaschen?«

»Eine wurde auf dem Fest geleert, wegen der Gäste, haben die Leute gewitzelt. Gab es vorher nie, sagte ein Schichtführer.«

»Also liegen irgendwo noch vier. Das bringt uns jetzt nicht weiter.«

»Nun ja, ich habe mich erkundigt. Es sind vom Betriebsfest noch zwei Flaschen übrig. Sind beim Küchenchef. Soll ich die holen lassen?«, fragte Schmidter.

»Na unbedingt! Die müssen sofort auch in die KTU.«

»Entschuldige, aber ich dachte, dass die nun wirklich harmlos sind.«

»Das werden wir sehen.«

»Dann wären also noch zwei im Umlauf«, meinte Schmidter.

Sie sahen sich nachdenklich an.

»Hast du Frau Wagner sprechen können?«, fuhr Bircher fort.

»Ja, sie hat von ihrem Sohn zwei Flaschen Rotwein erhalten. Eine ist in der Rehkeule aufgegangen, die andere hatten sie geöffnet, aber nach dem ersten Schluck beiseite gestellt, taugte nichts, ihre Wortwahl. Ich habe die angefangene Flasche sichergestellt.«

»Prima!«, rief Bircher.

»Übrigens, ich habe sie auf gut Glück gefragt, ob sie wüsste, wovon ihr damals übel geworden war, als sie die Klinik aufsuchen musste. Sie verstand erst nicht, wovon ich geredet habe, oder vielleicht wollte sie sich nicht erinnern. Sie hätte mit dem Magen zu tun gehabt und einen Esslöffel Rizinusöl geschluckt. Das habe sie wohl nicht vertragen, danach ging es ihr sauschlecht, hat sie wirklich so gesagt.«

»Hast du dich zufällig nach der Herkunft des Öls erkundigt?«

»Hab ich, und sie hat ihren Mann so verstanden, dass das Bestände aus dem Betrieb wären, von früher, das wüsste er von Mewis. Sie habe das Zeug sofort weggeschmissen.«

»Mist«, entfuhr es Bircher.

Fluchen gehörte nun gar nicht zu seinem Umgangsstil, Schmidter hatte von ihm vielleicht einmal in zehn Jahren ein Schimpfwort gehört. War der Chef wütend, kniff er die Lippen zusammen und schickte aus seinen blinzelnden grauen

Augen Warnsignale, die einen verstummen ließen. Aber das war's dann auch mit dem Gefühlsausbruch.

»Ich glaube übrigens nicht, dass wir Mewis noch länger festhalten können. Es gibt keinen stichhaltigen Beweis für eine Täterschaft. Am besten, wir nehmen ihn uns noch einmal vor. Sagen wir in einer halben Stunde. Vielleicht verwickelt er sich in Widersprüche. Und noch was: Nimm Verbindung mit den Steuerexperten auf, geh nochmals alle Unterlagen von Lehner und Wagner durch und versuch abzuschätzen, wie viel Geld Wagner und seine Schweizer Partner theoretisch beiseiteschaffen konnten. Es sollte doch möglich sein, eine Größenordnung zu benennen.«

Bircher suchte nach einem Motiv, in diesem Fall das »große Geld«. Er erinnerte sich an Schmidters Bericht über sein Telefonat mit Frau Wagner, in dem sie ihm mehr als deutlich ihre Meinung über Schulz und Lehner vorgetragen hatte. Mewis hatte sie nicht erwähnt, den sich für unfehlbar haltenden Produktionsleiter. Aber reichte dessen Wut auf den zwielichtig agierenden Prokuristen aus dem Westen aus, um einen Mord zu planen und umzusetzen? Die Frage traf auch auf Lehner zu. Ihr Interesse, sich von einem Prokuristen zu trennen, der mit Betrügereien ihr Lebenswerk zu gefährden drohte, war vielleicht ebenso groß wie das von Mewis – aber es konnte noch weitaus größer sein, sollte sie mit Tschiladse Geschäfte machen, von denen Wagner nichts hatte wissen dürfen. Bircher fühlte sich unwohl in einer Gedankenwelt voller Annahmen und halbgarer Fakten, für seine Entscheidungen brauchte er überprüfbare Aussagen.

Sie saßen sich stumm im Verhörzimmer gegenüber, Mewis auf der einen, Bircher und Schmidter auf der anderen Seite des Tisches. Die Kommissare wirkten wie zwei seelenlose Beamte, die routiniert ihrer Pflicht nachgingen, sie sahen Mewis an, als wäre er bloß einer von vielen, die sie heute dem

Richter übergeben würden. Tatsächlich waren Bircher und Schmidter übereingekommen, keine Rücksicht auf Mewis' Gemütszustand zu nehmen, ihm vorzuspielen, dass sie etwas wüssten und sein Geständnis reine Formsache sei. Sprich die Wahrheit und wir legen bei Gericht ein gutes Wort für dich ein, würden sie ihm andeuten, später, falls er nicht kooperieren sollte.

Aber danach sah es nicht aus, denn Mewis war zwar nervös, aber nicht ängstlich. Wachsam wie ein Jäger auf der Pirsch suchten seine Augen die Mienen der Kommissare ab, die ihn erst einmal schweigend für eine Minute im Ungewissen hielten. Schließlich atmete Bircher einmal kräftig durch und beugte sich zu Mewis hinüber.

»Sie hatten Zeit zum Nachdenken. Das hier ist die letzte Chance, die Wahrheit zu sagen.«

Mewis schnaufte leicht empört, richtete dann seinen offenen Blick auf Bircher.

»Ich habe Ihnen die Wahrheit gesagt. Ich habe von Frau Lehner eine Flasche Rossiskaja geschenkt bekommen, die habe ich neu verpackt und Herrn Wagner geschenkt.«

»Frau Lehner behauptet, dass sie Ihnen Rossiskaja geschenkt habe, in der Originalverpackung. So wie sie ihn mal auf ihrem Schreibtisch vorgefunden hatte«, erwiderte Bircher.

»Na also. Ihr Wodka«, rief Mewis. »Und überhaupt, was hat diese Wodkageschichte mit Wagners Tod zu tun?«

Bircher überhörte die Frage. Selbst wenn er gewollt hätte, hätte er sie nicht eindeutig beantworten können.

»Ist das alles, was Sie uns zu sagen haben?«, fragte Bircher.

»Was ich zugebe, ist die Verletzung des Briefgeheimnisses. Ich habe Wagners und auch Schäfers Briefe geöffnet. Das war ein schlimmer Fehler. Aber ich hatte die Befürchtung, dass die uns alle in Gefahr bringen.«

Also auch Schäfers Post, dachte Bircher.

»Und was haben Sie herausgefunden bei ihren Besuchen auf der Poststelle?«, meldete sich Schmidter.

»Schäfer war nicht aktiv beteiligt, aber Wagner umso mehr. Ich habe das alles heute Nacht aufgeschrieben. Hier, bitte.« Er reichte ihnen einige eng beschriebene Seiten. Keiner der beiden griff zu. Schmidter knurrte lediglich: »Legen Sie es hin.«

»Und wie Sie vielleicht wissen: Wir alle haben in seiner Post gelesen, Jutta Lehner, Herr Schade, ich, wer weiß, wer sonst noch.«

Bircher und Schmidter dachten dasselbe: Das bringt uns nicht weiter.

»Sie werden auf freien Fuß gesetzt und bleiben bitte in Berlin«, sagte Bircher schließlich, worauf sich Mewis auf seinem Stuhl durchstreckte, als hätte man ihm eine Pistole ins Kreuz gedrückt.

»Wirklich?«, fragte er ungläubig.

»Ja, man wird sie hinausbegleiten.«

Mewis stand rasch auf, als fürchtete er, sie könnten es sich anders überlegen.

»So, Philipp«, fasste Bircher die Lage zusammen, als sie wieder allein waren, »wir treten auf der Stelle. Die beiden Flaschen aus dem Werk sind im Labor. Wenn wir den Kollegen sagen können, wonach sie suchen sollen, fangen sie an.«

»Verstehe«, murmelte Schmidter.

»Wie es scheint, kann uns nur der Zufall helfen.«

»Und wenn er uns nicht hilft?«

Schmidter war noch einsilbiger als gewöhnlich. Ihm fiel gerade nichts ein, was die Sache voranbringen könnte.

»Schließen wir die Akte? Mit dem Vermerk: Tötungsverbrechen nicht zu beweisen?«, seufzte Bircher.

Aber ein solcher Vermerk würde nicht gemacht werden, wie sich bald herausstellen sollte – weil es der Zufall so wollte.

ZWANZIG

Welch ein Gefühl: Der rechte Fuß beherrscht 286 PS, der rechte Ellenbogen ruht lässig auf der Mittelkonsole, der linke entspannt auf der Fenstereinfassung. Das schwarze lederne Lenkrad reagiert auf die kleinste Bewegung, als sei es ein Nervenband, das die Hände mit dem Getriebe verbindet.

Wagners Sohn liebte es, den BMW seines Vaters auf einhundertfünfzig Sachen zu halten, da konnte er noch Musik hören und einen flüchtigen Blick vom grauen Betonband weg auf die vorbeifliegende Landschaft werfen.

Auf dem kurvenreichen Abschnitt der A9 vor Jena musste er vom Gas und folgte der Geschwindigkeitsbegrenzung. Er erinnerte sich an die Erzählung seines Vaters über das Leutratal. Er hatte ihm von dem berühmten Landschaftsschutzgebiet erzählt, seinem blütenreichen Grasland-Biotop, dem »Halbtrockenrasen«, der die langen Senken wie eine osteuropäische Steppe bedeckte. Aber wirklich berühmt habe die Orchidee die Gegend gemacht, die in unzähligen Arten wild in der Landschaft wuchs und die Wanderer anzog. Angeblich war in früheren Zeiten auf den Hängen Wein angebaut worden. Vielleicht hatte den Vater die Vorstellung von Rebstöcken dazu bewogen, auf einer seiner Fahrten nach Berlin einmal in Jena zu übernachten. Am nächsten Morgen war er ins Leutratal aufgebrochen, aber an Weinbau hatte ihn nichts in der Landschaft erinnert. So war er dann den Empfehlungen des Hotelrezeptionisten gefolgt und durch die Kiefernwälder gestromert, hatte den Frauenschuh entdeckt und das Kriechende Netzblatt, eine kleine Orchidee mit netzadrigen Blättern.

Der junge Wagner lächelte bedrückt, als er sich an die Erzählung seines Vaters erinnerte.

Aber gleich darauf verfinsterte sich sein Gesicht, als seine Gedanken um die Ermittlungen zum Tod seines Vaters zu kreisen begannen. Man habe Mewis entlassen müssen, war ihm mitgeteilt worden. Und Lehner stolziert unbeeindruckt durch ihre Hallen wie eine Herrscherin, die es hinnimmt, dass jeder Sieg Opfer kostete. Hätte sich Papa mal besser damals ihren Stuhl gesichert. So eine Scheiße, fluchte er ins Armaturenbrett und sah die Nadel der Tankanzeige ins rote Feld wandern. Vor Leipzig würde er tanken. Er blickte auf die Uhr. Wenn er zu Hause ankäme, wäre es zu spät, um seine Mutter zu besuchen. Na ja, dann geht's direkt in die Kneipe auf ein Bier.

Einige Kilometer vor Leipzig hatte Wagner den Eindruck, sein Auto würde nicht mehr so spielend und selbstverständlich die Spur halten. Während der stundenlangen Autobahnfahrt hatte er es quasi mit den Fingerspitzen gesteuert, es gehorchte der kleinsten Korrektur und hielt wie ein Flugzeug im Autopilotmodus die Spur. Aber seit einigen Minuten fühlte es sich an, als würde er über eine rutschige Fahrbahn mit ein paar Dellen gleiten. Warum eiert der Wagen plötzlich so, fragte sich Wagner. Er sah eine Tankstelle, atmete auf, und verringerte die Geschwindigkeit weiter, hinter ihm blinkte ein ungeduldiger Raser. Langsam rollte er an die Tanksäule, und als er den Tankverschluss öffnete und sein Blick den Reifen darunter streifte, sah er die Bescherung: Der Luftdruck hielt gerade noch, um nicht auf der Felge zu fahren. Wagner sah sich hilflos um, während er den Tank füllte. Der junge Mann war gut als Verbraucher, im Essen wie im Autofahren, und als Anwalt wahrscheinlich so clever wie hinter dem Steuer. Aber er war kein Mann mit praktischen Veranlagungen. Ratlos starrte er den Tankdeckel an, dann besann er sich, zwängte sich hinters Steuer und öffnete das Handschuhfach, in der Hoffnung eine Versicherungspolice mit Telefonnummer zu finden. Er durchforstete alles. »Das müsste er doch haben, Papa hat doch immer an alles gedacht. Scheiße«, fluchte er vor sich hin. Aber bis auf ein Stapel Straßenkarten war da nichts, und als er wütend alles zurückstopfte, spürte er plötzlich etwas Metallenes.

Verwundert hielt er drei Schlüssel in der Hand, auf dem Anhänger stand »BB«. Was soll das denn nun wieder?, fragte er sich und warf sie achtlos zurück ins Fach.

An der Kasse fragte er, ob ihm jemand helfen könne. Die Frau zuckte die Achseln: »Sie müssen den ADAC anrufen. Hier gibt's keine Werkstatt. Da, hinterm Klo ist eine Zelle.«

Die fand er und auch ein Telefonbuch. Ein Glück, dass Leipzig in der Nähe war. Er wartete mit einem Becher Kaffee auf ein gelbes Auto, ab und zu warf er einen Blick auf den Reifen. Als es allmählich dämmerte, begann Wagner zu verzweifeln. Was, wenn die mich vergessen haben? Die Vorstellung, im Auto übernachten zu müssen, trieb ihm den Schweiß aus den Poren.

Endlich näherte sich das ADAC-Fahrzeug und stoppte direkt neben seinem BMW. Ein Mann stieg aus seinem Auto, stellte sich als Kollege Wohl vor, besah sich den Schaden, fragte nach dem Ersatzrad und schickte ihn weg mit den Worten: »Nun gehen Sie mal in Ruhe einen Kaffee trinken. Ich brauch nur die Schlüssel, ich melde mich dann.«

Es dauerte keine zwanzig Minuten, da kam er auf ihn zu. Wagner sprang vom Hocker, dabei bemerkte er, dass der Mann eine Einkaufstüte in der Hand hielt.

»Alles klar, Sie müssen nur noch unterschreiben. Und das hier lag am Ersatzrad. Ist vielleicht besser, wenn Sie die Flaschen mit ins Auto nehmen. Wäre schade drum«, sagte er und stellte den Einkaufbeutel ab. Wagner linste hinein. Er sah zwei in Geschenkpapier verpackte Flaschen. Er schob einen

Fingerbreit des Papiers zur Seite, und seine Augen weiteten sich erschrocken.

Wodka? Ich glaub's nicht, dachte er. Hat den Papa vergessen? Ausgeschlossen, dachte. Den hat ihm jemand reingelegt, an dem Wochenende, als er seine Leute in den Garten eingeladen hatte. Wie sonst? Papa fährt doch nicht mit Wodka durch die Gegend, höchstens mit Wein, aber auch nur bis zum Gartenzaun.

»Das wär's schon, hier bitte unterschreiben«, unterbrach der ADAC-Mann seine Grübeleien.

Wagner setzte seinen Namen neben das Kreuz und schrieb seine Berliner Adresse und eine Telefonnummer darunter. Mit geübtem Schwung trennte Wohl das Formular und reichte ihm den Durchschlag und die Autoschlüssel.

»Passen Sie aber auf, dass Sie nicht schneller als hundertzwanzig fahren. Das ist nur ein Ersatzreifen, suchen Sie besser nochmal eine Werkstatt auf. Tschüss dann.«

»Vielen, vielen Dank. Darf ich Ihnen diese Flasche schenken? Beste Sorte aus dem Lager meines Vaters.«

Die Augen seines Retters huschten kurz durch den Raum, um sicherzugehen, dass ihn niemand beobachtete. Wagner schob ihm die Flasche hin.

»Nehmen Sie den. Rossiskaja, ein Klassiker.«

»Kenn ich«, sagte er, nahm die Flasche, grinste breit und verabschiedete sich: »Danke, das ist was Schönes zum Feierabend.«

Wagner blieb noch einen Moment vor der zweiten Flasche sitzen, öffnete die Verpackung und fragte sich, ob sein Vater an dem Abend in Sophienstädt nicht nur von Mewis beschenkt worden war? Aber Bircher hatte immer nur von einer Flasche Wodka, einem polnischen, geredet. Wagner verzog unwillig das Gesicht. Was soll das? Warum wurde der Schnaps Papa ins Auto gelegt, oder ist das doch sein eigener? Quatsch, seufzte er leise und fasste einen Beschluss – rein vorsorglich, versicherte er sich. Und zur Gefahrenabwendung. Er packte die Tüte, verwahrte den Reparaturschein in der Manteltasche und sprang vom Hocker.

Bircher fand die Notiz auf seinem Schreibtisch: »Herr Wagner bittet um Rückruf, es sei wichtig. M.« Er sah keine Telefonnummer und nahm den Hörer in die Hand.

»Ja, Chef, was soll ich tun?«, meldete sich Manuela, als stünde sie auf dem Wachturm.

»Hat der Wagner einen Grund genannt, warum er mich sprechen will?«, fragte Bircher mit dem Zettel in der Hand.

»Nee, nur dass es wichtig sei. Er klang besorgt, fand ich. Soll ich dich verbinden?«

»Versuch's bitte.«

»Sofort.«

Ohne Chef, geht doch, bemerkte er.

Langsam baute sich in ihm eine Spannung auf, als stünde ein wichtiges Verhör bevor. Es dauerte keine zwei Minuten, und er hörte Wagners Stimme.

»Mir ist da etwas Merkwürdiges widerfahren«, begann Wagner stockend seinen Bericht und erzählte Bircher von dem Zwischenfall mit dem Wodka im Kofferraum. Als er fertig war, stieß Bircher ein kleines »Hm« aus, das Gehörte hatte es in sich.

»Also, eine aus dem Kofferraum haben Sie dem ADAC-Mitarbeiter gegeben. Haben Sie die andere Wodkaflasche noch?«, fragte er und drehte die Augen flehend zur Decke.

»Ja, die Flasche liegt bei mir zu Hause.«

»Sehr gut, nicht öffnen. Ich lasse sie noch heute abholen.«

»In Ordnung.«

»Und jetzt nennen Sie mir bitte den Namen des Krankenhauses, in dem der Mann liegt.«

Bircher musste sich anstrengen, seiner Stimme den gewohnt distanzierten Klang zu geben, tatsächlich war er wie beseelt von der Nachricht. Er schrieb kopfschüttelnd mit und konnte kaum glauben, welcher Zufall ihm zur Hilfe gekommen war. Wagner junior hatte mit seiner Reifenpanne eine heiße Spur gelegt, und Bircher hatte erneut das Jagdfieber erfasst.

Der junge Stationsarzt war hörbar nervös, er sprach wie durch eine Atemschutzmaske, gepresst und jedes Wort abwägend. Die Nachricht, dass ein Kommissar aus Berlin in der Leitung sei, hatte ihn überrascht, und als man ihm noch zugeflüstert hatte, der sei von der Mordkommission, war er regelrecht aufgeschreckt. Der ADAC-Mitarbeiter sei mit erheblichen Magenblutungen und Herzflimmern eingeliefert worden, berichtete er. Es bestand der Verdacht auf eine Lebensmittelvergiftung. Der Patient hatte angegeben, Fleisch, Erbsen und Kartoffeln zum Abendessen zu sich genommen zu haben. Die Übelkeit hatte am folgenden Morgen eingesetzt. Sein Patient hatte auch den Reifenwechsel und den freundlichen Bayern mit dem Wodka erwähnt. Den hätte er zum Fleisch getrunken, ein bisschen mehr als gewöhnlich, der nächste Tag war schließlich dienstfrei gewesen.

In den Blutwerten hatte sich der Alkoholgenuss mit weniger als einem Promille niedergeschlagen, was die Befunde nicht erklären konnte, wie der Stationsarzt feststellte. Es war klar gewesen, dass der Mann mit diesen Symptomen hätte versterben können. Aber nach einem harmlosen Abendessen mit zwei, drei Gläschen Wodka? Wegen eines Vergiftungsverdachts hatte er sich mit dem Leiter des ADAC-Büros Sachsen verbinden lassen, um ihm den Hinweis zu geben, dass er vielleicht mal mit dem letzten Kunden seines Kollegen, einem Herrn Wagner, Kontakt aufnehmen sollte. All das berichtete der Stationsarzt Bircher, der sich sofort mit seinen Kollegen in Leipzig in Verbindung setzte. Und so nahmen die Dinge ihren Lauf.

Dieses Mal kam ihnen das Glück zur Hilfe, genauer gesagt

die Spirituose. Die Polizei in Leipzig stellte die Flasche Rossiskaja sicher. Schmidter strahlte, als ihm das Corpus Delicti in die Hände fiel. Bircher sagte seinen Kollegen von der KTU, wonach sie suchen sollten. Das Ergebnis ließ nicht lange auf sich warten. Es lag am nächsten Tag auf Birchers Tisch, ein einzelnes Blatt. Es bestätigte seinen Verdacht. Schmidter und Bircher saßen vor dem Zettel wie zwei Testamentsvollstrecker, die gerade den letzten Willen des Erblassers gelesen hatten.

»Was machen wir als Nächstes?«, fragte Bircher und sah nachdenklich aus dem Fenster.

»Nach allem, was wir jetzt wissen, sollten wir nochmals den Mann vom ADAC, Frau Lehner und Herrn Mewis befragen. Wir müssen rauskriegen, wer genau wann welchen Wein oder Wodka geschenkt bekommen, getrunken oder weiterverschenkt hat. Und wir müssen wohl noch ein drittes Mal Wagners Grundstück absuchen, aber auch alle benachbarten.«

Bircher sah zerstreut auf den Laborbericht. Er zermarterte sich das Hirn, wie sie den letzten Beweis zur Überführung des Täters finden könnten. Sie konnten jetzt davon ausgehen, dass weder Wagner noch Schulz noch Schäfer eines natürlichen Todes gestorben waren. Bircher sah Schmidter gedankenverloren an, als wollte er ihm gleich ein Geheimnis anvertrauen. Er beschloss, als Erstes mit Lehner zu telefonieren. Den Gedanken, zu ihr zu fahren, hatte er verworfen. Das würde nur unnötig Staub aufwirbeln. Die sollen sich mal alle in Sicherheit wiegen.

Als er wieder alleine in seinem Büro saß, fiel Birchers Blick auf das Foto von der toten Meise auf dem Kompost. Irgendetwas an der Aufnahme ließ ihn nicht los. Vielleicht auch die Erinnerung an den Hund, vom dem Tetsche zu Beginn des Falls berichtet hatte.

Bircher rechnete durch: Sechs Flaschen Wodka aus der Bestellung der Berlin Beauty – eine gelangte als Żubrówka getarnt nach Sophienstädt zu Wagner, zwei fanden sich im Kofferraum seines Autos, eine wurde auf dem Betriebsfest geleert, zwei wurden in der Betriebsküche sichergestellt. Die Weine: zwei von Wagner an Lehner überreicht, davon ein Chianti, ein weiterer durch Wagners Sohn an Lehner, den sie jedoch an Schäfer weiterreichte, ebenfalls ein Chianti, welch Zufall …

Ein Klopfen riss ihn aus seinen Grübeleien. Der Fahrer, den sie zu Wagner geschickt hatten, meldete sich mit einer Flasche in der Hand. Sie war in geblümtes Papier verpackt.

»Wurde die Ihnen so übergeben?«, fragte er mit einem kritischen Blick.

»Ja, genau so, von Herrn Wagner.«

»Gut«, murmelte Bircher. Ihn störte die Flaschenform, er hatte die Wodkaflaschen schlanker in Erinnerung. Er entfernte die Verpackung, und augenblicklich verzog sich sein Gesicht, als hätte man ihm etwas Klebriges in die Hand gedrückt. Es war ein Altmeister Kräuterlikör, ein Schnaps aus Nordhausen, den Bircher nur von der Auslage kannte. Er knurrte unwillig. Wagner hatte doch am Telefon von zwei Flaschen Wodka gesprochen, aber anscheinend hatte er sich wegen der Verpackung geirrt. Im Unterschied zur anderen Flasche, die sich in Wagners BMW befunden hatte, kam der hier nicht als Corpus Delicti in Frage.

Eine weitere Wodkaflasche hätte in ein Schema gepasst, in dem es der »Große Unbekannte« nicht mit einer Flasche bei der Feier auf der Datscha belassen wollte.

Klassischer Nordhausener Likör, meldete auch die KTU. Bircher konnte sich nicht erinnern, irgendwo bei den Wagners eine Likörflasche gesehen zu haben, weder auf dem Dorf, noch in seinen Berliner Räumlichkeiten. Er beschloss, zunächst mal Schmidters Bericht über seine Befragungen von

Wagners Sohn und Mewis abzuwarten. Morgen wissen wir mehr. Als er bereits im Mantel an der Tür stand, läutete das Telefon. Herr Kuntz von der KTU wollte ihn sprechen.

»Wissen Sie, Herr Bircher, es ist ein winziges Detail, und weil ich nicht weiß, ob es Ihnen aufgefallen ist, und es auch nicht in unseren Analysen erwähnt wurde, wollte ich Sie darauf hinweisen«, begann der Mann etwas umständlich. Bircher runzelte bereits die Stirn. Wenn er etwas nicht mochte, dann waren es Umschweife.

»Ich höre.«

»Auf den Flaschenböden des Żubrówka aus Sophienstädt, des Rossiskaja vom ADAC-Mann und der angebrochenen Flasche Chianti von Frau Wagner wurde eine etwa 5 Millimeter große, runde Markierung gefunden. Die wurde mit einem schwarzen Permanentmarker angebracht.«

»Donnerwetter«, entfuhr es Bircher.

»Die Flaschen Rossiskaja, die wir in der Betriebsküche sichergestellt haben, hatten das nicht. Wollte ich nur melden. Vielleicht sind es aber nur unterschiedliche Lieferungen.«

»Gut, das könnte ein wichtiger Hinweis sein. Ich behalte das mal im Auge, Kollege Kuntz. Schönen Feierabend.«

Bircher blickte angestrengt in die Baumkronen vor seinem Fenster, als glaubte er, im Geflecht der zartgrünen Blätter das Gesicht des Mörders erkennen zu können, der ihn herablassend ansah. Wie aus einem Schatten trat der junge Wagner hervor und verdeckte ihm die Sicht. Er trug über dem schneeweißen Hemd einen schwarzen Anzug und hielt triumphierend eine Schnapsflasche hoch.

Schmidters Stimme riss ihn aus seinem Tagtraum. Er stand in der Tür mit einem Zettel in der Hand.

»Darf ich dir was zeigen?«

»Was Neues?«, fragte Bircher und linste dabei an Schmidter vorbei, um Manuela mit einem Lächeln in den Feierabend zu verabschieden.

»Ich habe mit Wagner telefoniert. Der ist übrigens in Berlin. Also, der Wein, den er der Lehner geschenkt hat, war ein Chianti. Aber der, so beteuerte er, war nicht von seinem Vater. Den habe er selbst gekauft.«

»Ich glaube das nicht«, knurrte Bircher. Er hatte so leise gesprochen, dass Schmidter sich zu ihm beugen musste, um ihn zu verstehen.

»Du glaubst wirklich, dass an dem Chianti was faul ist?«

»Ich kann es nicht ausschließen, nach dem Autopsiebericht«, murmelte Bircher.

»Frau Lehner könnte demnach zweimal vergiftete Spirituosen an ihre Kollegen verschenkt haben: eine Flasche Rossiskaja an Mewis, der sie an Wagner weiterreichte, und einen Chianti an Schäfer. Danach starben beide, Zufall oder nicht«, schloss Schmidter, dem der Besuch beim Griechen und Karolas These über die Frau als Giftmörderin wieder einfiel.

»Sie selbst behauptet aber, die Flasche geschenkt bekommen zu haben, ohne zu wissen von wem, von irgendwelchen Gästen aus Moskau«, entgegnete Bircher. »Und warum sollte sie Mewis aus dem Weg räumen wollen? Ich sehe keinen Grund.«

»Jemand will vielleicht den Verdacht auf sie lenken«, dachte Schmidter laut nach. Es klang nicht so, als glaubte er selbst daran.

»Möglich. Lehner wusste einiges von Wagners Betrügereien und vielleicht umgekehrt er von ihren, mal angenommen. Sie hätte wie keine andere Person aus dem Betrieb ein Motiv, sich von Schäfer und Wagner zu befreien. Aber nochmal: Wie um Himmels Willen sollte sie es anstellen, dass das richtige Opfer – Wagner – den vergifteten Schnaps in Sophienstädt trinkt?«

»Stimmt. Und die Annahme, sie würde mit Mewis unter einer Decke stecken, ist auch nicht haltbar: Dann hätte Mewis sich nämlich die Mühe sparen können mit der Umetikettierung. Da hätte er gleich Lehners Rossiskaja an Wagner weiterreichen können. Alles unklar«, umriss Schmidter die Lage.

»Und nun noch die Flasche in Wagners Auto. Kein umetikettierter Żubrówka, sondern echter Rossiskaja. Was glaubst du, wie der da hingekommen ist? Was sagt der junge Wagner?«, fragte Bircher.

»Er sagt, das sei ihm absolut schleierhaft. Und er machte mich darauf aufmerksam, dass sein Vater einen Zweitschlüssel seines BMWs im Büro hinterlegt hatte. Er wollte wohl andeuten, dass irgendjemand die Flaschen in den Kofferraum gelegt haben könnte. Ich habe eingewandt, dass bei der Durchsuchung der Büroräume kein Autoschlüssel gefunden wurde. Daraufhin erklärte er mir, dass er sich den Schlüssel an dem Tag holte, als er seinen Vater tot auffand. Angeblich weil er den anderen nicht finden konnte.«

»Na, wunderbar, wie sich alles aufklärt, sobald der Sohnemann ins Spiel kommt«, bemerkte Bircher mit grimmiger Ironie.

Wagner saß in seiner Berliner Stube, starrte auf die Wodkaflasche vor sich und dachte an den ADAC-Mitarbeiter. Er zermarterte sich das Hirn über die Frage, was es mit dem Wodka auf sich gehabt haben könnte, der den armen Kerl beinahe ins Jenseits befördert hatte – und ob die Flasche hier auf dem Tisch vor ihm wohl den gleichen Effekt hätte. Könnte der Wodka im Kofferraum etwas mit dem Wodka auf der Datscha zu tun haben? Er konnte keine eindeutige Antwort finden, selbst nicht nachdem er alle Namen der Personen, die er für verdächtig hielt und die seinem Vater etwas hätten antun können, auf einem Bogen Papier notiert, sie in Kreise gesetzt, mit Pfeilen, Stichworten und Fragezeichen versehen und alles zu einer Art Schaltplan zusammengefügt hatte. Es gelang ihm einfach nicht, seine Hypothesen und die Fakten in einen logischen Zusammenhang zu bringen, sein Schaltplan brachte sozusagen das Lämpchen nicht zum Leuchten. Nur in einem Punkt war er sich sicher: Er durfte nicht weiter in die Sache hineingezogen werden.

Er öffnete erschöpft den Kühlschrank und griff sich eine Flasche Weißbier. Ihm fiel wieder das Schlüsselbund mit dem Anhänger »BB« im Handschuhfach ein. Es konnte nur der Schlüssel für das Büro seines Vaters sein. Berlin Beauty, BB. Er rappelte sich auf, die Unruhe holte ihn wieder ein. Mewis hat meinem Vater Wodka geschenkt. Dann starb er. Jetzt traf es den vom ADAC, auch mit Wodka. Hat etwa Mewis die Flaschen damals im Kofferraum versteckt? Warum? Ich muss in den Betrieb, entschied er. Auf meinen Vater darf kein Schatten fallen. Die Flasche muss weg. Er suchte nach einer Tüte, versenkte den Wodka darin, griff sich den Schlüssel und verließ die Wohnung.

Derweil war Bircher fast an seiner Haustür angekommen und fragte sich, was es eigentlich zum Abendbrot gäbe. Wenn Karola ihren Vorsätzen folgt, müssten wir mit der Küche weiter ost- oder südwärts ziehen. Vielleicht nach Afrika? Nee, korrigierte er sich, da kennen wir uns gar nicht aus. Fällt mir nur der Wein aus Südafrika ein, der soll phantastisch sein. Dann vielleicht spanisch?

Er hatte richtig getippt – es gab Paella, und nach dem zweiten Glas eines herrlich duftenden Rioja, der ihn wie Frühlingsblumen benebelte, fragte er nach dem Rezept.

»Du kennst das doch«, provozierte sie ihn mit einem schelmischen Lächeln in den Augen.

»Ich kenne nur den Namen Paella – erinnert mich an Manuela«, grinste er zurück.

»Haha, also wenn du mir ein wenig von dem Fall erzählst, verrate ich dir, wie du das nächste Mal Paella machen kannst.«

»Tatbestand der Nötigung, meine Kleine. Na, wie kam der Reis mit Fisch zustande? Erst du.«

»Olivenöl, Zwiebeln und kleingehackten Knoblauch dünsten, Reis dazu, mit Kurkuma und Pfeffer. Dann Wein, Gemüsebrühe. Meeresfrüchte, Paprika, Erbsen. Alles so lange köcheln, bis die Brühe verkocht ist. Fertig.«

Er hörte vergnügt zu, wie sie sich beeilte, das Rezept vorzutragen.

»Jetzt bist du dran«, sagte sie.

»Ja, aber warum gibt es dazu keine Tortilla?«

Sie ließ Messer und Gabel sinken und warf ihm einen warnenden Blick zu.

»Karlchen, nicht ablenken.«

»Fiel mir nur gerade ein. Mal im Ernst, für den nächsten Abend in Spanien.«

Er lachte und hielt das Glas hoch.

»Fehlt im Hintergrund nur noch der Bolero. Wollen wir zur Fallbesprechung aufs Sofa?«

Bircher begann mit Lehners Geständnis über die weitergereichten Geschenke, beschrieb den Zwischenfall an der Autobahntankstelle, die Krankheitssymptome des ADAC-Mitarbeiters und schloss mit der Sicherstellung der Wodkaflasche.

»So, Karola, jetzt habe ich dir alles erzählt. Du brauchst mir nur noch den Namen des Täters zu verraten, dann bereite ich dir morgen Abend eine Tortilla zu«, beendete er seinen Monolog und verteilte den Rest aus der Flasche in ihre Gläser.

»Das ist ja ein Mordsspektakel«, sagte sie anerkennend, als hätte er ihr ein Drehbuch vorgelesen. Sie kräuselte grübelnd die Stirn.

»Und du vermutest, dass noch andere Flaschen im Umlauf sind? Und die sind auch nicht auffindbar?« Er nickte und unterdrückte ein Gähnen. Der Rioja zeigte Wirkung.

»Ach ja, was ich vergessen habe – auf einigen Flaschenböden befindet sich eine Markierung, ein schwarzer Punkt. Von einem Permanentmarker. Aber das führt uns auch nicht zum Täter.«

Karola ließ sich rücklings ins Sofakissen fallen. Sie sah an ihrem Mann vorbei zur Wand, als betrachte sie ein Gemälde.

»Und Fingerabdrücke?«

»Haben wir nicht genommen. Wovon und von wem? Die Flaschen sind entweder entsorgt oder liefen durch unzählige Hände, siehe Betriebsfest. Und damals, als man Schulz und Schäfer tot zu Hause auffand, gab es keinen eindeutigen Anlass, nach Spuren eines Gewaltverbrechens zu suchen.«

Sie gab sich einen Ruck und richtete sich auf.

»Mir fiel da gerade was ein, zu dem Punkt auf der Flasche. Ich hatte es ja früher auch mit Signaturen zu tun, auf Gemälden, die wir Künstlern zuordnen mussten. Da ging es natürlich nicht um Permanentmarker, sondern um Tinte, Farbpigmente, Harze, alles, was so in Farben enthalten ist. Die wurden manchmal auch in einem chemischen Labor untersucht, nachdem sie, so glaube ich, mit Alkohol abgelöst wurden. Die Experten haben Massenspektrometrie oder Hochdruckflüssigkeitschromatographie eingesetzt«, sie sprach die Begriffe wie eine seltene Buchstabenkombination aus. »Man könnte die Punkte ablösen, analysieren und mit Stiften vergleichen, die im Umlauf sind. Das ist ja nicht anders, als wenn wir die Öle unterschiedlicher Bilder vergleichen.«

Jetzt saß Karl Bircher aufrecht wie ein Zinnsoldat auf dem Sofa. Er hatte zwar ab und an die schwarzen Kreise vor Augen gehabt, aber mehr wie ein Symbol für seinen Fall. Einigermaßen irritiert, nicht selbst auf diese Idee gekommen zu sein, musterte er bewundernd seine Frau.

»Karola, willst du nicht endlich bei mir anfangen?«

»Ich bin doch seit fast dreißig Jahren ehrenamtlich für dich tätig, Karlchen.«

EINUNDZWANZIG

Der früher so forsche Mewis schlurfte mit hängenden Schultern über den Hof zu seinem Büro. Ab und an drehte er den Kopf halb hoch zu den Fabrikmauern, als fühlte er sich beobachtet. In seinem Gesicht spiegelte sich der Widerwille gegen alles, was ihn umgab. Er hatte die letzten Tage unaufhörlich daran gedacht, die Arbeit hinzuschmeißen und Lehner wortlos seine Kündigung auf den Schreibtisch zu knallen. Soll die hochnäsige Zicke doch sehen, wie sie mit ihrem Bettnachbarn, dem akademischen Klugscheißer, Super Sun Shine im Tonnenmaßstab exportiert. Aber der Verstand hielt ihn zurück. Im Osten pendelte sich die Arbeitslosenrate bei 15 Prozent ein, er hatte keine Lust nach Bayern auszuwandern. Er war jetzt 52, Super S und die Ukraine waren ihm näher als Westdeutschland.

Er stieß mit dem Fuß die Tür zum Quergebäude auf und lief hastig, als wollte er nicht gesehen werden, zu seinem Büro. Es war wie üblich nicht verschlossen, das hatte er schon vor Jahren abgeschafft. Wozu auch? Da standen nur ein Schreibtisch und ein Aktenregal, alles Persönliche hatte er nach dem Tod von Schulz und dem ersten Auftauchen der Polizei nach Hause gebracht. Er tastete nach dem Lichtschalter und starrte in sein gleißend helles Büro. Ein paar Sekunden später saß er mit verzerrter Miene vor seinem Schreibtisch – was er dort sah, raubte ihm den Verstand. Er brauchte eine halbe Stunde, bevor er sich soweit beruhigt hatte, dass er die Situation sachlich beurteilen konnte. Das Kinn auf beide Fäuste gestützt, versuchte er, die Lage nachzuvollziehen. Eindeutig klar war nur, dass zwischen gestern Abend und heute früh irgendjemand in seinem Büro gewesen sein musste. Und jeden Augenblick konnte ein Polizist eintreffen. Also, das muss hier weg, dachte er. Aber wohin?

Er kontrollierte die Uhrzeit, acht, Katja würde gegen neun eintreffen. Sein Entschluss stand: Er würde sich auf der Stelle krankmelden.

Bircher befahl, nochmals die Räumlichkeiten Wagners, Mewis' und Lehners zu durchsuchen – er suchte nach einer Flasche mit einem schwarzen Punkt, der letzten hoffentlich. Wagner nahm die Mitteilung gelassen auf, gab sich ganz als der Anwalt, der es gewohnt war, mit der Polizei zu kooperieren. Ebenso Lehner, Mewis nahm es mit eiskalter Miene zur Kenntnis. Die Durchsuchungen endeten ergebnislos. Man war keinen Schritt weitergekommen, und die Sorge wuchs, dass es zu weiteren »Unfällen« kommen könnte, sollte es stimmen, dass von den sechs Flaschen aus der ominösen Bestellung jede zweite ihren Trinker ins Jenseits befördern könnte – denn dann stünde noch einer aus.

Bircher war fast so weit, nicht weiter nach markierten Flaschen zu suchen und mit den »Tintenanalysen« zu beginnen, da stellte ihm Manuela eines Morgens ein kleines Paket auf den Tisch.

Er drehte es argwöhnisch in den Händen. Ihm fielen amerikanische Briefbomben ein, die das FBI sicherstellen musste, bevor sie ihren Empfänger erreichten – etwas, womit er in seiner Laufbahn nicht in Berührung gekommen war. Er tastete mit hochgezogenen Augenbrauen die Verpackung ab, suchte nach einem Absender. Es gab keinen, er verzog den Mund unwillig, als hätte er ein Geschenk erhalten, mit dem er nichts anzufangen wusste. Schließlich gab er sich einen Ruck, griff zur Schere und schlitzte die Verklebung auf.

Zwei Minuten später informierte er den Chef der KTU: »Wir haben die sechste Wodkaflasche, dieses Mal ohne schwarzen Punkt. Bitte schicken Sie sofort jemanden zu mir. Alles wie besprochen durchführen, auch auf der Flasche nach Fingerabdrücken suchen.«

Bircher sah wie verzaubert auf den Wodka und dachte einen Augenblick an Karolas Tipp. Dann wählte er Lehners Telefonnummer.

Sie reagierte mit einem entsetzten Keuchen auf Birchers Warnung, als drücke man ihr die Kehle zu.

»Das können Sie nicht machen, Herr Bircher, das würde unsere Firma ruinieren und uns alle in die Arbeitslosigkeit stürzen, ich bitte Sie, es muss doch einen anderen Weg geben, Sie ...« Der Satz brach ab, vielleicht wurde sie gestört oder war auf einen Gedanken gekommen, der sie verstummen ließ. Bircher nahm mit Genugtuung zur Kenntnis, dass seine Drohung, das Werk wegen »der Gefahr eines Giftanschlags« schließen zu lassen, die gewöhnlich kühl und unerschütterlich auftretende Jutta Lehner ins Wanken gebracht zu haben schien. Das hatte er erreichen wollen, sie aufrütteln, aus der Reserve locken. Tatsächlich war seine Drohung eine Finte, niemand hatte die Absicht, das Werk zu schließen. Er wollte bloß den Druck auf Lehner erhöhen, schließlich führten alle Spuren in ihren Betrieb, von wo aus ein Gift in Umlauf gebracht worden war beziehungsweise das, was mit dem Gift versetzt worden war: sechs Flaschen Wodka aus der Ukraine.

»Frau Lehner, Sie haben offensichtlich noch immer nicht verstanden, dass Sie und Ihr Betrieb tief in einen Mordfall verwickelt sind«, setzte er noch einen drauf.

Ihre Hand mit dem Hörer zitterte leicht, und sie atmete wie in einem Fieberschub. Die Augen halb geschlossen bemühte sie sich um Selbstbeherrschung, wie durch ein kaputtes Sicherheitsventil drohten ihre Gefühle aus ihr herauszuplatzen.

»Ich habe Ihnen doch immer zur Verfügung gestanden«, sagte sie leise.

»Das reicht mir nicht. Ich habe heute erneut anonyme Post erhalten. Dieses Mal kein Brief, sondern ein Paket. Ich vermute, dass es mir jemand aus dem Betrieb geschickt hat. Was meinen Sie?«

Sie kämpfte um eine Antwort. Er wartete, und zwischen ihnen machte sich eine gespenstische Stille breit.

»Ich muss Ihnen etwas sagen«, erwiderte sie. Sie klang plötzlich gefasst, als hätte sie die Lösung des Problems gefunden.

»Ich höre.«

»Folgendes, Herr Bircher. Als ich vorgestern gegen Mittag ins Büro kam – ich war auswärts bei einer Besprechung –, stand eine eingewickelte Flasche auf meinem Schreibtisch. Meine Sekretärin sagte, dass die Flasche schon am Morgen, als sie das Sekretariat betrat, auf ihrem Tisch gestanden habe. Sie stellte die Flasche auf meinen Schreibtisch. Sie nahm an, es sei ein Geschenk. Ich war erst einmal schockiert, wie Sie sich denken können. Ich dachte sofort an den Wodka am Morgen nach dem Betriebsfest. Ich habe die Verpackung nicht entfernt.«

Sie legte eine Pause ein, wie um ihm Gelegenheit zu einem Kommentar zu geben. Aber er schwieg, und so fuhr sie fort.

»Für mich gab es nur eine Person, die in Frage kam: Herr Mewis. Der hatte sich am selben Tag, an dem wir die Flasche fanden, krankgemeldet. Und er war an dem Morgen vom Pförtner gesehen worden, als er gegen halb neun das Gelände verließ.«

»Und das soll ich Ihnen glauben?«

Die Bemerkung kam so knapp und kühl rüber, dass Lehner erneut ein kalter Schauer erfasste. Sie hatte gehofft, ihn von ihrer Unschuld überzeugt zu haben. Es war doch naheliegend, dass der neben sich stehende Mewis ihr einen Wodka unterjubeln wollte, so wie damals, nach der Betriebsfeier.

»Das ist die Wahrheit«, antwortete sie.

»Also, Frau Lehner, zur Sache: Uns wurde eine Flasche Rossiskaja per Post zugestellt. Anonym, ohne Absender. Ich werde jetzt meine Mitarbeiter zu Ihnen schicken, die nehmen Fingerabdrücke von allen in Frage kommenden Personen. Bitte sorgen Sie dafür, dass die Schichtleiter, Ihre Sekretärin und natürlich Sie selbst das Werk nicht verlassen.«

»Und Herr Mewis?«

»Um den kümmern wir uns. Sie nehmen bitte keinen Kontakt auf. Auf Wiederhören.«

Sie konnte sich nicht verabschieden, die Verbindung war bereits getrennt.

Eine Woche später lagen die Ergebnisse der Fingerabdrücke von Lehner, Roth, Mewis, Schade, Schwabe, dem Schichtleiter und dem Küchenchef vor. Ebenso die vom jungen Wagner.

Das Ergebnis versetzte Bircher in Staunen. Er beschloss, Pfeil zunächst nicht zu unterrichten und erst die Analysen der Permanentmarker abzuwarten. Im Werk und in den Wohnungen des Personenkreises, von dem die Fingerabdrücke genommen worden waren, wurde nach Markern gesucht, ebenso in den Wohnungen von Frau Wagner, ihrem Sohn, in Wagners Wochenendhaus und im Büro von Wagner's Consulting. Bircher und die KTU waren erleichtert, dass sich der Umfang der Beweismittel in Grenzen hielt. Es wurden neun Stifte mit schwarzer Farbe sichergestellt. Mit jedem der Marker wurde auf einer Glasoberfläche ein Kreis aufgetragen, um anschließend die in der Farbe enthaltenen Pigmente zu analysieren und sie mit denen auf den Flaschen zu vergleichen – das würde sie auf die Spur eines Täters bringen, vorausgesetzt dass das Tintenpigment eines Stiftes einer einzigen Person mit dem Pigment von der Flaschenmarkierung übereinstimmte. Pfeil, Bircher und Schmidter hielten jedes Mal den Atem an, wenn das Telefon läutete. Aber noch hatte sich die KTU nicht gemeldet. Dafür Lehner mit der Auskunft, dass Mewis wieder im Dienst sei. Er verhalte sich normal. Lassen Sie ihn in Ruhe, bat Bircher. Wir werden uns in Kürze melden.

Lehner verbrachte jetzt täglich an die zehn Stunden im Betrieb. Sie wechselte pausenlos zwischen ihrem Büro, der Werkhalle und der Buchhaltung, die sie mit einem beklemmenden Gefühl betrat, obwohl nichts mehr an Wagner erinnerte. Die Werkhallen betrat sie mit zur Schau gestellter Entschlossenheit. Sie gab sich redlich Mühe, gute Laune zu verbreiten. Das war bitter nötig. Die Mitteilung über die Maßnahme der Polizei, Fingerabdrücke zu nehmen und Permanentmarker einzusammeln, verbreitete sich wie ein Lauffeuer und schürte neue Spekulationen. Lehner beobachtete dennoch mit einem gewissen Stolz, wie die Leute trotz der geradezu filmreifen Szenen, die sich in den vergangenen Monaten abgespielt hatten, ihren Pflichten nachkamen. Das Werk produzierte in drei Schichten, es gab keine Krankmeldungen oder Disziplinarvergehen. Aber ein Gefühl der Verängstigung, eine nervöse Unruhe waren schon zu spüren. Dazu kam die neu aufgeflammte Sorge um die Sicherheit der Arbeitsplätze. Schließlich hatten einige miterlebt, wie die Steuerfahnder durch die Gänge marschiert waren und Kisten davongetragen hatten, wie bei einer Räumung.

Neben Markus, der, so oft es seine akademischen Verpflichtungen erlaubten, ins Werk kam, war in diesen Wochen Surab ihr stärkster Rückhalt. Vor einigen Tagen hatte er sie mit der Frage überrascht, ob man nicht das Sortiment erweitern könnte.

»Wie wäre mit eine Super Sun Shine Soap?«, sagte er und lachte. Sie dachte augenblicklich an Soap Opera, ans Fernsehprogramm. Er verblüffte sie ein weiteres Mal, als er lachend rief: »Nicht Oper, Seife, ich habe Seife gedacht, muss aber passen zu Duschgel.«

Surab, der errät meine Gedanken sogar auf 2.000 Kilometer Entfernung, dachte sie vergnügt. Sie erörterten dann die Idee, und als er ihr zum Schluss die Umsatzzahlen für ihr Super S mitteilte, bemerkte er ganz nebenbei, dass sie sich bald mal zu zweit treffen sollten. Bevor er sich wie gewöhnlich abrupt aus dem Gespräch verabschiedete, fragte er noch, ob es denn bei Herrn Bircher Fortschritte gebe. Schmallippig klärte sie ihn über den Sachstand auf. Er sagte: »Mach dir keine Sorgen, das alles ist Irrtum.«

Sie fragte Schade, was er von der Seifen-Idee hielt – er war regelrecht euphorisch, wie ausgewechselt. »Fantastische Aufgabe, Frau Lehner«, jubelte er. Lehner weihte auch Markus ein und bat ihn darum, eng mit Schade zusammenzuarbeiten. »S Quattro, unser Arbeitstitel«, scherzte er.

Aber selbst Surabs Verheißungen konnten nichts daran ändern, dass sie nachts einige Zeit wach lag, weil ihr Fingerabdrücke und Fettstiftmalereien wie Gespenster im Kopf kreisten. Fingerabdrücke? Die haben eine Spur, der sie nachgehen, dachte sie besorgt.

Zwei Tage später lag Schmidters Bericht über die »Geldströme« bei der Berlin Beauty vor. Für die Finanzexperten bestand kein Zweifel: Sie konnten nachweisen, dass Herr Wagner genau mit Beginn der Produktion von Super Sun Shine ein beträchtliches Aktienpaket in der Schweiz aufzubauen begonnen hatte. Der Durchbruch bei ihrer Recherche gelang, nachdem die zuständige Steuerbehörde auf Drängen Schmidters kurzfristig den jungen Wagner vorlud. Der fing endlich an zu reden, nachdem ihm klargemacht worden war, dass er als angehender Jurist wissen sollte, welches Erbe er antreten würde.

Die bei dem Betrug erzielten Summen waren beeindruckend. Da wurde auf Teufel komm raus getrickst, urteilte Schmidter abschließend. Aus den Krediten und Anschubfinanzierungen war nach ihren Schätzungen ein Millionenbetrag in die Taschen Wagners und seiner Komplizen geflossen.

Wäre alles aufgeflogen, hätten sowohl die Geschädigten, die Mitarbeiter aus dem Betrieb, wie auch die Betrüger, Wagner und Komplizen, einen Grund gehabt, sich zur Wehr zu setzen. Die einen aus Rache, die anderen aus Furcht vor der Steuerjustiz.

Lehner und Roth saßen sich in ihrer Küche schweigend gegenüber. Die Teller vom Abendessen standen noch auf dem Tisch, ihrer war unberührt, sie hatte keinen Appetit. Sie hatte das Deckenlicht ausgeschaltet, eine kleine Lampe auf dem Fensterbrett angeknipst, hinter dem die Nacht hereinbrach. Im Hof zog die Dunkelheit auf. Ihre Köpfe lagen im Halbschatten, im blassen Licht der Lampe sahen ihre Gesichter bleich aus.

Sie starrte vor sich hin und dachte an nichts. In ihrem Kopf war es leer wie nach einer Operation, wenn man gerade aus der Narkose erwacht ist. Vor ihr lag Pfeils Vorladung, und immer wieder huschte ihr Blick über vier Worte im Briefkopf: »2. Berliner Mordkommission. Kriminaloberrat Pfeil.«

Markus kaute auf einem Stück Salami, und aus seiner Miene war abzulesen, dass er nicht genau wusste, wie er sich verhalten sollte. Trostworte würde sie zurückweisen, Ratschläge würden sie wütend machen, Schweigen machte es noch bedrückender. Schließlich durchbrach er die gespenstische Stille.

»Jutta, ich denke gerade daran, dass es ein Fehler von mir war, als ich mich damals heimlich an die Treuhand wandte. Ich hatte gehofft, dir und dem Betrieb mit meinem Hinweis auf Wagners Schummeleien zu helfen, ich wollte dich aus der

Schusslinie nehmen. Ich konnte natürlich nicht ahnen, dass der sich das Leben nimmt.«

Sie hob müde die Augenlider und schob die Unterlippe vor.

»Wie kommst du darauf, dass er sich das Leben genommen hat?«

»Bei einem Herzinfarkt würde sich doch nicht die Mordkommission einschalten.«

»Aber wenn es Selbstmord wäre, warum sollte dann die Polizei diesen Wirbel veranstalten?«, bemerkte sie. »Ich verstehe nicht, worauf du hinauswillst.«

Sie schien sich langsam aus ihrer Lethargie zu befreien, bemerkte er zufrieden.

»Also, wie soll ich das verstehen?«, hakte er nach und schob sich eine weitere Scheibe Salami in den Mund. Sie langte nach seinem Bierglas, um einen kleinen Schluck zu nehmen.

»Ich sag dir mal was, aber du behältst es für dich. Klar?«

»Ja, natürlich, Frau Direktorin.«

Sie winkte ab, aus ihrer Miene sprach jetzt kühle Abwägung.

»Hör zu, Markus. Wir alle, ich meine mich, Mewis und Schade, haben Wagner beobachtet. War nicht schwer, in seiner Post zu lesen. Aber obwohl wir wussten, dass da nicht alles mit rechten Dingen zuging, konnten wir nichts gegen ihn unternehmen. Wir waren von ihm und seinem Partner, Herrn Kohlin, wirtschaftlich abhängig. In jeder Hinsicht.«

»Und Wagner hat nicht bemerkt, dass man seine Post öffnet?«, wunderte er sich.

»Keine Ahnung. Jedenfalls hat er sich nichts anmerken lassen. Die Briefe unbemerkt zu öffnen ist leicht, man braucht nur einen Wasserkocher. Und Wagner war viel unterwegs. Dazu kommt, dass Katja, bevor sie meine Sekretärin wurde, die Poststelle unter sich hatte. Ich konnte ihr vertrauen.«

»Und Mewis – woher weißt du, dass er Wagners Briefe las?«

»Wie gesagt, Katja war und ist meine Vertraute.«

Ab und zu drang ein dumpfes Geräusch zu ihnen, wenn jemand die Hoftür zuschlug. Vor dem Fenster war es jetzt rabenschwarz, im Dämmerlicht des Lämpchens verschwammen ihre Konturen und Gesichtszüge, ihre Augen verschatteten sich.

»Ja, und was genau hast du den Briefen entnommen?«

Sie schob leicht den Kopf nach vorn, um ihm besser ins Gesicht sehen zu können. Er tat es ihr gleich, nun hätten sie sich fast küssen können.

»Dass er höchstwahrscheinlich an der Steuer vorbei mindestens eine Million in die Schweiz geschleust hat. Wäre er aufgeflogen, säße er jetzt im Gefängnis.«

Sie stand auf, schaltete die Deckenbeleuchtung ein und schenkte ihm ein inniges Lächeln. Siehst du, dir kann ich alles anvertrauen, verriet ihr Blick. Er lehnte sich nachdenklich zurück und ordnete seine Gedanken, bevor er leise zu ihr sprach.

»Also, wäre er euch auf die Schliche gekommen und hätte mitbekommen, dass ihr seine Briefe lest und seine Geheimnisse kennt, dann müsste ihn doch die pure Angst gepackt haben, dass ihr ihn verraten könntet. Dass er auffliegen und alles verlieren würde, Geld, Job, vielleicht sogar seine Freiheit. Das wäre doch ein Grund, sich in einer dunklen Stunde umzubringen.«

Sie wiegte skeptisch den Kopf.

»Ich fürchte, wir werden morgen die Wahrheit erfahren«, sagte sie so leise, dass er sie kaum verstehen konnte.

»Tag, Herr Wagner, gut, dass ich Sie erreiche«, meldete sich Bircher und holte einmal Luft. Er dachte daran, was dem Sohn noch bevorstand.

»Was kann ich für Sie tun, Herr Bircher?«, antwortete Wagner mit leiser Stimme.

»Wir haben Ihre Fingerabdrücke auf der Wodkaflasche identifiziert, die uns Frau Lehner zugeschickt hat.«

»Frau Lehner? Meine Fingerabdrücke? Ich verstehe nicht recht«, versuchte er Zeit zu gewinnen.

»Ich erkläre es Ihnen: Sie haben vor einigen Tagen Herrn Mewis eine Flasche Wodka auf den Tisch gestellt. Das muss am Abend gewesen sein, niemand hat Sie gesehen. Auch nicht der Pförtner. Auf der Flasche sind Ihre Abdrücke, nicht die von Mewis. Und, noch gravierender, es ist dieselbe Sorte wie der Wodka, den Sie dem Mann vom ADAC geschenkt haben. Der wäre um ein Haar daran gestorben. Es liegt uns dazu eine Aussage vor. Sie sollten wissen, dass Lügen bei Mordermittlungen höchst gefährlich sind. Also?«

Bircher wartete und stellte sich vor, wie Wagner am anderen Ende der Leitung der weiße Hemdkragen eng wurde. Die Nummer mit dem Likör hat nicht funktioniert, wurde Wagner klar, und er entschloss sich zur Flucht nach vorn.

»Ich sage Ihnen, wie es war. Ja, die Wodkaflasche stammt von mir, ich habe sie zufällig im Kofferraum des Autos meines Vaters gefunden. Ich bin davon überzeugt, dass die von jemandem aus Lehners Umkreis war, so wie die andere im Haus meines Vaters. Und ich wollte sehen, wie sich Mewis verhalten würde, wenn der Wodka vor ihm steht. Geht er zu Lehner? Ich dachte, ich gebe ihm ein paar Tage Bedenkzeit. Ich hoffte, er würde sich bei mir melden. Oder bei Ihnen, Herr Bircher.«

Der hätte sich vor Erstaunen fast auf die Schenkel gehauen. Darauf muss man erstmal kommen, den Verdacht so elegant von sich wegzulenken. Der wird mal ein guter Anwalt, dachte Bircher.

»Aha. Fingerabdrücke von Herrn Mewis haben wir nicht finden können. Vielleicht trug er Handschuhe. Auch keine von Frau Lehner. Wie auch immer, unsere Leute haben sich den Inhalt angesehen, es ist dieselbe Sorte, die Ihr Vater getrunken hat.«

»Können Sie nach Berlin kommen?«

»Ja, warum?«, entgegnete Wagner.

»Damit wir Ihnen berichten können, wie Ihr Vater, Schulz und Schäfer starben.«

ZWEIUNDZWANZIG

Die letzten Ergebnisse der KTU lagen vor. Pfeil bat in sein Büro zur Abschlussberatung.

Schmidter begann mit den Permanentmarkern. Die Kollegen hatten gute Arbeit geleistet, und das Glück war ihnen hold gewesen. Man hatte die punktförmigen schwarzen Markierungen auf den Flaschenböden auf Farbpigmente und Harze untersuchen können. Schmidter zitierte Textauszüge über Erdfarben wie Grünerde, gelber Ocker und Ombra, Pigmente wie Auripigment, Azurit, Eisenoxide, Malachit und andere, und Pfeil klopfte ungeduldig auf den Tisch.

»Bitte keine Chemievorlesung, Herr Kollege.«

»Also, der Stift von der Firma Staedtler aus Nürnberg ist zu 99 Prozent identisch mit der untersuchten Spur. Es ist der Einzige, der passt. Und er konnte eindeutig einer Person zugeordnet werden«, berichtete Schmidter.

»Da haut's mich ja vom Stuhl!«, rief Pfeil, als er den Namen hörte.

Es hörte sich an, als sei er enttäuscht. Bircher grinste wie ein Spieler, der seinen Partner ausgetrickst hat. Aber gleich darauf nahm sein Gesicht einen überraschten Ausdruck an, als hätte er gerade eine Offenbarung gehabt.

»Wir wissen, dass in Wagners BMW zwei Wodkaflaschen lagerten, eine war markiert. Aus der trank der Mann vom ADAC, die andere landete zufällig über Mewis und Lehner bei uns. Die dritte war die, aus der Herr Wagner auf der Datscha trank. Dann gibt es noch drei, die wir im Betrieb sichergestellt haben. Die waren alle nicht markiert. Das müssen die sechs Flaschen sein, die jemand aus dem

Betrieb bestellt hatte. Derjenige könnte auch der Besitzer des Staedtler-Stifts sein.«

Die Runde nickte sich zu, und alle dachten darüber nach, was an Beweisen noch fehlte, um den Täter zu identifizieren. Bircher räusperte sich, aber Pfeil hob den Zeigefinger.

»Alles spricht dafür, dass der Tod der Männer etwas mit dem Alkohol zu tun hat, den die Opfer tranken. Schulz trank Rotwein. Geschenk von Wagner. Schäfer trank Rotwein, den ihm Lehner schenkte. Wagner trank Wodka, bevor er starb, der kam von Mewis, oder von Lehner, wie man's nimmt. Und der Mann vom ADAC trank Wodka, zufällig. Seine Chancen standen bei 50:50, denn die andere Flasche aus dem BMW ist nicht markiert. Wahrscheinlich harmloser Schnaps.«

Bircher lehnte sich zurück und warf einen besorgten Blick auf Schmidter. Er schien etwas sagen zu wollen, aber Pfeil kam ihm zuvor.

»Absolut überzeugende Indizienkette, was den Alkoholfluss betrifft. Aber bevor ich die Staatsanwaltschaft informiere, müssen wir wissen, ob es wirklich die Person mit dem Permanentmarker war, die den Alkohol gezielt in Umlauf gebracht hat, es könnte ja auch eine andere Person gewesen sein. Und ob überhaupt Gift im Spiel ist, wissen wir auch noch nicht, dafür müssten wir die Stoffklasse kennen. Was meinen Sie, Herr Bircher?«

»Ich stimme Ihnen zu. Aber ich habe da noch eine Idee. Geben Sie mir einen halben Tag«, bat Bircher, der es plötzlich eilig hatte.

»Hol ein Auto, wir fahren nach Sophienstädt«, ordnete Bircher an, kaum waren Schmidter und er auf dem Flur. »Und der Chemiker von der KTU muss mitkommen.«

»Karl, haben wir was übersehen?«, fragte Schmidter verblüfft.

»Erzähle ich dir dort.«

Nach einer Stunde hielten sie an Wagners Tor, und Bircher bat auch den Fahrer, sie zu begleiten. Der Chemiker, ein etwa 60 Jahre alter Mann von hagerer Statur, sah sich neugierig um.

Schmidter ging voran, Bircher stand im Garten und blickte starr zum Wald hinunter, zum Komposthaufen, hinter dem in der Senke der Bach verlief.

»Karl, wenn du mir sagst, welche Art Gartenarbeit uns erwartet, kann ich das passende Gerät auswählen«, rief ihm Schmidter zu.

»Lass mal sehen«, murmelte Bircher und ging eilig zum Schuppen.

»Wir brauchen sowas wie eine Forke und eine große Schaufel. Die beiden«, sagte er und zeigte auf zwei Geräte.

Der Chemiker stand draußen und betrachtete neugierig die Hecke.

»Ist das nicht ein Wunderbaum?«, fragte er Bircher.

»Ja, ist es.«

Der Mann wippte mit dem Kopf und hob die Augenbrauen. Er ahnte, wonach sie suchten.

»Folgendes, Philipp. Als du das letzte Mal hier warst, lag doch dort hinten, auf dem Komposthaufen, ein toter Vogel.«

»Ja. Die Meise. Klar, ich habe ja ein Foto gemacht.«

»Richtig. Als wir mit Herrn Pfeil zusammensaßen, musste ich daran denken, weil er sagte, der Mann hätte einen Vogel, seinen eigenen Marker einzusetzen. Und ich erinnerte mich auch wieder an Herrn Tetsches Berichte. Irgendwie ein merkwürdiger Zufall, die tote Meise und Tetsches Erzählung vom toten Hund, ganz zu Beginn dieses Falls.«

»Ja, natürlich.«

»Deshalb sind wir hier, die Tiere könnten uns weiterbringen«, fuhr Bircher fort. »Ich habe mich an die Zeit erinnert, als ich in der Jugend unserem Apotheker im Dorf zugesehen habe, wie er versuchte, aus Blütensamen ölige Duftstoffe herauszulösen. Man nennt das Ölpressung, diese Art der Extraktion. Was von den Blüten und Samen übrigbleibt, ist der Presskuchen. Der wird gewöhnlich entsorgt, oder zum Düngen verwendet. Also: Ich will wissen, ob sich unter dem Kompost Presskuchen versteckt. Und wenn ja, woraus er gewonnen wurde.«

»Aus welchen Blüten?«

»Schau dich mal um.«

Schmidter blieb stehen und ließ seinen Blick über die Heckensträucher gleiten. Er hatte keine Ahnung, bestenfalls konnte er Kiefern von Fichten und Rosen von Tulpen unterscheiden. Im Unterschied zu Bircher hatte er immer in der Stadt gelebt und sich seit der Jugend für Technik und Zahlen interessiert. Die Botanik hatte er seiner Frau überlassen.

»Keinen Schimmer.«

»Wart's ab«, sagte Bircher und wies mit der Hand auf den Kompost. »Bitte tragt die oberen Schichten vorsichtig ab.«

Schmidter reichte dem Fahrer Laborhandschuhe.

»Ziehen Sie die an.«

»Und halten Sie Abstand vom Kompost, nicht zu weit nach unten bücken«, ergänzte der Kollege von der KTU, der mit zusammengekniffenen Augen etwas abseits der Männer in die Hocke ging.

Es dauerte nur zwanzig Minuten – die Männer hatten einen halben Meter Kompost abgetragen –, da rief der Chemiker: »Stopp!«

Er streifte sich die Schutzhandschuhe über, nahm zwei Folientaschen mit Klettverschlüssen für Asservate aus dem Koffer und machte einige vorsichtige Schritte. In der Hand hielt er eine Greifzange wie zum Müllsammeln. Vorsichtig verstaute er schlammähnlichen Boden in seine Beutel.

»Ich denke, das reicht«, sagte er zufrieden.

Bircher stand unentschlossen herum und blickte auf den Kompost.

»Graben Sie tiefer, vielleicht finden wir noch was anderes.«

Er sollte Recht behalten. Bircher gab erleichtert das Zeichen zum Aufbruch. Er hatte es jetzt eilig.

»Wie lange brauchen Sie für die Analyse?«

»Ein vorläufiges Ergebnis haben Sie noch heute. Wir wissen jetzt, worauf es ankommt.«

»Und nehmen Sie sich auch die drei vergifteten Flaschen vor.«

Bircher überkam eine innere Ruhe und Genugtuung, als er leicht vornübergebeugt zum Auto ging. Er fühlte sich wie nach einem Konzerterlebnis, wenn er beseelt von der Musik mit Karola den Saal verließ. Er war fest davon überzeugt, den Fall so gut wie gelöst zu haben.

Der Chemiker hielt Wort. Kurz bevor Bircher das Büro verlassen wollte, stand der Kollege mit dem Analysenergebnis vor seinem Schreibtisch. Bircher hielt gerade Schmidters Foto mit der toten Meise in der Hand.

»Herr Bircher, ohne auf Details eingehen zu müssen: Wir haben Reste marmorierter bohnenförmiger Kapselfrüchte gefunden. Der Presskuchen enthält beachtliche giftige Verunreinigungen, mit denen man einen ganzen Rinderstall vernichten könnte«, sagte er und reichte ihm den Bericht.

»Verstanden. Sagen Sie mir nur kurz – kann ein Laie diese Bohnen aufarbeiten? Also das Gift herstellen?«

»Wenn Sie ein paar Grundkenntnisse aus dem Chemieunterricht behalten haben, schon. Und die Gerätschaften, die unter dem Kompost lagen, sind genau, was sie brauchen. Trennmaterialien, Filter und so weiter. Alles mit den giftigen Rückständen kontaminiert.«

»Und wie stellt man es her?«, unterbrach ihn Bircher ungeduldig.

»Man mahlt die Bohnen, versetzt sie mit Wasser, das fettunlösliche Gift bleibt im Rückstand und wird mit Essigsäure extrahiert, über eine Gelfiltration gereinigt ...«

»Schon gut, ich hab's verstanden.«

Der Chemiker hätte gerne weitergesprochen, aber Bircher reichte ihm schon die Hand.

»Danke Ihnen, gute Arbeit.«

Sie hatte miserabel geschlafen, stand mit pochendem Herzen vor dem Eingang zum LKA und hätte sich am liebsten in Luft aufgelöst. Reiß dich zusammen, sagte sie sich. Unentschlossen nestelte sie am Gürtel ihres Mantels, zupfte an ihren Handschuhen und kontrollierte die Zeit. Noch zehn Minuten, bis sie sich bei der Wache anmelden sollte. Verstohlen blickte sie auf die andere Straßenseite, überquerte die Fahrbahn und wandte dem Gebäude den Rücken zu. So geht's schon besser, eigentlich eine schöne Straße und wenig Verkehr, versuchte sie sich abzulenken. Scheinbar interessiert musterte sie die alten Häuser, bewunderte die Fenstereinfassungen, aber was sie auch versuchte – wie ein Bumerang kehrte ein und derselbe Gedanke immer wieder zurück: Was wird aus unserem Werk? Sie biss die Zähne zusammen und schloss für eine Sekunde die Augen. In diesem Moment hörte sie ihren Namen.

»Jutta!«

Erschrocken riss sie den Kopf hoch und sah auf der anderen Straßenseite, wie Mewis ihr zuwinkte. Sie deutete mit einer flüchtigen Handbewegung einen Gruß an und ging bewusst langsam auf ihn zu. Sie wusste nicht, dass er auch vorgeladen worden war.

Zehn Minuten später saßen sie am Konferenztisch. Bircher und Schmidter waren ihnen bekannt, die Frau mit dem neugierigen Blick hatte sich nicht vorgestellt, aber als sie mit Bircher einige Worte wechselte, erkannte Lehner die Stimme. Das musste Birchers Sekretärin sein, die das Protokoll führte.

»Wir warten noch auf Kriminaloberrat Pfeil«, informierte Bircher die Runde. Es lag eine knisternde Spannung im

Raum, wie im Gerichtssaal, wenn alle auf den Beginn der Verhandlung warten. Lehner wusste nicht, wohin sie ihren Blick wenden sollte, sie entschied sich für ihre Hände, die fein manikürt vor ihr lagen, sie trug ein schwarzes Kostüm. Mewis fielen die Schultern wie unter einer Last nach vorn, aber er nahm sich zusammen, harrte der Dinge, die auf ihn zukommen sollten, mit versteinerter Miene.

Endlich öffnete sich die Tür, und alle Blicke richteten sich auf den hochgewachsenen, schlanken Kriminaloberrat, der lässig mit einer Hand in der Hosentasche auf sie zuging.

»Bitte um Entschuldigung für meine kleine Verspätung. Guten Morgen«, begrüßte er die Runde. Er trug einen dunklen Anzug, aber keinen Schlips, und Lehner ordnete ihn sofort als gebildeten Mann mit ausgeglichenem Charakter ein, kein Scharfmacher, glaubte sie zu erkennen. Den hätte ich auf der Straße eher für einen Professor gehalten. Na ja, der Bircher sah ja auch eher wie ein Studienrat aus, fiel ihr auf.

»Dann wollen wir mal. Sie haben das Wort, Herr Bircher«, eröffnete Pfeil die Sitzung, ohne sich vorzustellen.

»Danke, Herr Pfeil. Wir haben Sie eingeladen, um Sie über den Stand der Ermittlungen zu informieren, und möchten noch einige offene Fragen klären.«

Er sah Lehner in die Augen, die seinem Blick tapfer standhielt und bemerkt hatte, dass er »eingeladen«, nicht »vorgeladen« gesagt hatte.

»Als Erstes ein paar Worte zur Arbeit unserer Kollegen von der Steuer und der Treuhand. Das ist notwendig, um die Hintergründe des Falls zu verstehen.«

Er trug in chronologischer Folge eine Art Vermögensaufstellung von Herrn Wagner vor. Er beschrieb die Geldströme zwischen Treuhand, Berlin Beauty, den Schweizer Firmen und Wagner.

»Es wird Sie interessieren, Frau Lehner, um welche Beträge es sich handelt, die die Herren Wagner und Kohlin für sich abgezweigt haben. Wagner hat zum einen die Swiss Scent mit Scheinanalysen beauftragt, die er mit seinem Beraterhonorar bezahlte. Außerdem hat er über die Firma Swiss Dorn Rohstoffe in ihr Zollfreilager importieren und anschließend teurer weiterverkaufen lassen, völlig legal. Auf diesem Weg haben Wagners Partner für etwa 150.000 Mark Produkte importiert, die sie für 900.000 Mark an die Berlin Beauty weiterverkauft haben. Prächtiger Gewinn. Ich verzichte auf weitere Details.«

Er sah sie an, als wollte er ihre Reaktion prüfen. Reglos erwiderte sie seinen Blick.

»Wagners Sohn, quasi in seiner Rolle als Erbe, wurde befragt. So kamen wir dahinter. Im Klartext: Sie haben von der Treuhand einen Drei-Millionen-Kredit und 1,5 Millionen Anschubfinanzierung erhalten. Insgesamt 4,5 Millionen. Aus den Geldern haben Sie Herrn Wagner 1,3 Millionen für seine Gutachten gezahlt, dazu kommt ein sechsstelliger Betrag, den die Herren als Gewinn aus ihren Chemikalienlieferungen abkassiert haben. Wir schätzen, dass insgesamt etwa zwei Millionen auf Schweizer Konten gingen.«

»Zur Erinnerung: Die Treuhand hat Ihren Betrieb an die Swiss Scent für 3,1 Millionen verkauft«, ergänzte Pfeil. »So viel zu den Hintergründen, die jetzt weiter von den zuständigen Behörden untersucht werden. Aber bitte, Herr Bircher.«

Lehner war inzwischen merklich entspannter, denn so, wie es aussah, hatte man sie als Geschäftsführerin eingeladen, deren Firma betrogen worden war. Sie wandte sich zum ersten Mal Mewis zu, aber der saß auf seinem Stuhl, als hätte er einen Stock im Kreuz. Er sah sie nicht an.

»Frau Lehner, nun zu unseren Fragen«, ergriff Bircher erneut das Wort und fixierte sie mit scharfem Blick. »Sie haben ausgesagt, dass Sie Herrn Schäfer eine Flasche Chianti geschenkt haben, die Ihnen zuvor Wagners Sohn gegeben hat. Sind Sie bereit, das auch unter Eid auszusagen?«

Sie sah trotzig an ihm vorbei wie eine Dame, die man beim Ladendiebstahl erwischt hat.

»Ja, ich habe den Wein Herrn Schäfer geschenkt. Der kündigte wie aus heiterem Himmel, und ich hatte damals gerade Wagners Flasche zur Hand.«

»Und wenige Tage später starb Herr Schäfer«, kommentierte Bircher.

Sie hob ratlos die Hände vom Tisch.

»Nächste Frage: Sie fanden nach dem Betriebsfest eine Flasche auf Ihrem Schreibtisch. Rossiskaja?«

»Ja, unter Eid«, antwortete sie ohne Regung.

»Zu Ihnen, Herr Mewis. Welche Sorte Wodka haben Sie von Frau Lehner erhalten?«

Sein Atem ging etwas schneller, und Lehner fühlte regelrecht, wie er mit sich kämpfte. Seine Haltung hatte die Straffheit verloren, er war in sich zusammengesunken.

»Die Wahrheit ist, dass ich Frau Lehners Rossiskaja neu verpackt und als Żubrówka etikettiert habe. Dann habe ich ihn Wagner geschenkt.«

Er hatte sehr leise gesprochen.

»Danke, Herr Mewis. Nun eine Frage an Sie beide.«

Aus seiner Stimme klang klar die Warnung, besser bei der Wahrheit zu bleiben. Wie um die Spannung zu erhöhen, legte er eine kleine Pause ein. Pfeil neben ihm beobachtete Lehner und Mewis, als wollte er sich ihr Mienenspiel genau einprägen.

»Vor einigen Tagen wurde uns auf anonymem Weg eine Flasche Wodka zugestellt. Wer ist der Absender? Wir möchten den Namen von Ihnen hören.«

Mewis drehte sich mit einem flehenden Blick zu Lehner. Sie sah ihn an, und er las in ihren Augen: Lass uns reden, wir haben keine Wahl.

»Ich sage wieder unter Eid aus«, begann Mewis. »Die Flasche hat mir jemand ins Zimmer gestellt. Ich weiß nicht wer, und das war ein Schock. Ich habe sie dann zu Frau Lehner gebracht, ins Sekretariat. Sie sollte entscheiden, was damit geschieht. Ich hatte ein mulmiges Gefühl, als hätte man sie mir untergejubelt. Ich habe Jutta Lehner nichts gesagt, weil ich mich nicht wieder in Gefahr bringen wollte. Ich dachte sofort an Wagners Party.«

»Und ich habe sie Ihnen geschickt, Herr Bircher. Aus derselben Erwägung heraus wie Herr Mewis. Ich wollte nicht damit in Verbindung gebracht werden«, sagte Lehner mit gesenktem Kopf.

Bircher nickte, als hätte er diese Antworten erwartet. Was nicht ganz stimmte, aber die Erklärungen passten in den Ablauf, wie sie ihn anhand der Fingerabdrücke rekonstruiert hatten.

»Na ja, ich empfehle Ihnen, sich zukünftig an die Tatsachen zu halten. Sie beide haben uns mehrmals wichtige Informationen vorenthalten.«

Lehner und Mewis schwiegen. Sie verstanden nicht, was ihre Aussagen mit dem Tod Wagners zu tun hatten. Ihre Ratlosigkeit war verständlich, denn sie konnten nicht wissen, dass mit ihren Aussagen die letzten Lücken in der Beweiskette geschlossen werden konnten – mit der letzten Wodkaflasche, die über Wagner junior, Mewis und Lehner in die KTU gelangt war, sich als harmlos erwiesen hatte und keinen schwarzen Punkt am Flaschenboden trug. Dieses Detail fügte sich perfekt in die Beweiskette ein. Aber dazu äußerten sich Pfeil und Bircher nicht, denn vorher musste der Staatsanwalt informiert werden.

»Wir sind am Ende«, sagte Pfeil freundlich und Manuela sprang sofort auf. Sie hatte angenommen, das Protokoll über den Abschluss einer Ermittlungsserie von drei Todesfällen schreiben zu müssen. Stattdessen ging es um ein paar Flaschen. Mewis riss den Kopf hoch, als hätte er sich verhört. Gleich darauf nickte er einige Male in die Runde und verließ schnell das Zimmer, ohne auf Lehner zu warten, die sich langsam den Mantel überstreifte.

»Sagen Sie mal, Frau Lehner, damals, als Herr Schulz noch lebte, da haben Sie und er doch das erste Mal einen Brief von Herrn Wagner in die Hand bekommen. Wie kam es eigentlich dazu?«, fragte Bircher beim Hinausgehen.

Sie sah ihn verblüfft an, konnte sich nicht erinnern, mit ihm darüber gesprochen zu haben.

»Hm, das war Zufall, er hatte ihn falsch frankiert. Zwanzig Pfennig zu wenig. Da kam der Brief zurück in die Poststelle und, na ja, Sie wissen schon ...«

Er grinste, als wäre es ein Scherz. Zwanzig Pfennig Fehlbetrag ließen letztendlich einen Betrug von einer Million auffliegen. Kleine Ursache, große Wirkung.

»Viel Erfolg mit dem Duschgel«, bemerkte er leise, als er sie hinausgeleitete. Es klang wie eine solidarische Bekundung.

»Was sollte das denn?«, zischte Mewis sie an, der auf dem Bürgersteig stand und hektisch um sich sah, als fürchtete er, verfolgt zu werden.

»Ein Verhör«, antwortete sie einsilbig und ging an ihm vorbei in Richtung Kurfürstenstraße. Egal, wie es ausgeht – wenn's vorbei ist, gehe ich ins KaDeWe, hatte sie sich vorgenommen. Sie überlegte, wie sie ihn abschütteln konnte. Er lief aufgeregt neben ihr her und sprach auf sie ein.

»Ich bitte dich, Jutta, das war doch eine Unterhaltung, als würde es um einen Verkehrsunfall gehen, bei dem Alkohol im Spiel war. Wie der Wagner starb, davon war kein Wort zu hören, also steht wohl fest, dass er sich totgesoffen hat. Die haben uns befragt, als ginge es darum, ein paar Verwechslungen zu klären. Mensch, Jutta, der Schlamassel liegt hinter uns, sag doch mal was ...«

Von Mewis schien eine Riesenlast abgefallen zu sein. Lehner glaubte nicht recht daran, dass die Sache schon ausgestanden war. Von Selbstmord war keine Rede gewesen. Sie blieb stehen und blickte ihm ins Gesicht.

»Ich glaube eher, dass die einem Verdacht nachgehen und wir sie mit unseren Antworten darin bestätigen sollten oder widerlegen.«

»Worin?«, knurrte er.

Er griff sie plötzlich am Ellenbogen, als wollte er sie wachrütteln.

»Was soll das?«, sagte sie schroff und schob seine Hand weg. »Warum wurde eigentlich Schade nicht vorgeladen?«

»Keine Ahnung, vielleicht ist er nach uns dran«, sagte er hastig. Sie glaubte ihm nicht. Sie wollte jetzt sofort allein sein.

»Ich habe noch eine Verabredung, fahr schon vor.«

Die Ampel schaltete auf Grün. Bevor er noch etwas sagen konnte, lief sie über die Kreuzung. Er bewegte sich nicht, nur seine Kiefermuskeln arbeiteten. So stand er einige Sekunden und sah ihr hinterher.

DREIUNDZWANZIG

Bircher saß noch am Schreibtisch, wedelte mit dem Brillengestell vor seinen zusammengekniffenen Augen und knetete sich die Nasenwurzel, als wollte er sich an etwas erinnern. Er sah gerade die schönen Gärten von Sophienstädt vor sich und dachte an die herrliche Heckenpracht, in der sich die Lösung des Falls versteckt hatte – und deren Blüten mehreren Männern zum Verhängnis geworden waren. Beinahe sogar der Gattin Wagners. Das schrille Läuten des Telefons riss ihn aus seinen Gedanken. Er setzte die Brille auf und nahm den Hörer ab. Es war Manuela, die Tschiladse durchstellte.

»Guten Tag, Herr Bircher. Ich bin in Berlin, möchte Sie und Frau einladen. Nur wie kleines Danke, nicht dienstlich. Lehner hat gesagt, alles vorbei. Wieder normale Betrieb. Sie haben groß geholfen. Ich will mich bedanken. Gut, darf ich einladen, bitte?«

Bircher runzelte die Stirn. Was soll das bloß? Er erinnerte sich wegen Tschiladses Akzent plötzlich an Major Frolow, mit dem er vor etwa 15 Jahren in Kiew wegen eines Goldschmuggels und dem Tod einiger DDR-Studenten ermittelt hatte, und an das herrliche Abendessen in diesem Restaurant, wie hieß das bloß ...

»Herr Bircher, hören Sie?«, rief Tschiladse.

»Ja, ich höre. Vielen Dank für die Einladung.«

Bircher wollte die Sache mit Pfeil abstimmen, er war sich unsicher, wie man in der neuen Dienststelle in solchen Fällen verfuhr. Tschiladse war immerhin indirekt in den Fall verwickelt. Und noch stand die offizielle Information der Ermittlungsergebnisse an die Geschäftsführung der Berlin Beauty aus. Bircher wollte persönlich bei Lehner vorsprechen.

Er war jedenfalls neugierig, mehr über diesen Tschiladse zu erfahren, der ihm wie eine Chimäre erschien, im Privatleben ganz Georgier – solidarisch, hilfsbereit, gastfreundlich – im Geschäftsleben eher deutsch – gewinnorientiert, abwägend, distanziert. Was ihn sicher nicht daran hinderte, nach einigen Prüfungen die Partnerschaft mit einer Freundschaft zu beleben. Auf dem Weg dahin könnte sich Lehner befinden. Was war wohl Schulz für ihn gewesen? Bircher gefiel die Frage.

Pfeil nahm es gelassen. »Natürlich können Sie auch kurzfristig die Einladung annehmen«, stimmte er zu. Er riet dann noch freundlich, die Rechnung bei dem Essen selbst zu begleichen. »Ich meine Ihren Anteil«, setzte er hinzu.

Die Adresse überraschte ihn dann doch, denn es war das Restaurant Pasternak in der Knaackstraße. Ein Laden, den jeder Ostberliner kannte. Karola freute sich. »Klar komme ich mit«, rief sie vergnügt. »Ich kenne ihn ja nur aus deinen Erzählungen. Kommt mir vor, als würde mir eine Romanfigur begegnen. Das wird sicher ein interessanter Abend.«

Der Abend im Pasternak begann mit einer Überraschung. Bircher kam etwas zu spät, weil sich Karola nicht für die passende Abendgarderobe hatte entscheiden können. Als sie schließlich aus dem Schlafzimmer auftauchte, musste ihr Mann sich ein Feixen verkneifen. Sie trug den Rock von Pinko oder, wie er ihn nannte, den »Paul-Klee-Rock«. »Verwirrende Muster, passt zu unserem Fall«, spöttelte er. »Aber wirklich sehr schön«, fügte er schnell hinzu, als sie ihn warnend ansah.

Nun standen sie vor der Theke und sahen auf die Tischreihe, die den rechteckigen Raum nahezu ausfüllte. Das Mobiliar machte den Eindruck, als wäre es aus Wohnungen und Büros der 50er-Jahre herangeschafft worden. Samtbezogene Stühle, Möbel aus Eiche und Birke und an den Wänden eine Bildergalerie zu Pasternak und seinen Romanhelden. Im hinteren Bereich standen weniger Tische, und sie sahen, wie aus einem Winkel der füllige Tschiladse hervortrat und ihnen zuwinkte. Er kam mit wiegendem Schritt auf sie zu und musste achtgeben, nicht an die Tische zu stoßen.

»Ich mich freue sehr«, sagte er, und als ihm Karola die Hand reichte, führte er sie zu seinem Gesicht und deutete einen Handkuss an. Karl Bircher verzog keine Miene, Karola zauberte ein mildes Lächeln hervor. Dann grüßte er Bircher mit festem Handschlag, drehte sich um und stampfte zum Tisch. Sie folgten ihm bis in einen Winkel des Restaurants, und Bircher glaubte seinen Augen nicht zu trauen: Vor ihm erhob sich Frau Lehner im roten Kleid. Bis dahin hatte Bircher sie nur in schwarzen Kostümen oder Hosenanzügen angetroffen. Er war überrascht, aber ließ sich nichts anmerken. Es war keine Rede davon gewesen, dass sie teilnehmen würde. Als er sie so sah, kam ihm die Idee, ihr das Ergebnis der Ermittlungen bei Tisch zu servieren – sozusagen als Dessert.

»Guten Abend«, begrüßte sie ihn. Offensichtlich freute sie sich über ihre gelungene Überraschung.

»Guten Abend, Frau Lehner, darf ich meine Frau vorstellen«, erwiderte Bircher und trat zur Seite. Die beiden Frauen gaben sich die Hand, und Bircher entging nicht, dass Lehner einen neugierigen Blick auf Karolas Rock warf.

»Bitte, setzen wir«, schlug Tschiladse vor und schob wie ein Kavalier Lehner den Stuhl zu. Ihr gegenüber nahm Karola Platz. Die beiden musterten sich mit verstohlenen Blicken, wie zwei Menschen, die prüften, ob das, was sie voneinander gehört hatten, zutraf.

»Also, Frau Lehner und ich gut haben verhandelt heute, und hier wir haben eine schöne Abschluss für neue Produkt. Ich will einfach, Herr Bircher, mich bedanken. Wissen Sie, jetzt Fall erledigt, wir können ruhig arbeiten. Danke.«

Es klang wie ein Trinkspruch. Bircher wusste nicht recht, was er darauf antworten sollte.

»Jetzt bestellen«, schlug Surab im Ton des Gastgebers vor, klappte eine Speisekarte auf und reichte sie Lehner, nahm eine zweite, legte sie vor Karola.

Karola entschied sich für Ljulja Kebab, Lehner schloss sich an. Bircher wählte Borschtsch wegen der roten Beete und als Hauptspeise Schaschlik vom Schwein mit Paprika und Zwiebeln, Surab nahm den Matjeshering und Bliny mit Babyspinat, als sei er Vegetarier, was Bircher angesichts seines beeindruckenden Leibesumfangs verwundert hätte. Er wählte dann noch einen georgischen Wein, den niemand kannte. Nachdem die Bestellungen aufgegeben waren, lag für einen Moment ein tastendes Schweigen über dem Tisch. Karola schob die Speisekarte zur Seite und richtete einen freundlichen Blick auf Lehner.

»Frau Lehner«, fragte sie, »was meinten denn Ihre Mitarbeiter, als sie erfuhren, dass im Betrieb völlig unerwartet drei Männer aus der Leitungsebene gestorben sind? Ist das nicht irre schwer, den Leuten die Angst vor einem Verbrechen zu nehmen? Haben da welche gar gekündigt? Das muss ja eine große Unruhe verursacht haben, nach den Jahren der Ungewissheit nun auch noch die Polizei im Haus.«

Karola hatte im Plauderton gesprochen und neigte erwartungsvoll den Kopf, während ihr Mann den Blick auf seinen Schaschlikspieß richtete, als wäre er nicht bei der Sache.

»Ich nur gehört, dass alles klar ist. Lehner und Mewis nicht schuldig, Sie mehr sagen, Herr Bircher?«, schaltete sich Surab ein, während Lehner ratlos die Achseln zuckte.

Bircher zog die Stirn in Falten. Lehner sah auf einmal wieder so aus, wie Bircher sie kannte. Mit ernster Zurückhaltung betrachtete sie irgendetwas an der Wand hinter Bircher.

»Es war ein Verbrechen, lieber Herr Tschiladse«, sagte Bircher trocken und nahm einen Schluck vom Rotwein.

»Was? Mord?«

Tschiladse war sichtlich erschüttert.

»Vorsätzliche Tötung, meinetwegen nennen Sie es Mord.«

»Dann also, wer war es?«, stellte Tschiladse die naheliegende Frage.

Bircher blickte Lehner in die Augen, dachte an das »Dessert« und entschloss sich, die Runde in die Ermittlungsergebnisse einzuweihen. Er sah keinen Grund, sie weiter im Ungewissen zu halten. Pfeil hätte sicher auch so gehandelt. Lehner erwiderte seinen Blick, aber man sah ihr an, dass sie sich in ihrer Haut sichtlich unwohl fühlte. Bircher atmete einmal kurz durch, begann dann in gemächlichem Tonfall zu reden.

»Der Täter ist Herr Wagner, er allein trägt die Schuld am Tod von Herrn Schulz und Herrn Schäfer – und an seinem eigenen. Und beinahe hätte er auch den eigenen Sohn und seine Frau getötet«, begann Bircher, der kurz stockte, weil Lehner das Besteck aus der Hand gefallen war. Sie blickte erschrocken in die Runde. Karola beugte sich besorgt über den Tisch, wie um sie zu trösten. Tschiladse legte Lehner beruhigend seine Pranke auf den Arm, während er sich mit der Flasche in der Hand an Bircher wandte.

»Sie müssen uns erklären, Herr Bircher.«

Was sollte er tun? Die Büchse der Pandora war geöffnet, Wagners Name schwebte jetzt sowieso schon wie ein böser Geist über dem Tisch.

»Der Schleier über die merkwürdig ähnlichen Todesumstände der drei Männer begann sich zu lüften, als wir Wagners Garten eingehender in Augenschein nahmen. Uns fiel insbesondere die Wunderbaumhecke auf Wagners Grundstück auf, das ist ein Wolfsmilchgewächs mit giftigen Früchten. Die Hecke fällt durch die breiten glänzenden Blätter auf, die sehen aus wie große Hände mit sechs Fingern. Die Blattränder sind gezackt, wie Sägeblätter«, begann er wie ein

Geschichtenerzähler. Lehner sah aus, als glaubte sie, sich im falschen Film zu befinden.

»Zur Sache: Die Sträucher lieferten den Rohstoff für ein Gift. Aus den Samen der Pflanzen, auch als Castorbohnen bezeichnet, kann man nämlich Rizin extrahieren. Das ist nicht schwierig, schon gar nicht für jemanden mit der Ausbildung zum Chemieingenieur wie Wagner.«

»Ach, das wusste ich nicht«, entfuhr es Lehner.

»Bei der Herstellung fällt Rizinusöl an. Ein Fläschchen mit diesem Öl haben wir im Betrieb gefunden und, nebenbei bemerkt, das Öl befand sich auch in Wagners Wohnung. Frau Wagner landete in der Klinik, als sie es wegen ihrer Magenbeschwerden einnahm. Wahrscheinlich enthielt die Flasche Verunreinigungen an Rizin. Aber zurück zur Herstellung: Den öligen Blütenrückstand nach der Extraktion nennt man Presskuchen. Den haben wir im Komposthaufen gefunden, beim ersten Besuch auf seinem Grundstück lag übrigens ein toter Vogel auf dem Kompost, Teile einer Laborausrüstung hatte er dort vergraben. In Wagners Schuppen steht ein Labortisch.«

Tschiladse sah ihn fasziniert an. Lehner wunderte sich im Stillen darüber, wie jemand von der Mordkommission »Wolfsmilchgewächse« von Flieder unterscheiden konnte.

»Und Rizin sehr giftig?«, fragte Tschiladse.

»Für einen Menschen mit 70 Kilo Körpergewicht reichen 0,2 Gramm, um ihn zu töten. Das ist eine Messerspitze. Reines Rizin löst sich gut in Wasser und Alkohol. Wagner hat das Pulver dem Alkohol zugesetzt. Irgendwie gelang es ihm, die Flaschen zu öffnen und zu verschließen, ohne dass man es ihnen angesehen hätte. Geschmack oder Geruch verändern sich nicht.«

Tschiladse hing fasziniert an Birchers Lippen, als würde er das Ganze wie einen Kriminalfilm verfolgen. Bircher sah fragend in die Runde und fuhr fort.

»Wie bekannt ›verschenkte‹ Wagner seine Gifte, weil er wusste, dass man ihm mit seinen Betrügereien auf die Schliche gekommen war und ihm wegen Steuerbetrugs und Unterschlagung von Fördermitteln das Gefängnis drohte. Seine Ziele waren Schulz und Sie, Frau Lehner. Nicht Schäfer und nicht Mewis. Beim ersten Mordanschlag schenkte Ihnen Wagner zwei Flaschen Wein, den roten übereichten Sie, wie von Wagner gewünscht, Herrn Schulz. Für den war er auch bestimmt, und er starb daran.

Später, Frau Lehner, schenkte Ihnen der junge Wagner zum Abschied eine Flasche Chianti. Wagner junior konnte nicht wissen, dass er aus dem Keller seines Vaters eine Mordwaffe hatte mitgehen lassen. Den Chianti reichten Sie an Schäfer weiter. Tragischer Tod von Wagners engstem Mitarbeiter.

Der Wodka auf Ihrem Schreibtisch indes was ein gezielter Anschlag auf Sie, Frau Lehner. Aber da Sie den bekanntlich Herrn Mewis schenkten und dieser die Flasche, als Żubrówka verkleidet, dem Giftmischer höchstpersönlich überreichte – tötete Wagner sich mit seinem eigenen Produkt.

Einige der Flaschen, die wir sicherstellten, trugen Markierungen auf dem Flaschenboden, mit Permanentmarker aufgetragene Punkte. Auf der Wodkaflasche, die Sie uns zustellten, Frau Lehner, fehlte dieser Punkt. Wir verglichen die Inhalte der Flaschen und fanden heraus, dass nur die vergifteten markiert waren. Die Analyse der Tinte aus der Markierung führte uns zum Permanentmarker und zu seinem Besitzer und somit letztendlich zum Täter: Herrn Wagner …«, fuhr er fort und endete mit der lapidaren Bemerkung: »So ist das, Frau Lehner. Der Zufall hat Sie vor Schlimmerem bewahrt.«

Sie dachte an den Wunderbaum und ihr schauderte. Die Farbe war ihr aus dem Gesicht gewichen, wie bei einem plötzlichen Schwächeanfall stützte sie sich mit beiden Händen auf dem Sitz ab.

»Übrigens, der junge Wagner hätte beinahe seine Mutter

umgebracht, als er ihr zwei Flaschen Chianti schenkte. Die trugen auch die Markierung. Eine landete im Rehbraten, im Ofen hat sich das Gift zersetzt, die andere wurde von uns sichergestellt. So ist das.«

»Komisch, viel Risiko für Mord«, stellte Tschiladse fest. »Wagner doch weiß, dass Flasche auch andere Leute trinken, nicht nur Opfer?«

»Wagner hatte was von einem Spieler. Vielleicht nahm er das Risiko bewusst in Kauf, eben wie beim Roulette. Vielleicht war es ihm egal, in welcher Reihenfolge Schulz, Mewis und ich sterben würden. Hauptsache wir sind weg und können nicht aussagen«, sagte Lehner.

Erst in den letzten Minuten war ihr klargeworden, in welcher Gefahr sie gelebt hatte. Sie fühlte sich wie nach einer schweren seelischen Erschütterung, dem Tod war sie noch nie begegnet, aber für einen Augenblick beherrschte sie ein starkes Trauergefühl. Sie sah zu Surab hinüber und ihr wurde jetzt endgültig klar, dass sie nicht nur als Geschäftsführerin das Erbe von Schulz angetreten hatte, sondern auch seine Partnerschaft mit Surab. Unwillkürlich tastete sie nach ihrer Handtasche mit dem Briefumschlag – ihr Anteil, den Surab ihr vorhin in die Hand gedrückt hatte. Ohne Wagners Mord an Schulz hätte ich diesen Briefumschlag nicht erhalten, musste sie sich eingestehen.

Sie riss sich zusammen und schwenkte ihr Glas in der Hand.

»Darf ich einen Toast ausbringen?«

»Sofort!«, rief Tschiladse.

»Ich möchte auf Frau Bircher anstoßen. Sie müssen eine sehr starke Frau sein. Mit einem Kommissar zu leben. Sicherlich ist er so erfolgreich, weil Sie an seiner Seite stehen. Auf ihr Wohl, Frau Bircher.«

»Oh, danke. Zu viel der Ehre«, erwiderte Karola, nachdem die Gläser wieder auf dem Tisch standen.

»Nein, eher zu wenig«, wandte Bircher ein. »Meiner Frau ist es nämlich zu verdanken, dass wir die Markierungen auf den Flaschen untersucht haben, und die haben uns letztendlich auf Wagners Spur gebracht.«

Sie tranken wieder und verfielen dann in ein nachdenkliches Schweigen. Tschiladse und Lehner waren sichtlich damit beschäftigt, Birchers Erzählung zu verarbeiten. Schließlich räusperte sich Lehner leise. Sie hatte noch eine Frage, die sie umtrieb.

»Ich wundere mich, Herr Bircher, dass Sie so ein seltenes Gewächs wie den Wunderbaum erkennen konnten. Der steht doch nicht in jedem Garten. Ich bin wirklich erstaunt.«

Er grinste und Karola schmunzelte vergnügt.

»Mein Mann war Biologielehrer in Thüringen – dort habe ich ihn kennengelernt, bevor er von der Volkspolizei abgeworben wurde.«

Lehner Gesicht erstrahlte in einem warmherzigen Lächeln. Sie hatte es geahnt: Er ist einer von uns – ein ehemaliger Bürger der DDR.

Als die Birchers zu Hause ankamen und sich auf dem Sofa noch ein Gläschen Rioja vom Vortage gönnten, sagte Karola leicht entgeistert: »Ihr habt den Täter, aber könnt ihn nicht anklagen. Ist das nicht bitter?«

»Wie man's nimmt. Stell dir vor, die von der Kosmetik müssten alle vor Gericht aussagen. Das wäre überhaupt nicht gut fürs Betriebsklima«, murmelte er müde.

»Stimmt«, sagte sie und kicherte.

»Na dann: ein letztes Prosit auf Super Sun Shine.«

Danksagungen

Ganz besonders danke ich Olivia Kuderewski, die das Buch akribisch nach allen sprachlichen, inhaltlichen und »atmosphärischen« Ungenauigkeiten durchforstete. Ihrer Hilfe verdanke ich nicht nur die gründliche Überarbeitung, sondern auch die Anregung zu neuen Ideen. Herzlichen Dank!

Dr. Jürgen Schwemmer danke ich dafür, mit mir seine großen Erfahrungen und Kenntnisse als Prokurist und Geschäftsführer geteilt zu haben. Und für einige wegweisende Tipps, wie man Fehler vermeiden kann …

Dr. Eva Spitzer und Stefanie Gerth danke ich für die sachkundigen Auskünfte über die Herstellung von Kosmetika und chemischen Analyseverfahren, sowie für die kritische Durchsicht entsprechender Passsagen.

Hannelore Kroll, ehemals leitende Mitarbeiterin in der Treuhandgesellschaft in Berlin, ermunterte mich, einige Handlungsstränge so darzustellen, wie ich sie ihr vortrug.

Mein letzter und besonderer Dank gilt Zaza Beradze, über Jahrzehnte mein Freund und Partner. Ich danke dir für alle Erfahrungen, die ich an deiner Seite in Kiew miterleben durfte und die mir beim Schreiben halfen.

Jarons
geheime Kriminalbibliothek
Bd. 1

Taschenbuch, 150 Seiten,
ISBN 978-3-89773-951-2
Science-Fiction-Krimi von 1928

Die Leiche des berühmten Erfinders Professor Hedlund wird aus einem Heißluftballon über Berlin abgeworfen. Die Polizei ist ratlos. Welche Rolle spielt Hedlunds Neffe und Assistent? Und welche der mysteriöse Erwin Pan, der über die Gabe verfügt, Radiowellen zu hören? Als beide Tatverdächtigen verschwinden, übernimmt der wohlhabende Amateurdetektiv Dr. Osten den Fall. Bald entdeckt er eine Spur in Paris, wo in einem populären Varieté ein gewisser Professor Bánksy mit einem Maschinenmenschen auftritt, der über erstaunliche Fähigkeiten verfügt ...

Jarons
geheime Kriminalbibliothek
Bd. 2

Taschenbuch, 178 Seiten
ISBN 978-3-89773-952-9
Kriminalroman von 1908

Die Öffentlichkeit weiß bis heute nicht, wer als Jack the Ripper um 1890 auf den Straßen Londons zahlreiche Frauen ermordete. Dabei ist die Identität des Mörders längst enthüllt. Durch einen glücklichen Zufall gelang es Victor von Falk bereits 1908, Einsicht in die streng geheimen Polizeiakten zu nehmen. In diesem Roman enthüllt der Wiener Schriftsteller die wahre – überaus frappierende – Geschichte von Jack dem Aufschlitzer, schildert die spektakulärsten Morde und leuchtet die psychologischen Hintergründe aus. Drastisch, einfühlsam – und natürlich frei erfunden.